新潮文庫

ハワイイ紀行

【完全版】

池澤夏樹著

新潮社版

6518

目次

Cruising Around Hawaii

ハワイイ紀行【完全版】

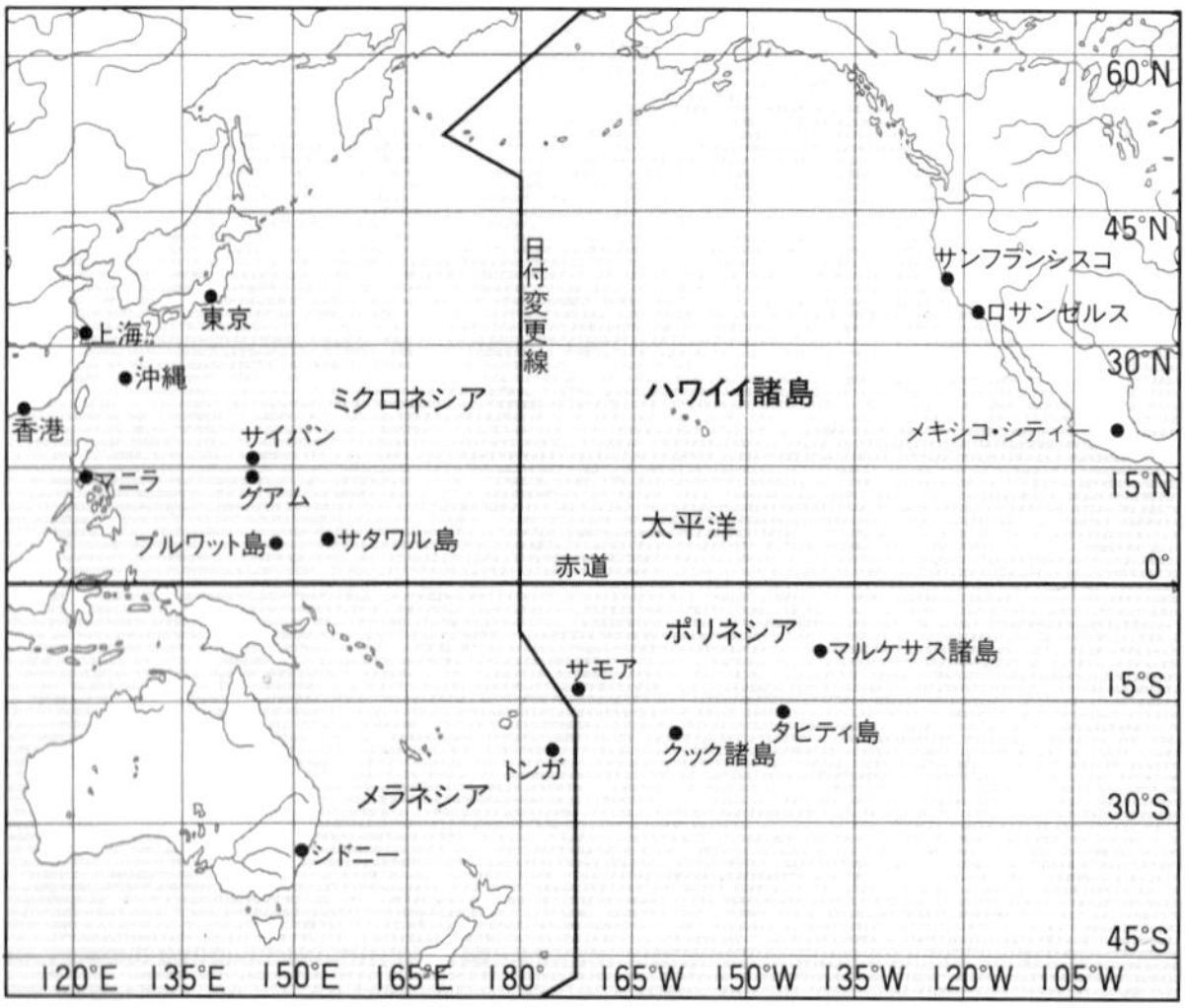

写真・イラスト（Ⅰ～Ⅹ）　池澤夏樹
写真（Ⅺ）　高砂淳二
〃　（Ⅻ）　垂見健吾
地図製作（6、7、10、434ページ）　地図屋もりそん
〃　（8、9ページ）　パンアート

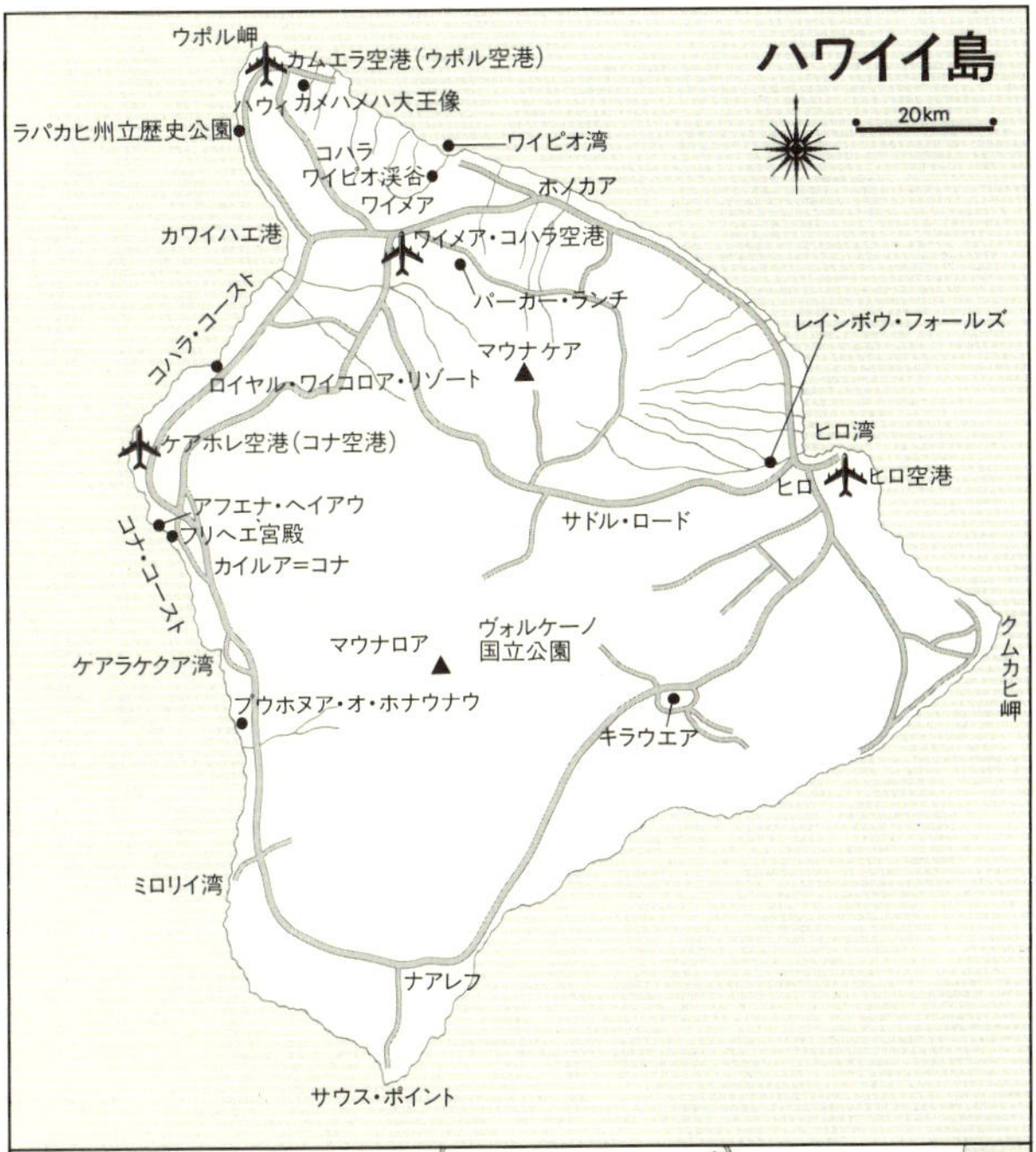
ハワイイ島
20km
ウポル岬
カムエラ空港（ウポル空港）
ハウィ
カメハメハ大王像
ラパカヒ州立歴史公園
コハラ
ワイピオ湾
ワイピオ渓谷
ホノカア
ワイメア
カワイハエ港
ワイメア・コハラ空港
パーカー・ランチ
コハラ・コースト
マウナケア
レインボウ・フォールズ
ロイヤル・ワイコロア・リゾート
ヒロ湾
ケアホレ空港（コナ空港）
ヒロ
ヒロ空港
アフエナ・ヘイアウ
フリヘエ宮殿
サドル・ロード
コナ・コースト
カイルア＝コナ
ヴォルケーノ
国立公園
マウナロア
ケアラケクア湾
クムカヒ岬
プウホヌア・オ・ホナウナウ
キラウエア
ミロリイ湾
ナアレフ
サウス・ポイント

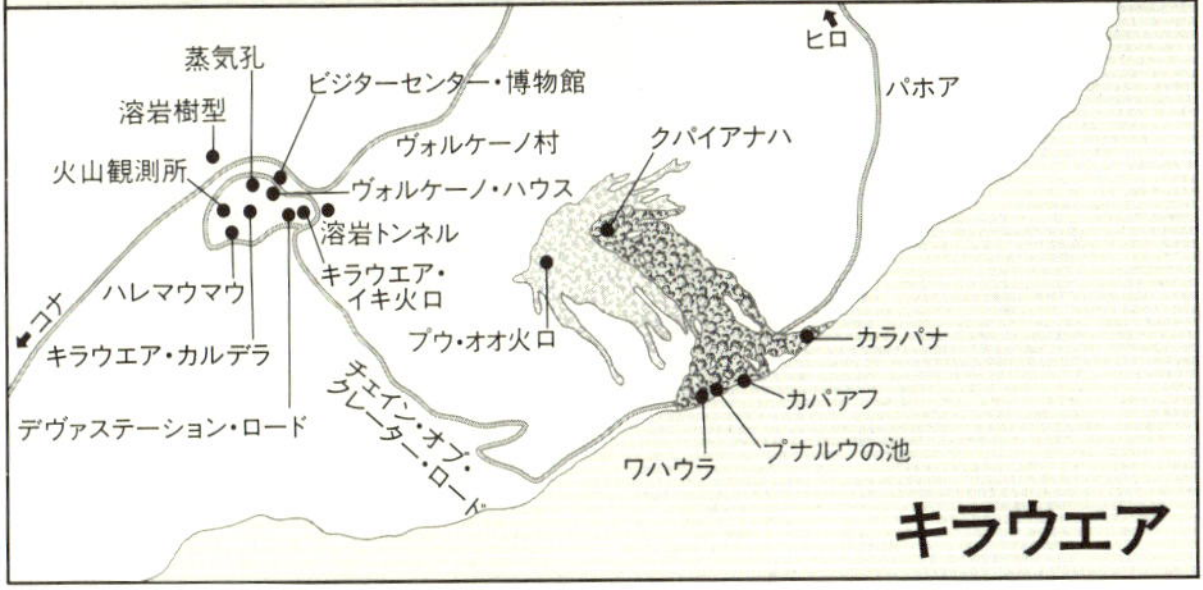
ヒロ
蒸気孔
ビジターセンター・博物館
パホア
溶岩樹型
ヴォルケーノ村
クパイアナハ
火山観測所
ヴォルケーノ・ハウス
溶岩トンネル
キラウエア・
イキ火口
ハレマウマウ
コナ
プウ・オオ火口
カラパナ
キラウエア・カルデラ
チェイン・オブ・
クレーター・ロード
カパアフ
デヴァステーション・ロード
プナルウの池
ワハウラ
キラウエア

マウイ島
カハクロア
カナハ
カフルイ湾
ホオキパ
ワイエフ
パイア
プウククイ
カフルイ空港
ワイルク
カフルイ
イアオ渓谷
マアラエア
ケアナエ
ワイルア
ハナ空港
ハナ
パパワイ岬
キヘイ
クラ
マアラエア湾
ハレアカラ国立公園
ハレアカラ
ワイレア
キパフル渓谷
ハレアカラ山地
モロキニ島
アララケイキ海峡
カホオラウェ島
アレヌイハハ海峡

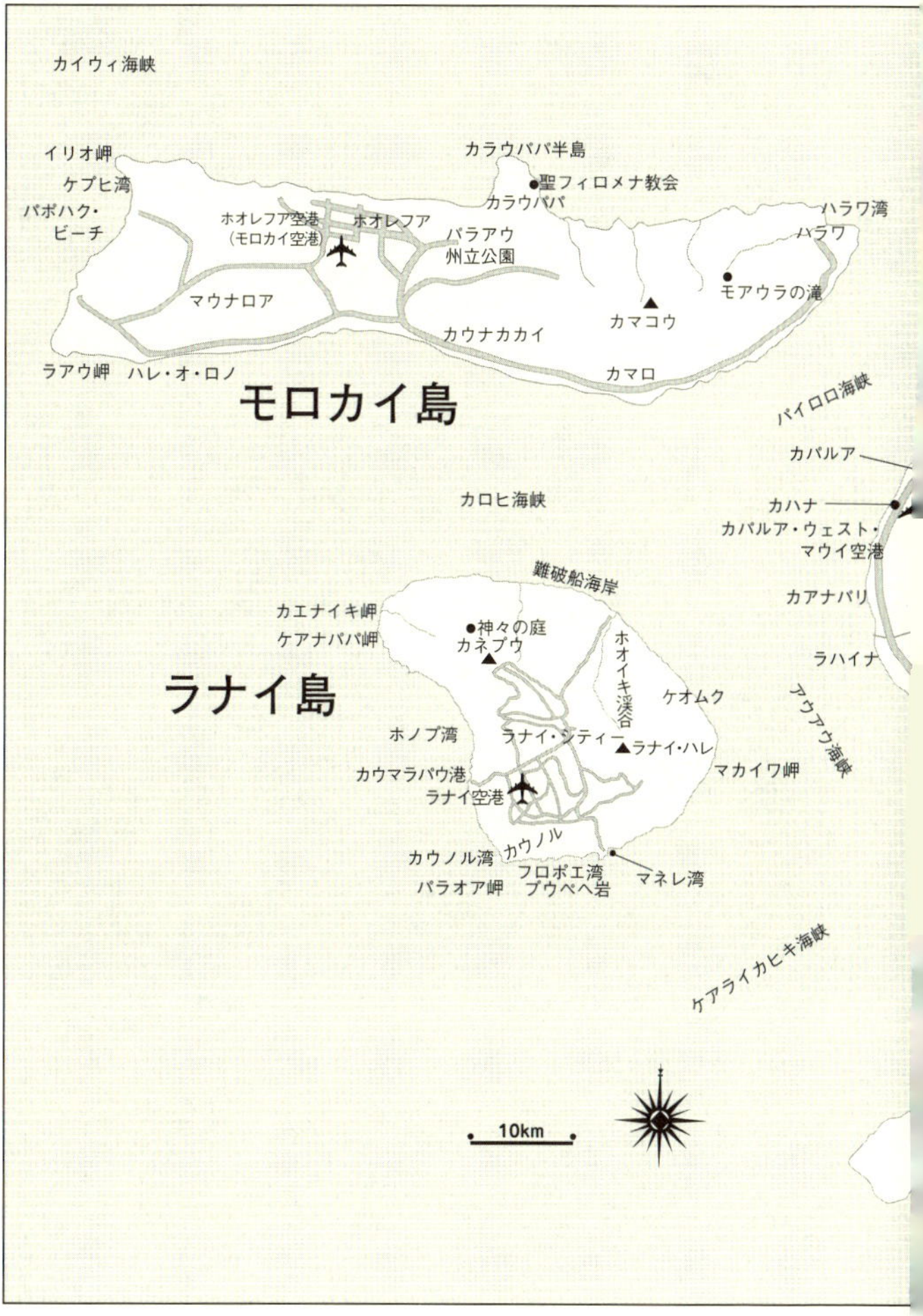

カイウィ海峡
イリオ岬
ケプヒ湾
パポハク・ビーチ
カラウパパ半島
聖フィロメナ教会
カラウパパ
ホオレフア空港
（モロカイ空港）
ホオレフア
パラアウ
州立公園
ハラワ湾
ハラワ
モアウラの滝
マウナロア
カマコウ
カウナカカイ
ラアウ岬
ハレ・オ・ロノ
カマロ
モロカイ島
パイロロ海峡
カパルア
カロヒ海峡
カハナ
カパルア・ウェスト・マウイ空港
難破船海岸
カアナパリ
カエナイキ岬
ケアナパパ岬
神々の庭
カネプウ
ホオイキ渓谷
ラハイナ
ラナイ島
ケオムク
アウアウ海峡
ホノプ湾
ラナイ・シティー
ラナイ・ハレ
マカイワ岬
カウマラパウ港
ラナイ空港
カウノル
カウノル湾
フロポエ湾
プウペヘ岩
マネレ湾
パラオア岬
ケアライカヒキ海峡
10km

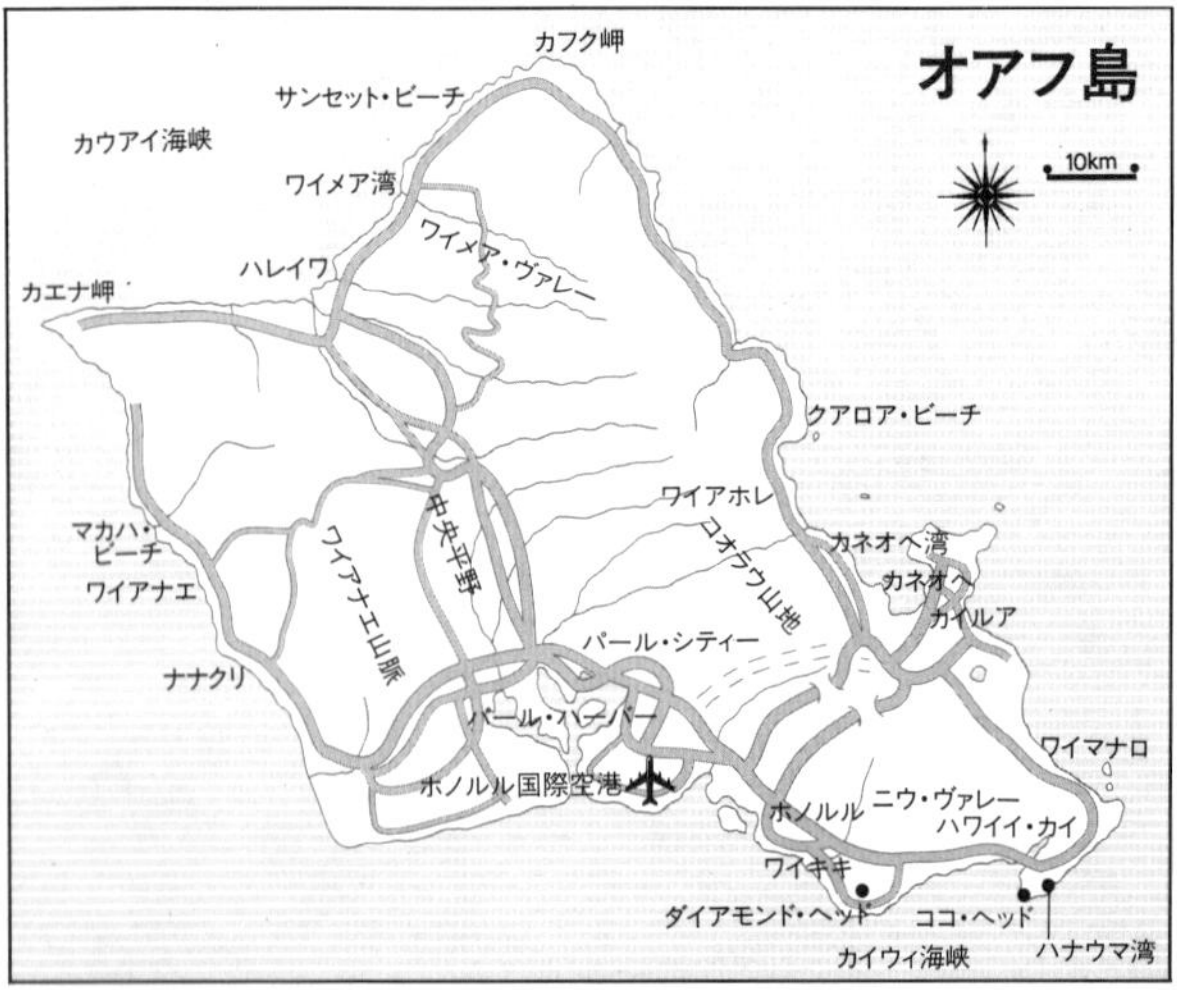
オアフ島
10km
カフク岬
サンセット・ビーチ
カウアイ海峡
ワイメア湾
ワイメア・ヴァレー
ハレイワ
カエナ岬
クアロア・ビーチ
ワイアホレ
コオラウ山地
カネオヘ湾
カネオヘ
カイルア
中央平野
ワイアナエ山脈
マカハ・
ビーチ
ワイアナエ
ナナクリ
パール・シティー
パール・ハーバー
ホノルル国際空港
ワイマナロ
ホノルル
ニウ・ヴァレー
ハワイイ・カイ
ワイキキ
ダイアモンド・ヘッド
ココ・ヘッド
カイウィ海峡
ハナウマ湾

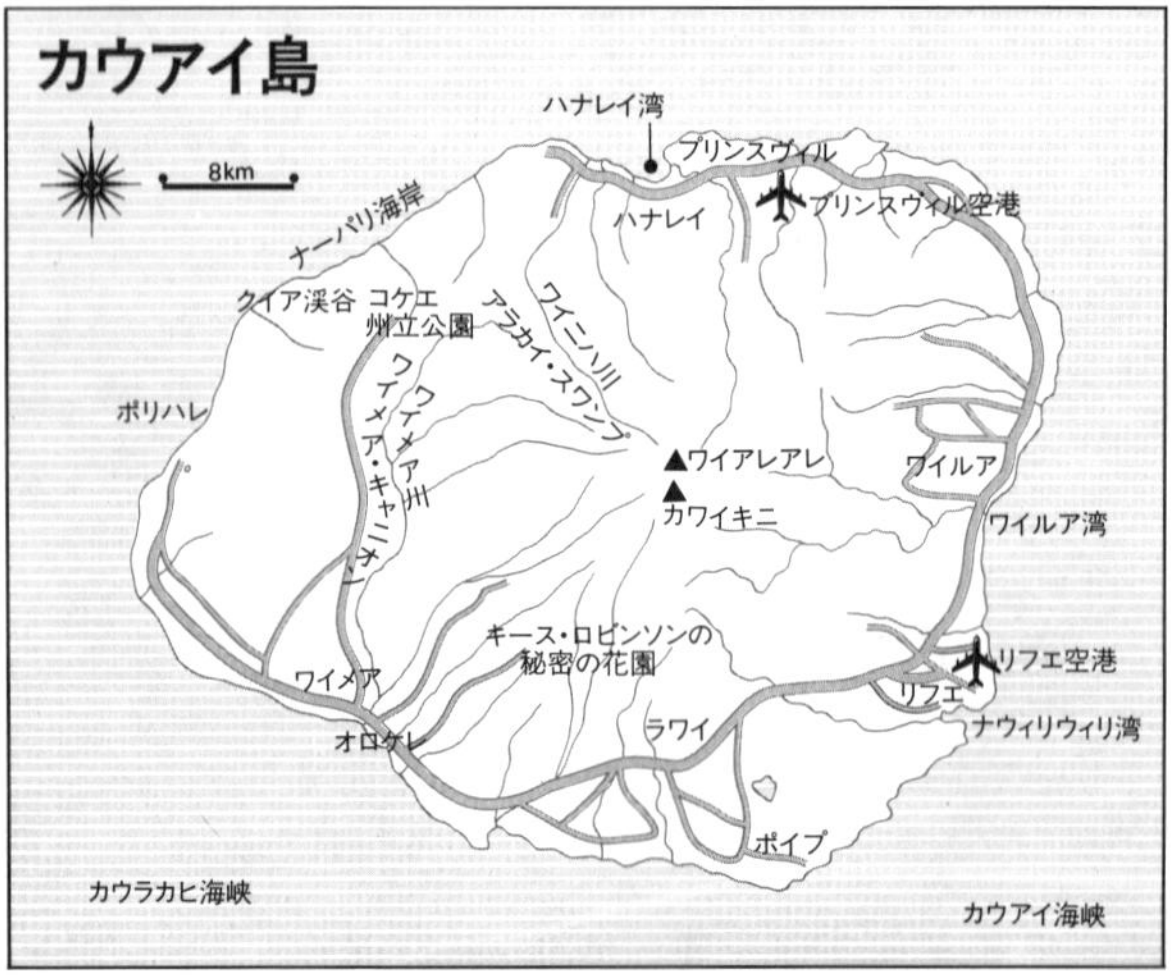
カウアイ島
8km
ハナレイ湾
プリンスヴィル
プリンスヴィル空港
ハナレイ
ナーパリ海岸
クイア渓谷
コケエ
州立公園
アラカイ・スワンプ
ワイニハ川
ワイメア川
ワイメア・キャニオン
ポリハレ
▲ワイアレアレ
▲
カワイキニ
ワイルア
ワイルア湾
キース・ロビンソンの
秘密の花園
リフエ空港
リフエ
ナウィリウィリ湾
ワイメア
オロケレ
ラワイ
ポイプ
カウラカヒ海峡
カウアイ海峡

I

淋《さび》しい島

最初に変だなと思ったのは、マウイ島カフルイ空港[1]でチェックインしようとした時だった。カウンターの横の秤《はかり》の上に荷物を置いて、航空券を出す。中に立っているのは愛想のいいかわいい若い女性。色が黒く、丸顔で、何割かはポリネシア系ということが見てとれる。つまり本来のハワイイ人の相貌《そうぼう》だ。彼女は航空券をしげしげと見て、こちらの顔を見て、もう一度航空券を見てから、ふっと笑った。

「あなた、モロカイに行くの？」

「そう、モロカイ」

「ふーん」

そう言って、また人の顔を見る。どうも「ふふふ」というような顔をしている。何がおかしいのか考えてみたがわからない。だいたい日本人に比べると太平洋の島々に住む人々は表情が豊かで、心の微妙な動きがすぐ顔に出る。何か思うところがあったのだろう。それを聞き出そうかと一瞬思ったが、こちらが口を開く前に彼女は搭乗券を寄越して「いい旅を」とにっこり笑った。晴天の午前九時の

1 地名がどんな語源を持つかはその土地を知る上で重要な手掛かりである。特にハワイイ先住民のように自然のすぐ隣で暮らしてきた人々の文化を学ぶ場合、地名は彼らが自然をどう見ていたかを教えてくれる。そこで、この本では出てくる地名についてわかるかぎり語源を記すことにする。地名についての注で「……」でくくったものは語源と思っていただきたい。また地名というものの意義については第Ⅶ章の311ページ以下に詳しい。カフルイは「勝利」。

カフルイ空港にふさわしい美しい笑みだった。一日の幸運を保証してもらったような気になる。ぼくは相手の笑みに負けることを承知で、それでも精一杯にっと笑って、搭乗券を胸ポケットにしまい、その朝二度目の朝食をとろうとカフェテリアに向かった。

午前九時のカフルイ空港は空が抜けたようなよい天気だが、その三時間前にぼくの目を覚ましたのは屋根を叩《たた》く豪雨の音だった。場所は空港からは五十マイル離れたハナ[2]。マウイ島の東の端である。日系のフサエ・ナカムラさんが経営するアロハ・コッテージという宿の気持ちのいいベッドの上で、雨の音にうながされて眠りの中からおずおずと這《は》い出したぼくは、ついつい日本での習慣のままに「今日は雨か」と思った。それから自分がどこにいるかを思い出し、ハワイイだったと気付き、それならば雨はすぐに止《や》むはずだと思いなおした。この島々では夜明けの前にひとしきり沛然《はいぜん》たる驟雨《しゅうう》がやって来る。律儀《りちぎ》な清掃者のように、新しい一日にそなえて風景全体を洗ってぴかぴかにしてくれる。人々が起きた時には瑞々《みずみず》しい木々の緑としっとりと湿った土の色が待っている。

起き上がって、コーヒーとビスケットという簡単な朝食を自分で

2「仕事」

用意し、手早く食べてさっさと食器を片づける。シャワーはさぼって、荷物を車に運び、鍵《かぎ》をナカムラさんに言われたように部屋の中央のテーブルの上に置いて、出発した。支払いは前の晩に済ませておいた。空はもう晴れあがっていた。

ハナはマウイ島の観光の中心からはずいぶん離れている。静かな美しい村だ。もともとはサトウキビのプランテーションのために開かれた土地で、日系の人々も少なくない。しかし、それ以上にここを有名にしているのは、空港近くのカフルイとワイルク[3]という双子の町[4]からここに至る五十マイル[5]の道の方である。島の北岸に沿って、海と山の間の険しい斜面にしがみつくようにうねうねと二車線の道が伸びている。急カーブが五百に、一車線の狭い橋が六十五。広いまっすぐな四車線のハイウェイに慣れたアメリカ本土からの観光客はそれだけで騒ぐ。「俺たちはハナへの道を生きて通った」[6]と書いたTシャツまで売っている始末。しかし実際には、対向車にさえ気をつければ、山道に慣れた日本人にとってはさほど悪い道ではない。ぼくはその日曜日の朝、ハナからカフルイ空港までを一時間五十分で走った。快適なドライブだったと言っていいが、通勤者[7]のいる平日ならば後続車に気を使ってもう少しスピードを出さなければなら

3 「殺戮《さつりく》の水」。この地名の由来は202ページにある。またワイの付く地名全般については313ページ以下を参照。

4 カフルイとワイルクは二つに分かれてはいるが、隣接している。カフルイには空港があり、ワイルクには郡の役所がある。

5 約八十キロメートル。

6 'We've survived the Road to Hana.'

7 友人に聞いた噂《うわさ》では、ハナの男とワイルクに住んで官庁に勤める女性が恋をして結婚した。しかし夫は頑としてハナを離れない。しかたなく妻はワイルクまで毎日通勤しているという。

ず、そうなるともっとスリリングだったかもしれない。

アメリカのローカル空港の常で、カフルイの空港の待合室も行く先別にはっきりと区切ってない。それでも日本の空港ほど雑然とはしていなくて、だいたい一つの便に乗る客は大雑把な仕切りの内側に集まるようになっている。ぼくが指示された区画に行ってみると、すでに百人あまりの乗客が搭乗の案内を待っていた。ぼくはその中にまぎれこみ、隅のシートに坐《すわ》って待った。こういう時が最も人の顔を見るのに適している。そして、ハワイイほど多くの顔が見られる空港は世界でも少ないだろうと思う。この州はアメリカ合州国[8]でもいちばん多くの人種が集まった土地である。まず、はるか昔に太平洋の島々から最初にこの諸島にやってきた人々の顔があり、そこへアメリカの白人はじめヨーロッパ系の連中が来て、アジア系の人々がたくさん来て、それに（アメリカ本土よりは少ないが）アフリカ系の顔を見ることも特に軍関係では珍しくない。かつてはこのような状況を人種の坩堝《るつぼ》と称した。しかし、それはあまりにも単純な言いかたで、人々は一緒に暮らしはしても融《と》け合って合金を作りはしないことが次第に明らかになった。今ではこの状態はサラダ・

8 UNITED STATESを合衆国と訳すのは意訳にすぎるとぼくは思う。ハワイイを論じる時、州の概念は大事である。それを忘れないために、この本では合州国と書くことにしよう。

ボウルと呼ばれる。いろいろな素材が混じってはいるが、それぞれは元の味を保っているということ。たまにトウガラシが入っていたりすると大騒ぎになる。

自分の体格にはいささか大きすぎるアメリカ・サイズの椅子《いす》に浅く坐って、いろいろな顔を見ながら飛行機を待った。こういう時には気がゆるむ。どうせ案内があればみんな動くのだと思っているから、アナウンスをちゃんと聞いていない。何か言っているなと思ったが、誰も席を立たない。何か視野の隅の方に僅《わず》かな動きが見えたような気がしたのをそのままほっておく。

待てよ、という気がした。見ると、三人ばかりの乗客がゲートを通って外へ出てゆく。大きなガラス窓を見ても飛行機はいない。ボーディング・ブリッジの先は空っぽ。

しかし気になる。ぼくは念のためという気持ちでバックパックを背負い、立っていって、ゲートの横にいたグラウンド・ホステスにたずねた。

「モロカイ？」

「そうよ、お早くどうぞ」

そうだったのか。ここで待っている人々の大半は別の便に乗るのだ。ぼくはゲートを抜け、暗い通路を歩き、階段を降り、前を行く数人の乗客に従って明るいエプロンを徒歩で横切り、少し離れたところで待っていたプロペラ機に乗り込んだ。そこできちんと数えたところ、客は八人だった。機種はダッシュ7B[9]、初めて乗る飛行機だ。それだけで嬉《うれ》しくなったが、それにしてもモロカイ島に行く人は少ないのだと改めて思う。小さい島とは聞いていたし、観光開発が進んでいないのも知っていたが、それが実感として伝わってきた。

飛行時間は二十分ほど[10]。ジョギング・シューズを横から見た形と言われるモロカイ島の北側の切り立った断崖《だんがい》を左に見ながら飛んで、やがて島の中央からちょっと西に寄ったところにある空港に着陸した。がらんとしている。八人の乗客が降りたぐらいでにぎやかになるはずがない。エプロンの脇《わき》の方に自家用機が数機並んでいるところはやはりアメリカだと思う。遠くの方に風向を見る赤い吹き流しが一旒《りゅう》なびいている。あれは英語では風の靴下《ウィンド・ソック》と言うのだったと妙なことを思い出す。

暑い日射《ひざ》しを浴びながらターミナル・ビルの方へとことこ歩いた。建物の中に入らず、脇を通って外へ出るようになっている。そこに手荷物を受け取る台があった。屋根はあるけれども風はいくらでも

9 デ・ハヴィランド・カナダ社の傑作四発ターボプロップ旅客機。千メートル以下の滑走路で離着陸できる。乗客数五十人。

10 空港と空港の間は直線距離で四十三マイル（約七十キロメートル）である。

マウイ島とモロカイ島を結ぶハワイアン・エアラインのダッシュ7B

モロカイ島で唯一の町、カウナカカイ
まるで西部劇に出てくる町のよう

通るのだから屋外というべきだろう。回転式のベルト・コンベアではなく、ただステンレスの台があるだけ。こちら側に客がいて、向こう側からおじさんたちがトラックで運んできた荷物をよいしょと台に乗せる。バーター取引のように明快。まるでミクロネシアの小さな島の空港のようだと懐《なつ》かしくなる[11]。自分の荷物に手を伸ばすと、おじさんがひょいとトランクを立てて持ちやすくしてくれる。目でありがとうを言って、持ち上げる。トランクの重みを腕に感じてあたりを見回せば、空港周辺はただ赤茶けて乾いた丘ばかりで、木もなければ人家らしいものも一つもない。淋《さび》しい島だ。

　カフルイ空港のチェックイン・カウンターのお姉さんの「ふふふ」の意味がようやくわかった。彼女は、「モロカイに行ったって何もないわよ。誰も行かないんだから」と言いたかったのだろう。しかし、来てしまった以上はここを見られるだけ見るのがいい。それに、人が少ないところはもともと好きなのだ。旅を目的主義的に組み立ててはいけない。旅の値打ちを見たものの数や、名所旧跡の数々、買物の量、撮った写真などで計ってはいけない。旅はただ気持ちよく過ごした時間の長さでのみ評価されると考えよう。この島がいい時間を与えてくれれば、それ以上望むものはない。

11 ハワイ諸島にいるとミクロネシアは身近に感じられる。朝早くグアムを離陸したコンチネンタル・エア・マイクロネシア社の便（通称エア・マイク）はトラック、ポナペ、コスラエ、クワジャリン、マジュロと飛び石のように並んだ島々に次々に降りながら一日中東に飛びつづけ、夜中にホノルルに着く。

　このあたりで「ハワイイ」という表記のことを説明しておいた方がいいかもしれない。太平洋の真ん中、北緯二〇度周辺、西経一五五度から一六〇度にかけて広がる島々は普通の日本語ではハワイと呼ばれる。しかし英語の綴《つづ》りを見た人は最後にIの字が二つ並んでいることを奇異に思うのではないか。普通の英語ではありえないことだ。そして、この島々本来の言葉ではこの名は綴りのとおりにハワイイと呼ばれる。

　ハワイイ語、すなわちこの島々に最初に来て住みついた人々の言葉は、母音は日本語と同じように五つだが、子音が七つしかない[12]。だからシラブルは一つ一つはっきりと区切って発音される。母音が多くてそれがいくらでも続くのだから、だらしなくつなげてしまっては聞き取れないのだ。ホオイアイオイア（確認するという動詞の分詞）というような綴りをどう発音すればちゃんと相手の耳に伝わるか、やってみていただきたい。従って、ハワイイもむしろ「ハ・ワ・イ・イ」と言うぐらいの覚悟がいる。この島々本来の言葉に敬意を表して、ぼくはこの紀行の中では綴りをそのままカタカナにして用いようと思う。幸いなことに日本語とハワイイ語は実に相性が

12 具体的にはh、k、l、m、n、p、w。なんと、rもsもtもないのだ（wはむしろvに似た発音らしい）。そこで、ハワイイ語としても綴れる日本語の言葉を探してみると、イヌとネコとクマとノミはいるが、タヌキとキツネはいないということになる。イカはいてもタコはいない。人の名前ならば、モモエちゃん、マイちゃん、カナちゃん、ミキちゃん、福間さん、亀井さん、日野さん、若井さん、は通用する。
ハワイイ語について詳しくは第Ⅶ章を見ること。

いい。[13]

さて、ハワイイ諸島の話だ。地球で最も大きな海である太平洋のほぼ中央に一連の島々が東から西へと伸びている。端から端まで計れば二千四百キロに及ぶ。配列を見ると、東の方には比較的大きな島々があり、実際最も大きな島は最も東にある。人が住んでいるのも東から数えて八番目の島までで、西の方の島々はみな無人島。島の高さにも東から西へ下がってゆく傾向があるが、そういう話はいずれ詳しくするとしよう[14]。

これらの島々には、今言ったとおり、人が住んでいる。それもずいぶん古い時代から住んでいた。世界には人が住む島は珍しくないし、現にわれわれの国土を成す日本列島も人が住みはじめてから久しい。しかしながら、日本列島の場合は大陸から渡ってくるのにさほどの困難はなかった。朝鮮半島から九州までは百キロほど、しかもちょうど真ん中に対馬《つしま》があって、晴れた日には互いの山々を見ることもできる。台湾と与那国《よなぐに》島の間も同じぐらいで、これまた年に何度かは見えるという[15]。見えれば渡るという発想も湧《わ》くだろう。遊び半分では行かないかもしれないが、何か背後に圧力があったら人は海を渡る決心をする。豪族同士の勢力争いに敗れた方が、屈辱の

13 簡単な話、日本語のカタカナの綴りから、ハワイイ語のアルファベット綴りがほぼ間違いなく復元できる。英語では絶対に不可能なことだ。

14 63ページ参照。

15 日本国の成立以前を考えるならば、そもそも九州と本州の間、九州と四国の間、四国と本州の間が極端に近く、渡りやすかった。本州と北海道も近いし、北海道とサハリンや千島列島の間もまた近いのだ。

日々を送るよりはいっそかすかに見える海の向こうの土地へ渡って新天地を開拓してみようと考えるのはむしろ当然である。漂着のような自分の意思に因《よ》らない渡海にしても、距離が近ければその分だけ到着率は高くなる。そうやって後に日本列島と呼ばれることになる島々に人が住みついた。

しかし、ハワイイでは話はそう簡単ではない。この諸島は、いかなる大陸からも遥《はる》か遠くに孤立してあるのだ。アメリカ大陸側から見れば、サンフランシスコから三千九百キロ、アジアの方は東京からでさえ六千二百キロ、シドニーからは八千キロある。見える距離ではない。もちろん大陸だけが移住者の供給地ではないのであって、例えばマレー半島からニューギニアの東端までは小石を撒《ま》いたように島々がつらなり、島の東の岸に立って沖を見れば陸地の影が見えないことはない。これならば朝鮮半島と九州の間や台湾と与那国島の間のように、目視した上で渡ることもできるだろう。ニューギニアから先だって、そう遠い距離をあてずっぽうで渡らなくても、ソロモン諸島、バヌアツ、フィジー、トンガ、クック諸島などを経由してソシエテ諸島やマルケサスに行くのは、さほどむずかしいことではない。[16]

16 バヌアツとフィジーの間が比較的離れているが、それでも一千キロはない。

だが、そういう島々の連鎖からもハワイイ諸島ははるばると離れている。ここに挙げた南太平洋のいわゆるポリネシアの中心を仮にクック諸島とすれば、その中心にあたるラロトンガ島のアヴァルアからハワイイまでは四千七百五十キロ。全体としてハワイイ諸島からおよそ四千キロ以内に文化の中心と言えるような土地はないのだ。

これは容易に渡れる距離ではない。古代的な航法で海を渡る場合、距離が増えると困難はそれ以上に増える。近いところならば海流も風も一定していて、うまくそれに乗れば目的地に着く。しかし距離が増せば、その間を支配する海流や風は次々に変わる。そのたびに変位を算出し、正しい方位を探しだし、そちらへ舟を進めなければならない。四千キロにわたってそれを行うための航海術の蓄積はわれわれの想像を絶する。[17]

しかし、実際にハワイイには人が住んでいるのだ。考古学的な資料によれば五世紀には既に人が渡っていた形跡があるという。[18]これは単に幸運に恵まれた漂着だったかもしれないが、十二世紀にはタヒティ島から一つの社会全体が渡ってきて、多くの人口を擁して栄えた。それがまず驚くべきことだ。もう一つしつこく逆の例証を試みるならば、小笠原《おがさわら》諸島は本州から一千キロしか離れていないのに、

17 航海術と移住の話は第Ⅸ章に詳しい。

18 この年代は遺物の発見につれていよいよ遡《さかのぼ》る傾向にある。

つい最近まで人が住んでいなかった。日本人による発見そのものが一五九三年と遅く(その前にスペイン人が見つけていたという説もある)、その後の開拓の試みも失敗、十九世紀になってからアメリカ人が上陸したり、イギリスが領有を宣言したりしている。アメリカ人に率いられたハワイイ系の人々が実際に住んだこともある。その後は一応日本領となったが、移民は定着せず、明治に入ってからようやく定住が実現した。亜熱帯気候の中にあって山も多い百平方キロの面積は決して小さすぎはしない。自給自足は不可能ではない。しかし、人は住まなかった。住める土地のすべてに人が住むわけではないのだ[19]。これを考えると、ハワイイ諸島にあんなに早くから人が住んだというのはずいぶん不思議なことに思われる。

彼らの最初の移住の意図が何であれ、ここに特異な歴史が実現したことは疑えない。タヒティとの行き来は約百年間続いた後、唐突に途絶えた。ハワイイ島民は独立した社会を作って、自足の状態で何百年かに亙《わた》って生きてきた。そして、十八世紀になって西洋人がやってきて開国を余儀なくされ、遂《つい》には併合されて、今はアメリカという大国の一州となっている。この歴史全体が特異性と普遍性の両方の面で実に興味深い。この紀行でぼくが見たいと思うのはこの

19もっと近い例を挙げれば、沖縄島から三百七十キロの南大東島に人が住むようになったのは明治三十年代のことである。大正時代には四千人が住んでいたのだから、ここもまた自給自足が不可能な地ではなかったはずだ。

ような土地の歴史と今の姿、そしてそれらの背後に見える人間の営みの意味である。ヒトは地上に生きて、子孫を生み、土地を拓《ひら》き、栄え、今見るようなグローバルな文明を築くにいたった。しかしそれをそのまま肯定して喜んでいられた時代は終わった。神がヒトという種だけを特別にかわいがってくれるという妄想はもう捨てなければならない。そういうことを頭の隅に置いた上で、この美しい島々を歩いてみたい。

今後のこともあるから、ここで八つの島に関する基礎知識をざっと整理しておこう。太陽の動きと同じように東から西へ進むことにする。前に書いたように、一番大きいのは東の端にあるハワイイ島。諸島全体と同じ名では紛らわしいので、アメリカ人はビッグ・アイランドと呼ぶが、日本語ではハワイイ島とかハワイイ諸島とか呼べるから間違えることはない。ここの面積が一万平方キロを少しばかり超える程度、つまり四国の六割弱ということになる。しかし四国には四百万を超える人々が住んでいるのに、ハワイイ島に住むのはわずか十一万人ほど。ここには太平洋圏で十位以内に入る高い山が二つある[20]。海の底から計れば世界一高いということもできる。今も

20 具体的に富士山よりも高い山を挙げてみれば——
ジャヤ（ニューギニア）／五〇三〇メートル
ビンソン・マッシフ（南極）／四八九七メートル
クルチュフスカヤ（カムチャツカ半島）／四七五〇メートル
ウィルヘルム（ニューギニア）／四五〇九メートル
マウナケア（ハワイイ）／四二〇五メートル
マウナロア（ハワイイ）／四一六九メートル
キナバル（カリマンタン）／四〇九四メートル
ギルウェ（ニューギニア）／四〇八八メートル
玉山（台湾）／三九九七メートル
クリンチ（スマトラ）／三八〇五メートル
エレブス（南極）／三七九四メートル

溶岩をゆっくりと地面の底から押し出している活火山もある。だが、そういう話はいずれということにしよう。[21]

その隣にあるマウイ島はぐっと小さくて千九百平方キロほど。実はハワイイ島以外はみなこんなものだから、一つだけが他の数倍大きいことになる。マウイ島の大きさは沖縄島[22]に対馬を合わせたぐらい。あるいは日本で最も小さな都道府県である大阪府や香川県ぐらいと言えばよいか。[23]ここは形からいうと二つの島が狭い地峡でつながった形で、東寄りの方にはハレアカラという高い山がある。[24]経済的にはここはオアフ島に次ぐ観光地であり、他に家畜、砂糖、パイナップル、花などを産する。

そのすぐ南にカホオラウェというごく小さな島がある。これは元々は聖地だったはずなのに第二次大戦の開始と同時にアメリカ海軍が爆撃演習場として接収し、そのまま今に至っている。世界中で最も多くの爆弾を受けた地面。形の上では民間に返還されたが、海軍はまだ不発弾処理を行っておらず、上陸はできない。[25]

マウイ島の西には二つの小さな島がある。南の方がラナイ。パイナップルだけを生産してきたというおかしな島である。DOLE と言えば誰でも知っているパイナップルのブランドだが、その出発点

21　第Ⅱ章参照。

22　いわゆる沖縄本島だが地理学で沖縄島である。

23　しかし島と違って内陸の行政区画は広さの実感が薄い。

24　ハレアカラは標高三〇五五メートル。ただ高いだけでなく、頂上までハイウェイが通じていて、車で登頂できる山というのがおもしろい（日本では乗鞍《のりくら》岳がそう）。下界との温度差は二〇度にもなるから、何も知らない観光客がTシャツのまま観光バスで連れてこられて震えている姿を見るのは楽しい。東側の山麓《さんろく》は国立公園になっていて、山小屋などもあり、一泊して下まで降りてくるコースは人気がある。ひたすら下るだけの登山というのもおかしなものだ。また、ハワイイ先住民の血を引くケリイとアメリカ本土から来たバリーの二人組「ハパ」の同名のアルバムに収め

がこの島。世界一のパイナップル・プランテーションで、かつては全米の生産量の実に九割をこの島で産したという。最近は観光に力を注ぐようになったらしいし、畑以外の部分になかなかよい自然が残っているというから、あるいは行ってみるのもよいかもしれない[26]。

北の方にあるもう一つの小さな島がモロカイ。ここについてはこの章で詳しく書くことになるので、ここでは省略しておく。

その西がオアフ島。大きさはマウイ島よりも少し小さいぐらいだが、ここはハワイイ州の州都ホノルルを擁する島であり、最も多くの観光客で賑《にぎ》わい、最も多くのお金が集まるところでもある。実際の話、ハワイイ州民の八割がオアフに住み、その半分がホノルルに住んでいる[27]。都市への人口の集中という今日的な問題をそのまま抱えているという意味では、ここはハワイイに属すると同時に現代文明にも属している。他の島々とは別の目で見なければならない。

もう一つ西に少し離れてカウアイ島がある。オアフ島よりもまた少し小さい。人口は四万ほど。この島についてまず覚えるべきことは、グランド・キャニオンに似た巨大な渓谷があること。このワイメア[28]・キャニオンはそれだけで見るに値する[29]。主要産業は観光、と他の島と同じことをここでも言わなければならないが、それならば

られた「ハレアカラ」という曲は実にいい。「ハパ」については第Ⅶ章に詳しい。

25 この島のことは第X章に詳しい。

26 この訪問は第X章で実行される。

27 この本では、日本の中でハワイイに最も似ている沖縄を比較の対象としてしばしば取り上げることになる。実際、沖縄は諸島であること、かつて統一国家だったことがあること、今は大国の一部になっていること、それに際して植民地的収奪が行われたこと、大規模な基地があること、今は観光が重要な産業であること、等々、共通点が多い。人口配分についていえば、沖縄県の人口百二十三万のうち、九〇%に当たる百十一万が最も大きな沖縄島に住みその約三割が那覇市にいる。

28 「赤みを帯びた水」

現代人にとって観光とは何か、それをゆっくりと考えてみるのもいいだろう。ともかく、人口の中心である大都会からこれほど離れたハワイイ諸島が今見る程度の経済規模を維持していられるのも観光のおかげという事実は否定できないのだ。

その西に、八つの島々の最後の一つ、ニイハウ島がある。ここはロビンソンという一族[30]の私有地であって、しばらく前まではまったく入ることができなかった。今ではカウアイ島から観光ヘリで行くことができるが、降りられるのは二か所のみ。見てもいいのはその周辺だけで、島の中を歩きまわることは許されない。

これだけの島々にどれほど見るものがあるか。ここがいかなる自然条件をそなえ、人の歴史がそこにどう展開し、いかなる生活を営み、それを近代と呼ばれる時代がどう変えてしまったか。その結果の上に社会を築いている今の人々は何を考え、どういう未来像をもって生きているか。この一連の旅の目的は、大袈裟《おおげさ》に言えばそれを探ることにある。実際には、島から島へふらふらと歩きながら、目に入るものを見て、人々の話を聞いて、山に登り、海に入り、書物を買ったり博物館を訪れたりして、よく考えて、わかる範囲のことを書く。土地と人の関係を見て、地球と人類の関係を考えるぐらい

山が雨で浸食されて、川の水が赤く濁っている。
29 第Ⅲ章で行こう。
30 第Ⅲ章でその一人に出会う。

のことはできるだろう。細部からはじめて全体に至るというのが好きだから、逆の流れでものを考えたくはないから、ハワイイは最適のサイズの地と見える。さしあたりそんなつもりでこの旅を始める。

モロカイの空港でレンタカーを借りて、ともかく走り出した[31]。あたりには家は一軒もない。木がほとんど生えていない枯れ草のなだらかな低い丘がしばらく続いた。地図によれば空港から東に向かうこの道が四六〇号線で、やがて四七〇号線との分岐があることになっている。島の南岸にある宿に行く前に、まず島の北の方を見ておこうと考えた。そのためには分岐を左に行けばいいわけだ、とわかっていながら間違えた。

どこの島にもそこの大きさに合わせた距離感の固有の尺度がある。到着してすぐにはなかなかそれがわからない。そのため、道の分岐点を気付かずに通り過ぎることを警戒するあまり、手前にあるもっと小さな分岐を曲がってしまったらしい。標識がないことはその道が四七〇号でない証明にはならない（実際、しばらくしてわかったのだが、大事な分岐や交差点に表示がないことは珍しくない）。道はそれまでよりもだいぶ狭くなった。区画整理のできた畑が広がり、

31 この旅の基本型は、飛行機でどこかに着いて、レンタカーを借りて、走り出すことである。アメリカのレンタカーは安い。日本の三分の一というのが実感。なぜだろう？

パラアウ州立公園の展望台からカラウパパ半島を見下ろす

数百メートルおきに家がある。家を囲むように伸びたユーカリ[32]の林が美しい。なかなか感じのいい村で、典型的なアメリカの田舎の集落にも見える。

車を停めて地図を見た。どうやらホオレフアという村に入ってしまったようだ。ここは先住のハワイイ人にちゃんと土地を返還しようという趣旨で一九二一年に作られた「ハワイイ人住宅委託法」によって貸与された土地である。悪い法ではないが、このような場所に定住できたのはずいぶん幸運な人たちで、だいたいはうまくいかなかった[33]。要するに法が作られたのが遅すぎたのだ。白人の大会社に土地を奪われたハワイイ先住民はとっくの昔にホノルルに流れこんで都会型の貧民になっていたから、タロ芋などを作って農業で暮らす術《すべ》は既に失われていたのである[34]。その話を思い出しながら、がらんとした集落を通りすぎた。人影はまったくないし、車一台通らない。そう言えば、空港を出てから一台の対向車にも会ってない。

結局、さして遠回りをすることなく当初の目的の四七〇号線に出た。広い立派な道だ。迷わず左に行く。松の目立つ林の中を道はゆっくりと登ってゆく。次第に傾斜が急になり、それと同時にカーブがきつくなる。間もなくパラアウ[35]州立公園に着いた。車を降りて松

32 オーストラリア原産の高木。早く大きくなることで有名。南洋ではよく自然林を伐採した跡を隠すために植えられる。

33 「この法律によって、ハワイ併合時にハワイ共和国がアメリカ側に『割譲』した一七五万エーカーのうち、およそ二〇万エーカーがハワイ人（五〇％以上の先住民の血統）が住宅地あるいは牧草地や農地として使用するために保留され、準備が整いしだい、該当ハワイ人に土地を割り当て、九九年間、年間一ドルで借地権を与えることが定められたのであった。保留地設定には、砂糖やパイナップル農園などを除外するなど、五大財閥への影響がでないような配慮がなされていた法律であったにもかかわらず、その後の保留地の管理はずさんで、大資本家にリースに出されるなど、ハワイ人に

の林の中を歩く。標高五百メートルほどあるから、海からの風が心地いい。小さなカラウパパ[36]の半島を見下ろす展望台に出た。ハワイイは山が多いから、見下ろし型の観光ポイントもずいぶんたくさんある。ここもその一つで、山が連なる島の本体から平たいベランダのように張り出した半島は陽光を浴びて美しかった。王国時代以来ここはハワイイ全土からハンセン病の患者が強制的に送り込まれる隔離地で、ずいぶん悲惨な状態だったらしい。十九世紀後半にベルギー人のダミアン神父[37]という人がここに住みつき、身を挺《てい》して患者たちの援助活動を行った。まことのキリスト教徒の精神と言うべきだろう。五百メートルの断崖《だんがい》の道を降りればその活動の跡をいろいろと見ることができるのだが、今回は我慢することにした。

　同じ道を戻って、空港の脇《わき》を通り、島の西に向かった。やはり延々と荒れて乾いた土地が続く。モロカイ島は東と西でまるで地形が違う。西は低く、降雨量も少なく、緑がない。東の半分には東西に伸びる脊梁《せきりよう》山脈があって、最高地点の標高は一五一五メートルあり、雨も多い。山々は雨林に覆《おお》われている。マウイ島がそうであるように、ここも二つの別々の島だったのがつながったのかもしれな

とっては効果的なプログラムの運営はなされないまま七〇年余りを経過した……」（中《なか》嶋《じま》弓子著『ハワイ・さまよえる楽園』東京書籍）。

34　この問題については第Ⅳ章に詳しい。

35　「木の柵《さく》」

36　「平らな土地」第Ⅹ章ではこの半島を海の側から見ることになる。

37　ハンセン病ないしそれとおぼしい皮膚疾患の患者はハワイイ社会から放逐された。疑わしい者は身柄を拘束され、カラウパパ半島の沖まで舟で連れてこられて、海中に投じられた。カラウパパの東端のカラワオには彼らの悲惨きわまるコロニーがあった。ダミアン神父はベルギー人で、一八七三年にカラウパパに赴任、それまでの宣教師たちとは違って、現場に住み込み、献身的に病者たちに尽くした。

い。

　人間に使われていない土地がこんなに広がっているのを見るのは不思議な気持ちがする。これは日本のような国に生まれ育ったものの偏見なのだろう。東アジア一帯は世界でも土地利用効率が最も高いところで、日本の場合は地形の単位が小さいだけに実に細かい規模でちまちまと土地は利用されている。人口密度一つを考えてみても、日本全土の平均は一平方キロに三百二十五人[38]、つまり富士山の山頂や日本アルプスから南鳥島までひっくるめて配分したところで一人あたり一千坪の土地はないのだ。だから山崩れの危険があるところにも、崖《がけ》っぷちにも、軍事基地の隣にも、人は住む。それに対してモロカイ島の人口密度は十人を切っている。日本で最も低いのが北海道で、これが六十八人。モロカイは実にその七分の一である[39]。

　以前にアリゾナ州を走った時も、道路以外に人の痕跡《こんせき》がなにもない土地が延々と広がっていた。遠方には峨々《がが》たる山が連なっているが、そこまでの間は枯れた草の乾燥地（道端でそれが派手に燃えているのを見た）。枯れているとはいえ草なのだからかつては緑だったのだろうが、いったいそれはいつのことだったか。インドの南の方を汽車で渡った時もそうだった。インドはあんなに人が多い[40]国な

彼自身もハンセン病に感染し、一八八九年に四十九歳で亡《な》くなっている。ハンセン病は一九四〇年代にサルファ剤が発明されたおかげで完治可能になり、今は過去の病気となっている。カラウパパのコロニーの人々はどこへ行くのも自由だが、住み慣れた土地はここしかないとそのまま住みつづける者が少なくなかった。ここはいずれ国立公園になる予定。

38 東アジアの国で人口密度が百人を切るところはないが、逆にアフリカや北米南米には、一部の島嶼《とうしょ》国家を除いて、百人を超える国がない。

39 まあ、日本でも極端なとこを探せば、沖縄県の西表《いりおもて》島の人口密度は一平方キロあたり六人なのだが。

40 人口八億七千万人。人口密度二百六十五人。

のに、デカン高原まで行くと町と町の間はずっと黒っぽい土や岩ばかりの丘陵地帯だった。旅をしていると人が住まない土地、住めない土地を見ることは珍しくない。ひょっとしたら、世界の大半はそうなのかもしれない。

日本についてはよくわかっている。雨が多くて、地形のユニットが小さく、人の手でよく管理されている。他に、例えばイギリスの田舎というのは（これまた汽車の窓から見たのだが）、なだらかな丘が延々と連なって、それがすべて牧草の緑、そこに飼い主を識別するために尻尾《しっぽ》だけを赤や黄色に染められた羊の群れがもぞもぞもぞと移動していた。ここでも土地の利用効率はずいぶん高い。つまり人の手の跡が至るところに見られる。だいたいヨーロッパの森林というのは一度すべての木を切ってしまった後に植林された人工の森ではなかったか。そういう風景を見慣れた者には、人の手が加わっていない地形、人が手を出せなかった土地というのは不思議に見える。

島だから、狭い分だけ徹底して利用せざるを得ないところだから、ハワイイ諸島には人の手が加わっていない場所はないと思っていたのが完全な勘違い。乾燥して使いようのない土地も多いのだ。この島々に鬱蒼《うっそう》たる熱帯雨林と白砂のビーチだけを期待するのは見当違いなことだった。行ってみないとわからないことが多いから旅はおもしろい。

　大洋の中にある島の雨量は高さで決まる。風の流れを遮るように高くそびえる島は、それだけたくさんの雨を受けることができる。遠くを飛ぶ飛行機から見ても高い島の上には発達した積乱雲があるからすぐわかる。世界一の雨量を誇るのはカウアイ島のワイアレアレ山の周辺と本には書いてある（年間雨量の記録は一万七千ミリ！　十七メートル！　東京の十倍！　常に濡《ぬ》れそぼって虹《にじ》を仰いでいる土地だ[41]）。その一方、珊瑚礁《さんごしょう》から成る低い島には雨は降らない。湿気を含んだ風は島の上をさっさと通りすぎてしまう。同じ対比がこのモロカイ島では高い東とフラットな西の間に成立しているらしい。

　モロカイ島の西の方がずっと未開発のままだったわけではない。かつては大企業によるパイナップル・プランテーションの試みもあったのだが、結局は赤字に負けて放棄された。一九六九年に大きな貯水池が完成して、これで西半分の水問題は解決と思われた矢先のことだった。ブラジルの会社が新種のコーヒーを試みるとか、ニュージーランドから羊を飼育する計画について打診があったとか、話

41 この話は第Ⅲ章に詳しい。

はいろいろあるが、どれも実現にはほど遠い。荒れた丘の間を車で走りながら、ここに水を引いて、牧草を育てて、いずれ沃野《よくや》が生まれるのだろうかと考える。

こんなに人の姿がない土地で、経済のことがこれほど現実味を帯びて迫ってくるというのがおかしい。いや、経済というものを軽視してきた自分の方がおかしかったのだろうか。日本では経済計画は官僚が立てて民間が実行する。そういう構図が、官庁とはつきあいのないこちらの頭にも、あたりまえのこととして入っている。しかしアメリカでは企業が勝手に計画を立て、進出し、現地の人々を巻き込んで具体化する。成功すれば全体が潤《うるお》うし、失敗すれば企業はさっさと撤退する。官僚は最小限の規制しかしない。ついでに言えば、企業の計画に対して地元の誰かが反対しようとしたとすれば、その人々は自分たちで組織を作って戦うしかない。企業というのは営利のみを目的にするものだから、敢《あ》えて言えばある土地の富を徹底して収奪した後で他の豊かな土地へ転出することを妨げる論理はない。そうやって企業が次々に土地の富を吸い上げ、後に荒れ地と廃棄物を残した結果が今の環境問題ではないか。アメリカのハンバーガー業者の手でブラジルの熱帯雨林を舞台に展開されている牧畜は、そのような収奪型のビジネスの典型であると言われる。ハワイイの小さな島の隅の方を走っていても、すべてを企業に任せるアメリカ型資本主義の図式が実によく見える。資本の論理を隠さない点では、日本などと違って、正直な社会と言えるだろう。

人にはいろいろ癖があるもので、旅となるとそれがいよいよはっきり出るのだが、自分の場合はまず端まで行ってみるというのが顕著な癖らしい。島に渡った場合、ともかく全容を知らないとどうも落ち着かない。モロカイ島でもどうしても西の端が見たかった。四六〇号線をどんどん走ると、道はやがて最後の丘を越えて海辺へ出た。白い広い砂浜がひろがるパポハク[42]・ビーチ。ちょうど夕日が美しい時間だ。

しかしここにもほとんど人がいない。思い出してみれば今日は日曜日なのに、島で一番いいこのビーチへ人が押し寄せるということはなかったようだ。海岸の手前にはシャワーやロッジなどのちょっとした施設が用意してあって、ピクニック・ランチもできるようになっている。緑の芝生の上で一家族が何かボールを投げて遊んでいる。他には誰もいない。がらんとしている。

42「石垣」最近はここの砂が建築資材としてオアフ島に大量に運び出されているという。

砂浜に出てみた。ごく薄い茶色の砂がずっと遠くまで続いて、正面からの日を浴びている。そこにも誰もいない。いや、一組だけ、男女が砂の上に寝そべって海を見ていた。なかなか満足そうに見える。そばに行ってちょっと声をかけた。

「いい日曜日だった？」

「ああ」と男の方が答えた。「一日ここでぼんやりしていた。少し泳いだし、いい日だったさ」

女の方は眠そうな目でちらりとこちらを見て、口もとに微笑を浮かべて、また目を閉じてしまった。なんとなく言葉が宙に浮く感じで、うまく話がつながらない。せっかくの至福の時間を乱しているような気になる。ぼくはうなずいて、立ち上がり、車に戻った。

モロカイ島には町と名のつくものは一つしかなくて、そのカウナカカイ[43]という町はまったく西部劇のようだとガイドブックには書いてある。夕日を浴びた町並みはまさにその言葉のとおりだった。正面ばかり形を整えた店がずらりと並び、その前に車は停めてあるけれども、そこには馬がつないであってもおかしくない。メイン・ストリートを端から端まで歩いても五分。しかし、残念ながら西部劇風の酒場はなかった。ぼくはフィリピン料理の店を見つけて、早い

43「砂浜の上陸地」

夕食をとった。ビールを頼むと店番の少年は隣の店へ買いに走ってくれた。アドボ[44]とピナクベット[45]はなかなかうまかった。他に客はいない。

宿は「町を出て東へ少し行ったところ」とガイドブックに書いてあったが、四五〇号線をいくら走っても到着しない。ひょっとして通りすぎたかなと少しばかり不安になった頃、ようやく小さな看板が見えた。なんと町から十三マイルもある。二十キロを超える。要するにそういう土地であり、そういう距離感なのだと考えることにしよう。

ハワイイを取り上げた理由をもう少し説明しよう。どうもぼくにはここが人間と自然のつきあいの歴史を集約した土地のように思われるのだ。まず、最初の光景ではここには陸地さえない。あるのはただ広い太平洋だけ。もちろんその名はまだついていなかったし、形だって今とは違うものだった。いずれにしても大きな海があり、日が照り、波がゆうゆうとうねり、夜は満天の星が輝いて、それが全部だった。そこに島が生まれた。島は次々に生まれつづけ、西へと動き、並び、現在に至っている。その話もいずれしよう。そうし

44 スペイン料理でアドボと言うと漬け汁に肉などを漬けて味を滲ませることらしいが、フィリピンの場合は醤油《しょうゆ》と酢に漬けた肉や野菜をゆっくり煮たシチューの類《たぐい》。ぼくは自分でも作るが、米の飯とよく合ってうまい。

45 これも肉と野菜のシチューだが、調味料としてバゴーンというアミ（小さなエビ）の塩辛を使う。

て、島ができて、ずいぶん長い時間がたった時、南の方から人間がやってきた。

土地があって、そこに人がやってくるという構図そのものが人間の歴史の最初である。どんな土地でも人間は最初からいたわけではない。そういうことを誇れるのは人類発祥の地といわれるアフリカのどこかだけで、他の土地へは人は移住によって入っていったのである。そして、ハワイイでは移住はその痕跡を伝承や生活形態の中に今も辿《たど》れる程度の近い昔だった。多くの人が渡ってきて、島々に広がり、子孫を増やし、栄えた。それだけでここを楽園と呼ぶわけにはいかない。彼らの間にも戦争はあったし、ハリケーンなどの災害[46]も珍しくなかった。暖かい分だけ北の方より生活は楽だっただろうか。神話や歌や踊りがあれほど発達したところを見ると、文化に心を振り向けるだけの経済的余裕もあったのだろう。ここまで来て、ずっとここに住み、他へ移住しようという話がでなかった以上、みんな満足して暮らしていたはずだ。

そこへ、この数百年に亘《わた》って他の人種を圧して積極的に自分の住む土地の外へ出た人々、ある意味では攻撃的で野心に富む人々がやってきた。実際、十五世紀以降の世界史はもっぱらヨーロッパ人の

46 具体的な話は第Ⅷ章にある。

進出が作った歴史と解釈することができる。ハワイイにも彼らはやってきた。最初はわずかだったが、その数はやがてどんどん増え、先住の人々の生活をすっかり変えた。もたらされた病気や銃や経済制度や新しい風習のために、先住の人々の数はすっかり減ってしまった。王朝は倒され、この島々はまとめて白人の大きな国の支配下に入ることになった。サトウキビをはじめとする大きな規模の農業経営がはじまり、労働者が東アジア各地から大量に連れてこられた。島々には世界にも類を見ないほど多くの人種が集って、言ってみれば世界の縮図がこの島々の間に現出した。さまざまな軋轢《あつれき》が生じ、その一つ一つが解決されたり、なしくずしにされたり、揉《も》み消されたりした。そういう過程そのものが新しい世界像を求める実験のように思われた。

そして、大きな戦争が起こった。この島は開戦の場となり、多くの艦船が沈められた。その時を除けば、島々が直接の戦場となることはなかった[47]が、戦線は遠くなかったし、そこへ赴く兵士たちを支える基地としてここは奇妙な繁栄を体験し、やがて戦争は終わった。島々は大きな国の州の一つに昇格し（これを昇格と呼んでいいものかという声もないではないが）、農業は全体として衰退して、観光

47 独立戦争以後、アメリカ国民は自国の領土での戦いを経験していない。この真珠湾を唯一《ゆいいつ》の例外として、空襲さえ知らない。住む土地が戦場となることの苦痛を知らないことが、彼らの戦争観をずいぶん楽観的なものにしているとぼくは思う。

地の面を専《もっぱ》らとする都市文化の方がよほど羽振りがよくなった。
われわれが見ようとしているのはこういう土地である。

翌日、ハラワ[48]に行った。東西に細長い島の西の端を見たのだから、次は東の端である。ジョギング・シューズの踵《かかと》の方を終えて、次は爪先《つまさき》の方（カラウパパ半島は靴紐《くつひも》の結び目あたり、カウナカカイの町は土踏まず）。道は靴底の側を走っている。海沿いの道をしばらく行くと、やがて海と山が迫りはじめ、道は左右にうねって、細く、険しくなる。対向車に用心しながら登ってゆくと、やがて牧場の中に出る。海岸近くの平野から一段登った台地が広い牧草地になっているのだ。プウ・オ・ホクという牧場の名は星々の丘を意味するという。この牧場が島で最も大きくて安定している企業である。牛に挨拶《あいさつ》しながらなおも山を登り、ずいぶん高い崖《がけ》の中腹で海の上に出た。車を停めて降りてみる。

実に美しい入江が見下ろせる。ハラワ湾だ。黒い火山性の岩がごろごろして、その先は白い砂になっている。そこに波が押し寄せているのがくっきり見えた。湾を隔てて対岸の急斜面までは一キロというところだろうか。左手の奥の方から川が流れてきて湾に注いで

48「曲線」

いるのが見える。川の両脇《りょうわき》は叢林《そうりん》になっていて、ところどころに草地も見える。それがずっと奥まで続いている。

この地形についてはもう少し詳しく説明した方がいいかもしれない。これこそ昔からハワイイに住んでいた人々にとって最も基本的な土地の形、世界観の基礎だったのだから。ハワイイ諸島は火山によって作られた島である。まず、さらさらの溶岩が何度となく流れて緩傾斜のなだらかな台地が形成される。それが時間と共に雨などの作用で浸食されて崩れてゆく。特に川の流れは狭く深い谷を穿《うが》つ。それは飛行機からもはっきり見ることができるし、例えばハワイイ島の北東側をヒロからワイメアの方へ車で走ると、台地の縁に沿った道が時おりぐっと内陸の方へ曲がりながら下がってゆき、やがて狭い谷の上を橋で渡ってまた登りながら海の方へ戻るという形が何度となく反復される。[49]もしも橋のところで車を停めて奥の方を見れば、谷の一番奥に滝がかかっているのが見えるだろう。台地から流れてきた水は滝となって谷の底に落ち、そこをしばらく流れてから海に注ぐ。

そして、この形、言ってみれば気の弱い子供が遠慮がちに切ったパイの一片のように細く長い二等辺三角形の谷がハワイイ人が住み

49 同じことはマウイ島のハナへの道でも体験できる。

着いた土地の基本型だった。彼らにとって最も大事な作物はタロ芋である。この芋は畑ではなく田と呼んだ方がいいような水の多い土地で育つ。[50]水を確保するのには台地に穿たれたこの渓谷の底に住むのが賢いやりかたで、だからハワイイ人にとっては背後に滝を背負い、正面に海への開口部を持ち、左右を高い崖にはさまれた細く長い地形が最も親しいものだった。この地形にはハワイイ語でアフプアア[51]という名前がついている。

ハラワはその典型である。それを崖の上の展望地点から確かめて、ぼくは車を進め、海岸へ降りた。今日の目的は渓谷の一番奥、二等辺三角形の頂点の位置にあるモアウラ[52]の滝まで行くことだ。車を置いて、最小限の荷を背負い、ぼくは意気揚々と歩きはじめた。今この谷にはごく僅《わず》かの人しか住んでいない。道の脇に一軒の比較的大きな家があった。静まり返っていて住人がいるのか否《いな》かはわからない。家の横に道に覆《おお》いかぶさるようにして大きなグアバの木があって、実がたくさん地面に落ちている。それが強烈な匂《にお》いを立てている。決して悪い匂いではない。頭がくらっとするような甘い発酵臭。いかにも熱帯らしい、密林を印象づける匂いが立ち込めている。匂いは煙のように目に見えるかと思うぐらい濃い。

50 詳しくは第Ⅳ章で。

51 これは自然地形を呼ぶ名であると同時に社会的な呼称でもあった。この区画の境界が豚(プアア)の形に石を積んだ標識(アフ)によって表示されたところからこの語が作られたと辞書にはある。

52 「赤い鶏」

道は右手に川を見ながら、平行して伸びている。道と川との間の一本の木に白いブリキの矢印が打ちつけてあった。渡れということだろうか。一度は無視してそのまま進んでみたが、やがて道は細くなり、藪《やぶ》の中へ消えてしまった。戻って川を渡る。革の登山靴が濡《ぬ》れるのもかまわずどんどん徒渉する。というのも、数日前にハワイイ島のワイピオ[53]渓谷で同じような状況に遭遇して、いくつかの流れをなんとか靴を濡らさないよう苦労して渡ったあげく、最後になってどうしても乾いた足のままでは渡れない大きな川に行く手を阻《はば》まれて、靴のまま踏み込むという体験をしているのだ。そこまでの、飛び石づたいの綱渡りの苦労は何だったのだ。その時に、ハワイイのトレッキングでは靴は濡らすものと決めてしまった方がよほど気が楽だと知ったのである。

対岸には道らしいものがあった。それを辿る。疎林《そりん》の中を抜けたり、小さな草の原を通ったり、川原をかすめたり、なかなか変化に富んだコースだ。ところどころに石垣が残っているのは、かつてタロ芋畑として使われた時期の畦《あぜ》の名残なのだろう。最近整備されたばかりとおぼしいパパイヤの畑があった。高さ三メートルばかりのひょろひょろのパパイヤが何十本も行儀よく並んでいる。思い出し

53「曲がった水」

たように道の脇の石にコースを示す矢印がペンキで書いてある。それを見るたびに迷ってはいないのだと思い、安心して進む。時おり、よく繁《しげ》った木々の間から遠くに滝が見えた。あそこまで行くのだと元気を出して、また進む。あとせいぜい三十分と予想すれば、気分はもう滝の下に立って飛沫《しぶき》を浴びているかのよう。

しかし、迷ってしまった。まず相当に深い暗い林の中で下草の間に道がなくなった。少し戻って道らしいものを見つけ、それを辿って行くと川原に出る。また流れを渡るのかとざぶざぶ対岸に行って道を探したが、それらしいものはない。川からはまた滝が見える。進むべき方向はわかった。あとは道を見つけるだけ。戻って、藪を抜けて、しばらくは川に沿って下る。ずいぶんうろついてから、ようやく道らしいものを見つけた。辿ってみると、ありがたいことに次第に幅も広くなって道らしくなる。これでもう間違いないと思ってどんどん進んだ。こうなったら早く滝に着いて休憩したい。

しかし、行けども行けども滝には着かない。こんなはずではないと思うから、いよいよ急ぐことになる。小一時間も早足で歩いて、一、二度川を渡った。まだどんどん歩く。なんとなく道がしっかりと立派になってきた。よく見ると車が通るような道だ。おかしいなと思ったが、なにしろ知らない土地、ひょっとしたら谷の反対側からも滝まで車の道が通じているのかもしれないと思いなおす。ともかく、滝に着けばいいのだ。

その三分後、ぼくは茫然《ぼうぜん》と立ちつくしていた。出発点に戻っていたのだ！　世界全体がぐるっと百八十度回ってしまった感じ。めまいがした。いったいどういうことだろう。知らない道を行く時、人は頭の中に自分を中心にする一つの図柄を作りながら歩く。今はこのあたり、ここは全体から言えばこの辺、あそこに見えるのがたぶん何々、そうやって世界像を描きながら進む。迷った時はそれがぼやけて曖昧《あいまい》になるから、仮説をいくつか用意して進むことになる。いずれ最後にはいくつかの仮説のうちの一つが現実によって選ばれ、世界像は確定するはずだ。しかし、まったく予想もしない展開になり、一瞬にして図柄の全体が逆転するというのは、(見栄《みえ》で言うわけではないが) ぼくにとってはずいぶん珍しい体験である。

すごすごと海岸まで出て、流木に腰を下ろして考えた。一番奥まで行って迷った時、知らない間に道を一度横切ったのだろう。だから、また同じ道に戻った時、実は逆の側から道にアプローチしたことに気付かなかった。だから右に行くべきところを左に行ってしまった。しかも道に出られた嬉《うれ》しさに自分の判断をまったく疑わなかった。山でなく平坦《へいたん》な土地だったのも原因の一つで、山ならば登りと下りの区別は歴然としている。太陽がちょうど頭上にあって日の射《さ》しかたで方位がわからなかったのも不運だ。コンパスは持っていたが自分の判断を疑っていない時には人はコンパスや地図を見ないものである、等々。

もう一度同じ道を辿る元気はない。ガイドブック[54]の説明を丁寧に読んでみると、モアウラの滝へのコースはずいぶんわかりにくくて、そこを目指すトレッカーの五割以上は行き着けない、と地元の人は言っていると書いてあった。それならばもう少し道を整備してくればいいようなものだが、そこはそれ自主独立の国、個人の努力に俟《ま》つのが正しいのだろう。それに、また迷ってすごすごと戻った奴《やつ》がいたと笑うのも楽しいかもしれない。「まあなかなかよそ者があの滝まで行けるもんじゃねえよ」とか言いながら地元の連中がビールを傾ける姿が目に浮かんだ。

その途端に空腹に気付いた。大きなパパイヤ一つとビスケットと水という昼食をとる。旅やら山やらでは迷うことは珍しくないが、この大ハワイイ紀行が最初からこれでは先が思いやられる。だがそ

54 この一連の旅でずっと使ったのは、MOON社のシリーズ。J.D.BISGNANI著、“OAHU HANDBOOK” “MAUI HANDBOOK” “BIG ISLAND HANDBOOK” “KAUAI HANDBOOK” である。実に何から何まで書いてあって役に立つ本だ。こういうガイドブックを一人で書きあげる男をぼくは尊敬する。

れもよしとしないと視野が狭くなるだろう。まずはこのきれいな海岸を見て、また来る日のことを考えよう。

ハラワはモロカイ島で最初に人が住みついたところだと言われている。それが七世紀だからずいぶん昔のことだ。実際、外から舟で来るとすればこの湾は着岸するのにちょうどいい場所ということになる。それに、上陸すれば目前に開拓を待っているような肥沃《ひよく》な土地があるのだから、人が住まない方がおかしい。

しかし今ここにはほとんど人は住んでいない。第二次大戦中まではここはきちんと手入れされたタロ芋畑がテラスのように並ぶきれいな村落だった。しかし一九四六年にこの湾は大きな津波に襲われ、畑は海水をかぶって全滅した。人々はこの谷間を捨てて移住し、家と庭と畑があったところは今はもう叢林になっている。このあたりでは人が手を引けばすぐにも自然がその土地を奪回する。人と自然の間、人と土地の間にはさまざまな交渉がある。手のつけようがなくて放置された荒れ地もあるし、丁寧に手入れされた耕作地もある。それだって放棄されればすぐにもさまざまな植物が繁茂しはじめる。そういうやりとりのすべてが人と自然を複雑に結びつけてきた。災

典型的なアフプアア地形のハラワ湾

害に脅《おび》え、実りに感謝する。自然のシステムを人間的に解釈するために多くの神々が登場し、自然との仲介の労を取る。

そういう時代がかつてはあった。今、われわれの運命を決める因子の大半は他の人間、他の社会、他の国家から来る。自然は背景に遠ざけられ、人間たちの派手なドラマの単なる舞台装置になりさがったかのようだ。ハワイイを巡る問題にしたところで、人種にしても、経済にしても、また観光にしても、基地にしても、すべて人間に由来するものだ。しかし、いずれは自然の力のことをもう一度しっかりと考えなければならない時が来るのではないか。そうだとしたら、なるべく早くそれについて先に考えておいた方がいいのではないか。ハワイイは自然と人との関係が実に見てとりやすい、世界の模型のような場所である。他ならぬここで、島から島を巡って、歴史を辿《たど》って、最後には再び自然に帰る思索を巡らしてみよう。

ぼくは立ち上がって車に向かった。

Ⅱ　オヒアの花

オヒアの花

キラウエア[1]の火口の縁に立って息を呑《の》む。

壮絶な風景などと言っても言葉がいかにも貧しく思えるだけ。目に見えるものを具体的に描写すれば、大きな円形の陥没が目の下に広がっているということになる。穴と呼ぶには直径五キロは大きすぎるし、盆地と言うには縁が切り立っている。巨大なナイフを垂直に地面に差し込み、ぐるっと一周させて中の地面を取ってしまったかのよう。底は平坦だから、アメリカ人ならばパイ皿のようとでも言うだろう。しかも色がない。強いて言えば焼けた岩の色。一点の緑も見えず、もちろん人の営みの痕跡《こんせき》もなく、ただ荒涼たる岩の造形が広がっている。

これぐらい大きなものを目の前にすると、自分というものが点になってしまう。身体《からだ》の大きさがなくなり、二本足で立っているという感じがなくなり、あまりに大きくて非人間的な光景に拒絶される感じで、それを見ている目だけに還元されて立ちつくす。しかも崖《がけ》の縁にいて視点が高いから宙に浮いているようで、いよいよ現実感

1「吐く、広がる」火山の噴火と溶岩の噴出を表現する地名である。

が薄い。

何の音もしないことも異様な印象を強める。空は完璧《かんぺき》に晴れて、北緯二〇度の日射《ひざ》しは強い。あとはかすかに風が吹いているだけ。そして無音。鳥も飛ばず、虫も這《は》わず、動くものはなに一つ目に入らない。一時間見ていれば太陽の位置は変わるだろうし、遠方の雲の配置にも変化が見られるはずだが、それ以外はまったく同じ光景がいつまでも続く。明日になっても同じ光景。来月もたぶん同じ。まるで何百万年も前からここはこうして見るままに、生きたものの影のまったくない、まるで火星の表面のような風景が続いてきたかのように思われる。

しかしそれは違うのだ。実際には、ここは地表で最も新しい大地である。新しいからこそ荒れて見えるのだ。巨大なカルデラ[2]の縁に立ったぼくの目に映っているのは、地殻の奥から出てきたばかりの素材で造られた地面である。

どこにせよハワイイ諸島の山の中を歩いていると、植物の力に圧倒される。熱帯の太陽は暑く照りつけ、雨はたっぷり降る。植物は地面の隙間《すきま》を争って埋めつくすように繁茂し、高く伸び、樹冠を作る。そういう大木の下にもっと低い木が育ち、それらすべての木の

2 カルデラもクレーターも火口だが、カルデラの方が広くて浅くて大きい印象。クレーターは古代ギリシャの「混酒器」が語源。カルデラはカナリア諸島にある火口を指す固有名詞から一般化した言葉で、語源は大釜《おおがま》。どちらも飲食に関係があるのがおかしい。

幹に今度は蔓《つる》で巻きつく別の植物が絡《から》まる。仕上げとして林床には下草が生える。シダが密生する。あらゆる空間は植物の葉によって囲いこまれ、その間を虫や鳥が飛びまわる。そういう土地の真ん中に、これだけ空っぽの、何もない、広漠たる地面が広がっているのは、この地面が形成されたばかりだからに他ならない。植物たちが入ってきて領土宣言をするだけの時間がたっていないのだ。

キラウエアは、東から西に並んだハワイイ諸島のいちばん東、ハワイイ島の南東の端にある活火山で、海までもそう遠くはない。それがいちばん東にあるについてはそれなりの理由があるのだが、それは追って話すことにしよう。ヒロの町から車で一時間ちょっと走るとこの大きなカルデラの縁に出る。標高は千二百メートルを少し超えるぐらい。ヴォルケーノ・ハウスという静かなホテルが一軒あり[3]、火山観測所があり、カルデラの周囲を巡る道路がある。観光地には違いないし、ずいぶんたくさんの人が訪れるが、これほど無愛想な風景を人々が見に来るというのも思えば不思議なことだ。人は地の底から沸き上がる力への畏怖《いふ》の念を求めてここへやってくる。そういうものを見たいというか、見るべきだというか、そのような思いが人の中にはある。たしかに人間は時に自分たちの能力で制御

3 創業一八六六年。このホテルの大広間には、それ以来ずっと火を絶やしたことがないという暖炉がある。本当に創業以来ずっと火は燃えていたのか、うっかり消してしまってあわてて再点火したことはないのか、ホテルの人をからかうとおもしろい。それはともかく、木造二階建てで三十七室、ちょっと古風ないいホテルである。

できないものを目《ま》の当たりにして、自分の力の限界を知った方がいい。このような形で露骨に火山の力を見ることができる場所は世界でも珍しい。

ぼくはひとまず縁から離れて、車に乗り、カルデラの中のハレマウマウ[4]という名で知られる新しい火口の方へ行ってみることにした。他の土地ならばともかく、ハワイイで車を借りるのならやはりコンヴァーティブルがいい。雲のかけらもない熱帯の晴天の下を走るには、屋根がなくて風がいくらでも入ってくる車が気持ちがいい[5]。レンタカー屋で借りられるコンヴァーティブルはだいたいムスタングと決まっている。この車は車体の剛性が不足しているせいか運転していてそれほど楽しい車ではないのだが、陽光と風はこの欠点を充分に補ってくれる。

ハレマウマウ火口も観光名所になっているから、駐車場には車やバスが並んでいる。ここで降りて十分ほど歩くと火口の脇《わき》に出る。巨大なキラウエアのカルデラの中にもう一つ小さな火口があるのは、噴火が収まって火口底が冷えて固まった後、中でまた小規模な新しい噴火が起こったからだ。観光客たちは小さな火口を見下ろす展望

4 文字どおりは「羊歯《しだ》の家」だが、ここでは「火に耐える家」であるらしい。

5 とはいうものの、やはりコンヴァーティブルは高い。何度もハワイイに行って、借りたのはこの時ばかりだった。

台まで行って、ざっと見て、写真を撮って、帰ってゆく。ぼくはもう少し先まで行って、火口を反対側から見てみた。硫黄の匂《にお》いが立ち込め[6]、身体の弱い人はこの先へ進んではいけないという警告の看板がある。地面の割れ目から蒸気が立ち昇っている。人がいなくなると途端にあたりは静かになる。かすかな風以外に音を出すものが何もない。生物が登場する前の地球に迷い込んだよう。

高い縁から見た時はカルデラの底はひたすら平らに見えたのだが、実際に歩いてみると相当に凹凸があり、崩れた岩また岩を乗り越えて進むようなところもある。カルデラの底を形成している溶岩は一度の噴火で生じたものではなく、最も古いもので一八八五年、ぼくが踏んで歩いているハレマウマウの縁の部分も一八九四年とだいぶ時間がたっているけれど、前の方に広がる黒っぽいあたりは一九八二年四月に噴出したものだから、まだ日の目を見てから十数年。長い間、地下の闇《やみ》の中で憤怒《ふんぬ》に燃えて煮えたぎっていたマグマが躍り出し、地表のあまりの空っぽさに気が抜けてそのまま静かに固まったという具合。いや、マグマが怒っているなどという表現は慎んだ方がいい。自然はただ力を行使して自分が思うとおりにふるまうだけで、そこには一片の感情もないのだから。

6　ぼくはこの火山の硫黄の匂いを小学五年生の時に箱根の大《おお》涌谷《わくだに》ではじめて嗅《か》いだ。懐《なつか》しい異臭である。

もっと具体的に考えてみよう。ハレマウマウはキラウエア全体をそのまま小さくしたような形をしている。象の背中に小さな子供の象が乗っているという図を上下ひっくりかえして、大きな火口の中に小さな火口がある。直径一キロほど。深さは数十メートルで、底はやはり焼けた岩の色の、平坦な、ざらついた広がり。しかし、一九二四年五月の爆発と陥没の直後にはここは四百メートルを超える深い穴になっていた。後で述べるとおりハワイイの火山はだいたいおとなしく溶岩を押し出すばかりで、爆発的な大噴火はしないのだが、それでも時には上に積み上げたものを吹き飛ばして大穴をあけることもあるらしい。その穴は後からゆっくりと上がってきた溶岩によって埋められ、今見るような平らな床が形成された[7]。じっと見てもここが四百メートルの深さの穴だった状態は想像できない。想像を絶するというだけで人はすごいことだと思うが、自然のふるまいの大半は人の想像を絶するのではないか。自然を人間サイズまで縮小して考えてはいけないのではないか。ハレマウマウの縁に立つと、どうしてもそういう考えが浮かんでくる。

地殻のあちこちに穴があいている。地球の内部は圧力が高いから、

7 水平な地表を作れるのは流体だけである。その意味でこのフラットな広がりは沖積《ちゅうせき》平野に似ている。

その穴からマグマが押し出される。それが火山になる。ここまでは誰でもわかる。しかし、その穴の上にもう一枚プレートと呼ばれる固い殻があって、それがゆっくりと着実に移動してゆくとなると、いささかわかりにくくなる。このプレートの動きが大陸を造り、大洋を造った。ぼくたちが見慣れている世界地図はプレートの動きによって今見る姿になった。

学校で勉強していると、先生や教科書はいかにも権威があるように思われる。真理をすべて把握して、子供にもわかるように話してくれる人であり、わかりやすく書いてくれた本であるような錯覚を抱く。しかし実際には教科書に書いてあって先生が教えてくれるのは何十年か前の真理だ。自分で本を読むようになると、学問がいかに速やかに変わっているかがわかる。この何十年かで宇宙論も（ビッグ・バン）、生物学も（遺伝や進化や免疫《めんえき》）、理論物理も（素粒子論）、がらがらと音をたてて変わった。一つの学説が擡頭《たいとう》して、速やかに他を圧倒し、定説になってゆくのは、オセロのゲームを見ているようにおもしろい。そういう変化の中でぼくが本当にびっくりしたのが地学の分野、具体的にはプレート・テクトニクスという理論だった。

地殻は、ちょうどサッカーのボールのように、何枚かの板からなっているというのだ。しかもこの板は動いている。一方の割れ目から湧き出して、ゆっくりと移動し、反対側の割れ目から吸い込まれる。この板をプレートという。日本列島はこの吸い込みに取り残されたものの堆積《たいせき》にすぎない。太平洋を東から西へと動いてきたプレートが日本海溝で沈み込む。その先に危うく乗っているのがわれらの母なる大地というわけ。この学説をうまく利用して不安な感じをそのままに描いたのが、小松左京の『日本沈没』というセンセーショナルな小説だった。寒冷前線の上に湧いた乱雲としての日本列島という比喩《ひゆ》は見事だった。しかし実際には「日本国固有の領土」はあれほど不安定なわけではない。われわれの寿命のうちに沈むことはまずないと学者たちは保証している。

このプレートの下にホット・スポットと呼ばれる穴がある。そこへマグマが下から上昇する。プレートを穿《うが》ってその上へと出てくる。そこは海だが、海ぐらいでマグマがひるむことはない。盛り上がって、海面の上に頭を出し、陸地を造る。そこに島ができる。しかし、プレートは動いているから、できた島はそのプレートに乗ったまま西へ西へと運ばれる。せっかくマグマが造った島は行ってしまう。

それでも懲《こ》りることなくマグマはまた次の島を造る。ベルト・コンベアの上に次々に島を乗せるようなぐあいにして、列島が造られる。島々が一列に並ぶ。現在のこのプレートの動きの速度は年に八・九センチメートル[8]。

こうしてハワイイ諸島が造られた。話がうますぎると最初に聞いた時ぼくは思った。プレート・テクトニクスは理論としてきれいすぎる。大陸の形を見事に証明する。こういうものは疑ってかかった方がいい。しかし、その後の実証的な調査はこれが最も事実に、たとえばハワイイ諸島の地形に、合致することを証明した。岩にも年齢があって、最近の学者たちはそれを測定できる。この理論によれば、プレートは東から西へと動いているわけだから、西の方ほど古いことになる。そして、ハワイイの主な火山を構成している岩の年齢は見事にこの理論に合っていたのだ。岩に含まれるカリウムとアルゴンの比率を利用する方法によれば、最も西のニイハウ島やカウアイ島で約五百万年、オアフ島が三百万年から四百万年、マウイ島で百万年から二百万年、今も噴火を続けているハワイイ島はまだ百万年にも満たない若い岩から成っている。ハワイイ島が最も東にあるのはそういう理由による[9]。

8　全体として北西へ動いているのだから、七千万年後にはハワイイ諸島は日本列島にぶつかるという説があるが、それだけの長い間日本列島が今の位置に安定して存在するとは思えない。いずれにしてもぼくもあなたも生きてはいない。心配する必要はまったくないと言っていいだろう。

9　もう一つ、ハワイイの島々は西へ移動すると同時に沈んでゆく傾向にある。ハワイイ島が最も高い山を擁しマウイ島がそれに次ぎ、モロカイ島とオアフ島はだいぶ低い（カウアイ島がまた少しだけ高いけれども）。その先の島々がずっと低くて、最終的には海の中に没してゆくことは本文に書いたとおり。

ニイハウ島を最も西と書いたが、実はその先にも島々はある。いわゆるハワイイ諸島の八つの有人島は長さ七百キロに渡って伸びているが、もっと小さな島々の列はその四倍先まで延々とつながっている。太平洋戦争の歴史に出てくるミッドウェイ島がその西の端に近い[10]。ここの岩の年齢は二千五百万年。しかも話はそこでは終わらず、海面下に島々がまだまだ続くのだ。ここまでほぼ西北西へと伸びてきた島の列は海に潜ってからなぜかぐっと北に進路を変え、アリューシャン列島の西端、カムチャッカ半島の根本のあたりに向けて連なっている。この海の中の島々、いや、もう海面に顔を出していないから島ではなく海山と呼ばれる連なりには、天皇海山列という名がついている。一九五四年にR・S・ディーツという学者がこの海山の一つ一つに天智《てんち》、神武、推古、仁徳《にんとく》、神功《じんぐう》、等々日本の古代の天皇皇后の名をつけた。彼らは海の底で山となって眠っている。

キラウエアのカルデラの近くのヴォルケーノという村で建築家として仕事をしているブーン・モリソンという男がいる。ぼくが彼の名を知ったのは建築家ではなく、写真家としてだった。フラはハワイイ人の文化にとって重要な要素の一つだが、この人はぼくが見た

10 この島にはXI章で行こう。

かぎり最もすぐれたフラの写真を撮っている。フラは神話的な要素と個人の感情と技術のすべてを表現する非常に高度な踊りである。その話は後に書く[11]けれども、ともかく『イメージ・オブ・フラ』[12]というこの人の写真集はすごかった。それで会ってみたいと思って、彼が自分の新しいアトリエを造っている現場をたずねた。

二十二年前、彼はホノルルを拠点に働く若い建築家だった。その一方で大学で写真を教えていた（この方面では彼はエドワード・ウエストンの最後の弟子筋に当たるという）。しかし、建築の方は背の高い都会的なビルばかり造るのに少しうんざりしていた。そういう時、キラウエアに噴火見物に来た。そして、たまたまホテルが一杯だったために、すぐ近くのヴォルケーノ村の民家に泊めてもらうことになった。そこではじめて、この土地に住むことの意義に気付いたという。もともと彼は芸術家の一族の出である。祖父はカントリー・ミュージシャンだったし、祖母は画家だった。彼らはサンフランシスコの南にあるカーメルという有名な芸術家村に住んでいた。ブーンもそこの雰囲気をよく覚えている。そして、このヴォルケーノ村に来た時、ここの環境がカーメルに実によく似ていることに打たれた。環境というより、それが人に与える影響といった方がいい

11　第Ⅵ章参照。
12　Boone Morrison & Malcolm Naea Chun "IMAGES OF THE HULA" Summit Press Volcano, Hawaii.

だろうか。

　カーメルは太平洋の縁にある。ヴォルケーノ村は火山の縁にある。巨大な自然力のすぐ脇にあって、その無限ともいうべきエネルギーを目の当たりに見ることは芸術家にとって大きな助けになる。彼はここに住むことに決め、自分だけでなくもっと多くの芸術家を集めようと、ここにアート・センターを作った。商業化してつまらなくなったカーメルの代わりをここに求めたのだ。村の人々はこの運動の趣旨を理解してよく協力してくれたという。今、アート・センターはなかなかの盛況を示し、彼らが生み出す作品はヴォルケーノ・ハウスの斜め前にあるショップで見ることができる。いわゆる土産品やローカル・アートのレベルを超えた佳品が多い。火山の力がこの創造活動のエネルギー源となっているとブーンは言う。

　こういう考えかたは日本では理解しにくいかもしれない。われわれの文化は穏やかなモンスーン地帯の自然と親密に交わって、その中に調和を見出《みいだ》してきた。和歌も、俳句も、日本画も、長唄《ながうた》の歌詞も、舞踊も、すべて人間サイズの自然を扱ってきた。しかしアメリカは違う。人間よりもはるかに大きな自然を前にした時の畏怖《いふ》の念や、時には無力感、その前で自分を確立するための哲学的な苦闘、

写真家ブーン・モリソン

そういうものが基本にあるのだ。アンセル・アダムズ[13]やエドワード・ウェストン[14]の写真、ジョージア・オキーフ[15]の絵などを思い出してみていただきたい。ウェストンたちは雄大きわまる自然の中へ入っていって写真を撮ったし、オキーフは実際に沙漠《さばく》に住んだ[16]。太平洋の縁のカーメルにしても、火山の縁のヴォルケーノ村にしても、そういう自然との対峙《たいじ》の場であり、その意味で芸術家にとっては魅力的な土地だ。土地の力を感じとることは人と自然の交渉の第一段階であり、芸術はすべて生きることの基本に返る。ブーン・モリソンがここに住んでいるのは、芸術家として最も当然なことなのである。

キラウエアは今のところは静まりかえって、せいぜい蒸気を出しているぐらいだが、すぐ隣には今もって盛んに活動している火山がある。この地域の地下に溜《た》まったマグマは東へ東へ出口を求めて手を伸ばし、海岸までの間にいくつかの小さな火口を造った。溶岩は今も流れ出しているという。それならば自分の目で見ようとヘリコプターに乗ることにした。

ハワイイのような大きな自然を見ようという時、ヘリはずいぶん

13　一九〇二―八四年
14　一八八六―一九五八年
15　一八八七―一九八六年
16　住んで撮るというアメリカ的な姿勢の最も目覚ましい例として、ぼくたちはアラスカに住んだ写真家星野道夫《みちお》（一九五二―一九九六）のことを思い出すことができる。

役に立つ。カウアイ島のワイメア・キャニオンやナ・パリ海岸のような景観は空の視点から見た時にもっとも雄大に見える。もともとは人間に許されていなかった、鳥の、神さまの、あるいは天使の視点がやすやすと手に入る。キラウエアのカルデラの縁に立って全体を見る体験は実はヘリから見ることによく似ている。たまたまあの場所は高いところまで道路が通じていたからヘリを使わずに火口全体を見ることができた。言ってみれば疑似ヘリ体験の用意が地形の方にあった。しかし噴火中の、実際に溶岩が湧出《ゆうしゅつ》している火口を見るとなると、これはもうヘリしかない。[17]

ホノルルに住む友人に誰か腕のいいパイロットはいないかとたずねると、「それならば絶対ポールがいい」という返事がかえってきた。電話で連絡をしておいてもらって、少し空模様が心許《こころもと》ないと思われる午前十一時、彼のヘリに乗ってヒロの空港を出発した。大柄で、よけいなことは何も言わない、髭《ひげ》づらの、ベトナム戦争体験者である。まずはキラウエアに向かって飛び、その上空を一周する。自分が知っている地形の上を飛ぶというのは不思議な体験だ。地図を見るようだというのは話が逆で、ヘリから見るのと同じように作られたのが地図なのだ。走った道や泊まったホテルを一つ一つ確認

17 それに、贅沢《ぜいたく》には違いないが、アメリカではヘリコプターのチャーター料が安いのだ。日本で乗ったことがないからわからないが、噂《うわさ》によると日本はアメリカの数倍の値段だとか。
こんなに安い理由の一つはベトナム戦争。あれほどヘリを多く使った戦争はなかった。戦後たくさんの機体とパイロットが余った。彼らはアメリカ各地に散って観光フライトで稼ぐようになったというわけ。

する楽しみにぼくは子供のように身を預けた。親しいのに距離がある。言ってみれば、昨日まで自分が立って演技をしていた舞台を観客として客席の方から見るようだ。上方の視点だからすべてが見えるけれども、しかし参加することはできない。地面を踏むことも、石を拾うことも、道を選ぶこともできない。まるで映画を見ているよう。徹底した傍観者の立場。

キラウエアとその近くの小さな火口を見た上で、いよいよ新しい火口に向かった。下はずっと黒っぽくて艶《つや》のある溶岩の台地。溶けた状態で地表を覆《おお》って、そのままの形で固まった溶岩はよじれた縄をならべたような、あるいは薄い布団《ふとん》をくしゃくしゃに置いたような姿をしている。この形の溶岩はハワイイ語でパホエホエと呼ばれる。それに対して、もっとギザギザと崩れて岩屑《いわくず》を積み上げたように固まる方にはアアという名がついている。ハワイイ人は昔から火山と親しく接してきたから、ハワイイ語にこういう言葉があるのは当然。しかもこの二つは今は学術用語として国際的に通用している。[18]

平坦な台地の先の方に円錐《えんすい》状の小さな山が見えた。これが最も新しい火口にできた噴石丘《シンダー・コーン》。この火口にはクパイアナハ[19]という名がついている。西の方から近づいてゆく途中ではただの小さな丘にし

18 日本語出身のツナミと同じ出世コースと言っていいだろう。

19 「不思議、驚異」

か見えなかった。ヘリはぎりぎりまで接近して、ぐるりと向こう側へ回った。丘のすぐ脇《わき》に大きな穴がある。ポールが機体を傾けてくれる。中をのぞくと、赤から黄色に輝く溶岩がゆっくりと湧《わ》き出しているのが見えた。ヘリは撮影がしやすいようにドアをはずしてあったので、顔が熱くほてり、硫黄の匂《にお》いがむせるほど迫ってくる。これほど現実感のある溶岩を見たのははじめてで、こんなものが本当に地の底から出てくるのかと息を呑《の》んで見つめた。

赤い溶岩だけならば前にも見たことがある。前に来た時、キラウエアから南東に点々と連なる小さな火口をつなぐチェイン・オブ・クレーター・ロードという道の先端で、地面から湧いて出る溶岩を見た。道そのものが真っ黒なパホエホエ型の溶岩で埋めつくされ、車はそれ以上先へ行けないという地点。そこから溶岩を踏んで山の方へ三十分ほど歩くと、その生の溶岩が（というのも妙な表現だが、これがいちばん実感が出る）見える場所がある。しかしそれは本当に少量がゆっくりと出てくるだけで、色も赤から黒に変わるあたり、じっと見ていなければ動きがわからないぐらいのおとなしいものだった。[20] クパイアナハの火口の中の迫力にはとてもかなわない。火口のすぐ際《きわ》に無人観測用のビデオ・カメラが設置してある。

20 輻射《ふくしゃ》温度計を持っていれば溶岩の表面の温度が測れたのだが、そこまでの用意はなかった。

クパイアナハの火口をのぞく　左端の無人観測用ビデオ・カメラと比べればわかるとおり火口は意外に小さい

　ここで湧き出した溶岩は地下のトンネルを通って海まで流れている。それを空から追った。表面は黒い溶岩台地。そのところどころに天窓《スカイライト》と呼ばれる穴があいていて、そこからも中の溶岩の流れを見ることができる。穴の真上にホヴァリングして、赤というより黄色からオレンジに近いまぶしい熱い流体をのぞく。ポールは巧みに最もいい視点へ機体を持っていってぴたりと止めてくれる。見事な腕だ。顔が熱い。

　なぜ、ハワイイの火山の溶岩がこんなに流れるのか、それを話しておいた方がいいだろう。雲仙普賢岳《うんぜんふげんだけ》の火口にこんな風に近づくことはいかにヘリでもできない。あそこはガスをたくさん含んだ粘りけのある溶岩だから、いつ爆発するかわからない。危なくて近くへは寄れない。それに対して、ハワイイの溶岩はガス分が少なく非常にさらさらしている。だから爆発するのではなく、湧いて出て流れるのだ。溶岩は決して上へ盛り上がらず、横へ横へと広がる。火口のところにだけ小さな噴石丘を造ることもあるが、それもやがては崩れて、後には黒い台地にただ穴があいたようなクレーターが残る。流出した溶岩は延々と流れて、時には海にまで至る。ただし、内側からの圧力が非常に強い時には、溶岩は噴水のように噴き出す。一九八三年のプウ・オオ火口の噴火の時には溶岩は地上百メートルまで吹き上げた。

　ハワイイ島の溶岩がいかにさらさらと流れるか、それを知るにはキラウエアの西にそびえるマウナロア山の形を見るといい。そびえると書いたが、マウナロアはとても山とは呼べないほどなだらかで、ゆったりと美しい曲線を描いている。[21]それでいてこの山は標高が四一六九メートルもある。すぐ隣にあるマウナケアの方はもっと高くて四二〇五メートル。[22]この二つは太平洋地域全体でも高い山に属する。[23]海面から出ている部分だけでなく深海底から計れば一万メートル近くなって、文字どおり世界一の高い山ということになる。横にも広がっているから山の体積で考えても世界一。それほどの大きな山が極端になだらかなのだ。粘りけのない溶岩が長い間湧出しつづけて、それが少しずつ積み重なっていった。しかも山は比較的若く、まだ浸食で大きく形が崩れるには至っていない。[24]

　ヘリは溶岩の台地の上を海に向かって飛ぶ。台地の下にトンネルがあって、そこを溶岩が流れてゆくのだから、やがては海に流れ込む。その地点からは白い蒸気が大量に立ち昇っていて、遠方からで

21 火山をトロイデ、コニーデ、ベロニーテ、ホマーテ、アスピーテ等の形から分類する方法は最近では行われないが、この分類法によればハワイイの山は典型的なアスピーテ（盾状火山）である。

22 この山にはⅫ章で登ろう。

23 25ページの注を見よ。

24 富士山は今の形になってからほぼ五千年だから、あちらこちら崩落が目立つ。

もすぐにわかる。近くに寄って見れば、溶岩と海水がぶつかりあっているさまは壮観だった。両者の間には千度ぐらいの温度差がある。溶けた真っ赤な岩の上に波が覆いかぶさり、水蒸気を吹き上げる。その下を溶岩はそのまま海の底へと流れ込んでゆく。実際に溶岩と海水が接する面ではおそらく水蒸気の膜ができて、それが両者を隔てているのだろう。海の底を流れつづけながら溶岩は次第に表面から固まり、中の熱い部分だけが前へ前へと進んで、どこかで力尽きて停まる。大蛇のような形の岩が後に残される。水面下のパホエホエがそうやって形づくられる。天高く昇る水蒸気を見ながら、そういう蛇がたくさんからみあって眠っている海底の光景を想像してみた。

海は大きいから溶岩よりも強いとつい思いがちだが、しかし実際にハワイイ島はその海の底から溶岩が造った土地である。数千メートルの深さにもかかわらず、地面は生まれた。どちらが強いかという民話的な比較はどうも意味がなさそうだ。

何もない荒涼たる土地ならば溶岩が流れて台地を造ったり海岸線を沖へ押し出したりするのも結構だが、人が住んでいる土地へ溶岩

地底からの火が大洋に流れ込む地点　海から水蒸気が立ち昇る

前後を溶岩によってふさがれた道路
この車の主はどうやって脱出したのだろう

がやってくるとなると影響が大きい。自分たちの家の周辺、町全体、目の届くかぎりの広い人間の土地が熱い溶岩に呑み込まれるという事態を想像できるだろうか。水蒸気が湧き立つ海辺から戻る途中、ヘリはそうして人が住めなくなった土地の上を通過した。州道がいたるところで溶岩によって寸断されている。前と後ろを閉ざされてほんの数百メートルだけ残った道に車が乗り捨てられて赤く錆《さ》びている。もう決してどこへも走ることのない車。あるいは溶岩に囲まれて家が孤立している。人が住んでいる気配はない。固まった溶岩の上を歩いてなら出入りもできるが、車では近づけない。アメリカは車を前提として社会が作られている。職場や店や学校からこれだけ離れていて車が使えないとなれば、たとえ家そのものは残っても住めないだろう。

　建物の鉄骨だけが本当に骸骨《がいこつ》のように残っている。ヘリの中でインターコムを通してポールが説明してくれたところでは、ワハウラ[25]の神殿の遺跡に接して建てられたビジター・センターの残骸だという。遺跡の四角い石垣そのものはすっかり溶岩に囲まれているが、内側までは溶岩は入り込んでいない。それが奇跡のように思われる。あるところではバスの屋根だけが溶岩の中に埋もれて見えた。[26]

25 「赤い口」
ここはかつては人身《ひとみ》御供《ごくう》の儀式も行われた、つまりそれだけ格式の高い、神殿であった。カメハメハ大王はここで自らの守護神クカイリモクを崇《あが》める儀式を行っている。

26 後で聞いたところでは二階建バスだという。

その一方、海岸に近い黒い砂の上に誰かが果敢にも椰子《やし》を植えているのも見た。きちんと並んだ数十本の椰子はまだ子供の背丈ぐらいしかないように見えたけれど、それでもしっかりと根づいていた。人は、火山が奪った土地を人間の手に取り返そうとしているのだ。

人が住んでいた土地。家があって、日常生活が営まれ、子供たちが遊び、畑が耕され、店では人々が食べ物や雑貨を買って暮らしていた。そういう村がなくなってしまった。それに対して人はどう対処したのか、辛《つら》い気持ちをどう表現し、いかにしてショックに耐えたか。そういう体験の話を聞くことができるものならば聞いてみたいと思った。

話してもいいという人がパホア[27]の町にいるというので、ヘリに乗った日の午後、行ってみた。フリーダという年配の白人のしっかりした女性と、ロバートという壮年の生粋ハワイイ人の男性。二人の家は溶岩の下に埋まったカラパナという村にあった。しかしこの二人の間には災厄の受け止めかたにだいぶ違いがある。フリーダの方が余裕のある口調だった。溶岩に家を囲まれて、住めなくなって、隣のパホアの町に移り住んだのだけれど、結局最後には家は熱い溶

27「短剣」？

岩に呑み込まれて燃えてしまった、と彼女は話す。「でも、燃えてくれてよかったと思ったのよ。だって、燃えないかぎり保険がおりないから。黒い溶岩の真ん中に住めない家が残ってもしかたがないでしょ」。彼女は淡々とそう言った。年金で暮らしている身だし、時おり子供たちが孫を連れて遊びにくるぐらいの、ある意味では気楽な立場だから、住む場所が変わったことを冷静に受け止めることができたのかもしれない（彼女の夫は寝たきりの状態で、病院に入ったままだという。あんなに元気だった人がほとんど意識もないの、という彼女の言葉には、そちらの方が自分にとっては火山よりも大きな不幸だったという思いが籠《こ》もっていた）。

ロバートの方は違う。彼にとって土地は人生のすべてである。もともとカラパナはハワイイ人にとっては重要な土地、言ってみれば神々から特別の恩恵を受けてもいいはずの場所だった。そこへ溶岩がやってきた。ゆっくりと、気まぐれに、ロバートの家にも迫ってきた。

キラウエアから十数キロも東のこの方面に溶岩が来るようになったのは一九七七年の噴火以来である。しかしこの時の溶岩は海岸に達することはなく、大きな集落の近くにも来なかった。一九八六年

フリーダ（右）とロバート

にはじまったクパイアナハの新しい火口からの噴火がすべてを変えてしまった。この時はトラックに積んで運ぶとすれば五万五千台分という大量の溶岩が毎日火口から溢《あふ》れ出した[28]。それがその時々の偶然で勝手な方向へ流れる。先に行った部分が早く固まって堰《せき》を造れば、後から来た分はしかたなく別の方へ行く。そのふるまいは誰にも予想できない。地形と、溶岩の量と、全体のタイミングがことのなりゆきを決める。台風の進路に似ているといえば日本人にはわかりやすいだろうか。

家ぎりぎりまで迫った溶岩に対して、時に人は庭仕事用のホースで対抗した。熱い部分に水をかけて表面を固めてしまえば、溶けて流れている部分は他の方へ向かうかもしれない。実際にはこの方法はなかなか成功せず、一週間にわたって溶岩を撃退したと喜んでいても、次の日には家は深さ何メートルかの溶岩の中に呑み込まれてしまう。庭のホースではなく消防用のホースで大量に撒《ま》いても溶岩を止めることはできなかった[29]。

まさかこっちへは来ない、たぶんあそこの窪《くぼ》みで止まる、自分の家だけは避けてくれるかもしれない。さまざまな希望に人はすがる。しかし来るものは結局来るのだ。フリーダにとってカラパナは移住

28　念のために言っておくと、アメリカのトラックは日本の倍ぐらい大きい。

29　アメリカのすぐれたノンフィクション・ライターであるジョン・マクフィーに"THE CONTROL OF NATURE"という本があって、この中にアイスランドでこの試みが行われた時の成功例がある。ぼくはこの話を自分の小説『真昼のプリニウス』の中で使った。

してきた土地だったが、ロバートには生まれ育った文字どおりの自分の村である。しかも彼はさまざまな作物を作る自営の農民だ。土地への愛着は人一倍強い。敬虔《けいけん》なカトリック教徒である彼はこの土地で十一人の子供を育て上げている。それでも運命を「止めることはできない。来るものを受け止めるだけだった」と彼は言う。

一九九〇年の夏、溶岩はカラパナの海岸[30]に近い彼の家のすぐ近くまで迫った。いよいよ今日は危ないかもしれないという日、「それまでにあんまりたくさんの家が燃えるのを見た」彼はいたたまれなくなって、家を出て夜遅くまで帰らなかった。おそるおそる戻ってみると、家から本当にすぐのところで溶岩は止まっていた。カトリックの彼がこれを奇跡だという言葉には真剣な思いが籠もっている。

妻は家に戻った彼に向かって、この大事な時になぜいなかったのと問うた。彼女の方は十一人の子供を育てた家が溶岩に呑み込まれる瞬間を見なければいけないと思った。その時のことを予想して、恐れて、泣きつづけたけれども、それでも見ようと思った。そして彼女の目の前で溶岩は止まったのである。迫ってくる溶岩に対するこの二人のふるまいの両方をぼくは理解したいと思った。かかる自然の威力を前にして、人間は無力である。それを嫌でも思い知らさ

30 かつては観光客にもよく知られた漆黒の砂の「ブラック・サンド・ビーチ」だった。

れるのだ。その場に留まるか、避けて待つか、彼の話を聞いていると、どちらもが実に人間的な反応だと言えるような気がした。

　フリーダは「前は家からは海が見えなかったの。でも、今は地面が三十メートルも持ち上がったから、同じ場所に家を建てなおせば海が見えるわけ」と言って笑った。それもまた寂しい笑いだった。住んでいた土地を出てゆくのなら、それならばまた時に戻ってきて思い出に浸ることもできる。村が残っていれば、懐《なつ》かしい道を歩くこともできる。しかし、土地そのものが失われたのでは思い出すよすがもない。子供たちの水遊びに最適で、かつては女王の水浴場と呼ばれたプナルウ[31]の池も溶岩の下に消えてしまった。まことに人は土地によって生きるものであり、その喪失感は想像しがたい。

　カラパナの村の中心にカラパナ・ストアという店があった。村の人たちが必要とするすべての雑貨を揃《そろ》え、情報交換やゴシップの場としてもみんなにとって大事だった店。そこの主人が迫り来る溶岩から店を守ろうと懸命に努力した話がホノルルで有名になった。ホースで水を撒くのではなく、ブルドーザーで土手を築くのでもなく、彼は祈ったのだ。ロバートのようにカトリックの神様にではなく、

31「潜る泉」
ここは海中に真水の湧《わ》き出る泉があって、瓢箪《ひょうたん》を持って潜っていって飲み水を取ってくることができたという。

ハワイイの火山の女神ペレに。

ペレはなかなかむずかしい神であるとハワイイ人は言う。ハワイイの神話の神々はもちろん一神教の全知全能の神ではない。もっとずっと人間に近い、気まぐれで、わがままで、始末の悪い神々である。神はただ神であって、人間の幸福のために神がいるわけではない。自分と人間の利害が対立する時には、決して人間の味方にはなってくれない。その中でもペレは特別。火山がハワイイ人にとってどれほどの脅威であったかを考えてみれば、この女神が一筋縄でいかないことはすぐにわかる。

彼女はキラウエアに住んで、溶岩の流れを左右する権能をそなえている。しかしどうも彼女には女神と生まれついた幸運をまっとうできない一面があるようだ。ぼくもこれからも何度となくハワイイに行くわけだし、あまり彼女の悪口は言いたくないと思うけれども、人によってはペレは姉である海の女神ナマカオカハイと折り合いが悪くて追い出されて性格がねじまがったらしいなどと言う（姉の夫に言い寄ったからだという説さえあるのだ）。

大事な恋が不幸な結果に終わったことも彼女の性格によくない影響を与えたかもしれない。ペレはカウアイ島の若い人間の酋長《しゅうちょう》ロヒアウを見初めた。まず彼と一緒に暮らす場所を確保しようと島から島を渡りあるき、最後にハワイイ島の火山の中にそのところを得た。いくら掘っても水が出ない場所というのが必須の条件だったらしい。ペレは火の女神であり、火と水とは昔から敵対するものだ。そして、(自分で行けばいいものをとぼくは思うのだが) 幼い頃からかわいがってきた妹のヒイアカに彼を連れてくるよう頼んだ。四十日以内に帰ってくるようにという条件を付けて。

ヒイアカは何人かの友人と共に姉の恋人を連れに旅に出たが、これがなかなか危難の旅路だった。他の神々が何かと邪魔をしたのは、女神のくせに人間の男に夢中になるとは不届きだという理由からだったらしい。おかげでヒイアカはずいぶんな苦労を強いられ、そのためにペレが決めた四十日という日限に彼女は間に合わなかった。ヒイアカが遅れて帰った理由を姉は邪推し、妹が自分の恋人を取ったと逆上して、ようやく戻ってキラウエアの火口の縁に立った二人を炎に包んだ。女神であるヒイアカは生き延びたが、人間にすぎないロヒアウは死んだ[32]。

まあ、そういう女神だ。怒りやすくて、しばしばとんでもない災厄を人間にもたらす。それがわかっているから、人間の方は彼女が

32 この神話がフラに多くの素材を提供していることは第Ⅵ章で述べる。

好むものを捧《ささ》げて平穏な時を願う。彼女への捧げものとして昔は豚や犬、[33]それに聖なるオヘロ[34]の実などだった。ところが最近になって、豚と犬はともかく、オヘロの実がなぜか杜松《ねず》の実にすりかわり、それがまた杜松の実で香りをつけた酒、すなわちジンに変わった。だから女神ペレのおそるべき溶岩流を避けたい者は慎んで彼女にジンを捧げるのである。

一九三〇年代、パホアの町で事業を経営していたウォルター・ヤマグチが、十数キロも奥のカラパナに土地を買った時には、周囲の人々は彼の頭がおかしくなったと思った。ハワイイ人の農家が何軒か点在するだけで、他は何もない場所である。一九七四年になって彼がその土地にカラパナ・ストアという店を開いた時には、周囲の人々は彼の頭がもっとおかしくなったと思った。

しかし店は栄えた。軽量ブロックを積んでトタン板で屋根を葺《ふ》いた店はハンバーガーを売り、スナックや氷、ビール、石油ランプの芯《しん》（店そのものは自家発電装置を備えていて、電灯が点《つ》いた）、釣針、ゴム草履などなどあらゆる雑貨を売り、村の人々がいつも集うところになった。[35]店の前の掲示板には地元の催し物の案内や、「車

33 太平洋の各地で犬は食用になってきた。

34 学名 *Vaccinium* spp. 高さ数十センチになるヒースの一種。さまざまな種類があるが、いずれも一センチほどの実をつける。この実はとてもよい匂《にお》いがするので珍重される。

35 ハワイイではコミュニティーの中心になる雑貨店が珍しくない。最も有名なのはマウイ島のハナにある「ハセガワズ・ジェネラル・ストア」だろう。この店は一九一〇年に、ハナ製糖会社で契約労働者として働いて、その契約期間を終えた長谷川《はせがわ》兄弟によって開かれた。彼らは、会社が経営して労働者に日用品を供するいわゆる「カンパニー・ストア」が労働者の要求を満たしていないことを経験からよく知っていた（「カンパニー・ストア」については第Ⅳ章の

売ります」、「サーフボード売ります」、「ぼくの犬が迷子になりました」などというビラが貼《は》ってあった。農家だけだった村はやがて多くの引退者やサーファーが住むところになり、ブラック・サンド・ビーチを目指してくる観光客も少なくなかった。

一九七七年の噴火の時、彼は自分たちの村には溶岩は決して来ないと断言した。この態度は村の人々に勇気と希望を与えた。「大丈夫、溶岩は止まる。ペレが私の店を取ることはない。店に着く前に彼女は止まる」と彼は言い切った。彼の言葉を新聞が報道した。そして、実際溶岩は彼の店から一キロのところで止まった。彼は自分の言葉を伝えた新聞記事を店に貼り、「私も有名になったものだ」と言って笑った。

一九九〇年の四月から五月にかけて再びペレが村に迫った時にも、彼は店の安全を信じていた。まるでペレと彼との間に特別の約束でもあるかのようだった。溶岩は次第に近づき、家がつぎつぎに呑《の》み込まれ、やがてプロテスタントの教会が炎上したが、彼の店は大丈夫だった。周囲はすっかり溶岩に囲まれてしまったけれども、店はその中に毅然《きぜん》と立っていた。彼は溶岩の流れを店へと向けないようジンを捧げてペレに祈った。店はすべての村人と、カラパナの災厄

153―154ページの注で説明する)。

この狙《ねら》いが当たって、店は繁《はん》盛《じょう》した。戦後、製糖業が衰退してハナの人口も減ったけれども、店は持ちこたえた。初代の長谷川兄弟は日本に帰り、息子たちの一人が後を継いで、今の経営者のハリー・ハセガワは三代目である。この店では食料や衣類から建材まで、ハナの住民が必要とするあらゆるものを売っている。

一九九〇年八月に店は放火の疑いもある不審火によって全焼した。しかし、地元民の強い要望によって、一九七四年以来閉鎖されて倉庫として使われていたハナ映画館が新しい店舗として提供されることになり、店は再開した。

「ハセガワズ・ジェネラル・ストア」は軽快で覚えやすいコマーシャル・ソングを作って店内に流していることでも

を報道しようと集まったジャーナリストたちの関心の的になった。夜が明けて新しい日が来るたびに、人々は「ウォルターの店はまだ立っているか？[36]」とたずねあった。かくて彼の店は地域の象徴、かつてのこの村の幸福の象徴になった。

しかし、結局、一九九〇年六月六日、ウォルター・ヤマグチのカラパナ・ストアは溶岩の中で燃え上がった。ペレは彼の店を特別扱いしてはくれなかったのだ。ペレとはそういう女神であり、自然は人の運命に対してそこまで無関心である。

ヤマグチ夫妻は今はパホアの町に住んでいる。ぼくはできれば話を聞きたいと思って、彼らの家をたずねてみた。家の場所はフリーダが教えてくれた。戸口に立ったウォルターは少し耳が遠いようだった（彼はもう八十歳をだいぶ超えている）。妻のメイジーが出てきた。店を失った話を聞かせてはいただけないかとぼくはおそるおそるたずねたが、彼女はゆっくりと首を横に振った。「もうその話はしたくありません」。

重ねて頼む気にはとてもなれなかった。老いた二人の傷心の日々を自分勝手な好奇心で乱してしまったという後ろめたい思いと共に、ぼくはすごすごと彼らの家を辞した。

知られていた。この歌は一九九四年にハワイイ銀行がＣＤ機の設置を州民に宣伝するためのコマーシャルに流用されー層広く知られるようになった。

店は今も繁盛している。

36 'Is Walter's store still standing?'

さきほど、溶岩がプロテスタントの教会を炎上させたと書いたが、カラパナにはもう一つ、カトリックの教会があった。「聖マリアの海の星の教会」という名のこの建物は内部が美しい壁画で飾られていることで有名で、一般にはペインテッド・チャーチの名で知られていた[37]。二つの教会は向かいあって立ち、宗派がちがうのにそれぞれの会衆が相手の祭礼にも顔を出すほど仲がよかったとフリーダは言う。

溶岩が迫ってきた時、ペインテッド・チャーチをどうするかという議論が持ち上がった。村の人々の中には建築業者に依頼して家を安全なところまで移動させた者も少なくなかった。そうやって九軒の家を動かしたある業者が、この小さいながら美しい木造の教会をボランティアで運んでもいいと申し出た。信者たちの意見は二つに分かれた。この自分たちの土地にあってこそ自分たちの教会だという一派と、次の世代のために安全なところへ動かすべきだという意見の人々が対立し、家族内で意見が分かれる例もあった。最後にホノルルの司教が決断を下し、教会は移されることになった。

しかし時間がない。五月三日、幅八・五メートル奥行き十八メー

37 このカトリックの教会はなかなかの由緒《ゆいしょ》を誇っている。古いスペイン語の文献によれば、メキシコから太平洋を渡ってきた神父がはじめてハワイイの地に上陸したのがここだったという。それがなんと一五五五年のことだ。また、ハンセン病患者の救済で有名なダミアン神父（33ページを見よ）が一八六四年にベルギーからハワイイに来た時に最初に開いた「草の教会」もこの近くだった。

今の壁画に飾られた教会の建物は一九二八年に建てられ、エヴェレスト神父なる人物が夜毎《よごと》石油ランプの光で絵を描いたという。彼の奉仕は転勤によって中断していたが、一九六四年にジョージ・ハイドラーというアトランタ出身の画家によって自発的に継承され、絵は完成した。

なお、「ペインテッド・チャ

トル[38]の建物を枠で補強し、土台から切離し、持ち上げ、トレーラーに乗せる作業が夜を徹して行われた。教会そのものではなく搬出ルートの道路の方に溶岩が迫っていた。教会が無事に安全なところまで運ばれた数時間後、道路は溶岩の下に消えた。

今、この教会は安住の地を見出《みいだ》すことなく、かつてのカラパナへの道の脇《わき》に、不細工な台に乗った姿で、置かれている。ぼくは有名な内部の壁画を見たいと思ったが、ドアは閉ざされていた。この教会に集った信者たちは正規の礼拝の機会を奪われたまま、ことの決着を待っている。それについて、ロバートはずいぶん強い不満を表明する。それだけでなく、自然の災害以上に州政府や官庁や社会一般の非能率と無関心が問題だと彼は言う。自分たちハワイイ人はこんなに辛《つら》い生活をしているのに援助はほそぼそとした形式的なものでしかない。すべて罹災《りさい》した人々が抱くこのような不満にきちんと対処できる社会はめったにない。天災は必ず人災に転化するのである[39]。

キラウエアのカルデラの横に、デヴァステーション・ロードと呼ばれる道がある。ゆっくり往復しても三十分ほどの短いトレッキン

ーチ」と呼ばれる教会はコナにもあるので混同しないように。こちらは正確には「聖ベネディクトのペインテッド・チャーチ」と呼ばれ、プウホヌア・オ・ホナウナウの遺跡（309ページ）の近くにある。

38 つまり建坪四十六坪。つつましい教会である。

39 悲しいことに阪神《はんしん》淡路大震災の被災者たちもまったく同じことを言っている。

グ・コースだ。ぼくがこの道が好きなのは、ここでは荒涼たる溶岩の沙漠《さばく》と植物が茂る疎林《そりん》が接しているからである。殺伐な名前[40]とは逆に、言ってみれば、沙漠を緑に変えようという植物たちの戦いの前線。地面のちょっとした隙間《すきま》にまずシダや乾燥に強い草が生える。そして、オヒア[41]というハワイイのあちこちでよく見かける木が伸びる。オヒアは赤い糸を束ねたような花を咲かせる。その花はレフア[42]と呼ばれる。そうやって、植物たちは沙漠に侵入し、そこを自分たちの土地と宣言する。

　オヒアがこのような荒れた土地に強いのは根が浅いからだという。深く根を張る木はこのような固い、隙間のない土地に立つことができない。まずオヒアが来て、根を張り、根で岩を砕いて、土を作る。その後でいろいろな種類の植物がその土の中に根を張って伸びる。荒れ地が疎林になり、次第に種類も数も増して、やがて熱帯雨林ができあがる。その後に虫が来て、鳥が来て、やがて人間がやってくる。オヒアの花はそのような未来の変化の象徴、植物たちの果敢な領土宣言の旗じるしである。

　火山はその時その場では人の生活にとんでもない影響を及ぼすけれども、ハワイイに関するかぎり、人が住む土地はすべて火山の力

40 デヴァステーション・ロードは「荒廃の道」。ハワイイにおける英語の地名については第Ⅶ章で説明する。ここは新しい地形なので英語の名が付いたのだろう。

41 学名は *Metrosideros macropus.* 非常にたくさんの種類があって、用途も多い。ハワイイ人にとっては重要な木。レイの材料としての使いかたについては第Ⅶ章で説明する。

42 ここのところ、話が混乱しやすい。オヒアの木の花がレフアと呼ばれると同時に、この花を咲かせる木そのものもレフアとかオヒア・レフアと呼ばれる。

によって造られた。海底にはじまった火山活動がなければ、ここに人が住むこともなかった。今回の噴火でフリーダたちは家を失ったが、その一方カラパナあたりの海岸線はずっと沖へ押し出され、陸地が広がった。かろうじて残ったロバートの家のすぐ先に、そういう地面が広がっている。荒涼たる風景だが、それでもそこは海ではなくたしかに地面である。今はまだ真っ黒に固まった溶岩にすぎないけれども、それでももうシダが緑に芽吹いている。ぼくがヘリから見た幼い椰子《やし》は実はロバートが植えていたのだと本人の口から聞いた。椰子もオヒアと同じように根が浅く、砂地のような劣悪なところでもすくすくと伸びる[43]。椰子の実と油と葉と繊維と幹をハワイイ人は昔から上手に利用してきた。椰子が生えている土地はすでに人間の土地である。

溶岩が海を埋め立てて造った土地の所有権をめぐって、ある男と州政府とが裁判で争っているという話を聞いた。男の方は自分の庭を通っていった溶岩が造った土地だから自分のものだと言い張っているらしい。政府の方は所有者のない土地は公共のものという原則を主張しているという。どちらに分があるか、ぼくにはわからないが、火山が人の土地を奪う一方、また人に土地を与えもするという

43 しかし、すぐにひっくり返る。

意味では、なかなか象徴的な争いだと思った。

ハワイイ島の東三十キロほどの海の中に海底火山がある。ロイヒ[44]と名づけられたその火山はゆっくりと着実に次の島を用意している。今はまだ水深千メートルの海の底で、島が海面に登場するまでには千年かかるというが、それでも地面は造られつつある。今、ハワイイ人が住んでいるのは、このようにして数十万年にわたって自然の大きな力が形成してきた大地である。土地と人の関係がかくも単純に還元された形ではっきりと見えることに、ぼくは少なからず心を動かされた。

44「のっぽ」

Ⅲ　秘密の花園

ハエを捕まえて食べるイモムシの話を最初に教えてくれたのは、昆虫写真家の今森光彦《みつひこ》さんだった。[1] 一九九三年の秋、琵琶《びわ》湖の辺《ほとり》にある彼のスタジオを訪ねて、いろいろ楽しくお喋《しゃべ》りをした。この旅が始まる前の話だ。ぼくが、これからハワイイに通って、自然史から歴史、今の人々の生きかたまでの全体像を見るという仕事をやってみるつもりだと話すと、昆虫の面から見てもハワイイは実におもしろいと彼は言った。そして、一例として、シャクガという蛾《が》の幼虫のくせに木の小枝のふりをしてじっと動かず、近くに来たハエを捕らえて食べてしまう種がいると話してくれた。イモムシやアオムシ、ケムシの類《たぐい》、即《すなわ》ち鱗翅目《りんしもく》の幼虫と聞いてわれわれが思い浮かべるのはゆっくりと歩きながら葉をもぐもぐ食べている姿だ。それが肉食性であるという。敏捷《びんしょう》に動いてハエを捕らえるという。ちょっと信じがたいような話だ。

島というのはどこでも特異な生物相を持っている。それは沖縄などの自然を見ていてもわかることだ。哺乳《ほにゅう》類の新種が発見されるこ

1 いい仕事がたくさんあるけれど、『今森光彦昆虫記』と『世界昆虫記』の二つは特にすごい（どちらも福音館書店）。

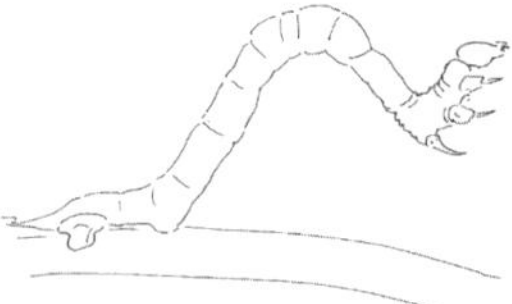
シャクガの幼虫

となどまずありえないというのが今の動物学の常識だろうが、しかしその常識を覆《くつがえ》してイリオモテヤマネコが発見されたのはつい三十年ほど前の話だ[2]。その後からヤンバルクイナがみつかった[3]。ヤンバルテナガコガネだって沖縄本島の北部にいたのにずっと誰も気がつかなかった[4]。孤立した島という特殊な環境で生物がどのような生きかたをしているか、それをハワイイについて見たいと思った。

今森さんは、ハワイイに行くのならスティーヴン・モンゴメリーに会うのがいいとも教えてくれた。その肉食性のシャクガを発見したのが彼だし、優秀な昆虫学者で、その他自然全般にも詳しい。おもしろい話が聞けるだろうと言う。ぼくは彼を紹介してもらうことにした。なぜイモムシがそのような珍しい方向へ進化を遂げたのか、ここが島であることはどういう影響を与えたのか、そのあたりの話も聞きたいと思った。何よりも島の生物相全体について教えてもらいたいと思った。

ホノルルにビショップ博物館という優れた施設がある。もともとはカメハメハ王家直系の王女とその夫のアメリカ人の個人的なコレクションからはじまって[5]、その後展示も充実し、今では教育・啓蒙《けいもう》

2 一九六五年
3 一九八一年
4 発見は一九八二年。ところがこの後、一九九四年になって、今度は新種のホタルが西表島で発見された。イリオモテボタルと名付けられたこの種は、種として新しいだけでなく、もう一つ上の科のレベルでの発見だという。つまりこのホタルが見つかったために、日本のホタルは科が一つ増えたのだ。イリオモテボタルの雌は羽化しない。イモムシ型のまま成虫になって、地上で光って雄を呼ぶ。
5 この博物館の創設にはハワイイ王朝の三人の女性が関わっている。まず、バーニス王女という裕福なお姫さまがいらして、土地をたくさんと文化財のコレクションを持っていた。彼女はアメリカから来たチャールズ・ビショップなる人物と結婚した。彼女の従姉《いとこ》

の機関としての活動も広く行っている。ハワイイの自然から歴史や文化までをひととおり知るには恰好《かっこう》の場所だから、ここを訪れる日本人観光客も多い。朝の九時、ここのカフェテリアで彼に会うことにした。

　スティーヴン・モンゴメリーは予想よりも若かった。優れた学者と聞いてそれだけで年配の人を想像するのは、たぶん学者というものに対する偏見である。若くて優秀な学者は多い。スティーヴは（すぐにそう呼ぶことになったのだが）ほぼぼくと同じ歳《とし》、顔は髭《ひげ》の中に埋まり、話しかたは明晰《めいせき》で、口をついて出る言葉の一つ一つに熱意が籠《こ》もっている。一言でいえばいい奴《やつ》。妙なところで頑固で、カフェインは身体《からだ》に悪いと信じていてコーヒーや紅茶の類には手を出さないし、清涼飲料には氷も入れない。しかしながら学識は広く、判断は正確で、しかもなかなかのユーモアがある。その午前中ずっと喋ってわれわれは仲よくなった。

　肉食性のシャクガの幼虫の話はそれはそれでおもしろいが、こちらの興味の範囲はもう少し広い。世界の海には無数の島があるけれども、これらは大きく海洋島と大陸島に分けられる。大陸の一部が離れて島になったのが大陸島で、海の真ん中に火山によって造られ

に当たるルタ・ケエイコラニ王女が一八八三年に亡《な》くなった時、その資産と家財はすべてバーニス王女に遺贈された。これによって彼女はハワイイ全土の一二％を所有することになったという。わずか二年後に彼女も亡くなり、その資産を元にハワイイ一の名門校として知られるカメハメハ・スクールが創設された。彼女の元にあったハワイイの文化財は夫の手に残された。その翌年、やはり彼女の従姉であったエマ王妃が亡くなり、そのコレクションもビショップ氏の手に渡った。この三人の女性の意思を継いで、チャールズ・ビショップが造ったのが今見るところのビショップ博物館である。

たのが海洋島。日本列島はもちろんアジア大陸から生まれた大陸島だし、琉球《りゅうきゅう》列島もそうである（日本では小笠原諸島が海洋島）。だから、これらの島々の生物はかつて大陸と地続きだった時に渡ってきた生物の子孫で、その意味では大陸的な性格を残している[6]。しかし、ハワイイ諸島は典型的な海洋島である。どの大陸からも遠いだけでなく、かつて大陸の一部だったことはない。それでも、こんなに遠い島にも木々は繁茂し、花は咲き、鳥も鳴き、多くの昆虫も住んでいる。彼らはいかにしてここに渡ってきたのか、その後どんな変化を遂げて今見るような姿になったのか。この大きな疑問の一部として、たとえば肉食性のシャクガのような奇妙な進化の道を歩むものがなぜ生まれたのか、という謎《なぞ》がある。

　午前中一杯こういう話をしているうちに明らかになったのは、彼がただ昆虫学者であるだけでなく、鳥や哺乳類、それに植物についても実に深い造詣《ぞうけい》を持つ、ハワイイ学とも呼ぶべき学問のジェネラリスト[7]だということだ。狭い専門領域に籠もることなく、昆虫と他の動物や植物との関係、海洋島としてのハワイイ諸島の特質、それにここの生物圏が今かかえている大問題に至るまで、彼には全面的な知識と意見があった。ぼくは最適の人物に出会ったと思った。

昆虫学者スティーヴン・モンゴメリー

6 イリオモテヤマネコやツシマヤマネコは東南アジアのベンガルヤマネコなどの近縁種と言われる。

7 日本にはこういう型の学者が少ない。学問というのは分析と総合の両面から成るものだろうに、みんな自分の分野の中に籠もって、他人の仕事には口を出さないようにしている。官学のなごりを色濃く残す大学のシステムが悪いのだろうか。

ハワイイの自然史の全体像を知るとして、そのためにはどこに行って何を見ればいいだろう、という問いに、スティーヴはほとんど迷うことなくカウアイ島がいいと言った。地形に変化があり、動物相も植物相もハワイイ諸島らしい面を最も濃く表現している。マウイ島のように観光客が多くないし、ハワイイ島ほど大きくはないから車で走って全体を見るのが容易。「それに」と彼は言った、「たまたま明日の午前中ちょっとおもしろい会議があって、それに出ると今ハワイイの自然についてわれわれが何をしようとしているかもよくわかるよ」。

では、カウアイ島に行くことにしよう。

カウアイ島は人が住んでいるハワイイ諸島の島々の西から二番目の位置にある。少しだけ東西に長いが、ほぼ丸い形をしている。中央部には山があり、その西にワイメア・キャニオンという険しい谷がある。第Ⅱ章に書いたとおり、ハワイイ諸島の島は西に行くほど古い[8]。長い歳月の間に風化と浸食によって溶岩台地に深い溝が刻まれ、それが峡谷になった。色の変化に富んだ地層が見えるからからに乾いた谷は（こういう決まりきった言いかたは好きではないが）

8　63ページ参照。

ハワイイのグランド・キャニオンと呼ばれたりする。この峡谷にはぼくは前に行ったことがあった。

スティーヴと二人、朝早い飛行機でリフエ[9]の空港に着いて、すぐにレンタカーで南岸に沿って西へ走った。リフエから見る山は頂上が雲に隠れていて、空港の上空も曇っていたけれども、走るにつれて空は晴れてきた。途中で車を停めて、外に出て、改めて空を見る。北の方の山の上には雲があるのに、自分たちがいるここの上はすっかり晴れている。風は山を越えて吹いてくるが、その風は山の上にかかった雲をこちらまでは運んでこない。山を越えた途端に雲は消滅してしまう。

「これが典型的なハワイイの空の状態」とスティーヴが説明してくれた。ハワイイは一年中だいたい安定して北東の貿易風が吹いている。夏の風の九割、冬でも五割は北東の風だという。強い太陽に照らされて蒸発の盛んな海の上を渡ってくる風だから、たっぷりと水分を含んでいる。これが山にぶつかると山腹に沿って押し上げられ、温度が下がり、露点も下がって雲になる。その一帯に大量の雨を降らせる。そして、山を越えた時には水分はすっかりなくなり、乾いた風となって南西の方角へ吹きぬける。山一つを境に極端な湿潤地

9「寒け」

帯と乾燥地帯が接することになる。だから、南西の側から山を見ると、山には雲がかかっていても、そして風はこちらへ吹いていても、自分たちの頭上までは雲はやってこないということになる。これはぼくはハワイイ島でよく体験したことだった。北東の側にあるヒロと西にあるコナではまるで天気が違うとはハワイイ島民はよく言うし、観光客が身をもって知るところでもある。

カウアイ島に行こうと即座に決めた理由が実はもう一つあって、ここには世界一雨が多いことで有名なワイアレアレ[10]という山があるのだ。ここがどれほどの雨を受けているか、雨量計の設置の歴史で見てみよう。アメリカの資源局がここに雨量計を置こうと最初に決めたのは一九一〇年のことだった。標高は一六〇〇メートル足らずだから、マウナケアやマウナロア、それにハレアカラを擁するハワイイ諸島ではそう高い山ではない。ここがどういう土地かまったく認識しないまま、彼らは山のすぐ西側に広がるアラカイ[11]・スワンプと呼ばれる広い湿地を横切って苦労して雨量計を運び上げた。容量一九〇リットルは特に小さいものではなかったはずだが、ハワイイの雨の神はそれを見てにやっと笑って、その中に唾《つば》を吐いた。たち

10「溢《あふ》れる水」

11「導く」

まち雨量計は溢れた[12]。

翌年、今度は年間三七〇〇ミリの雨量が計れる装置が設置された(念のために申し添えれば、東京の年平均雨量は一四〇〇ミリ、日本で最も多く雨が降る三重県の尾鷲《おわせ》が四〇〇〇ミリである)。雨の神はくっくっと笑って、すぐにそれを満たした。一九一五年になって、今度は七六〇〇ミリまで計れる大型の計器がなんとか山頂に設置された。雨の神はそれを見て笑いころげ、たちまちそれを一杯にした。

雨量計を山頂まで運ぶ苦労についてここで一言述べておけば、大量の雨にいつも濡《ぬ》れる熱帯の密林の中は歩くのも容易ではない。木々は鬱蒼《うっそう》と茂り、そこにツタ植物の蔓《つる》がからまり、枝からは苔《こけ》が垂れ下がり、足元はどこまでも湿原状態。湿度は一〇〇パーセント。一九四八年に山頂から一〇〇メートル下でアメリカ地質調査局の観測隊の一員が心臓麻痺《まひ》で死んだ。六人の仲間は彼の死体をなんとか麓《ふもと》まで下ろそうとしたが、とてもできることではなかった。彼らは野ブタに荒らされないよう死体を木の上に縛りつけ、ひとまず下山してもっと多くの人員と共に再度この難事に挑戦した。結局死体一つを下ろすのに十六人の男が三日間かかった。そういう場所へ大き

12 残念ながらぼくが頼った資料では、この時の雨量計の受水面積がどれぐらいで、何日ごとに計測に行く計画だったのかがわからない。

くて重い雨量計を運び上げる苦労はやはり想像するに余りある。

さて、雨量計だ。この頃になってようやく関係者は自分たちの課題の大きさに気付いた。一九二〇年、彼らは二五一〇〇ミリまで計れるというとんでもない大きさの装置を造り、これを山の頂上に設置した。雨の神は今度は笑わなかった。少し真剣に雨を降らせてこれも一杯にしてやろうと試みたが、できなかった。ことは遂《つい》に人間の側の勝利に終わったかに見えたが、彼らはとんでもないミスをしていた。雨量升の底に水抜き用の栓を付けるのを忘れたのだ。空にするには一々ひっくり返さなければならない。強度が不足していた容器はそのたびに歪《ゆが》み、やがて漏るようになり、使えなくなった。

一九二八年に底に栓のあるしっかりした二二九〇〇ミリの雨量升がようやく設置され、雨の神と人間の勝負は決まった。一九四九年になると山頂まではヘリコプターで往復できるようになった。頻繁に人が行けるのだから、そんなに大きな装置は必要なくなった。

では、実際の話、ワイアレアレの山頂ではどれくらいの雨が降るのか。アメリカ気象局は年平均で一二三四四ミリという数字を出している。これは本当に世界一と見ることができるだろうか。日本の降水量が多いのが大陸からの季節風の影響であることからもわかるとおり、モンスーン地帯は貿易風地帯と並んで雨が多い。インド、メガラヤ州のチェラプンジという場所ではかつて年間二二八六〇ミリという記録が出たことがあるし、五日の間に三八一〇ミリという豪雨もあった。[13] しかし、ここの年平均は一一四三〇ミリとワイアレアレより少し少ないし、降らない時期にはほとんど降らない。一年中ずっと濡れっぱなしという点ではやはりワイアレアレとアラカイ・スワンプが世界一ということになりそうだ。しかも、この徹底して湿った土地からほんの二〇キロも離れると、今度は年間雨量が五〇〇ミリというような乾いた場所がある。[14] 乾燥性の疎林《そりん》と湿潤な密林の両方が隣接しているのがここの植物相の特徴である。

昔、この話を読んだ時、この山の上に立ってみたいと思った。歩いて登るのが無理とすればヘリコプターを使ってもいい。それもあってスティーヴがカウアイ島と言った時にすぐに賛成した。彼はたぶんヘリで行けるだろうと言う。それは明日からの予定ということにして、今はひとまず謎の会議の場へ急ぐことにした。いろいろな学者が集まるということしかスティーヴは教えてくれない。

会場はリフエから五〇号線を西へ二十分ほど走ったラワイの太平

13 日本の記録を見ると、一日降水量で一九六八年九月二十六日に三重県の尾鷲で八〇六ミリというのが最大。チェラプンジではこの豪雨が五日間続いたわけだ。

14 日本中で最も降水量が少ない網走《あばしり》が年平均八一五・三ミリ。ここでの最少記録が五四五ミリ（一九〇五年）。

洋熱帯植物園[15]の中にある教育センターだった。集まっているのは植物学者や園芸の専門家、それに州と連邦政府双方の環境問題の担当者などなど。会議のテーマは「ハワイイ固有の植物相の回復について」。要するに、さまざまな理由から失われつつあるハワイイの本来の森や草原の姿を復元しようというのだ。具体的には絶滅の危機にある植物を見つけてきて、人為的な場で育てて数を増やし、それと並行して自然の中に環境を整え、最後に、増えたものを植える。しかし、これがなかなか楽ではない。会議の最初のうちは実によく喋《しゃべ》る連邦政府代表ミズ・ローザという三十代の女性がもっぱら会をリードした。彼女はこれまでの成果について、これからの予定について、雄弁に語った。相当に訓練を積んだ話しかたで、こういう人は弁護士か政治家になると成功するだろうとぼくは隣のスティーヴに小声で言ったぐらいだ。彼女が喋りつづけるのを聞き流しながら、手元の参考書をざっと見て、問題をおおまかに把握することに努めた。

ひとまず、この会議の方針に合わせて、話を植物に限ろう。ぼくたちがハワイイ諸島を訪れて目にする植物の大半は外来種である。いかにも熱帯の島らしい派手な色の花、それを咲かせる木のほとん

15 Pacific Tropical Botanical Gardens

どはこの二百年の間に外から人の手で持ち込まれたものだ。グアバは熱帯アメリカから来たし、ビワは日本から、パパイヤは南米からもたらされた。有名な探検家[16]の名をとったブーゲンビリアはブラジルから渡来し、モンキーポッドも南米から来た。いい匂《にお》いがしていかにもハワイイらしいと人が思うプルメリアは熱帯アメリカの産だし、キョウチクトウはヨーロッパから日本経由で来た。かつて日本人が南洋桜と呼んだポインシアナ（フレイム・トリーという名もある）は実はマダガスカルが原産。マンゴーはインドから東南アジアにかけてが原産地だし、紫の花をたくさんつける大きなジャカランダの木はもともとはアルゼンチンからボリビアあたりのもの、アボカドは熱帯アメリカから来た。ハワイイ先住民の生活にとって大事なパンダナス[17]は実は彼らがポリネシアから移住してくる時に持ってきたもの。怪異な姿で目を楽しませてくれるバニヤン[18]も昔はハワイイにはなかった。クック松はもともとマツ類がなかったハワイイに一八七〇年代に持ち込まれ、今ではクリスマス・トリーに使われたりしている。やたらに速く伸びるユーカリの木がオーストラリア原産だということは誰もが知っている。扇を広げたような形で有名なトラベラーズ・トリー（旅人の木）ももともとはマダガスカルのも

16 ルイ・アントワーヌ・ド・ブーゲンビルはフランスの探検家。一七二九年に生まれて、一八一一年に没。フランス初の太平洋探検隊を率いて、フランス人としてははじめて世界を一周。

17 沖縄でいうアダンである。小笠原でいうタコノキもこの一種。南洋ではこれの葉を編んで屋根を葺《ふ》く他、繊維で綱を縒《よ》ったり、筵《むしろ》を編んだり、籠《かご》を作ったり、さまざまに用いる。

18 沖縄や奄美《あまみ》ではガジュマルと呼ぶ。榕樹《ようじゅ》という中国名もある。比較的早く大きくなるようで、ハワイイ島ヒロには巨大なバニヤンが立ち並ぶ「バニヤン・ドライブ」という道がある。

のだ。

つまり、普通にハワイイの町を歩いたり観光バスの窓から眺めたりした時に目に入る植物はほとんどすべて外来のものなのである。なぜこういうことになったのか、ハワイイ本来の植物はどこへ行ったのか。会議場の隅でスティーヴが小声で教えてくれたところによれば、海岸に近い平地が人間の手で開発され、そこに強い外来の木が植えられたり勝手に広がったりしたため、ハワイイ本来の植物は山の上の方に追いやられ、そこで細々と暮らしているという。ハワイイ諸島にもともとあった植物は一二九五種、そのうちハワイイにしかないいわゆる固有種は一一五一（すなわち八九パーセント、後でこの数字のことを考えよう[19]）、その中で絶滅したものが一〇八種、植物園でかろうじて生きているのが四種、野生には一株しかないというものが九種、十株未満が四八種、十株以上百株未満が九二種、百株以上千株未満が一〇六種。非常に多くの固有種が地上から消えようとしている。

絶滅とはどういうことか。前の日の午後、ぼくはスティーヴとの打合せの後で、今はもういない鳥に会うために、ビショップ博物館の標本室を訪れた。定温定湿に保たれた広い部屋の中にスチールの

19 117ページ参照。

ケースがずらりと並んでいる。その中からぼくは鳥の標本を見せてもらった。平たい大きな引き出しを開くと、中には死んだ鳥がたくさん並んでいた。悲しい光景だった。ハワイイ語でオオアアと呼ばれた黒い小鳥 *Moho braccatus*[20] は一八九〇年代に絶滅、*Hemignathus procerus* という黄色いフィンチ[21]の仲間は一九六九年に最後に目撃されていらい姿を見た者はいない。そういう鳥が目を閉じ、足を縮めて、じっとしている。死んでいる。この鳥の仲間が空を飛ぶことはもうない。絶滅というのは実に単純で、どうしようもない事実だ。それが見ているだけでよくわかる[22]。

植物たちが同じような目にあっている。次々に姿を消して、決して帰って来ない。その数が日々増してゆく。それに対して果敢に戦う人々の会議が目の前で続いている。しかし、どこかおかしい。この会議には例えば珍しい種子を採集する専門家がいる。山の中を歩いて、数少なくなった植物を見つけると、その種子を集めて持って帰る。それを発芽させて苗を育て、野に返せるようにする専門家もいる。種苗園《しゅびょうえん》の運営についてはハワイイ一の腕前という人が来ている。連邦政府も州政府もこの事業にずいぶんなお金を注ぎ込んでいるという。民間の支持層もハワイイ州の場合はアメリカ本土の他の

オオアア

20 ミツスイの一種（116ページを見よ）。

21 スズメ、アトリ、ホオジロ、ヒワなどの仲間。種類が多い。ガラパゴスのフィンチはダーウィンに進化論を考えさせるきっかけを作った鳥として有名。

22 鳥は花とちがって、剥製《はくせい》という形で生前の姿をそのままに保存できる。だからこそ、死んでしまったという実感が強かったのかもしれない。

州よりもよほど厚いとも聞いた。ミズ・ローザはなおも喋っている。

質問が出た。質問というよりは反論と言った方がいいかもしれない。絶滅を免れたと判断される種については「危機に瀕《ひん》した植物一覧表」から外すとあるが本当にそんなことが可能なのか？　ある植物が危機を脱したなどという判断ができるのか？　それは、もう問題はないという方へ一般の人々をミスリードするものではないのか？　ミズ・ローザは、行政機構としては目的を立てて計画を実行する以上、当初の目的を達成した時にはそれを公表しなければならないという意味の返答をした。質問者はなおも食い下がった。

どうもこの会議全体に何か大事なものが欠けているという印象が次第に具体的なものになってきた。参加者はみな熱心だし、善意に溢れているし、専門的な知識も備えている。少なくともこの場にいる資格は充分にある。行動の方向は見えており、そちらへ進む意志もある。しかし、いちばん大事なこと、一つの植物相の全体を回復するということが今の段階で、人間の力で、最終的に可能なのかどうか、そこのところの見極めはついていない。つまり、どこかで努力目標が現実の目標とすりかわっている。

ぼくの見かたは少し意地が悪いかもしれない。世界中どこでも自然保護運動は熱意ある、善意の、知識の点でも最も優れた人々によって運営されている（そうでないものもあるけれど、今はそれは無視しよう）。人間たちはできるだけのことをしている。しかし、それが間に合うかどうか、今までのあまりの破壊がそれぐらいのことで埋め合わせできるかどうか、そういうことを議論する者はいない。ある意味では無意味なのだ。可能かどうかを論じて不可能という答えが出たとして、ではそこで運動をやめるのか。諦《あきら》めてしまうのか。そうはいかない。それはわかっている。しかし、実際の話、どれだけのことが可能なのだろう？

会議はなかなかおもしろかったが、それはそれとして、ハワイイの自然そのものを正面から見る必要がある。ここ本来の植物相はなぜ外来種（つまり人間の手でもたらされた種）によって山の上へ追い立てられたのか。植物に依存して生きているはずの昆虫や鳥類や哺乳類《ほにゅう》はどうなったのか。それ以前に、誕生以来孤立したままで大陸とつながったことは一度もない海洋島のハワイイ諸島になぜ植物が繁茂し、虫が住み、鳥が鳴き、哺乳類がいることになったのか。この島々が最も近いアメリカ大陸からも四千キロ近く離れていることを考えれば、これもまた不思議な話、ここの自然を考える時に最初に人の頭に浮かぶ大きな疑問である。海洋島に生物はいかにして到達し、そこで生き、いかなる進化を遂げるか。それを考えてみよう。

海の真ん中で火山が噴火し、そこに島ができる。海底から溢《あふ》れ出した溶岩が固まって、地面になる。最初はただ岩が累々《るいるい》と連なるだけで、生物はおろか土壌さえそこにはない。雨が降り、日が照り、岩は少しずつ風化して細かく砕かれ、表面は礫《れき》や砂に覆《おお》われる。遠い大陸にはさまざまな植物が茂り、鳥が鳴き、虫が飛んでいるが、彼らが大洋の真ん中にある島まで渡る手段はない。そういう時期が長く続く。

ことを植物の側から見てみよう。自分が移動することができない植物が広い土地に自分の子孫を広げるには、何らかの方法に頼って遺伝形質を自分が立っている場所から離れたところへ運ばなければならない。遺伝形質の情報は種子の中にあるが、種子に移動の手段が備わらなければ目的は達成できない。親がいる土地はすでに親のものであり、そこから離れてこそ植物は生き延びられるし、また自分たちの生息域を広げることもできる。移動の手段として植物は、例えば風に頼り、鳥に頼り、またリスなどの動物に頼り、海流に頼る。

　風を利用するものは軽い種子にパラシュートを付けて放す。ぼくたちが最もよく知っているのはタンポポだろうか。この方法は種子を遠くへ運ぶという点では有利である。風が強い時やうまく上昇気流に乗った時は何百キロも、あるいは何千キロも、離れたところまで行くことができる。その一方、重力に抗して風に乗るには目方が軽くなくてはならないので、親は種子にたくさんの栄養を持たせることができない。いわばごく軽いお弁当だけで愛する子を旅に出すわけで、落下したところでの発芽の可能性はその分だけ低くなる。一般に生物の子孫繁栄の戦略というのはいつもこういう選択を含んでいる。卵や種子の数については大量出産放漫育児か少数出産丁寧育児かという大きな二つの方針がある。動物で言えば、魚類のようにたくさんの卵を放ってその中の一尾か二尾が親まで（つまり子を生めるまで）育てばいいという方法に依《よ》るものもいるし、鳥類や哺乳類のように少数の子を生んで丁寧に育てるものもいる[23]。

　鳥に頼んで種子を運んでもらおうとする植物はその分の代価を払わなければならない。鳥の目につくように赤や黄色の派手な色の実

23 リチャード・ドーキンスは名著『利己的な遺伝子』（紀伊《きの》國《くに》屋書店刊）の中でD・ラックの説を引用して次のように説明している――「三個の卵というのが、ツバメにとってもし最適一巣卵数《そうらんすう》であるなら……子供を四羽育てようとする個体が最終的に育て上げうる子の数は、もっと用心ぶかく三羽しか育てようとしないライバルが育て上げうる子の数より、結局少なくなってしまうのだ」。そこまで厳密かつ微妙であると理解していただきたい。

を作り、その中に味のよい果肉を用意し、消化管の中を通る際に酵素や酸で傷《いた》まないよう丈夫な内皮で種子をくるむ。風に預ける場合に比べると鳥や小型の哺乳類の運搬能力は格段に大きいから、種子は比較的大きなお弁当を持って旅立つことができる上、鳥の糞《ふん》という追加のお弁当と一緒に着地できる。鳥に頼るもう一つの方法は果実によって体内に入るのではなく、棘《とげ》や芒《のぎ》を使って鳥の足や羽毛などにくっつくことだ。言ってみれば一方的なヒッチハイク。これは鳥だけでなく小動物一般を利用することができる。山登りの時にズボンにたくさんの種がついて取るのに苦労したことを思い出していただきたい[24]。

小動物を利用するには実はもう一つ、ある程度は食べられるのを覚悟するという方法がある。リスを考えればよくわかる。リスはドングリ（つまりブナ科の木の実）を拾って集めて、一部はそのまま食べるが、残りは巣に運んだり穴に埋めたりして隠す。冬になって掘り出して食べるのだが、その時に埋めた分をすべて覚えていて掘り出すわけではない。ドングリとしては親の木から遠いところへ運んでもらって、しかも成育に適した土の中に埋めてもらうわけだから、ただ親の木の下に転がっているよりはずっと発芽の可能性が増

24 日本でよく知られたものとしては、イノコズチ、ヌスビトハギ、オナモミ、センダングサなどがある。

える。リスだけでなくホシガラスやカケスのような鳥も同じように食べ物を隠す。

海流利用は海岸に生えた木にのみ使える方法だ。この場合、実は長い航海と塩水に耐えるべく相当に丈夫でなければならない。その一方、水に浮かぶのだから比重さえ水より低ければいくら重くても大丈夫。典型的な例としてはもちろんヤシがある。ヤシは非常に長期の漂流に耐える。かつて伊良湖《いらご》岬にヤシの実が漂着しているのを見つけた柳田国男がその話を島崎藤村にしたところからあの有名な歌が生まれた。[25]グンバイヒルガオなどもこの方法で広がる。マングローブの類《たぐい》[26]は発芽した後の実がそのまま漂うしかけになっている。

大陸から遠い遠い海の真ん中に島がある。今見たように世界はたくさんの植物の旅する種子に満ちているが、それでも大洋を越えてうまく島に到着できるものは少ない。少ないけれどもゼロではない。長い時間のうちにはたまたま島に降り立つ種子もある。それがそのまま発芽できるわけではないが、いくつもやってくる中には幸いにも芽を出して生長するものもある。ともかく、生物学や地質学の話では時間だけはいくらでもあるのだ。気長に待てばいつかは荒涼たる火山島にも緑が根づく。

25「この話を東京に還《かえ》って来て、島崎藤村君にしたことが私にはよい記念である。今でも多くの若い人に愛誦《あいしょう》せられて居る椰子《やし》の実の歌といふのは、多分は同じ年のうちの製作であり、あれを貰《もら》ひましたよと、自分でも言はれたことがある（『海上の道』）」。

26 マングローブは植物の種類ではなく、塩水の中に群落を作る植物の総称である。具体的にはオヒルギ、メヒルギ、ヤエヤマヒルギなどヒルギ類が多いが、他のものも少し混じる。

植物の移動手段はこのようにいろいろあるけれども、海洋島へ渡るためには利用できないものもある。風に乗った種子（正確に言えば種子と運搬手段としてのパラシュートを合わせたもの、専門語では散布体）が充分に軽ければ遠くまで届く。シダ植物の胞子はその最もいい例で、だから海洋島においては植物相全体の中でシダ類が占める割合が大陸よりもずっと高くなる。これに対してマツやモミのような裸子植物の種子も風に頼るけれども、最初から遠くへ届くことを意図していない重いものなので、ハワイイのような海洋島にはまったく見られない。同じようにブナ類の実も海の真ん中の島には届かない。ドングリをくわえて泳いで海を渡ってくれるリスはいないのだ（ホウセンカのように種子を弾《はじ》いて飛ばすものも無理。海の向こうに届くほどの勢いで種子を飛ばせるはずがない）。鳥は渡りという形でずいぶん遠くまで飛ぶ[27]から、鳥に依存してやってくる植物が多いことは誰にでもわかるだろう。

では、そうやって海の真ん中のハワイイ諸島に植物が渡ってきて、うまく芽を出し、生長し、自分でも実をつけられるようになったとして、その先では何が起こるのか。あるいは動物の場合はどういう

27 最も遠い渡りの例を探すと、シギの仲間にはアラスカからタヒティ島まで一万キロを渡るものがいる。日本の離島で繁殖するオオミズナギドリはオーストラリアのあたりまで飛んでゆく。

ことになるのか。

その日の午後、コケエ州立公園[28]の中に新しくできた子供のための自然教育施設の開所式があると聞いて行ってみることにした。その途中の車の中で、ぼくは孤島の生物相の展開をスティーヴにたずねた。午前中の会議といい、この午後の開所式といい、今のアメリカ人が自然問題をどう考えているかを知るにはよい機会だ。自然保護に携わる人々に会うにも都合がいい。

定着した生物たちに起こるのは、まず爆発的とも言っていい激烈な種分化だとスティーヴは言った。これは知らなかったことだ。生物たちは環境の中に自分が占める場所をそれぞれに決めて、そこで生きる。ここでいう場所とは単に島の中のあるところという意味ではなく、ニッチ、すなわち他の生物との関係まで含めて環境全体の中で自分が利用できる空間や条件のすべてを言う。誰もいない島に上陸した生物は、他の種との競争がまったくない理想の生活環境をそこに見出《みいだ》す。この場合、島まで持ってきた資質をそのまま生かして、かつて住んでいた遠い大陸と同じ姿で繁栄するのかとぼくは単純に思っていた。しかし、広すぎるニッチはたちまちのうちに細分化されるらしいのだ。進化は加速されるわけである。

28 ワイメア・キャニオンの西側に沿ってずっと行ったつきあたりの手前にある。コケエは「曲げる」。

そこまで言われてぼくは、おくればせに、ダーウィンが『ビーグル号航海記』の中に記しているガラパゴス諸島の小鳥たちの話を思い出した[29]（ガラパゴス諸島はハワイイと並ぶ典型的な海洋島である）。ダーウィンフィンチと後に呼ばれることになるその鳥は、ガラパゴス諸島では実に多くの近縁種に分化している。これはそれぞれが住む環境に合わせて形を変えた結果だと彼は考えた[30]。つまり、種というものは一定不変ではなく、周囲に応じて変わってゆくのだ。天地創造の時に神が造られた種がそのまま永久に残るわけではない。自然自身が多くの種を生み出す。これは彼の進化論の基礎概念であり、後に『種の起源』で詳細に説いたところだ。

ハワイイ諸島の場合、それが最も顕著に現れているのはミツスイ[31]と呼ばれる小鳥だとスティーヴは教えてくれた。最初に一種類のミツスイが何らかの方法で島へ渡ってきた。競合する相手は誰もおらず、そこには広大なニッチが手つかずで広がっていた。それはあまりに広いので一つの種ではとても埋め尽くせない。そこでミツスイは、仮の宿として体育館を与えられた難民たちが広い床を荷物で仕切って家らしき区画を作るように、ニッチを細分し、似てはいるが違う多くの種に分化した。彼らの嘴の形を見ればその分化の過程は

29『ビーグル号航海記』第十七章。岩波文庫ならば下巻の18ページあたり。

30 具体的にフィンチが進化によってどう嘴《くちばし》の形を変えてゆくかについては、『フィンチの嘴』（ジョナサン・ワイナー著、早川書房）といういい本がある。

31 honey eater　スズメ目ミツスイ科。オーストラリア原産とされている。

すぐにわかる。島にたどりついた多くの生物が同じ過程をたどった。

だから、とスティーヴは強調するのだが、ハワイイ諸島にいる生物のほとんどはこの急速な進化によって大陸にいた時とは違うものになった。肉食性の幼虫をもつシャクガもこのような速やかな進化の中から生まれた[32]。ハワイイ諸島本来の生物は固有種の率が非常に高い。植物の八九パーセントが固有種、鳥類については九四パーセント、昆虫に至っては九九パーセントが他では見られない種類である。生物の種というのが固定されたものでなく、状況に応じて速やかに変化してゆく能動的なものだということがよくわかる。ダーウィンが乗ったビーグル号がもしもガラパゴスと同じように長くここに滞在していたとしたら、彼は『種の起源』をもう数年早く書いたかもしれないとスティーヴは言う[33]。

種が速やかに分化するにつれて、具体的にはどういう変化が起こるか。ミツスイの嘴が食べるものに応じて変わるのを見てもわかるように、生物の身体《からだ》はそのまま環境の反映、もっと踏み込んで言えば環境の表現である。環境が要求するものを身体は用意し、逆にもう必要でないものは消えてゆく。周辺に充分な土地がある場合には遠くへ種子を運ぶ必要はない。動物に付いて運ばれるはずの種子が

32 ビショップ博物館でスティーヴに見せてもらったところでは、このシャクガの幼虫はずいぶん小さいものだった。マッチ棒ぐらいの太さで、長さもせいぜい二センチぐらいだった。肉食性とはいっても、人間を襲うおそれはなさそうだ。

33 これはどうだろうか。ダーウィンがガラパゴスではなくハワイイ諸島に来ても『種の起源』は生まれたと思うが、発表が早くなることはなかっただろう。彼は進化論を作るのに二十年を要したのではなく、発表する勇気を得るまでに二十年かかったのだから。

棘状の芒を失って、実そのものも多くの栄養を蓄える大型のものに変わる例がある。またもともとは草だったものが木にまで育ってしまう例も少なくない。ニシキソウというのは日本では道ばたや畑に生える一年生の雑草だが、これがハワイイの固有種となると一メートルほどの低木になるものが七種、四メートルまで伸びるものが七種、高さ八メートルまで大きくなるのが三種あるという。[34] 草本の方が海を渡りやすいから、行った先には高い木は少ない。その空いたニッチを草が埋める。温暖で湿潤という生長のための条件も整っている。かくて草が木に化けるのだ。

今、ハワイイに固有の（つまり本来自生していた）植物たちが迎えている危機に関わる一番いい例としてスティーヴは、グリーン・ブライヤーというバラの一種の話をしてくれた。[35] バラの仲間だから当然この木にはかつて棘があった。棘はもちろん、嫌な匂《にお》いや毒物と並んで、草食性の動物に食べられないための植物の工夫である。ところがハワイイには彼らを食べる動物はいなかった。必要ないものは作らないというのが生物全般に通用する節約の原理である。グリーン・ブライヤーは何百世代かを経るうちに進化して棘を喪失した。当然の話だ。

34 この話題については伊藤秀三《いとうしゅうぞう》著『島の植物誌』（講談社選書メチエ）が詳しい。

35 ブライヤーというのはパイプを作るのに使われる硬質の灌木《かんぼく》である。

そして、そこへ人間がヤギを連れてきた。

コケエ州立公園のセンターはワイメア・キャニオンを右手に見下ろしながらずっと登っていった先にある。ロッジがあり、小さいながら楽しい博物館があり、気のきいたレストランがある。その少し先に子供のための新しい教育施設が造られた。子供たちを連れてきて、ここで一日を過ごし、周囲の森の中を歩き、自然教育を実地で行おうという場所である。その開所式にぼくたちは参加した。偉い人が何人か来てスピーチをし、この施設の実現に協力した人たちの感謝の辞があり、この施設を造るための十五万ドルを寄付したお金持ち[36]への感謝の言葉があり、子供たちの歌があった。個人の資金に仰ぐところがアメリカらしいが、儀式というものはどこの国でもあまりおもしろいものではない。

ぼくは隅の方にスティーヴを引っ張っていって、棘を失ったバラとヤギの話の続きをせがんだ。ハワイイ諸島に最初にヤギを連れてきたのは大航海者ジェイムズ・クックだった[37]。彼が航海途中の食料用に船に積んできたヤギを野に放した。敵となる肉食獣もおらず、餌《えさ》は食べ放題という天国のような環境でヤギはたちまち増えた。島

36 このお金持ち夫妻は二人とも上から下まで黄色い衣類で身をかためているという不思議な人たちだった。

37 この人がハワイイ諸島で結果としてはたした政治的な役割については第V章で述べる。

の植物の側から見れば、これは当然脅威である。その影響は今も続いている。いや、続いているというより、今となって最も深刻な事態を迎えていると言う方がいいだろうか。この日の午前中の会議で提出された数字では何らかの形で保護が必要な植物は二七五種に及ぶとされている。

クック船長がもたらしたもう一つの脅威はブタである。それ以前にもブタはハワイイにいたが、それはハワイイ人がポリネシアから連れてきた小型種で、自ら野生に返るほどの生活力はなく、人と共に暮らしていたから植物への影響はほとんどなかった。クックたちの船がもたらしたのは大型のヨーロッパ種のブタで、これもヤギと同じように広がって、草を食い、実生の若い木を食い、若い芽を足で踏みにじり、植物に多くの害を与えている。

ヤギの害について、ぼくは他の例も聞いていた。中近東からギリシャ、シシリーあたりにかけての山が禿《は》げているのはすべてヤギのせいだというのだ。実際ギリシャの山は荒涼としたもので、日本の鬱蒼《うっそう》と緑濃い山とはまるで様子が違う。気温はむしろあちらの方が高いくらいなのだから、最初は降水量の違いかと思っていたが、やがてこれが数千年に亘《わた》るヤギの食害なのだという説を聞いた。レバノンの杉と言えば聖書にも出てくる有名な木だが、今のレバノンには杉などほとんどない。これもすべてヤギのせい。ヒツジは草しか食べないがヤギは実生の木まで食べてしまう[38]。

クック船長はエコロジーを知らなかった。新しい環境に勝手に動物を放すことがどういう結果を生むかまったく考えなかった。しかし、それだけの理由でこの偉大な探検家を非難するわけにはいかない。無人島にヤギやブタを放しておいて、次に来た時の食料を確保するというのはこの当時の航海者たちがみなやったことなのである。それにこの種の愚かさはごく最近まで人間につきまとっていたし、今もって払拭《ふっしょく》されたとはとても言いがたい。

今のハワイイ諸島でもう一つ大きな害を植物に与えているのがシカである。ブラック・テイルと呼ばれるこのシカが狩猟の対象としてオレゴン州からハワイイに導入されたのはわずか三十年前のことだった。この決定に関してはずいぶん政治的な圧力があったらしいとスティーヴは言う。狩猟の文化史的意義を否定するつもりはないが、今ほとんどの狩猟がただの遊びにすぎないことも事実だ。そのためにわざわざ他から動物を連れてきて放すという感覚はぼくには理解できない[39]。しかも、ヤギやブタと違ってこのシカは森の中に隠

38 どうもこの説は間違いらしい。ヤギの害も無視できないが、それ以上に人間の文明そのものがひたすら森林を破壊しながら進んできたようだ。これについてはJ・パーリン著『森と文明』（晶文社）という本を読むといい。

39 同じような例を身近に探すならば、ここ十年ほどの間に日本の多くの湖沼《こしょう》に広がって、他の魚を圧倒する繁殖力を示しているブラック・バスという魚がある。この貪欲《どんよく》な魚は釣る楽しみだけを目的に放された。

れて暮らすので、駆除はおろか生息数を確認するのさえ容易でないという。

かくてハワイイ諸島にかつて自生していた固有の植物は平地では外来種に追われ、山の中ではヤギやブタやシカに蹂躙《じゅうりん》され、その結果多くの種が絶滅の危機を迎えている。今の地球の上で人間はあまりに大きな力を持ち過ぎ、それを愚かに行使している。海洋島の生物相はその力の前でいかにも弱い。人間には破壊の能力はあるけれども、保護や回復の知恵と能力の方はどうも持ち合わせていないように思われる。午前中の会議の雰囲気を思い出し、世界中で実際に失われつつある種のことを考えながら、コケエを後にした。

翌日の朝はちょっとした失望ではじまった。世界で最も雨の降るワイアレアレの山頂にヘリで行って立つという計画の許可を得ようと行った森林自然保護局で、ものの見事に断られたのだ。それまでの交渉の過程ではまず大丈夫という印象を得ていたし、スティーヴも同じように考えていた。しかしカウアイ島の責任者のエド・ペテイーズ氏は山頂付近は自然保護のために誰も入れない方針でやっていると言う。入ったという例をいくつか聞いたから来たのだが、こういう大義名分の前にはただ引き下がる他ない。行くとなれば、余計なものを持ち込まないために靴の裏をよく洗い、ズボンの裾《すそ》についた雑草の種も一つずつ落としてからヘリに乗るのだなどとスティーヴと話していたのに、すべて無駄になった。山頂付近を飛行するのはもちろん可能だけれど、湿地の中で半日を過ごしてまたヘリに迎えに来てもらうという計画は泡と消えた。[40]

　やれやれと思っているとスティーヴが、それならばキース・ロビンソンに会いに行こうと言い出した。それは誰？　ロビンソンって、ひょっとして、あのロビンソン家の一人？　まさか、本当に、親しいわけ？　会ってもらえるの？

　ハワイイに何度か行って島から島を巡っていると、嫌でもロビンソン家のことを知る羽目になる。彼らは島を一つ持っている。ハワイイ諸島の人が住む島の中では最も西に位置して、サイズもずいぶん小さいが、ともかくそのニイハウという（まるで中国人の挨拶《あいさつ》のような）名の島はロビンソン一族が所有している。ただ所有しているだけでなく、ハワイイ人[41]を住ませて、島の中で通用する言葉もハワイイ語のみ、昔ながらの暮らしぶりを守っている。島のほんの一部は観光客にも開放されているが、島の中を自由に歩くことは許さ

40 あるいは自然保護運動に力を注ぐスティーヴと官庁である森林自然保護局の間に過去になにか確執があったのかもしれないが、少なくともスティーヴはまるで身に覚えがないという表情だった。そういう奴《やつ》なのだ。

41 約二百三十人の住民の九五％がハワイイ系。残る五％は日系。

れない。ヘリで行って、着陸地点の周囲を少し見て、その日のうちにヘリで戻らなければならない。なんといっても私有地なのだ。彼らのやりかたをあまりに排他的で専制的と批判する声もあるけれども、だからこそニイハウは昔のままに保たれているのだという意見も強い[42]。州政府が島全体を接収するという案もあったけれども実現しないままに終わった。そういう謎《なぞ》の島と謎の一族。

キースは今の当主（などというといかにも封建的に響くけれども）ブルース・ロビンソンの弟に当たるという。しかし、なぜ今ここでロビンソン家の一人に会うのか。ニイハウ島に行くのか、あるいは彼はこのカウアイ島にいるのか。スティーヴの説明によれば、ロビンソン家はこのカウアイ島にも広大な土地を持っていて、そこで絶滅に瀕《ひん》した植物をなんとか育てて維持する事業を自分一人で黙々とやっているのがキースだという。その植物を見せてもらおうというのがスティーヴの案。これに飛びつかない手はない。

スティーヴが早速電話をして、すぐにも会えることになった。待ち合わせの場所はオロケレの郵便局の前。実際に会ってみるとキースは大地主などという印象とはほどとおい人だった。着古したジーンズの上下を着ていて、ズボンの膝《ひざ》の上には継ぎが当たっている

42 島民の移動にも制限がある。彼らには島を出てゆく自由はもちろんあるが、数週間以内に戻らないと島に住む権利を失う。カウアイの高校に進学する子供たちの場合は卒業してから島に戻ることもできる。そして、外の世界を知った大半の子供がやはりニイハウ島に戻るという。一九五九年にハワイイ諸島を州に昇格させるか否《いな》かを問う住民投票が行われた時、反対を表明した島はニイハウだけだった。

（後で少し親しくなってから聞いたところでは、チェイン・ソーで雑木を切っていて、うっかりミスをしたのだという。足の傷はすぐ治ったが、ズボンの方は修理しなければならなかったと言って笑う）。全体としては非常に知的な農夫というところ。無口で、黙々と動く。時おり口にする言葉には深い意味がある。自分のやりかたに自信があって、世間一般、特に官僚や政治家には強い不信感を抱いている。その理由はおいおいわかった。歳《とし》は五十代半ばというところだろうか。全体として実に魅力のある人。

ともかく山へ行こうと彼は言った。喋《しゃべ》っているよりも行動する方が好きなのだろう。雨水が深い溝を刻んだダートロードを、本当に四輪駆動の威力を思い知るという感じでジープで登ること一時間。この間に走破した土地はすべてロビンソン家のものだ。車で行ける限界まで行って、その先徒歩でやはり一時間ほど登ったあたりから、キース・ロビンソンの秘密の花園がはじまった。素人《しろうと》の目には普通の、むしろ地味な、ハイビスカスとしか見えない花が、丈夫な鉄の籠《かご》に護《まも》られて咲いている。非常に珍しい種類で、だからここに移植して、ヤギに食われないよう籠でガードして育てているのだという。

そういう植物を何種類も見た。キースはよく繁《しげ》った灌木をつぎつ

キース・ロビンソン

ぎにかきわけて進み、ぼくを呼び寄せては説明してくれる。たとえば、紫色の小さな花を咲かせている豆科の植物は *Canavalia kauensis*（このあたりになると英語名はおろかハワイイ語の名もなかったりする。呼ぶには学名を用いる他ない）。この花のことは後にまた触れる。キースは茂み全体を見渡して花を一輪ずつ点検し、今はこの花が見頃だから写真を撮るのならこれがいいとまで教えてくれる。

　地面に石が並んでいる。よく見ると田の畦《あぜ》の跡のように見える。かつてここにはハワイイ人の小さな村があって、これはその頃のタロ芋畑の畦の跡だという。タロ芋を育てるにはたくさんの水がいる。だから畦が必要になる。[43]「彼らは実に賢かった。すぐれた農夫だった」とキースは百年以上前のここの住民たちのことをまるで知人の話をするように言う。その言葉には同じように土と植物を相手にする者同士の間にのみ成立する敬意のようなものがあふれている。

　彼がこの花園を始めたのは六年前。たまたま山を歩いていてハワイイ語でウヒウヒ[44]と呼ばれる豆科の灌木を見つけた。これはカウアイ島では絶滅したことになっていて、他の島でも全滅、ハワイイ島に五十株ほど残っているだけというもので、それがカウアイ島にあ

43 この話は第Ⅳ章に詳しい。

44 *Mezoneuron kauaiense* ハワイイ諸島の固有種。ピンクか赤の花をつける。材は固く、かつては運搬用の橇《そり》や穴掘り棒、建築などに使われた。

ったのだから、これはなかなか嬉《うれ》しい発見だった。その木の周囲のジャワ・プラムなど外来の余計な木を切って、ウヒウヒが伸びられるようにしてやった。それから山を歩いては、もうないはずとか、非常に珍しいとか、絶滅の危機に瀕しているという植物を見つけて、ここへ移植して、鉄の籠で保護し、育てている。それがもうずいぶんな数と種類になる。

しかし、これは法的にはある程度の問題を含む行為であって、しばらく前までの法律によれば彼のしたことは（本人の言葉によれば）「数百万ドルの罰金および数百万年の懲役」に値することだったという。たぶん民間人が貴重な植物を移植することを規制する法があったのだろう。このあたりの考えの違いが行政に対する彼の不信感につながる。[45] あの連中はひたすら喋っているばかりで実際には何もしない。なすべきことが目の前にあれば、ただそれをすればいいのだ、と彼は言う（その言葉を聞きながら、ぼくは先日の会議におけるミズ・ローザの長いスピーチを思い出していた）。そして、実際に彼は自分でなすべきことを着々としているのである。「近頃の連中はまるで働かなくなった。世界はひたすら悪くなる一方なんだよ」とぼくの顔を見て言う。

45 行政の側にも法を作るだけの理由がある。近年、日本でも多くの高山植物がいわゆる業者の手で盗掘され、品性下劣な「愛好者」たちの間で売買されて、絶滅しかけている。そういう闇《やみ》の市場がある。法は必要だろう。行政の問題はその法を実効的に運用できない点にこそあるだろう。

ある意味で、彼は古きよきアメリカの農夫の典型である。思想的には保守派、神を信じ、大地の力を信じているが、政府と税金と委員会は徹底して信じない。そして、自分の思想を言葉ではなく行動で表現している。彼がいかによく働くか、一緒に道の草刈りをしたことがあるケイトという若い女性が証言してくれた[46]。みんなが使う道をみんなで整備するからと言われて行ってみると、キースは誰よりも早く来ていた。草刈りといっても太い灌木《かんぼく》もある。キースは一日ずっとチェインソーをふりまわして働きつづけた。昼休みですよと声をかけると、「おれは働きに来たんで、ランチを食べに来たわけじゃない」と言って、パンを五切ればかり口に押し込んですぐに仕事に戻ってしまった。そして、夕方、最後まで働いて、最後の後始末をして帰ったのもキースだったという。こういう倫理観は、彼が言うとおり、失われつつあるのかもしれない。

彼の敵は政府や見当違いな法律だけではない。ハワイイではてっとりばやくお金を作りたがる若い連中が山の中に入ってマリファナを栽培することが多い。もちろん違法だから見つかれば逮捕される[47]。それに備えて彼らは銃で武装している。キースは何度か山の中でそういう連中と遭遇して危ない目にあったという。「ここは私の土地

46 彼女は地元の新聞の記者である。

47 ハワイイで「ホノルル・アドヴァタイザー」など地元の新聞を読んでいて、この種の事件を伝える記事を目にすることは珍しくない。山の中にこっそり作ったマリファナ畑に「通勤」するところを上から警察のヘリにつけられて逮捕されたとか。

なんだが、そんなことは奴らにはまるで通用しない。嫌な思いをしたよ」。それ以来、彼の方もしかたなく山に行くのに銃を持ってゆくことにした。ぼくを連れていってくれた時も彼は銃を持っていた。しかし、その銃に弾は込めてない。弾は紙箱のままキースのポケットに入っている。実際に弾を込めるはめになったことは幸い一度もないとキースは言う。

トラベラーズ・トリーに似た扇型の葉のヤシを彼は見せてくれた。「公式にはもう二本しかないことになっているが、私の山だけで五百本はあるさ」。そのヤシを見ながらぼくは、これだけの土地を所有するというのはどういうことかと考えてみた。その土地に何かを植えて、育てて、できた作物を売っているのならば、それは正に土地を所有しているということだろう。ロビンソン家はニイハウ島を所有し、そこで牧畜をやっている。そちらが赤字と言いながらもなんとか事業として成立しているから、自分はここでハワイイのもともとの植物相を回復する仕事をやっていられると彼は言う。その意味では彼は土地の所有者というよりもよき管理人、神にその土地を預けられた小作人のような立場ではないか。私有の土地だからこそ、ある程度まで政府などの干渉をさけて自分の思うとおりにできる。

朝の光を浴びる
ワイアレアレの山頂
東側から

ワイアレアレ西側の
アラカイ・スワンプ
世界一湿った土地

そのすぐ西に広がる
ワイメア・キャニオン
ここは乾燥している

ハイビスカス　ハワイイの州花

Sesbania tomentosa

Grevillea banksii

Gardenia brighamii

Kokia kauaiensis

Canavalia の一種

ここがもともとはハワイイ人の土地であって、それを白人が奪ったこと、一般に大土地所有は中南米やフィリピンに見るとおり、また農地改革前の日本に見たとおり、貧富の差を拡大し、社会全体を前近代的な状態に留めること、そういう理屈はわかっている。しかし、この場合、この場所、この人物については、この土地が彼のものであるのはよいことだとぼくは思った。

ガラパゴス諸島はハワイイと同じような海洋島で、ここと同じようにヤギによる固有種の植物の絶滅問題を抱えている。ハワイイと違うのは、ガラパゴスは面積の八八パーセントまでが国立公園で、[48]住民が少なく、従ってヤギの駆除などもやりやすいという点である。例えばこの諸島に属するピンタ島[49]にはかつて一頭のヤギもいなかった。一九五九年、一人の漁夫が一頭の雄と二頭の雌をこの島に放した。一九七〇年にはこの三頭が一万頭近くまで増えていた。[50]国立公園局は一九七一年に駆除作戦をはじめ、速やかに増える鼻先を叩《たた》くようにして、それからの五年間で総計三万八千頭のヤギを殺した。植生は速やかに回復した。最後のヤギが島から消えたのは一九八六年のことである。

48 ハワイイではこの数値は僅《わず》か六％である。

49 面積六〇平方キロ。つまりハワイイ諸島の有人島の中で最も小さいニイハウ島の約三分の一。あるいは沖縄県の久米《くめ》島とちょうど同じ。

50 非常に単純化して、年に二・五倍になるとしても、十年では九千五百三十六倍になる計算。ネズミ算ならぬヤギ算である。

ハワイイはここまで徹底したヤギやブタの駆除を行っていない。ハワイイ島のヴォルケーノ国立公園では一九二〇年から一九七〇年までの間に七万頭のヤギが捕獲されて他へ移されたが、何の効果もなかった。ヤギがいなければいかなる結果が生じるか明らかになったのは、一九六八年にわずか〇・一ヘクタールだけだが、金網によって仕切ってまったくヤギが入れないようにした区画を作った時である。この区画の中で、とっくの昔に絶滅したと思われていた*Canavalia kauensis*が芽を出したのである。[51]金網で囲うという方法はその後ずいぶん広い範囲に応用され、一九八六年にマウイ島のハレアカラ国立公園ではヤギの害を最小限に抑えるべく総延長五七キロメートルの金網が作られた。しかし、カウアイ島にはまだそういう区画はほんの少ししかないし、ヤギを完全に駆逐したガラパゴス諸島ピンタ島のような島はハワイイには一つもない。

翌日、古いハワイイの植物相を代表する最も立派な木を見に行こうとスティーヴが言った。コケエ州立公園のセンターの近くから西の海岸の方へ伸びるダートロードをしばらく走り、今はほとんど歩く人もないトレイルの入口を見つける。そこに車を置いて、クイア

51 キース・ロビンソンの秘密の花園で見た花だ。

渓谷という小さな谷の底へ降りた。そこに、太さ二メートルを超える大きな木が立っていた。凹凸の多い、実に美しい幹をしている。高さは二〇メートルぐらいあるように見えた。しかし、葉をつけている様子はない。死んでいるか、あるいは死に瀕しているか。姿が威風堂々として立派なだけに、その姿は博物館で見た絶滅した鳥の標本とはまた別の寂しさを誘った。

「メハメハメだよ」とスティーヴは言った。名前はぼくも知っていた。この木は芯《しん》の方がとても固くて鉄の斧《おの》も歯が立たないということで有名である。昔のハワイイでは最も大木になる種類の一つだった。スティーヴによると、生きたメハメハメはオアフ島に数本あるが、どれも枯死するのは時間の問題だという。絶滅の理由は他の土地から外来の木についてやってきたキクイムシ。種子を採集して発芽させ、苗を移植して次世代の若い木を育てようという試みもことごとく失敗に終わっている。[52]

海洋島は非常におもしろい進化の実験室であった。ダーウィンだけでなく多くの生物学者がそこに多くを学んだ。今後もそこから教えられることは少なくないはずだった。しかし、そこが実験室であるということを知らない多くの人々がどやどやと入り込み、試験管

52 日本のトキの場合とまったく同じだ。

クイア渓谷の底でようやく見つけたメハメハメの巨木

やビーカーをこなごなに砕き、標本を捨て、資料に火を放った。要するにそういうことが行われたのだ。

いや、実験室である以前に、ハワイイ諸島の自然はそれ自体が堂々たる風格を備えた立派な一つの生命体であった。その象徴がぼくの前に枯れて立っているメハメハメの太い幹ではないか。ぼくはその前に坐《すわ》りこんで、次第に暗くなる夕方の空のことも忘れ、この風格あふれる木の幹をずっと見ていた。

Ⅳ　タロ芋畑でつかまえて

海辺に広がるタロ芋畑

地球の上には三つの広い海があるが、その中でもっとも島が多いのが太平洋だ。夜空の星のように島々が散ったその姿に比べると、インド洋や大西洋の地図はがらんとして淋《さび》しく見える。

太平洋のこのたくさんの島々はおおよそ三つのグループに分けられる。日本に最も近いあたり、グアム島の東西に広がる島々がミクロネシア、その南、ニューギニアの東の方に連なるのがメラネシア、そして南太平洋に広がってタヒティやマルケサスなどいわゆる南洋の島々として最も広く知られているのがポリネシアである。

ハワイイ諸島は地図の上ではどれからも離れて孤立しているのだが、人文地理的にはポリネシアに属する。理由は簡単、かつて誰も住んでいない絶海の孤島にやってきて住みついたのがポリネシア人だったのである。[1] 時期は紀元五〇〇年よりも前、考古学的な研究が進むにつれてこの年代は遡《さかのぼ》る傾向にある。ハワイイ諸島に最初に来た人々の郷里としてはマルケサス諸島が最も有力な候補とされている。

1 つまりミクロネシア、メラネシア、ポリネシアという分類は自然地理学よりもむしろ人文地理学や人類学に属する。

彼ら本来のハワイイ人の暮らしを知りたいというのが今回のテーマ。従ってここでハワイイ人というのは現ハワイイ州の住民を指すのではなく、クック船長が来る前からこの島々に住んでいたポリネシア系の先住民とその子孫という意味である。とは言うものの、彼らとて他の白人や、日本系、沖縄系、中国系、ポルトガル系、フィリピン系、サモア系等々の現ハワイイ州住民と隔絶して昔ながらの生きかたをしているわけではない。生活様式は基本的には今のアメリカのそれだし、混血も進んでいる。彼らは昔から異民族婚が好きだったらしく[2]、むしろ純粋なハワイイ人は非常に少なくなっているのが事実だ。統計の上ではハワイイ系とされるのは百万ほどの全人口の一二・五パーセントということになっている。しかしなんらかでもハワイイ系の血を引く者となるとその数字は一七・九パーセントまで上がるし、純血のハワイイ人となれば今度は一パーセントまで下がる。

実際の話、誰もが何系統もの血を引いているのだ。ホノルルに住む我が親友ウェンデル・ティットコウムにそのことを聞いてみたことがある。彼の場合、父は半分がハワイイ人、四分の一がイギリス人、残る四分の一がドイツ人、母親側は半分がやはりハワイイ人、

2 これはポリネシア全体について言えることである。原則として船に乗って島にやってくるのは男ばかりだったから、島の女性たちがおおらかに彼らを受け入れたということになる。島の男性もそれをむきになって妨害はしなかったのだろう。彼らに貞操観念が薄いことを宣教師たちが嘆いたものだ。

ポリネシアの性的風習についてはベンクト・ダニエルソン著『愛の島々』という名著があって、かつて翻訳も出ていたが、今手に入れるのはむずかしい。ダニエルソンはハイエルダールと一緒にコンティキ号の実験航海に参加したメンバーの一人である。

四分の一がイギリス人、四分の一が中国人なのだそうだ。だから彼自身は半分がハワイイ人、四分の一がイギリス人、残りの八分の一ずつがドイツ人と中国人ということになる。そして、彼自身は自分をハワイイ人だと思っている。

こうなると、ハワイイ人であるかどうかというのはある程度までは自覚の問題ということになる。十九世紀半ばには人口の九五・八パーセントが純粋のハワイイ人だったことを思えば、この百数十年の間に彼らの絶対数も全体の中の比率も劇的に減少したことは明らかだ。今のハワイイを歩いていても、現代アメリカの一つの州としての顔や、観光地としての顔、サトウキビやパイナップルのプランテーションの顔などに覆《おお》われて、ハワイイ人本来の文化を見ることはなかなかむずかしい。

本来のハワイイ人の暮らしを知ると言っても、今もって昔ながらの生きかたをしている人がいるはずもなし、博物館に行くしかないかなとぼくは思っていた。しかし、少し調べてみると、ハワイイ人の生活文化は意外にもいろいろな面にしっかりと残っていたのだ。その一つの鍵《かぎ》がタロ芋である。これをたぐってゆくことで、クック船長が来る前、アメリカ人がやってきて強引に住みつき、土地を奪

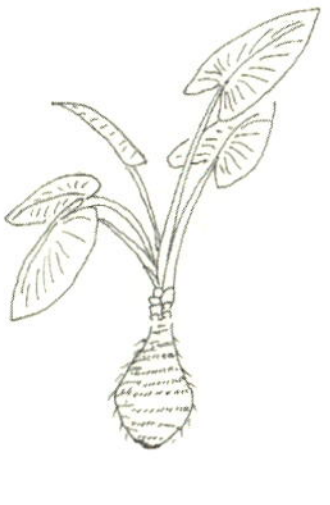
これがタロ芋

い、最後の女王を廃位に追い込み、結局は領土にしてしまう前、[3]多くの人種が移民としてやってきて世界にも稀《まれ》な多民族社会を作るようになる前の人々の暮らしかたが、ある程度はわかる。それはいわば日本文化を知ろうとする場合に米に注目するのがてっとりばやいのと同じである。実際、彼らがカロ[4]と呼ぶところのタロ芋はただ食物の一種というだけでなく、ちょうど日本人にとっての米に匹敵する重要な文化要素であるらしい。

タロ芋というのは一種類の芋の名ではなく、多くの種類を統合する名称で、日本で言えば里芋が近いし、沖縄の田芋《ターンム》となると完全にタロ芋の一種と言うことができる[5]。里芋はせいぜい鶏卵大だが、田芋やハワイイのタロ芋はもっとずっと大きく、パパイヤぐらいある。田芋という名のとおり水田で作られることが多く[6]、これはハワイイでも同じで、タロ芋畑というよりはタロ芋田と呼んだ方が実態に即しているのだが、ここでは畑と呼んでおこう。稲に陸稲《りくとう》があるようにタロ芋にも乾いた畑で作られる種類がある。土の中に生じる芋の本体だけでなく上の方の緑の部分[7]も食べることができる。後に詳しく述べるが、畑さえ整備しておけば植えかたは簡単で、稲のように苗代《なわしろ》を作って途中で植え代える必要はない。どちらかといえば手間

3 この時期の歴史は第V章に詳しく書いた。

4 ハワイイ語にはtの音がないから、ポリネシア語のtはkに転訛《てんか》する。タロはカロとなる。

5 どちらも学名は *Colocasia esculenta*。

6 だから水芋という呼びかたもある。

7 沖縄ではこれをムジと呼ぶ。日本本土の里芋の場合はずいきと呼ばれる。

マウイ島のカハクロアでタロ芋を作るジョン・コストン

のかからない作物だという。

この便利な芋はもともとハワイイにあったものではなく、ポリネシアから移住してきた時にもたらされたものだ。実際の話、タロ芋を主食とする地域、ないし最近まで主食としていた地域は、東南アジアから太平洋の島々、アフリカ、中央アメリカまでずいぶん広い。ハワイイではこの百年の間ずっと生産量が減少してきたのに、ここになって復活してきたという。健康食として見直されたことの他に、ハワイイ人の主権回復にまつわる民族主義的な動きも力を貸しているようだ。一九九三年はハワイイ女王がアメリカによって強引に廃位させられてから百年目の記念の年だった。彼らの主権の問題は今のハワイイでなかなか大きいらしいのだ。

マウイ島の北西の側にカハクロアという小さな村がある。空港のあるカフルイからは海岸の崖《がけ》に沿ってくねる道を車で西へ一時間ほど。そこで昔ながらの田でタロ芋を作っているというので行ってみた。ラハイナのFM局でDJをやっているチャールズ・カウプが一緒に来てくれた。彼は四分の一が沖縄人で残りはハワイイ人という血統で、ハワイイ固有の文化の復興に力を入れている。従って知識の方もたっぷりあって、しかも何かの儀式の時は呼ばれてチャントを唱える。[8]それだけハワイイ人社会の敬意を集め、権威もある。彼が来てくれたのは本当に心強かった。なんといっても現地では有名人だから、出会うハワイイ人が彼の顔を見てすぐに心を開いてくれるのがありがたい。

カハクロアは典型的なアフプアア地形[9]で、正面には島一周道路を隔てて海があり、背後の方は川筋に沿って歩けばずいぶん山の奥まで行くことができる。ここでぼくを迎えてくれたのはジョン・コストン。まだ若いけれどもタロ栽培については経験者であるという。

ぼくたちが乗ってきたレンタカーではとても行けないというので、ジョンの巨大な四輪駆動車に乗り換えた。車高をぐっと上げた四駆は日本の都会で見ているといったいどこでこんな車を走らせるのだと反感を覚えるが、アメリカの田舎ではこの種の車は必需品である。川の上流のジョンの畑に行くのにだって、ぬかるみだらけの凹凸の激しい道をじりじりと登ったあげく、二か所で川を渡らなくてはならない。流れは相当に速いし、深さもちょっとしたもので、都会用の車では床上浸水しそう。川から土手へ上がるところなど、車がぐいと上を向いてフロント・ウィンドウには空しか映らなくなる。

8 英語でチャントと呼ばれているハワイイの朗唱詩ないし祝詞については第Ⅵ章と第Ⅶ章で紹介することにする。

9 45ページを見よ。

行けるかぎりのところまで車で行って、後は歩く。車を下りてすぐのところに簡単な吊《つ》り橋があって、これで一人ずつ対岸に渡る。下はずいぶん豊かな水量の流れである。その先に何枚かのタロ畑があった。実物を見ると、聞いていたとおりタロの畑は田である。ハワイイ語ではこれをロイと呼ぶ。畦《あぜ》で四角く区切った田があって、中に水を張って、そこにタロを植える。その前に立って、ジョンからタロの作りかたを教えてもらった。

種を蒔《ま》くのではないし苗を植えるのとも少し違う。できた芋の上の方、茎との境目あたりを切って、芋は収穫し、茎の側は葉を取ってまた水の中に突き刺しておく。この植えるべき茎の部分をフリと呼ぶ[10]。巡るとか回るという意味らしい。その名のとおり、芋はまた一年後には巡ってきて収穫できるというのだから、ずいぶん楽なものだ。それも真ん中の大きな母芋の周囲に子芋がたくさん出てきて、母芋を採ってしばらくすると子芋の方も収穫できる[11]。つまり、最初に畦を造って水を引くという大事業をしてしまえば、後はずいぶん少ない労働量で収穫が確保できる。人が手でするのは茎を植えることと、それを収穫することだけ。ジョンに実際にやってもらうと、茎を田に植える仕種《しぐさ》は田植えによく似ていた。水がたっぷりあって

10 沖縄でも同じ方法で増やすのだが、この部分はクチと呼ばれる。

11 ハワイイ語にはタロ芋にまつわる諺《ことわざ》が多い。「イ・マイカイ・ケ・カロ・イ・カ・オハ」すなわち「タロ芋の値うちは子を見ればわかる」というのをはじめ、タロ芋を人間に見立てるものが多い。沖縄で田芋がもっぱら祝祭食の材料として珍重されるのも、親の周囲にたくさん子がつく形が子孫繁栄を思わせて縁起がいいからだと聞いている。

日光が強いのだから植物はいくらでも育つ。そういう恵まれた土地なのだ。

村の目の前は海で、ちょっと出れば魚が捕れた。タロ芋があって、ヤム芋やサツマ芋、ブレッドフルートがあって、その他の野菜もいろいろあって、バナナなどの果物があって、魚がある。特別の機会にはブタも食べられる。ここは規模は小さくてもそれだけで自給自足できる社会だった。そういうアフプアア単位の小社会がたくさんあって、それを統合する貴族《アリイ》制度と、その貴族たちを統括する王家がある。神官たちがそれを補佐する。これがハワイイのかつての姿である。今のカハクロアでも六十人の住民のうち五十八人はハワイイ系ですべて親戚《しんせき》関係。外から来たのはたった二人だという。それだけ安定した豊かな社会があったということになる。タロ芋はその幸福な社会の象徴であった。今、タロを育てることはそのかつての幸福な社会を復元しようと試みることでもある。田に入って芋を抜いて見せてくれたジョンの顔はなかなか誇らしげだったのはそのためだ。

それでは十九世紀の半ば以降なぜタロ芋栽培が次第に廃《すた》れ、純粋のハワイイ人の人口が激減し、代わりに多くのアジア系の移民がハワイイに押し寄せたのか。流れの辺《ほとり》に坐《すわ》ってその理由をチャールズ・カウプに聞いた。彼の話はスリリングな歴史というだけでなく、低くてよく通る声という職業的な魅力もあって、聞いていてずいぶん興奮するものだった。

ハワイイ人だけがこの島々に住んで自給自足の生活をしているかぎり、タロ芋は作られつづけ、人々はそれぞれの土地で静かに暮らしていただろう、と彼は言う。ハワイイ諸島はタロ芋と果物と魚などで三十万以上の人口を養うことができた。しかし、一七七八年にクック船長がやってきてこの島々を「発見」し、パトロンであった貴族の名を取ってサンドイッチ諸島と命名した。翌年に再訪した時に土地の住民との間でいろいろと行き違いがあったあげく生命を落とした。[12] その後からさまざまな種類の白人たちが次々にやってきた。最初に来たのは例によって宣教師だったが、その後からは捕鯨船が寄港するようになった。

「それは、ペリーが日本に来て開港を迫ったのとまったく同じ理由だ」とぼくは言った。平和に静かに暮らしているところへ白人がやってきて、いろいろと要求し、自分たちの宗教や文化や倫理観を押

12 そのいきさつは第V章に詳しい。

しつける。日本とハワイイは同じ目にあった。違うのはある程度の大きさをもった日本が速やかに成長して欧米式の方法を身につけ、中国あたりを相手に欧米人と同じ要求をし、同じように植民地を作ろうとしたのと対照的に、ハワイイは社会の規模がずっと小さかったために完全に制圧され、併合され、文化的にも抹殺に近い事態にまで追い込まれたという点である。

チャールズ・カウプの話に戻ろう。当時の捕鯨産業の主製品は照明用の油だった。実際彼らはクジラを捕って解体すると、脂身《あぶらみ》はボイラーで炊《た》いて鯨油を取ったが、肉の方はそのまま海に捨てていた。[13] マウイ島のラハイナなどはそういう捕鯨産業の基地として開かれた町である。しかし、石油が普及して鯨油の代わりに照明用に使われはじめると、捕鯨はたちまち衰退した。しかし、いかなる土地にも何らかの効用を認め、投資に見合う収益を上げようと試みるのが資本主義というものだ。勃興期《ぼっこうき》のアメリカの資本家はハワイイをプランテーションという新しい農業形態に最適の土地と見なした。

ここでぼくとチャールズは農業経済のおさらいをすることになる。プランテーションとは、広い土地に大量の資本を投下し、多くの労働者を傭《やと》って一種類の作物を効率的に作り、そこから収益を上げる

13「首を斬《き》られた鯨の、皮を剝《は》がれた白い肉身は、大理石の墓のようにきらめく……それがゆっくりと、少しずつ遠くへ流れてゆくにつれ、周囲の水は貪婪《どんらん》飽くなき鮫《さめ》の群に騒ぎ立ち、上なる空は鳴き叫ぶ海鳥の強欲無残な跳梁《ちょうりょう》にかきみだされて、鯨の腹には海鳥の嘴《くちばし》が無数の短剣のように突き刺さる（阿部知二訳『白鯨』第六十九章）」。

という形の農業である。かつてのハワイイ人が小さな畑でタロ芋を作り、その周囲にパパイヤやバナナを植え、ちょっと海に出て魚を捕って暮らしたのを小規模な農業とするならば、この新しい大規模な農業は、同じように土地と水と太陽を相手にするとはいえ、まったく違う種類の農業である。プランテーションでは自分で食べるためではなく売るために作物を育てる。つまりそこに金というものが介在することになる。最初に自作農があり、それが階級分化して地主と小作農に分かれたとすれば、その傾向をより徹底してモノカルチャー化を進め、地主の方も会社組織にして多くの資本を集め、規模を拡大したのがプランテーションだと言える。

この場合、最小の投資で最大の利益を上げるのが基本方針で、そのためには土地を安く（できれば無料で）手に入れ、必要十分な量の水を確保し、最も安い労働力を導入することが要求される。政治力、時には軍事力を援用して他人の土地を奪う。相手が別の人種だとそういうことは実にやりやすいものだ。労働力について最も安いのは給与なしで働く奴隷《どれい》だから、これを買って働かせるのが合理的。しかも奴隷は適当に管理すれば自分たちで増殖してくれる。アフリカから無理に連れてきた奴隷を使うという方法で、ヨーロッパ系の人々は北アメリカ大陸の南部で綿花やトウモロコシを作り、西インド諸島でサトウキビを作った。砂糖は生活必需品ではなかったが、贅沢品《ぜいたくひん》であり嗜好品《しこうひん》である分だけ豊かな社会では売りやすい。欧米は砂糖を求め、プランテーションがそれを供給した[14]。こういうことを経済の発展という。西インド諸島のセント・クロイ島というところでサトウキビ・プランテーションの跡を見たことがあるが、経営者の家屋敷はまことに立派で、家具調度はピアノからおまるに至るまで、すべてヨーロッパから輸入したものだった。そういう邸宅がそのまま博物館になって残っている。奴隷たちの住居については何も残っていない。

ハワイイ諸島と西インド諸島は緯度で見るとほとんど同じ位置にある。日射《ひざ》しが強くて、水がたくさんあり、土地があって労働力があれば、同じようにサトウキビが作れるはずだ。かくて捕鯨が衰退した後のハワイイではサトウキビ・プランテーションへの投資が盛んに行われ、平地の多くが畑に転用された。

もともと水の少ない風下側の平地は先住のハワイイ人にとってはあまり役に立たない土地だった。彼らには土地を私有するという考えはなかったし[15]、乾燥地の平原などほっておくしかないところだっ

14 琉球では薩摩藩《さつま》の手によって小規模ながら同じ砂糖という農作物による同じ型の収奪が行われた。

15 土地は意識の裡《うち》では天与のもの、形式的には王や貴族から貸し与えられるものだった。詳しくは第Ⅴ章を見よ。

た。アメリカ本土から来た資本家はそのような広大な土地をどんどん自分のものにし、そこをサトウキビ畑に作りかえていった。では、水はどうしたか？　ハワイイ人から奪ったのだとチャールズは言う。長い灌漑《かんがい》水路を造って、サトウキビが必要とするだけの水を持ってくる。

ハワイイは全体として水の豊かな土地である。大海の真ん中にあって高い山がある島で水が不足するはずがない。[16]貿易風は安定して大量の雨を島の風上側にもたらす。それはもちろん今も変わらない。オアフを例に取れば、ここは川よりも地下水の方が豊かで、井戸を掘ればいくらでも水が出てくる。上水道の九五パーセントを井戸に頼っている。いずれにしても元は雨水だ。軍隊と観光という大量に水を消費する二つの産業がこの島で栄えていられる理由もここにある。もともと住んでいたハワイイ人にすれば、水というのは山の奥から川となってかぎりなく流れてくるもので、それを前提にした上でのタロ芋栽培だった。ある日、その流れが急に止まる。そんなはずはないと思って川の上流へ行ってみると、いつの間にか巨大な堰《せき》が造られていて、そこから水は水路を通って別の方へ流れるようになっている。タロ芋の田は干上がり、やがて彼らはその日食べるも

16 第Ⅲ章99ページ参照。

のにも窮するようになる。訴訟を起こしたところで、白人の白人による白人のための裁判所が彼らに有利な裁定をするはずがない。彼らはしかたなく流民となってホノルルなどの都市に移り住み、タロ芋の上に成立していた自分たちの文化的根拠を失っていった。

「サトウキビ畑の労働力はどうしたの？」とぼくはたずねた。南北戦争の後だから、さすがに奴隷制は廃止されていたはずだ。

「最初はハワイイ人を使う計画だったらしい」とチャールズは言った。「だけど、捕鯨船の船員としてならばなかなか優秀だったハワイイ人も[17]、サトウキビ畑で働く方はまるで駄目だった。自分で食べきれないほどの砂糖を作って何がおもしろいかわからない。集団生活で、給料として与えられる僅《わず》かな金は会社がやっている売店[18]で最小限の食べ物を買うとそのままなくなってしまう。彼らはさっさと逃げだした。その後にやってきたのが中国からの移民だった」

しかし、中国人もいつまでもサトウキビ畑にはいなかった。月に三ドルという低賃金で安住するのはいかに貧しい環境を逃れてきた移民でもむずかしい。機会を捕らえては都会へ出て、小さな商店を開く。その後から来た日本人はもっと辛抱強かったという。一日に十時間、週に六日の重労働によく耐えて、しかも管理しやすかった

17 捕鯨船がいかに多くの人種を乗組員として乗せていたかは、これまた『白鯨』に詳しい。その第四十章には——
ナンタケットの水夫
オランダ人水夫
フランス人水夫
アイスランドの水夫
マルタ島の水夫
シシリー島の水夫
ロングアイランドの水夫
アゾレス島の水夫
中国人水夫
マン島の老水夫
インド人水夫
タヒチ島の水夫
ポルトガル人水夫
デンマーク人水夫
イギリス人水夫
サンチャゴの水夫
スペイン人水夫
ベルファストの水夫
が登場する。

18 炭鉱や大規模農場など、企業が町から離れたところで運営

と言われて、同国人としてこれは誇るべきか悲しむべきかいささか悩んだ。

管理と言えば、現場で働く労働者はアジア系だったが、それを管理する側に立つべく傭われたのはドイツ人やポルトガル人などヨーロッパからの移民だった。[19] この現場監督はルナと呼ばれ、しばしば必要以上に残酷なので嫌われたものだ。イギリスが世界全体に植民地を広げて日没を知らない帝国と自称していた時期に、白人による世界支配という図式はある程度まで常識だったのだろう。後にアメリカ本土で盛んになった黄禍論、すなわちアジア人排斥論はこの種の常識が揺らぎはじめた時点で、それゆえの危機感から生じたものだ。[20]

「今、タロ芋は売れるの？」とぼくはジョンに聞いた。

「売れる。作った分だけ確実に売れる。もっともっと欲しいと消費者は言っている」とジョンは答えた。

「実際そうらしいよ」とチャールズが言う。「どこのマーケットでも、朝の七時に売り出して七時三十分には売り切れたとか、行列の最後の人の分はなかったとか、そんな話ばかりだ」

「なぜだろう？」

する生産拠点はしばしば労働者を宿舎に住ませた上で、日用品も会社経営の店から買わせる。英語で「カンパニー・ストア」と呼ばれるこの種の店は給料として支払った金を回収すべく町の中の店よりも値を高くつけることが多かった。会社という閉鎖社会の中で暮らしているうちに貯蓄よりも借金の方が多くなり、労働者は奴隷に近い身分に落ちる。三十年ほど前にアメリカで流行した『十六トン』という炭鉱労働者の嘆きの歌には「聖ペテロ様、天国から俺を呼ばないでください。魂までカンパニー・ストアに抵当に入っているんだから……」という歌詞がついていた。

19 今はハワイイの楽器として有名になったウクレレはもともとはポルトガル人がもたらした小さな弦楽器である。弦の上を指が動くさまがノミが跳

「みんなタロの味が好きなんだよ」とジョン。「でも、みんなに行き渡る分はまだ作れない。だから値段も高いという文句が出る」

「味が好きだし、それにハワイイ人のアイデンティティーを象徴する食べ物ということもある。身体《からだ》にいいという知識も普及しているしね」

「最近になってみんながタロを食べるようになった理由として、ハワイイ人だという自覚は大きいだろうね。昔はハワイイ人だということを誇る気持ちもなかったし、タロも作らなかった」

「ここでも？」

「水を取り戻したから作れるようになったんだよ。前はこの川にはほとんど水が流れていなかった」

「水はどこへ行っていたわけ？」

「サトウキビ畑」と二人が声をそろえて言った。

「川のずっと上流の方で取水して、そのまま暗渠《あんきょ》で畑へもっていってしまう。ここはみんなで協力して、役場にかけあって、水を返してもらうことにしたんだ」とジョンが言った。

「サトウキビ産業は不況で、作付面積を減らしているからね。少しは交渉がしやすくなった」とチャールズ。


ねるのに似ていると言って、ハワイイ人がこれにウクレレすなわち「跳ねるノミ」という名をつけたという。別の説によると、この楽器を広めたエドワード・パーヴィスというミュージシャンが小柄でよく跳び跳ねて、ノミのようだったところからこの名が生まれたとか。

20 これについてはドウス昌代《まさよ》著『日本の陰謀――ハワイ　オアフ島　大ストライキの光と影』（文藝《ぶんげい》春秋刊）が必読。

目の前の川は水の量も勢いも相当なものだ。これだけの水があればもっともっとたくさんのタロ芋が作れそうだ。

「ところが、何年か前にとんでもないことになってね、ここの畑の大半は休眠中なんだ」

「何があったの？」

「ゴールデン・アップル・スネイルという種類のカタツムリが食べると結構おいしいことに誰かが気がついた。これはエスカルゴの代わりになる。ププ、つまりハワイイ式のオードブルの素材としてホテルに売れる。そういうことになって、みんながどんどんカタツムリの養殖をはじめた。[21]観光客って変なものを食べたがるからね。最初のうちはよかったんだが、そのうちカタツムリが養殖池から逃げだしてタロ芋畑にやってきた。猛烈な勢いでタロを食べてしまう。駆除の方法がわからない。一匹ずつ拾っていたのでは時間がかかってしかたがない。薬は使いたくないし、とりあえず畑の水を抜いて、卵が死に絶えるまで三年は休ませることにした。だから来年はもっともっと作るつもりだよ」

「あの例の駆除法は知らなかった？」とチャールズがジョンにたずねた。

21 ここでぼくはちょっと混乱した。「ププ」は貝の意味だと思ったのだ（ニイハウ島の貝殻で作ったレイは「レイ・ププ」と呼ばれる）。しかし、ここではププはオードブルの意味だった。軽く食べることを「プ」というところからできた言葉らしい。

「あれはまだ知られていなかった。畑を再開してみて、それでもカタツムリの被害が出たら、その時は使ってみるよ」
「何、その例の駆除法って？」
「特別なやりかたがあるんだ」と言って、チャールズはにやっと笑った。「ぼくが知っているところで実際にやっているから、明日行ってみよう。見ればわかる」

翌日はカフルイから東の方、ハナの方へ走った。ハナは一八四九年にハワイイ諸島ではじめてサトウキビ栽培がはじまった地だが、今回はそこまでは行かない。途中のケアナエ[22]というところで、グラディス・カノアのタロ芋畑を見せてもらった。彼女自身は白人だが夫がハワイイ人で、一緒にタロ芋を作っているという。「夫は最初はサンディエゴあたりで機械屋になりたかったんだけど、私が農業の方が好きだったんで、夫を言いまかしてここへ戻ることにしたの」と言って彼女は笑った。残念ながら夫君はたまたま町に行っているとかで会えなかったけれども、例の駆除法というのは見せてもらえた。

畑に行ってみると、なるほど水の中をたくさんのカタツムリが這《は》

22「ボラ（鯔）」

っている。二本の角を出して動く姿はカタツムリよりも貝類を思わせるが、いずれも殻を持つ軟体動物、そうはっきりした分類上の区別があるわけではない。畦《あぜ》に坐《すわ》ってよく見ると、タロ芋の茎に赤いカタツムリの卵塊がついている。産みつけられて二十一日目には孵《ふ》化《か》するという。これが全部カタツムリになったのでは、いくらタロ芋を植えてもみんな食べられてしまうだろう。

「そこで、あれを使うの」とグラディスは言って、少し先の方に置いてある小型の荷馬車のようなものを指さした。網を張った平たい箱に車輪がついている。中にはアヒルがたくさん入っていて、人が近づくとギャーギャーと鳴き騒ぐ。

「アヒル？」

「そう、カユーガ・ダックという種類。ニューヨーク州[23]から取り寄せたの」

「アヒルがカタツムリを食べるわけ？」

「まあ見ていらっしゃい」とグラディスは言って、アヒルを入れた車つきの籠《かご》の扉を開いた。アヒルたちはガーガー狂おしく鳴きながらばたばたと水に入り、浅い水の底のカタツムリを次々に食べながら前進する。まるで自走式の小さな掃除機が一列に並んで床をきれ

23 カユーガというのは今のニューヨーク州のあたりに昔いた先住民の種族の名。

いにしてゆくみたいだ。ものの三分もたたないうちに、その畑のカタツムリは一匹もいなくなってしまった。

「日に二回、アヒルにカタツムリを食べさせるの。それは彼らにとっては労働だから、残る一回は楽しみとして穀類もあげるわけ。この方法で今のところはカタツムリの害は抑えこんでいるわ」

見ていると、アヒルは自分からちゃんと籠に帰ってくる。あとは籠を小型のトラクターにつないで他の畑に運び、同じことをする。何日かに一度アヒルを放すだけでカタツムリは駆除できる。たしかにこれは、カルガモを使って水田の草取りをするのと同じで、農薬を使うよりはずっと安全でいい方法だろう。

「タロ芋はよく売れてる？」とぼくはジョン・コストンに聞いたのと同じことをたずねてみた。

「作る分全部。もっともっと欲しいって言われる。それにここは水がたっぷりあって水温が低いから、タロ芋作りにはちょうどいい土地なの」

「水温も関係するわけ？」

「なまぬるい水だとどうしてもタロ芋がすじっぽくなる。冷たい水の方がずっとおいしいのができる。昔からたくさん作っていた土地だけど、しばらく前にはもうタロ芋なんて誰も食べないと思って、田をつぶしてライムの木を植えたり花の栽培をやってみたりした人もいたけれども、今はみなタロ芋に戻そうとしているみたい」

「なんでそんなに売れるのかな？」

「ハワイイ人なんだからタロ芋を食べようという固有文化への復帰の動きも手伝っているかもしれない。でも、ともかくタロ芋はおいしいのよ。それに健康にもいいし。これからも需要は伸びると思うわ。だから、地元の高校で子供たちにタロ芋作りを教えるプログラムを作ったの。それであの子たちは今日はここに来て働いているわけ」そう言ってグラディスは、水路に仕掛けた網の中にたまったカタツムリをバケツに空けている子供たちを指さした。「みんな熱心よ。小規模農家はお金のためだけでなく、作る喜びのために働くでしょ。手応《てごた》えがあるっていうか、やりがいが感じられる仕事なのよ」

　自分の息子がこの畑を継ぐつもりになったという話をするグラディスの顔は、ジョン・コストンの顔と同じように誇らしげだった。

　翌日、ラハイナ[24]の先の海水浴場でカヌーレースの大会があると聞

24「過酷な太陽」

まるで集団掃除機のよう
端から速やかにカタツムリを片づけるアヒル

問題のカタツムリ

いて、見物に行ってみることにした。カヌーはかつてのハワイイ諸島全体では、魚を捕ったり他の島と行ったり来たりするために毎日のように使われていた。それが今どんな形で残っているのか、見ておきたいと思ったのだ。

カフルイの方からラハイナに向かう道は海岸に沿っている。左が海で、その向こうにラナイ島が見えた。島全体がドール社の所有物で、以前はひたすらパイナップル畑が広がるだけだったが、最近になってドール社はここをリゾートに変えようとしているらしい。パイナップルそのものが売れなくなったというよりも、人件費の安い途上国へ生産拠点を移そうとしているのだという。パイナップルだけを相手に生きてきた人たちが、ホテルのドアマンなどに転職して苦労しているという話を聞いたことがある。今世紀前半にはドール社はハワイイのサクセス・ストーリーの典型のように言われていたが、その時代は過ぎたのだろう[25]。

道路の右手の側には二、三キロ先に山が連なっている。そこまでの緩い傾斜の土地はすべてサトウキビ畑だった。緑一色、まるで巨人のための芝生のように見える。区画ごとに生長段階が違って、植えたばかりのから刈り取り寸前のまで、いろいろある。ハワイイで

25 実際にラナイ島に行った話は第X章に。

はサトウキビを収穫するのに、まず畑に火を放って葉を全部燃やしてしまい、それから大型の機械を入れて残った茎だけを刈ってゆく。これが最も効率的なやりかたなのだそうだが、最近は燃やす時の煙が公害として非難の対象になっている。

　実際、マウイ島でもハワイイ島でも、広い平野を走っていると遠くに煙が見えることが少なくない。それが実は人の身体《からだ》にずいぶん悪いのだということがわかって、反対運動が起こっている。畑で燃やさずにちゃんとボイラーを使えば、マウイ島の電力消費の何割かをまかなうだけの発電ができるという、いわゆるバイオマス利用計画の実現を言う人もいる。しかし、それでなくても製糖産業は景気が悪い。甘いもの好きのアメリカ人もさすがに砂糖の消費を控えるようになったし、貿易の自由化でメキシコなどからどっと安い砂糖が流れ込んだ。間もなくハワイイでは製糖業は成り立たなくなるとも言われている[26]。

　サトウキビは収穫後の保存がきかない。刈ったらすぐに工場に運んで搾《しぼ》らないと発酵して品質も収量もぐんと下がってしまう。だからたくさんの労働者をやとって刈るそばから工場に運んで、場合によっては夜も明かりをつけて刈り入れを続けた。そのために畑の中

大量の水を必要とするサトウキビ畑

26 日本の沖縄県の砂糖だって補助金がなければとてもやっていけない。

に軽便鉄道まで造った[27]。その後、さすがに昔のように移民を安く使うことはできなくなり、その分を機械化で補おうとしたところ、葉が邪魔になって大型機械が導入しにくいことがわかった。そして、畑で葉だけ最初に燃やしてしまう方法が発明された[28]。それが今、問題になっているわけだ。

海岸に沿った道を走っているうちに、水のことが気になりはじめた。サトウキビ畑に給水するためにタロ芋畑の水が横取りされたというが、こうして見るかぎりサトウキビ畑に水を撒《ま》いているようすはない。貿易風の風下側にあるこの雨の少ない土地で、まさか雨水だけがたよりではあるまい。次の角を右に曲がって、畑の間の舗装のない道を登ってみた。相当登ったところに小高い丘があって、木が繁《しげ》っている。しかし丘にしては上が平坦《へいたん》で不自然に見える。車を下りて足で登ってみると、なんとそれは貯水池の土手だった。下からはまったく見えないが、長さ百メートルほど、幅も二、三十メートルはある大きな池が満々と水を湛《たた》えている。これがサトウキビ畑の秘密だったのだ。さらに上に行くと、山の方から水を運んでくる水路もあった。その先は道がないので行けなかったが、谷川の水をここまで引いてきているのはまちがいない。

27 その名残はラハイナ近くの観光用のシュガー・トレインとして残っている。サトウキビ畑に軽便鉄道を敷設《ふせつ》するのはどこでも行われたことで、その名残をぼくはミクロネシアのサイパン島でも、カリブ海のヴァージン諸島のセント・クロイ島でも、沖縄県の南大東島でも見ている。

28 沖縄のサトウキビ畑では今も人が手で一本一本葉を落としている。最近は機械式のハーベスターも導入しているが、これは刈り取ったところで葉と茎を分けて、葉の方はそのまま畑に戻す仕掛けになっている。

山の方から水を運ぶ水路

少し戻ってサトウキビ畑をよく見る。指ほどの太さのゴム管が縦横に走っている。苗から少し伸びたぐらいのサトウキビの根元が少しだけ濡《ぬ》れている。ゴム管に小さな穴があいていて、そこから水が滴《したた》る。ドリップ・イリゲーションという言葉を聞いたのを思い出した。点滴灌漑《かんがい》と訳したのでは農業と医学の間で混乱しそうだが、要はそういうことだ。ホースやスプリンクラーでじゃーじゃー撒くよりは水の利用効率はずっといいだろう[29]。それでも、これだけ広大な畑全部を潤すにはあの大きな貯水池が必要になる。

そのためにタロ芋を作る分の水が足りなくなったのだとジョンとチャールズは言っていた。それがハワイイ人コミュニティーの崩壊の一つの理由だった。その一方で、サトウキビが今のハワイイの繁栄の基礎を作ったという言いかたもできる。サトウキビがあったから人が集まり、今見るような世界でも珍しい多民族の混合社会ができあがり、ホノルルは大都会になり、州の一つになることができた。それを進歩と言い切っていいかどうか、取り残されたもの、失ったもののことはどうするのか。そういうことを全部考えに入れなくては、歴史の意味はわからない。ゆっくり考えることにしようと思いながら、ぼくはサトウキビ畑を後にした。

29 その後、調べたところでは、この方法はやはり「点滴灌漑」と訳されていた。日本では一九九一年から南大東島で行われている。たしかに水の利用効率はよく、スプリンクラーならば十アールあたり十二トン必要な水が、点滴灌漑では三トン余りで済むという。

こんな大きな貯水池がサトウキビ畑の上の方にあった

カヌーレースの大会はある意味では予想したとおりのものだったし、ある意味では失望だった。アメリカ人のお祭りのやりかたはよくわかっている。場所が海水浴場となればいよいよパターンは決まってくる。まず、たくさん人が集まる。駐車場は満杯、アイス・ボックスの中の大量の氷水に浮かぶソフト・ドリンクと缶ビール、油臭い煙をたてるバーベキュー、過度なまでの親密さの交換、大人にまぎれて手持ちぶさたの子供たち、巨大な肉体とわずかな衣類。マウイ島にはカヌークラブがいくつもあるらしい。そのクラブごとに砂浜に天幕を立てて、お互いに励まし合い、種目ごとに海に出てゆく。カヌーそのものはＦＲＰ製で、不要な隙間《すきま》は発泡スチロールの浮力材で充塡《じゅうてん》し、外側はピカピカで派手な色に塗ってある。選手たちはそれぞれ自分専用のパドルを持って砂浜をうろうろしている。

　競技は海面に浮かべたブイを起点にして、海岸に平行に漕《こ》ぎすすみ、折り返しのブイを回って帰ってくる形式。子供たちのレースは朝からはじまっていたらしいが、ぼくが行った時には大人たちがつぎつぎに出てゆくところだった。三十歳以上の選手だけとか、六人の漕ぎ手のうちの三人は女性とか、いろいろな種目が用意してある。

不思議なのは出場者で、ほとんどすべてがハオレ[30]である。その中にハワイイ人が少し混じっているが、なぜか東洋系の住民はまったくいない。たぶん彼らはこういう遊びが好きでないのだろう。

雰囲気は盛り上がっているし、最初はおもしろいと思ったけれども、すぐに飽きてしまった。カヌーそのものから日常性がすっかり消えて、速度だけを競う遊びの道具になってしまっているのが物足りないのか。しかし、タロ芋は復活したとしても、今さらカヌーで島から島へ渡るわけにもいかないだろう。ぼくだって沖縄のハーリー競漕《きょうそう》[31]ならば喜んで見に行くのだ。要するに仲間意識があって、実際にパドルは持たなくても応援とか何とかの形で参加するのでなければ、おもしろくないということだろう。

翌日、オアフ島に戻った。タロ芋作りはオアフでも盛んで、何人か話を聞きたいと思う相手もいる。だが、オアフに戻った一番の理由は、マウイではなかなかポイを食べる機会がないということだった。カハクロアのジョン・コストンはお土産と言ってタロ芋をいくつかくれた。コンドミニアムの台所ではろくな調理もできないので、ぼくは大半をチャールズ・カウプに渡し、一つだけ持ってかえって、

30 ハワイイ語で白人の意。原義は「外国人」だが、東洋系には用いない。240ページの注も参照。

31 旧暦五月四日に行われる爬龍《ハーリー》船の競漕。長崎のペーロンに似る。那覇と糸満のものが有名。

翌日の朝、茹《ゆ》でてそのまま食べてみた。昔、ミクロネシアではじめて食べたタロ芋がこれと同じ蒸しただけのものだったのを思い出した。懐《なつ》かしい味だ。

タロ芋は里芋の仲間だが、茹でただけではほくほくしているだけで、里芋のあのねっとりとした舌触りにならない。味は質朴で、深みがあって、肉類よりも野菜や穀物が好きなぼくの好みに合っている。日本人にとっての米とハワイイ人にとってのタロ芋が似ているのは、ただ精神的な糧《かて》、彼らの言いかたによればソウル・フード(魂の食べ物)ということだけではない。食べる物に主食と副食の区別をつけ、味の濃い副食を支えにして味の薄い主食をたくさん食べるという食習慣の点でも、米とタロ芋は同じ位置にあるのだ。[32]

米を炊《た》いて飯にするように、ポリネシアではタロ芋はポイにして食べる。タロ芋を二時間以上蒸してから、大きな木製の皿の中に入れ、石で作った槌《つち》で叩《たた》いてペースト状にする。この作業は餅《もち》つきによく似ている。加えるのは水だけで、塩も入れない。最後にねばっこい滑らかな流動体になったものがポイで、これを鉢に入れて食卓に供する。水の加えかたで粘性が違うから、指一本のポイとか二本のポイとか呼ぶ。粘りけがあれば指一本でも食べられるというわけ。[33]

32 ヨーロッパ式の食事におけるパンの役割はそれほどは大きくないように思う。

33 何本の指を使うかは本人の口の大きさによるという説も聞いた。

うまいポイを作るにはもう一つ、発酵という過程が関与する。作ってすぐに食べたのでは何か物足りなくて、二日から三日ぐらい置いた方がわずかな酸味と独特の香りが出てうまいという。それぞれ二日ポイとか三日ポイと呼ぶのだが、中には一週間たった味の濃いのがいいという人もいるとか。

そういう話を聞くだけ聞いて、さて食べてみたいと思ってもマウイ島にはハワイイ伝統料理を出す店がまだない。誰に聞いても、あれは自分の家で食べるものとか、ルアウというハワイイ式の宴会で丸焼きの豚その他の料理と食べるのが一番とか言うばかりで、実物はなかなか口に入らない。オアフならば何軒か店があると聞いて[34]、幻のポイに釣られて戻ることにした。

いろいろ聞いた中でおもしろいと思ったのは、オアフ島の東の方のワイアホレ[35]というところがタロ芋作りが盛んで、そこにはポイ弁当を売っている店があるという。レストランよりもそちらがいいかもしれないと思って、行ってみることにした。食べ物に釣られると動きが速い。勇んで出かけてみると、ワイアホレまではさしたる距離ではなかった。昼食用の弁当を買いに行ったのに、十時すぎに着いてしまった。まだ早すぎて用意ができていないと聞いて、しばら

34　例えばホノルルのONOという店は評判がいいし、後に行ってみたところうまかった。場所はダイアモンド・ヘッドに近いカパフル通りの七二六番地。

35　「アホレ（魚の一種）の水」

く山の方へ行ってみたりして時間をつぶす。ここもアフプアア地形の典型である。海岸に近く山が迫っているが、ところどころで川が穿《うが》った谷が山の奥深くまで伸びている。この谷に沿って人が住んでいる。木がたくさん繁っているので、車で道を走っただけでは畑は見えないが、豊かな土地であることはよくわかる。本来ハワイイ人はこういうところに住んでいたのだ。

しばらくして昼食時になったので、ワイアホレ・ポイ・ファクトリーに戻った[36]。ランチ・ボックスで売っているが、店の外に並べたテーブルでそのまま食べることもできる。アイスクリーム用の紙のカップに入ったポイと、プラスチック容器のおかず、すなわちチキンをタロ芋の葉でくるんで蒸したラワルという料理[37]、刻みネギを入れて醤油《しょうゆ》に漬けたマグロの刺し身[38]、それに何か酸味の強い漬物のようなサラダ。

店の前のテーブルに着いて、買ったばかりの弁当を広げる。まずはポイを食べよう。この質感をどう表現すればいいか。色はわずかに紫がかった灰色で、ねっとりとして、指を入れてひとひねりすると、ちょうど適量が指先に付いてくる。それを口に運ぶ。ほんの少し酸《す》っぱくて、芋の味と匂《にお》いが強くて、うまい。しかし、これがう

36 カネオヘ湾を前に州道八三号線に面している。

37 もともとはチキンではなく魚で作ったらしい。

38 日本風に言えばヅケということになる。ハワイイ人も昔から魚を生で食べていた。

まいと気づくには一呼吸の猶予《ゆうよ》が必要。実におとなしい、自己主張のないうまさなのだ。鰹節《かつおぶし》などの出汁を使った味は主張が強い。その極みを化学調味料だとするならば、ポイは最も主張しない控えめな味である。だからこそ主食になるのだろう。一緒に食べるにはチキンのラワルよりは刺し身の方が合う気がしたけれども、これは日本人としての好みの問題かもしれない。

食べおわって、すっかり指をなめて、立ち上がる。その時になって気がついたのだが、店の向かい側の塀に大きなポスターが貼《は》ってあった。絵はなくて文字ばかり。水の分配に関する催しがあるので、みんな参加しようという促しらしい。パブリック・ミーティングというのはつまり公聴会だろうか。いや、公聴会はたしかパブリック・ヒヤリングだったと思い返す。気になったので、店に戻って見るからにハワイイ系の顔をしたお兄ちゃんに聞いてみた。

「あれね、州政府の水委員会の連中が来て、ここのみんなの言い分を聞いてくれるってんだ。みんな水についてはいろいろ不満があるから」

そこでポスターの前に行って改めて日付を見ると、なんと今晩ではないか。ホノルルに少し用事があったので、ぼくはひとまず戻り、夜を待って出直すことにした。

　とりあえずこの会合を、正式のものではないようだが、公聴会と訳すことにしよう。会場はワイアホレ小学校の講堂。六時半からというのにちょっと遅れて着いた。すでに小学校の前の道にはずらりと車が並んで、駐車スペースはずっと先の方にしかなかった。そこに車を置いて歩いて戻る。講堂は人で一杯。ざっと三百人ぐらいはいるだろうか。一方の側にちょっとした壇が作ってあって、その上に六人の委員が並んで坐《すわ》っている。その前に村の人々が小学生用の椅子《いす》に窮屈そうに腰を乗せて真剣な顔で次々に登場する発言者の言葉を聞いたり、メモを取ったり、隣の仲間と小声で相談したりしていた。

　発言者を指名するのは委員長らしい。他の委員は何も言わずにただひたすらみんなの意見を聞くだけ。実を言うと、最初の二人ばかりの話を聞いて、これは場違いなところに迷いこんだかなと思った。英語がわからないのだ。隣の人にたずねてみると、最初の数人の発言者は委員会から予《あらかじ》め指名された人たちで、今喋《しゃべ》っているあの人は州政府の農業局の役人だという。さっきまでぼそぼそ話していたの

公聴会に出てみんなで意見を言おうと誘うポスター

は製糖会社の代表。

「よくわからなかった」とぼくは言った。

「そりゃそうだ。数字と専門語の引用ばかり。おまけに言い訳の姿勢だから声が低い。あれじゃわしらにもわからんよ」

その先は農民側の代表が立った。このあたりから話はおもしろくなった。このワイアホレという村の特殊な事情がわかってきたからだ。

オアフ島は東側にコオラウ[39]山地、西にはワイアナエ山脈と、縦に二列の山々がそれぞれ北西から南東に走っていて、その間に中央平野という平坦な部分がある。その南の方の湾に造られたのがパール・ハーバー。そのすぐ東にホノルルの市街が広がる。ワイアホレは東のコオラウ山地の東側にある。つまり貿易風をよく受けて雨の多い、水に恵まれた場所。だから昔から人が多く住み、タロ芋の栽培も盛んで、豊かな土地だった。しかし、製糖会社の方は広い平地のある中央平野を大規模なサトウキビ畑にしようと画策した。土地と太陽はあるけれども水が足りない。その分をワイアホレの側から引こうという計画が立てられ、政府も認め、コオラウ山地の下を通る地下水路が建設された。一日に二千七百万ガロン[40]を運び、本来の

39「風上側」

40 約十万二千立方メートル。

川には四百万ガロン[41]だけ残す。水を奪われたワイアホレの村はタロ芋を作ることもできず、次第にさびれていった。

そういう歴史がみんなの発言を通じて次第に呑《の》み込めてきた。もう少し予習をしてから来ればよかったのに、いきなりだったから事情を把握するまでが大変だったが、こうなると次々にマイクの前に立つみんなが何を言うか、それが楽しみになってくる。まず感心したのはこの会の運営のしかただった。日本で公聴会というと、発言者をあらかじめ決めておいて、用意した原稿をぼそぼそ読んで、それで終わりという形が強い。だから懸案事項について賛成の意見と反対の意見がちょうど半分ずつなどというアホらしいことになる。オアフ島の小さな村で開かれたこの公聴会の原則は簡単明瞭《めいりょう》、言いたいことがある者は一人残らずマイクの前に立つということだった。会場の入口のところに出席簿のような帳面があって、来た人は自分の名を書く（ぼくはまったくのオブザーバーだと自覚していたから記帳しなかったけれども）。出席簿は委員長の手元に届けられ、彼は順番に名を読み上げる。言うことがなければパスしていいが、言いたいことがあればマイクの前に出てゆく。

次に感心したのは、みんながそれぞれに工夫をこらして言うべき

41 約一万五千立方メートル。

ことを用意してきていることだ。かつて水を奪われた農民がいかに悲惨な生活を強いられたかを綿々と訴える者がいる（いつの世にも恨みの言葉には力がこもる。聞く者は動かされる）。分水嶺《ぶんすいれい》の下を抜けて水を引くことの反倫理性を説く者がいる（これは納得できると思った。水は雨として降り、自然の傾斜に沿って流れる。そこを開発して畑にした者が利用するのが理というもので、山の向こうまで水を持っていっては収奪と言われてもしかたがないだろう[42]）。他の地域の交渉の結果を引用して、ここでも同じ論法で水を返してもらおうと言う者がいる。マウイ島のジョン・コストンのところも製糖会社から水を取り戻したのだった。

「水を失った農民はどうなったか？　畑は涸《か》れ、タロ芋は干からび、子供たちは飢え、農民は自らの涙の中に溺《おぼ》れて死ぬしかなかったのであります！」となかなかの名調子で大演説をやって拍手を得たのは政治学者として知られた人だという。

　中でも現状を説く声にはみんなが熱心に耳を傾けた。ハワイイの製糖業はだんだん成り立たなくなっている。作付面積は次第に減っている。それなのに会社は数十年にわたって横取りしてきた水を返そうとせず、逆にその水を利用してリゾートやゴルフ場などを造ろ

42 日本で言えば、東京周辺の人口密集地はつくづく水に貪欲《どんよく》で、関東平野に降る水をすべて使った上で、奥只見《おくただみ》の方へ流れている尾瀬の水を分水嶺を越えて引こうと何度か計画し、そのたびに福島側の反対にあってつぶされている。

うとしている。[43] 州政府はそういう不健康な産業に手を貸すことを控えて、まじめにタロ芋を作ろうとしている農民に水を返すという決断をしてほしい。なんといっても山のこっち側に降った雨はこっち側に使う権利がある！

「『クムリポ』によれば[44]（といきなりハワイイの創世神話を引用した発言者もいた）父なる天はワケアと呼ばれ、母なる地はパパと呼ばれた。彼らが最初に産んだ子はハロアと名付けられたが、この子は未熟なままに生まれたため、手足がなかった。父なる天と母なる地は悲しみのうちにこの子を地面に埋めた。その身体《からだ》からタロ芋が生まれた。次の子はちゃんと月満ちて生まれ、われわれ人間の祖先になった。だから（と彼は力を込めて言った）、タロ芋はわれわれの兄弟なのだ」

発言を求める人の数は一向に減らなかった。まさかこれほど時間がかかると思わずに夕食をさぼってきたぼくは空腹に耐えてみんなの話を聞きつづけた。結論を言えば、会が終わったのは十一時半。実に五時間に亘《わた》る盛会だった。それだけ人々は発言の機会を待っていたということになる。あるいは、この場の発言がやがて住みやすい社会を作るはずだと信じているとも考えられる。

43 日本の資本の進出は著しい。特にいわゆるバブルの頃はひどかったようだ。一九九四年になっても大林組がオアフ島の北側のサンセット・ビーチに作ろうとしていたゴルフ場とニュータウンの計画はずいぶん大きな議論を呼んだ。

44 『クムリポ』はカラカウア王（第V章参照）が集めて整理したハワイイの創世神話。大雑把に内容を紹介すると、時の始まりからしばらくは闇《やみ》の時期があり、その間にさまざまな植物や動物が生まれた。最初の男であるクムリポ、最初の女であるポエレもこの時に生まれた（その前にハロアが生まれたわけである）。やがて世界は明るくなり、神々が地上に下りてきた。父なる天ワケアと母なる地パパが「みとのまぐわい」をして、ハワイイ島が生まれ、次いでマウイ島とカホオラウェ島が後になって最も印象的だったのは、自分の曾祖父《そうそふ》が当時のジョージ・R・カーター知事に宛《あ》てて書いたという手紙を読み上げた女性だった。手紙の日付は一九〇六年の八月三十一日。以来ずっとその手紙は彼女の家に伝わってきたらしい。ぼくは会が終わってから彼女のところにゆき、いいスピーチだったと言いながら彼女が手にしているのが手紙の実物ではなくコピーであることを見てとった。それを頂くわけにはいかないだろうかと言葉巧みにお願いして、もらってきた。以下はその翻訳である——

「ハナレイ区のカヒリ・キラウエアに住んで四エーカーの私有地を持つグーマン夫人というハワイイ人女性が、タロ芋と稲を植えた上記の土地の水利権をキラウエア製糖会社に奪われ、洗濯と飲むため以外の水を失ってしまいました。彼女はリフエに行ってJ・ハーディー判事とライス・ジュニア氏に会い、このハナレイ地域の水利権運用の責任者は誰か教えてもらおうとしましたが、二人とも誰が責任者なのかわからず、哀れなこの女性の手助けをすることができませんでした。その代わりに二人は、誰かに知事であるあなたに手紙を書いてもらって、彼女が抱える難題を解決する情報を得るようにと助言したのです。タロ芋は未熟のまま、稲は植えたばかり、土地

生まれた。この三度の出産に疲れたパパはタヒティ島で身体を休めることにした。一人残されたワケアはカウラという女性にラナイ島を生ませ、ヒナという相手にはモロカイ島を生ませた。風のたよりにそれを聞き伝えたパパは急いでタヒティ島から戻り、ルアという若い元気な神と一緒になってオアフ島を生んだ。そこでようやくワケアとパパはよりを戻し、元のさやに納まってカウアイ島、ニイハウ島、それに小さな無人のカウラ島とニホア島を生んだ。

は乾ききり、彼女の九人の子供たちはポイの不足に飢えています。誰が水の分配の責任者なのか、彼女は誰のところへ行けばよいのか、教えていただけませんでしょうか」

私有地を表すクレアナという言葉と難題を意味するピリキアという言葉はそれぞれハワイイ語がそのまま使われている。地名からするとこれはオアフ島ではなくカウアイ島のことらしい。

ではこれで事態はよい方に向かうのだろうか。やはり会が終わってから、ぼくは最初に実にわかりやすくてしかも雄弁な発言をしてぼくに事態を飲み込ませてくれたチャーリー・レップンという農民代表のところへ行って、今後の見込みを聞いた。彼はことはそんなにうまくは運ばないだろうと言う。水がたっぷり戻ってきてタロ芋を作りたい放題というのはまだまだ先の話になるだろう。

「理屈はすべてこちら側にある。しかしそれでうまくいかないのが政治というものだよ。九月にはあの委員会のメンバーの一部が交代するという噂《うわさ》がある。大資本代表が一人増えるだろうと言われている。結局は全面勝利ではなく、妥協の結果ということになるんじゃないかな。つまり、これだけ水を返すから今回はそれでいいことにしようという、そういう論法」

たしかにそうやってぐずぐずと進むのが政治というものかもしれない。

翌日ぼくはオアフ島の反対側のワイアナエ[45]で教育的なタロ芋農園をやっているエノス・カイキという人物に会いに行った。ワイアナエはオアフ島でいちばんハワイイ人が多い場所として知られている[46]。オアフでタロ芋の話をすると、誰もがエノスに会ったかと問う。タロ芋については第一人者というところ。会ってみると、実に知的で魅力にあふれる人物だった。彼の事業を手伝っているエディー叔父さんも、話しているうちに心の中が温かくなるような人。

エノスは言う——「今すぐに昔のようなハワイイ人の暮らしを取り戻そうというのは無理な話だと思う。しかし子供たちにゆっくりと教えてゆけば、次の時代にはだいぶいい方に変わっているかもしれない。だからぼくは自分が儲《もう》けるためじゃなく、タロ芋の作りかたやそれを基本にした生きかたを子供たちに教えるために、ここで畑を作っているんだ。ここは島の西側で、乾燥した土地だから水が少ない。それを上手に利用してタロ芋を作り、下流では昔のように淡水魚も育てる。本当は海からも魚が欲しいところだが、もうここ

45 「ボラ（鯔）の水」

46 武蔵丸《むさしまる》はワイアナエの生まれ。小錦《こにしき》はその南のナナクリの出身。ただし、この二人は血統からいうとサモア人である。ついでながら曙《あけぼの》はオアフ島のずっと東、カイウィ海峡に面したワイマナロ出身のハワイイ人。また高見山はマウイ島ワイルクの郊外、ハッピー・ヴァレーの生まれ。イズラエル（217ページの注参照）には曙と武蔵丸と小錦を歌った『天国から雷』という愉快な歌がある。

の海はみんなにすっかり荒らされて魚はいなくなってしまった。でも淡水魚はまだまだ育てられる」

そう言って彼はかつてのハワイイ人たちの暮らしを描いた絵を見せてくれた。子供たちが一目で理解できるようにこれを用意したのだという。山の方から水が流れてきて、いくつものタロ芋の棚田を潤《うるお》し、海岸の近くまで流れて養魚池を潤す。かつての繁栄の姿は回復できるだろうか。ワイアホレは製糖会社から水を取り戻し、人々は今よりももっとたくさんポイを食べ、この健康食のおかげで太りすぎを解消し[47]、プランテーションの進出で生じた歪《ゆが》みを解消できるのだろうか。

エノスに言わせれば、結論が出るのは次の世代になってからだという。ぼくもそれを気長に待つことにしようと思いながら、彼の農園を後にした。

47 今、ハワイイ系の人々にとってこれは大問題である。もともとポリネシア人は太りやすい。それは小錦を見ればよくわかる。太っていることがそのまま不健康ではないことも彼を見ればわかるが、一般の人の場合はやはり健康にはよくない。特に貧しい人々はついついジャンク・フードを大量に食べて、甘い清涼飲料をリットル単位で飲むような生活に陥りがちだ。ワイアナエ診療所はこの問題と正面から取り組み、伝統食に返って健康を取り戻そうという運動をしている。

V アロハ・オエ

マウイ島の南の方、カフルイ空港からまっすぐ南下する道路が海にぶつかったところにマアラエア[1]という小さな漁港がある。道路はここで分かれて、そのまま海岸に沿って右に走れば古い港町ラハイナ、左に折れて行けば最近になって観光客のために開発されたキヘイ[2]へ至る。数日前からそこのコンドミニアムに居《い》坐《すわ》って、毎日だいたい本を読んでいる。夜になると食事のためにキヘイ寄りのメキシコ料理店[3]まで車を走らせる。あるいはワイルクに新しくできた中華料理の店[4]へ行く。昼間、ウィンド・サーフィンをするためにこの島に住んでいる友人[5]の雄姿を見るために空港北側の海岸に行ったこともある。しかし、ほとんど籠《こ》もって本を読んでいる。取材のために動きまわることをさぼっている。どうも今回はそういう気分。窓からは海が見え、水平線にはカホオラウェ島が見える。第二次大戦中、アメリカ海軍が接収して砲撃演習の標的に使っていた島だ。ハワイイ人たちの抗議が実って一九九四年の五月に返還になったが、不発弾などの始末がまだでいつになったら人が住めるようになるかはわ

1 「赤土色」？
2 「マント、ケープ」
3 Margarita's Beach Cantina
4 欣々《しんしん》飯店
5 この人物すなわちサワラ君については第Ⅷ章で詳しく紹介する。

からない。海軍は責任をもって掃除をすると言っているが、いつまでにという期限は定められていない。[6]

ハワイイの歴史をどう解釈すればいいのか。タロ芋のことを調べて以来ずっとそれが気になっているのだ。たとえば前に来た時に見たラハイナのあのカヌーレース。もともとはカヌーはハワイイ人たちの日常の乗物だったはずだが、今は実用を目的に使われることはない。FRP製の船体とエヴィンルードやヤマハの船外機がとって代わり、カヌーはスポーツの道具になった。それは科学技術の進歩という一方的な流れの一つの成果として認めるとしよう（すべての面で進歩とは言えないことも覚えておいた方がいいのだが）。それでは、漕《こ》ぎ手のほとんどがハオレであることはどう考えればいいのか。いかにもアメリカ人好みのお祭り騒ぎとぼくは前に書いたし、[7]なぜかアジア系の参加者がまったくいないとも書いたけれども、そういうことと以前に、もともとハワイイ人しかいなかったこの島々にこれほどまでにハオレやアジア系の住民が多くなった理由は何なのか。その時々の歴史の事件ではなく、いちばん深いところで歴史を動かしている力は何なのか。何がある種の人々をここへ呼び寄せ、

6 沖縄県庁のホームページによると、一九九六年にアメリカ海軍は今後十年がかり三億ドルの予算でこの島の不発弾をすべて除去する予定を立てたという。それぐらい時間と費用がかかるものなのだ。

7 166―167ページ参照。

他の人々の数を減らし、文化の相貌《そうぼう》をこうも変えさせたのか。もともとはハワイイ人のものだったのに白人ばかりが参加するようになったカヌーレースは、そういう意味で象徴的な行事のように思われた。これはどういうことなのか？　それをずっと考えている。

ここでぼくはハワイイ人とハオレならびにアジア系という分類をした。つまり民族を基準に人々を分けてみた。では、民族とは何なのか。第二次大戦後の世界では民族主義が主要な思潮となって、たくさんの植民地が独立し、それぞれが民族単位の国家を作ったということになっている。そのような時代に生まれ育ったぼくは、やはり一民族に一国家という形態が望ましいと信じてきた。他の民族に支配される人々はなにかと不幸な思いをすることが多い。自由・平等・博愛というフランス革命の標語を現代社会の原理として認めるとすれば（これ自体もまた問題を含むはずだが）、平等を実現するためには一国の中は支配民族と被支配民族に分かれていない方がいい。多民族国家を作るのなら、各民族がそれぞれに同じ発言権を持つような政治形態が必要になるだろう。それができないのならば、国は民族を単位に作るしかない。アイヌの人々が先祖伝来持ってきた河川漁業権[8]を日本政府が認めない以上、彼らが昔ながらの方法で

8 北海道のアイヌの人たちは先住民として、川に遡上《そじょう》するサケを捕る古来の権利を復活するよう要求している。行政はもちろんまったく耳を貸さない。

川を遡行するサケを捕ろうとするなら、日本から独立して自分たちの国を作るしかない。

しかし、これは現実的ではないだろう。歴史的経緯はともかく、アイヌの人々が今独立したところで実効的な国家が作れるとは思えない。[9]仮に、価値観を共にする人々のみで国を作るのが最大多数の最大幸福（これもまた近代西ヨーロッパが発明したスローガンだ）につながるとしても、一民族内でなら価値観は同じとも言えないだろう。民族の定義だって実は不確かなのだ。それに、現状で多くの民族が混じって暮らしている国で、それぞれが独立を言い募ったら国は崩壊する。その例をわれわれは旧ユーゴスラビアはじめ世界の各地に見ることができる。そのような争いの現実を見ていると、民族国家という原理そのものを疑う気持ちになる。人はそろそろ国の概念を変えて（あるいはそれを超えて）、新しい共生の原理を探すべきではないのか。アメリカ合州国が今世紀をリードしてきた背後には、多民族の共生という次の時代のテーマを彼らがいち早く追求してきたという事実がある。合州国はまさに合衆国になろうと努力してきた。それがいかに不十分で、偏頗《へんぱ》的で、歪《ゆが》んだものであったか、それを証明することはたやすい。しかし、あの国が全体として

9　沖縄についても事態は同じだと思うけれども、一九九五年後半からのさまざまな事件を機に、沖縄の人々はなかば冗談として、なかばシミュレーションとして、独立とは何かを考えはじめている。

民族国家を超えるものを求めてきたことは否定できないのだ。[10]その流れの中にハワイイ先住民の悲劇もあった。

歴史というのは決して一様に流れない。停滞の時期が長く続くかと思うと、いきなり大きな変化がいくつも押し寄せる。ハワイイ史で言えば、十八世紀末から十九世紀にかけてがそういう大変動の時に当たる。キャプテン・クックがやってきたこと、カメハメハ大王が全島を統一したこと。この二つの大事件がたてつづけに起こった。[11]

それまでのハワイイの姿については今までも何度か書いたと思う。ポリネシアから人々が移住してきて、安定した社会を作った。山からの水で作るタロ芋、その他の野菜と果物、海からとれる魚、少数の貴族《アリイ》と、神官と、多くの一般民からなる社会。他の地域との交流、時にはいさかい。ポリネシアとの行き来は十三世紀頃とだえ、以後ハワイイ諸島は自給自足の経済と文化を維持した。先祖の地についての記憶は次第に薄れ、伝説に置き換わっていった。島ごとに王はいたが、諸島全体を統一するほど強い権力は成立しなかった。そのままもう一千年間、同じ状態が続いたところで何の不思議もなかったのだ。ハワイイ諸島の外の状況を知らなければ、それでもよかっ

10 押しつけであるかどうかはともかく、日本国憲法がリベラルなアメリカ政治思想の影響のもとに成立したことは事実である。しかも、全体を貫く基本思想が市民主義的であるにもかかわらず、日本国民の資格という点になるといきなり血統主義的になるという大きな矛盾をかかえこんでいる。

11 クック船長がハワイイ諸島の運命を決めたのは一七七九年。カメハメハ大王による諸島統一は一七九五年。大王の統治は一八一九年まで続いた。

カメハメハ大王
一国の統一を果たした男の顔
今ホノルルに立つ彼の像は
もっと西欧風に整った顔をしている
これは白人が描いた肖像画
この方が実物に近いか?

キャプテン・クック
人柄が顔立と姿勢に
そのまま表れているようだ

たのだ。

しかし、そこへキャプテン・クックがやってきて、すべてが変わってしまった。外界から孤立して平和に暮らしている小社会をそのまま理想郷と呼ぶことはできないにしても、この時に変化を求めたのがハワイイ人自身でなかったことは覚えておいていい。西欧側からするとどういうことになるか。コロンブスに始まるいわゆる発見の世紀、大航海時代はまず地球は丸いという知見をもたらし、中南米に多くの植民地を作り、その地域の先住民の数を大幅に減らした[12]。銀その他の財が大量にヨーロッパに流れこんだ。十八世紀の後半にはこのような状況はもう安定していた。新大陸は分割され、残っているのはほとんど人も住まないオーストラリアと、小さすぎてまとめにくい太平洋の島々、それにいかに西欧の武力をもってしても植民地化がむずかしいアジアの国々。こうなると支配の戦略も単純な腕力主義から知的で狡猾《こうかつ》で繊細な方法へと変わらざるを得ない。それでも船に乗って自国を出て世界に向かう西欧人たちの目的が他民族の支配であり、財の収奪であることに変わりはなかった。いや、収奪という言葉は少し違うかもしれない。初期に新大陸に渡ったスペイン人は再生産など考えずにただ奪ったが、その後の北方系の

12 アメリカ大陸の先住民に対してヨーロッパ人が行ったことについては、ラス・カサス著『インディアスの破壊についての簡潔な報告』（岩波文庫）を読むといい。まこと簡潔にしてショッキングな本である。

人々は行った先に産業を興し、安定した収入を植民地から得ることを考えた。だから、彼らのふるまいは収奪というよりは搾取《さくしゅ》と呼んだ方がいいかもしれない。

彼らにどれぐらい搾取の意識があったのだろう。他の土地に行って、財を得て、戻る。この行為を国は推奨する。「桃太郎」の話は侵略主義的だと言えば、たいていの人は怪訝《けげん》な顔をする。社会を批判する立場に立たないかぎり、搾取という言葉は使わないものだ。その種の行為は健全な経済活動だとされているのである。倫理というのは基本的には個人の問題だから、社会全体が反倫理的なことをする場合、それを指摘する者はどうしても少数者になる。それは十五年戦争の間の日本の反戦主義者の立場を考えてみればよくわかる。実際の話、倫理というのは習慣であり多数決なのだ。

したがってジェイムズ・クック[13]は自分を侵略者とは決して思っていなかった。ヨークシャー生まれの農民の子が海軍に入り、頭角を露《あらわ》し、科学的な調査航海の伎倆《ぎりよう》で広く知られるようになり、船を任されるようになった。彼が優れた航海者であったことは誰にも否定できない。数年に亘《わた》る長い航海の間、男ばかりの部下を掌握し、精密な観測を行い、未知の海を進みつづける。容易なことではない。

13 彼は一七二八年に生まれ、十八歳で見習い水夫になり、二十七歳の時から海軍に籍を置いた。ただし、軍人としてよりは探検家としてまた科学者としての評価の方がずっと高い。

彼の業績の一つとして、通算十年に亘る航海の最中、部下の中から一人として壊血病による死者を出さなかったことが挙げられると聞いた時、なるほどそういう時代だったのかと、ぼくたちははじめて納得する。統率力と言えば、彼の下でなかなか有能であることを証明したはずのウィリアム・ブライはこの十年後、ブレッドフルートの苗をタヒティからカリブ海に運ぶ船で叛乱《はんらん》を起こした部下たちに船を乗っ取られている。イギリス海軍史上に名高い「バウンティ号の叛乱」[14]。その経緯をたどってみると、生まれ育ったのとは別の文化圏を長期に亘って航海することのむずかしさがわかる[15]。厳格と寛大のバランスという点でも、ジェイムズ・クックは他に抜きんでていた。

彼が「リゾルーション」と「ディスカヴァリー」という二隻《せき》の船を率いてハワイイ諸島の海域に到着したのは一七七八年のことである。この時、クックは北緯二〇度という比較的北の海域にこれほどの規模の諸島があるとは知らなかった。ポリネシア人でさえ、自分たちと同じ祖先から分かれた仲間が住む大きな島々があることを忘れていたのだ。かつてクックの航海に同行したことのあるトゥパイアというライアテア島[16]の身分の高い神官は、南太平洋の地図を描き

14　この話は一九三〇年代にノードホフとホールという二人の作家の共作による『バウンティ号三部作』によって広く世界に知られるようになった。叛乱そのものを描いたのが第一部『バウンティ号の叛乱』、次に、船を放逐されたブライ艦長とその部下がオープン・デッキのボートで数千キロの航海をしてオーストラリアにまでたどりつく第二部『海に向かう男たち』、叛徒たちが追跡を恐れてはるか東のピトケアン島まで逃げ、この無人島で暮らすうちに内紛から殺し合うに至る悲劇を描いた第三部『ピトケアン島』の三つからなる。第一部はマーロン・ブランド主演で映画化され、バウンティ号は戦艦ではなくただの砲艦であったにもかかわらず日本では『戦艦バウンティ』の題で公開された。この時のロ

ながら百三十の島々を列挙することができた。彼は先に述べたバウンティ号の叛徒たちが漂泊のあげく最後に行きついたピトケアン島という小さな孤島まで知っていた。しかし彼の知識はそこまでで、ピトケアン島のもう一つ東にあるイースター島、ずっと南西に位置するニュージーランド、そして北の方にあるハワイ諸島の存在は知らなかった。

一七七六年にプリマス港から三度目の、そして最後となる航海に出たクックの艦隊は一七七八年一月十八日、オアフ島を沖から見た。その二日後、二隻の船はカウアイ島に到着、南岸のワイメアに上陸した[17]。住民は友好的で、いささか臆病《おくびょう》だった。二隻が停泊した最初の日にはカヌーで来て船を遠巻きにするだけだったが、翌日になると乗船してきた。「彼らの視線はさまざまなものの間をきょろきょろと動きまわり、見慣れない物を前にした時のそのふるまいを見ていると、彼らが驚嘆していることは歴然とわかった。かつて一度も船というものに乗ったことがないのは明らかだった」。クックはまたこの島の住民がはるか南のニュージーランドの住民とよく似た顔だちをしていることを記し、この人種がかくも広い範囲に住んでいることに感心している[18]。彼は、この時代の航海者には珍しく、出会

ケを機にマーロン・ブランドがタヒティ島の近くに小さな島を買った話は第IX章と関わってくる。

またブライアン・フリーマントルの『バウンティ号の叛乱』は同じテーマを新しい視点から扱った本（原書房）。

15 長期の航海における艦長の孤独については、スティーヴン・ジェイ・グールドの『ダーウィン以来』の第二章が参考になる（ハヤカワ文庫）。キャプテン・クックの五十年後に同じような探検航海をしたビーグル号のフィッツ・ロイ艦長がなぜ自分の客人としてチャールズ・ダーウィンを連れてゆき、その結果として進化論の誕生に手を貸すことになったか。ともかく階級社会の秩序を維持しつつ長い航海をするのは容易なことではない。

16 ソシエテ諸島、タヒティ島の

った島民に敬意をもって接したし、その文化を軽侮の目で見ることもなかった。出会った相手を人として遇するという意味でも、彼は優れた文明探索者だった。

　ヨーロッパ人とハワイイ人の最初の交易は、真鍮《しんちゅう》のメダルと一尾のサバの交換という形で行われたが、島民が最もほしがるのは鉄であることがやがて明らかになった（二百年前に立ち寄ったスペインの船が鉄を置いていったのが、ハワイイ人がこの金属を知った最初らしい）。実際、女たちは釘《くぎ》一本のためにいそいそと水兵たちに身を任せた。この取引によって、いくつかの文明の利器と共に梅毒が島に上陸した。この後の歴史を考えてみると、いろいろなものが島に持ち込まれたが、よいものは必ず悪いものを伴った。あるいは、よいと見えるものには必ず悪い面があった。ものの価値というのは常にそういうものであるらしい。

　この時はクックはあまり長くカウアイ島に滞在せず、もっと北の方、アラスカ沿岸の調査に向かった。彼がパトロンの一人であるサンドイッチ伯爵《はくしゃく》の名を取ってサンドイッチ諸島と名付けた島々に戻るのはほぼ一年後の一七七八年の十一月のことである。この月の二十六日、彼らはマウイ島を遠望した。八週間に亘って島の周囲を回

近く。

17 ここにはそれを記念する碑があるらしい。ぼくはなんどもここを通っているのに、車を停めてその碑を見たことがない。

18 ニュージーランドのマオリ人もポリネシア系に属する。

って測量を行った後、彼らはハワイイ島のケアラケクア湾[19]に錨《いかり》を下ろした。今は観光の町となったカイルア＝コナの南である。[20]

ここまでの経緯は西欧の船が「未開」の地を訪れた時に何度となく起こったことの繰り返しにすぎない。出会いの形式は平等ではない。一方は自分の土地に住み、もう一方はそこを訪れる。訪問者には遠洋航海の技術や大きな船があり、迎える方はそんなものを必要としない生活をしている。地元の民が訪問者の手の中の鉄や鏡やビーズに釣られて、芋や水や魚やその場かぎりの性交との交換が成立することもあり、ちょっとしたいざこざで人が死ぬこともあった。その大半は地元の民の方だった（一年前のカウアイ島でも一人が銃で撃たれて死んでいる）。しかしケアラケクア湾で起こったことはちょっと様子が違う。

一七七九年の一月十六日にクックの艦隊は錨を下ろしたのだが、これはマカヒキと呼ばれる豊穣《ほうじょう》の祭りの時期にあたる。主役は大地の神ロノ[21]である。彼らの間にはロノがいつの日か彼らの地に戻ってくるという言い伝えがあった。キリストの再臨に見るように神が再び地上に降り立つという考えは宗教に珍しいものではない。通常ロノの像は十字架の形の木の柱の上に据えられており、横棒からは白

19 「神々の通り道」

20 ここにもクックの記念碑があるのに、ぼくはちゃんと見ていない。碑があるというだけで敬遠する悪い癖を改め、碑を含む風景だけでも見るようにすべきだ。

21 ロノはまずもって雷と稲妻の神であり、地震と黒い雲、虹《にじ》、雨と風、川を流れる奔流の神である。そして、豊穣の神でもある。偉大な神ではあるけれども、マウイやペレのようにたくさんの伝説はないようだ。

い布がさがっていた。一言で言えばマストと帆にそっくりだったのである。つまり、クックの船はそのままロノの浮かぶ神殿と見えた。更に、たまたまクックが最も妥当な投錨地《とうびょうち》として船を入れたケアラケクア湾はロノの港として知られていた。クックはロノではないかとハワイイ人が思わざるを得ないまでに、偶然が重なったのである。そのためにクックの一行は最大級の敬意をもって迎えられた。その状態がしばらく続いた。

しかし、クックがこの勘違いを奇貨として利用したかどうかはともかく、人がいつまでも神を演じることはできない。まずウィリアム・ウォットマンという水兵がちょっとした病気で死んでしまった。当時は長い航海の途中で乗組員が病気や事故で死ぬのはそう珍しいことではなかった。しかし、ハワイイ人の目から見れば、死ぬのは人であって神は死なない。大きな船で来たこの白い人々は本当に神なのかという小さな疑いが島民の間に生じた。神と信じたものがそうでないとわかった時の反動は充分に想像できる。大きな船と小さなカヌーという技術の差を島民は信仰という形に頼って解釈した。それが最も妥当な方法だったことは明らかだ。しかし、ハオレは大きな船に乗ってくる実力を持っていたが、それは神であることを疑いの余地なく証明するものではなかった。これは、改めて考えてみると、その後もずっとハオレとハワイイ人の間で展開された関係の縮図である。白人は技術においては強力だが、神としてふるまえるほど強くもないし、正義でもない。

クックの水兵たちと島民の間で小さないさかいが増え、両者の間はぎくしゃくしたものになっていった。二月の四日、クックの艦隊は錨を上げて湾を出ることにした。このまま彼らが次の目的地に進んでいたところで、クックの運命はともかくハワイイ諸島がその後辿《たど》った歴史はさほど変わっていなかったかもしれない。いずれにしてもハオレたちは圧倒的な西洋文明の力をもって再び押し寄せただろう。しかし、この時、海は荒れていた。一週間に亘って荒波に翻《ほん》弄《ろう》されたあげくリゾルーション号はマストを折った。クックはひとまずケアラケクア湾に戻ることにした。島民たちの態度は一変して敵意に満ちたものになっていた。

盗みは白人が行く先々の住民との間で経験するトラブルの典型的なものである。所有の観念に違いがあるし、一度来て二度と来ないであろう異国人の所有物ともなれば置いていってもらおうという気持ちにもなりやすい。船の雑用艇が盗まれた。クックは九人の武装した水兵と共に上陸し、ハワイイ島の王カラニオプウに船に来るように要求した。艇が戻るまでの人質というのが彼の心づもりだった。カラニオプウは承知して歩きはじめたが、若い妻の一人が王を引き止めた。白人を信頼していいのか。船に行ったらそのまま殺されるかもしれない。老いた王はこの同行（見方によっては連行）の途中で砂浜に坐《すわ》りこみ、どうするのが正しいのか考えはじめた。たまたまその時、湾から出てゆこうとしたカヌーに向かって水兵が発砲し、ノオケマイという若い首長が死んだ。緊張が高まった。クックたちの一行を囲んだ島民は二万人。いつのまにか女子供は姿を消し、若い勇猛な男の姿ばかりが目についた。そして、結果を述べれば、この揉《も》み合いの中で、ジェイムズ・クックは死を迎えたのである。

イギリス人の側にとって彼の死には大きな意味がある。彼はこの国が時おり輩出する偉大な人物の一人、もっぱら世界各地で他民族と出会う場で偉業をなす者の一人だ。軍人であることが多いが、ウェリントン将軍のように正規戦を得意とするタイプではない。ジェイムズ・クックの後にはカルトゥームでモスレムと戦って死んだゴードン将軍がおり、第一次大戦の後方攪乱者《かくらんしゃ》「アラビアのロレンス」がいた。いささか帝国主義的ながらセシル・ローズもこの列に加えてもいい。そういう偉大な人物の一人がサンドイッチ諸島で亡《な》くなった。彼が太平洋から南氷洋までを航海して得た知見はこの後長く地理学とイギリス帝国の植民地獲得に役に立つだろう。

だが、ハワイイ諸島の人々にとって意味があるのは彼の死ではなく、彼が来たということだ。実を言えば、来るのはなにもジェイムズ・クックでなくてもよかった。もっと凡庸な航海者が来て、この島々の位置と風土、人々の性格、港の位置などを戻って報告すれば、それをきっかけにやはりハオレの船は次々やってくるようになったはずである。ハワイイは世界から敢《あ》えて隠れていたわけではない。たまたまポリネシア人によっても忘れられ、自分たちだけで満ち足りた生活を数百年に亘っておくっていた。しかし、もうそういうことは不可能だ。彼らは、かつては充分に大きいと思われたのに他の国と比較すればずいぶん小さな島々で三十万ばかりの人口を維持しながら、世界を相手に自分たちの生命と文化を護《まも》って生きてゆくという難事をはじめざるを得なくなったのである。クックの一行とのいざこざはそのほんの手始めにすぎなかった。

実をいえば、クックが来た時、ハワイイ諸島が平和な楽園だったとは言いがたい。戦乱の時期と呼んだ方が妥当するかもしれない。諸島は三つの王国に分かれ、なかなか熾烈《しれつ》な戦いを繰り返していた。ただ、それが平民たちからおちついた暮らしを奪い、人心を荒廃させ、社会の蓄積を根こそぎ浪費してしまうような乱世だったかというと、どうもそうではないらしい。戦いはあったけれども、それを含めての日常もあった。そういうことだっただろうと想像する。だいたい生活の場をそのまま戦場にして民間人を巻き込んでの総力戦というのは第二次大戦までないことだった。

三つの王国の第一は、クックの死にも関わった老いたカラニオプウの統《す》べるハワイイ島ならびにマウイ島東側のハナ周辺、二番目は慈悲なき戦士王カヘキリの支配下にあるマウイ島の残りの部分とカホオラウェ島、ラナイ島、それにオアフ島、最後がカヘキリの弟カエオが君臨するカウアイ島である。カメハメハはカラニオプウの甥《おい》に当たる。一七五三年ごろハワイイ島の北部コハラで生まれた彼は、若い時から体格においても知力においても格段に優れて目立つ人物だったらしい。英雄には伝説がつきまとうと言えばそれまでだが、クックの部下のジェイムズ・キング中尉《ちゅうい》は彼のことを「醜いと呼んでもいいほど勇猛な顔立ちだが、非常に知的で、観察力に富み、よい性格をしている」と書いている。

　実際、彼の事蹟《じせき》を見てゆけば、すぐれた戦士であり、指揮官であり、政治家だったことは明らかになる。老いた王は死を前にして、王国を息子のキワラオに譲ったが、それと同時にカメハメハを一族の守護神クカイリモクを祀《まつ》る役に就けた。クカイリモクは「血の滴《したた》る赤い口のク」あるいは「土地を奪うク」の意。クはもともと戦争の神だから、この後のカメハメハの運命を象徴するものと言える。[22]英雄は並び立たない。キワラオとその弟のケオアウはカメハメハを敵視し、結局は両者の間にハワイイ島の支配権を賭《か》けた戦いがはじまった。九年に亘る小競《こぜ》り合いの後、マクオハイの戦いでキワラオが戦死し、ケオアウは休戦を余儀なくされた。こちらの方はしばらくは放っておいてもいいとカメハメハは判断した。彼と同じようにこの間に力をつけてきたマウイ島のカヘキリを打ち負かしたいところだが、勢力は伯仲している。何か別の要素が入ってこないかぎり事態は動きそうもなかった。

　別の要素はハオレと共にやってきた。エラ・ノラ号というアメリカの船がマウイ島のラハイナに近い海岸に停泊中、ボートを盗まれた。船長サイモン・メトカーフは交易をすると見せかけて島民のカ

22　このクカイリモクは具体的な神像に与えられた名である。実物を見ているカラカウア王によれば、これは「大雑把に彫った小さな木像で、黄色い羽根の頭飾りを付けていた」という。そして戦闘に際しては騒音に負けないほどの金切り声を上げたとも伝えられる。この像の最期《さいご》については210ページの注32に書いた。

ヌーを船の周りに集め、いきなり大砲とマスケット銃を発射して百人以上を殺した。ハワイイ人はこの虐殺《ぎやくさつ》の日を「脳漿《のうしよう》が飛び散った日」と呼んで長く記憶したという。メトカーフの船はそのまま抜錨してハワイイ島のケアラケクア湾に向かった。事件を聞いたカメハメハはまずエラ・ノラ号の僚船フェア・アメリカン号を戦闘の末、拿捕《だほ》した。この戦いでアメリカ側はみな戦死したが、最も勇敢だったデイヴィスという男だけはわざと残された。次にメトカーフが偵察に寄越したヤングという男も捕らえられた。エラ・ノラ号のメトカーフはフェア・アメリカン号と彼ら二人を放棄して広東《カントン》に向けて出港してしまった。

かくてカメハメハの手元にはフェア・アメリカン号に搭載されてきた小型のカノン砲が何門かと二人のアメリカ人顧問が残った。カメハメハはカノン砲を荷車に積み、マウイ島支配権をめぐる戦いに用いた。イアオ渓谷の戦いでは敵の死体が水をせきとめるほどの殺《さつ》戮《りく》[23]が行われ、カメハメハはカヘキリに対して圧倒的な優位に立った。それに続くワイマヌの戦いで、二人のアメリカ人顧問とフェア・アメリカン号の活躍も手伝って、彼の勝利は決定的なものになった。カヘキリはカメハメハをマウイの王と認め、自分は単なる行政の長

23 14ページに書いたとおり、これが「ワイルク」すなわち「殺戮の水」という地名の語源である。

としての役に甘んじることにした。
その一方でハワイイ島でくすぶっていた従弟《いとこ》ケオアウ相手の戦いも再開された。その途中では、キラウエア火山の麓《ふもと》を通ろうとしたケオアウの軍勢がたまたまの噴火で全滅するというような事件もあり、これは火山の女神ペレがカメハメハに味方したからだと解釈された。こちらでもカメハメハの優位は歴然としていた。ケオアウの運命は誰の目にも明らかだった。カメハメハは新しく作った神殿で戦争と森の神クを祀る儀式をするからと言ってケオアウとその部下を呼びよせた。ケオアウは死を決して出かけ、カヌーから降りたところで部下たち共々カメハメハの戦士に殺された。彼らの死体はすぐに犠牲《いけにえ》として祭壇に祀られた。[24]
かくてハワイイ諸島の大半はカメハメハの支配下に入った。十五年後に彼は残るカウアイ島の王カエオとの間の交渉に成功、血を流すことなくこの島も自分のものにした。ハワイイ諸島は統一され、一つの王朝が確立した。[25] 歴史上はじめてのことである。なぜクックが来て間もないこの時期に統一が実現したのだろう。もちろんカメハメハの実力が他に抜きんでていたということはあるだろう。カノン砲と二人の顧問の力もあっただろう。しかし、ケオアウの従容《しょうよう》た

24　二百年後の一九九一年八月十七日、同じ神殿でケオアウの子孫も招いて「和解」と「統一」の儀式が行われたという。

25　一八一〇年

る死や、戦いの果てとはいえカヘキリが服従したこと、その弟カエオとの交渉の成功など、彼の敵の側が矛を納めたことも事実なのだ。その背後にはクック・ショックとも言うべき心理はなかったのだろうか。黒船の場合のように、外敵に向かって内部を統一しておいた方がいいという判断はなかったか。カメハメハは休戦交渉でそういう論法を使いはしなかったか[26]。

この時から一八一九年の彼の死までの間、ハワイイ諸島は幸福な黄金時代を迎えた。戦いは終わり、統治は安定し、王は敬愛を受けた。戦争の時に勇猛果敢だった指導者は平和の時にも優れた指導者であった。正に大王の名にふさわしい政治を彼は行った。その一方、クックの艦隊が持ちかえった情報が広まるにつれて、外国船の入港も次第に頻繁になった。彼らはハワイイ諸島の山でサンダルウッド(白檀《びゃくだん》)という中国人の好む特産物を見つけ、各地の首長にこれを切り出させてはさまざまな雑貨と交換に持ち去った。西欧で作られる工業製品は首長たちの目には魅力的に映ったが、実態は象牙《ぞうげ》とガラス玉の交換のようなものである[27]。そして、これがこの後ずっとハワイイ諸島と欧米人との交易の基本型になった。サンダルウッドはたちまち消滅し、後には負債だけが残った。

26 ジェイムズ・クックの艦隊との本格的な交渉から、カウアイ島を除く仮の統一までは約十六年だった。ちなみに黒船の襲来から明治維新までは十五年。一般に外敵の存在は国内を統一するのに都合がいい。だから、無能な政治家は統治力の不足を無理に外に敵を作ることで補う。

27 つまり天然の珍しいものと工業による量産品の交換。

一八一九年五月八日、カメハメハ大王は世を去った。その墓所は秘密にされ、今も知られていない。その代わりにたとえばぼくたちはマウイ島のラハイナに彼がはじめて建てさせた煉瓦《れんが》の宮殿の痕跡《こんせき》を見ることができる。歴史書をそこまで読んだところで、ぼくはそれならば行ってみようかと腰を上げて、ラハイナまで車を走らせた。[28]

今はすっかり観光地になっているラハイナはかつては捕鯨船の寄港地だった。そこの港に近いあたりに煉瓦を敷いた一角がある。カメハメハ大王が一八〇三年に建てさせたハワイイ諸島で最初の西欧式建築。建築にあたったのは二人のオーストラリア人の元囚人で、名前は伝わっていない。残念ながら材料に欠陥があったため、建物は今は跡しかない。宮殿といっても実際には小さな民家程度の大きさで、カメハメハはここに住んだことはなかったという。一八五〇年代まで倉庫として使われ、あとは崩壊するにまかされたらしい。

その前にある図書館の影の中に坐《すわ》りこんで、カメハメハのことを考えてみる。群雄割拠の中から英傑が登場して全体を統一するのは歴史の必然のようなものだ。中国史など統一への過程と崩壊への歩みの繰り返し以外に話題がないかのごとくである。だから、彼が出

28 マアラエアからは車で三十分ほど。

てハワイイ諸島が一つにまとまったのはただそういう時期だったからと言うこともできる。その背後には先に書いたクック・ショックの影響もあったかもしれない。若い時にカメハメハはクック一行に会っているし、二隻《せき》の船をここまで派遣した背後の大きな勢力の意図も見えていたことだろう。

もしもあの段階で統一ができなかったらどうなっていたか。その後百年間つづいた彼の王朝は存在しなかった。各地はばらばらに統治され、それぞれが欧米列強の相手をしなければならなかった。ハワイイ諸島を影響下に置こうとした国はイギリスだけではなかった。少し後の時代の話になるがロシアはずいぶんしつこく迫った[29]。アメリカは捕鯨船と宣教師を派遣して拠点を作ろうとした。太平洋全体の地図で見れば、広大な空漠の中にハワイイ諸島はまとまって見えるけれども、島々の間に隔絶を許すだけの距離があることも事実だ。各島が別の勢力下に納まるという事態も考えられないではない。実際、サモア諸島はアメリカン・サモアとウェスタン・サモアに分かれてしまった。ミクロネシアでは一番大きくて値打のあるグアムだけがアメリカ領になり、他の島々は連邦を作って独立した。明治維新前夜の日本に分裂の可能性はなかったのだろうか。

29 実際、太平洋近代史を見ていると、ロシア人の影は濃い。タヒティ島の北九百キロには「ヴォストーク島」がある（ヴォストークはロシア語で東の意）。

そんなことを考えているぼくの前を大きな観光バスが通る。ラハイナは昔の町だから道が狭い。そこに無理に入ってきたバスから日本人の観光客がぞろぞろと降りてきた。数人ずつのグループに散り、歩きまわり、写真を撮り、またぞろぞろとバスに帰る。海は穏やかだが日射《ひざ》しが強い。風が気持ちいい。

ハワイイ人としての意識のためには、一度でも統一ができたことは重要だっただろう。それ以前にはマウイ島人とかラナイ島人という気持ちはあっても、ハワイイ人という思いはなかったのではないか。外の世界があってこそ、ハワイイ諸島は一つのまとまった地域として認識される。ナショナリズムの象徴として、カメハメハ大王は今もって大きな役割を果しているのかもしれない。ホノルルにある彼の像の前にはいつも果物が供えてある。祭りの日には像は何本もの派手なレイで飾られる[30]。英雄として見るかぎり、彼はあまりに古代的かもしれない。だが、それを言うなら、ハワイイ諸島そのものが一人の英雄の登場でがらりと様相が変わるという意味で古代的だったのである。ハワイイはいわば古代からいきなり近代にジャンプしたのだ。ハワイイもまた世界史に少なくない「遅れてきた青年」の一人だったと思いながら、ぼくは煉瓦宮を離れた。

30　レイの意味については第VI章に記した。

一八一九年はハワイイ史にとってずいぶん事件の多い重要な年である。この年、先に述べたようにまずカメハメハ大王が死去し、最初の捕鯨船がラハイナに到着し、最初の宣教師を乗せた船がハワイイ人をキリスト教徒にすべくアメリカの港を出た。一言でいえば、ハワイイ諸島はここに新しい時代を迎えたのだ。

偉大な指導者の後にはだいたい凡庸な者が続くものだ。彼の後を襲ってカメハメハ二世となった息子リホリホもその例に漏れない。だが、彼には父の妻の一人カアアフマヌが摂政《せっしょう》としてついていた。彼女は大王の二十一人の妻の中で最も愛され、最も信頼されていた。リホリホの母ケオプオラニは霊力を持つことで知られていて、大王自身でさえ裸で這《は》って近づかなければならないとされたほどだが、しかし実務の面ではカアアフマヌの方が優れていた。彼女に対する大衆の信頼は絶大なもので、大王の死後、公式行事の場に大王のガウンをまとって槍《やり》を手にした姿で彼女が登場すると、まさにハワイイの支配者のように見えたという。リホリホは気弱な性格で、アルコールの誘惑にも弱かったが、母と義母(ということになるのだろう)の支えでよき王になった。

カメハメハ二世の摂政となったカアアフマヌ

カアアフマヌは大王の死後半年にして、カプの廃止を宣言した。カプはポリネシア語でいうタブー、宗教的理由に基づく禁忌のことである。[31] ハワイイではこのシステムは古来強い強制力をもっていて、違反者が殺されることも珍しくなかった。そうしなければ神々の怒りが嵐《あらし》や火山の噴火となって社会全体を襲うと信じられたからである。いわばカプは共同体の自衛手段だ。ある時期を限ってある魚の漁を禁じるカプのように、今日の視点から見るならばエコロジカルな意義が認められるものも少なくない。しかし、全体としては煩雑《はんざつ》で意味のないものが多かった。少なくともカアアフマヌの合理精神はそう考えた。それにカプを廃止することで神官たちの立場を弱いものにし、それをもって大王なき後の王権を強化するという政治的な理由もあったようだ。神権政治の時代は終った。彼女はケオプオラニの協力を得て、一八一九年の十一月、まず二つのカプを敢《あ》えて破ってみせることにした。二つとは、男と女が一緒に食事をすることと、女に禁じられたバナナやある種の魚などの食べ物を食べること。

これが実行に移されても、神の怒りは下らなかった。雷も鳴らず、女たちがその場で死ぬこともなかった。人々はこの実験の結果を素

31 ポリネシア語のT音はハワイイ語ではKになり、Bは同じくPになる。

直に受け入れた。機が熟していたのだろうし、カアアフマヌはそれをちゃんと読んでいたのだろう。この時からハワイイは合理主義の時代に入った。神殿は壊され、偶像は倒され[32]、神官の権威は失墜した。だが、それは同時にハワイイ人が精神的な拠《よ》り所を失ったということでもあった。合理主義の時代はまた不安と精神の空洞化の時代でもあったのだ。

これはこの後何度となく繰り返される近代化の落とし穴ともいうべき事態の一つの例である。ハワイイは優れた（ように見える）西欧文明に接して、早く自分たちもその段階に達して欧米諸国と肩を並べようとした。欧米の人々は親切にそれに手を貸してくれるように見えた。しかし、彼らがなんとか西欧風に改善をすると、それではまだ足りない、それは違う、遅れている、という言葉が返ってくる。欧米の基準に従うかぎり、欧米に追いつくことは不可能だ。

宣教師がやってきたのはそういう時期だった。彼らの目にハワイイ人の生活がどう映ったか、ここでそれを詳細に論じる気にはなれない。裸に近い姿、性的放縦、偶像崇拝、なによりも怠惰、そういう資質に対してピューリタン精神がいかに反発し、憤激し、使命感

32 この時、カメハメハ大王のクカイリモクの神像を保管していた大王の生地コハラの首長は小さなカヌーを造って、その中に像を安置し、食べ物とカヴァ（コショウ科の植物の根、搾《しぼ》って飲むと神経を弛緩《しかん》させる効果がある）、タパ（樹皮の布）などを添えた。そして、泣きながら、「どうかカヒキへお帰りください」と言って、海に流したという。カヒキはタヒティ島のこと。それ以来、この像を見た者はいない。

に燃えたか、そうして押しつけられた北方的な倫理がいかにハワイイの固有文化を抹殺するに至ったか、そういう話ならば今までにもさんざ書かれてきた。この種の文脈で話すことにはぼく自身飽きている。

それでも宣教師はまだ善意だからよかったのかもしれない。その後に来るのは経済人ないし実業家であり、宣教師が他人の人生を支配しようと努力するのに対して実業家の方は他人の人生を利用して金を儲《もう》けようとする。いや、本当は聞く耳を持たない分だけ、自分の間違いに絶対に気づかない分だけ、善意の方が始末が悪いのだろうか。

デイヴィド・マロというハワイイ人の文化史家が一八三七年という早い段階でこう書いている――「もしも大きな波が暗い海の底から人の知らない巨大な魚を連れてきて、その魚が浅瀬にいる小さな魚を見たら、大きな魚は小さい魚を食うだろう。白人の船は大きな国の賢い人々を乗せてやってきた。われわれが数が少なく、国が小さいことを知ったら、彼らはわれわれを貪《むさぼ》り食うだろう」。

要するにそういうことが起こったのだ。問題はそれを歴史の必然、むしろ自然の道理として認めるか、あるいは自然の道理を超えるのが人間の叡智《えいち》であるとして彼らの倫理的かつ経済的な貪欲《どんよく》を非難するのか[33]。人の歴史を動かす原理として力以外のものはないのか。すべての歴史にまつわるこの疑問をハワイイ史でもまた考えることになる。

具体的な例を挙げよう。宣教師たちは印刷機を持ってやってきた。それまでのハワイイ語には文字がなかった[34]。こういう事態では文字はそのまま武器になる。話し言葉しかない言語を耳で聞いて採集し、文字をあてはめ、正書法を作り、文法を整理し、最後には聖書のハワイイ語訳を作ってしまう彼らの努力には敬意を払いたいと思う。無名の宣教師たちが夜毎《よごと》暗い蠟燭《ろうそく》の光のもとで営々と重ねた厖大《ぼうだい》な知的労働はまこと称賛に値する。だが、それが他方ではハワイイ語そのものを変えてしまう。文字なき言葉はそれに応じた性格を持っている[35]。文字を得ることでそれが変わる。発音は固定され、曖昧《あいまい》な部分は削り取られ、語られる場の雰囲気を反映するイントネーションは消えうせる。なによりも文字を知る者に権威が生じる。ハワイイ人の言葉なのに、それを文字化できる宣教師の方が偉いということになる。文化というのはすべてそういうものなのだ。

33 宣教とは貪欲な倫理普及活動でもある。

34 ペトログリフと後に呼ばれることになる絵文字のようなものはあった。第Ⅶ章参照。

35 文字なきことが必ずしもその社会の未熟を意味するわけでないことについては、川田順造『無文字社会の歴史』（岩波書店）を見よ。

先を急ぎすぎたかもしれない。カメハメハ二世リホリホに話を戻そう。彼が直面した最大の問題は借財だった。ハワイイという国全体でなぜか借金が増えてゆく。首長たちは西欧の文物に憧《あこが》れて勧められるままに次々に贅沢《ぜいたく》な雑貨を買い込み、その支払いが自動的に増えた。売り込む手口もしたたかだったのだろう。この事態をいったいどう解決すればいいのか、それを相談するために彼は一八二三年、王妃と三人の首長を連れてロンドンへ旅立った。そして翌年、行った先で麻疹《はしか》にかかった。まず王妃カママルが亡《な》くなり、その一週間後、王もまたあっけなく客死した。梅毒の場合もそうだったが、それまで知らなかった病気の類《たぐい》に対してハワイイ人は非常に弱かった。この場合、白人側には悪意はなかっただろうが、それでも彼らが来たから病気も来たという因果関係は否定できない[36]。三十万人だったはずのハワイイの人口が数万まで急速に減少した最大の理由はこの外来の病気だった。

十一歳になる彼の弟カウイケアオウリがすぐにカメハメハ三世として即位した。二世が留守の間を利用して勢力を拡大していたアメリカの宣教師たちはこれを機にいよいよハワイイの西欧化を進めた。この頃、ハワイイ王国の首都はまだホノルルではなくラハイナにあ

36 一般に小さな社会は外からもたらされる伝染病に対する抵抗力がない。責任は移動する者、その土地を訪れた者の側にあると言えるだろう。

った。ボールドウィン・ホーム[37]など、この町に残る当時の石造りの建物を見ていると、いかに異質の文化が持ち込まれたかがよくわかる。草と木の家ばかりの風土の中で石の家はそこに住む者の権威を象徴して、立派に、重苦しく、ゆるぎなく見えたことだろう。

ラハイナはまた捕鯨船に乗る水夫たちと宣教師の道徳の戦いの場でもあった。『白鯨』に詳しく記されているように捕鯨船の航海は時には三年にも及ぶ。港に入った時には水夫たちが酒と女を要求するのは当然と言っていい。彼らに動機と購買力があるのだから、そこに売り手が現れて商売が成立するのも資本主義の大原則にかなったことだ。ラハイナはもともと捕鯨船の基地として開かれた町であって、その種の施設が軒を接して立ちならんでいた。ピューリタニズムから見ればこれは目に余る光景である。ある牧師が水夫たちの上陸と、女たちが船に行くことを禁じたために、捕鯨船ジョン・パーマー号の憤慨した船乗りが陸上の牧師の家を砲撃したことさえあった。ハワイイ人は聖職者の権威が不動のものでないことを知り、ハオレ同士の間に互いに争う二つの勢力があることを知ったわけだが、それでもキリスト教に改宗する者は増えていった。貴族たちのほとんどが、少なくとも表面的にはキリスト教徒になった。

37 ラハイナの、フロント街とディッキンソン街の交点に建っている。

カメハメハ三世の統治は一八二五年から五四年まで、二十九年間に及んだ。三〇年代以降、ハワイイの政治制度はさまざまな面で欧米化された。憲法が作られ、一連の基本法が制定されて行政のシステムが確立し、一八四五年には第一回の議会も開かれた。裁判所も作られた。このような変化に伴って、当然、白人たちが社会の運営に介入する機会が多くなった。実際の話、官僚機構の重要な職はみな白人が占めることになった。いわばハワイイ王国の行政はすっかりお傭《やと》い外人の手の中に納まったのである。日本の場合、中国に倣《なら》った立派な官僚制度が江戸時代以前から確立していたから、明治以降もそれを手直しすることで国は運営できた。その用意がない国では官僚制度ばかりかその任に当たる人材まで輸入する必要に迫られる。戦後になって独立したアフリカの国々では、宗主国の官僚は帰国して国の指導者こそその国の人間になったが、その下で働く実務担当の官僚層はみな植民地時代からそのまま残ったアジア人（具体的にはインド人）という例が少なくなかった。ウガンダではアミンが見当ちがいなナショナリズムに駆られてアジア人を追放した結果、国そのものが崩壊した。

白人たちはまず土地制度を変えることを提案した。もともとハワイイには土地を所有するという考えがなかった。土地は首長から貸し与えられるものだが、首長にしても自分の土地という気持ちはなく、公共のものを管理しているにすぎないというのが正直なところだった。そこに欧米流の土地私有思想が入りこんできて、まずマヘレ法[38]と呼ばれる一八四八年制定の法律で、ハワイイのすべての土地は王と二百四十五人の首長たちに分配された。更に王の土地の半分以上は政府のものとなった。その二年後には外国人の土地所有が認められ、なんとそれからの十二年間でハワイイの土地の四分の三が外国人の手に渡ってしまった[39]。土地の私有制度がなかったことがハオレ側には有利に働いたのだ。つまり、庶民一人一人が土地を持っているのなら、これを買い占めてゆくにはもう少し抵抗もあっただろうし時間もかかっただろう。すべてが公共の土地ならば土地の売買そのものが成り立たない。少数の、事態をよく理解していない、それでいて経済観念に暗くて借財をつくりやすい首長たちと王だけが形式的に土地を持っていたから、ハオレ側は広大な土地を実にあっさりと「買う」ことができた。そういう制度を用意したのは政府であり、そこに働く白人の官僚であった。

　そして、官有地や王家の土地を大きな単位で安く長く安定して借

38「マヘレ」は分配の意。

39 復帰の直後、沖縄の土地がたちまち内地資本に買い占められたのによく似ている。沖縄人が気づいた時にはずいぶんな面積が彼らの手に渡っていた。

りることで、次の時代のハワイイ経済を特徴づけるプランテーション農業が始まった。第Ⅳ章でぼくはサトウキビによるタロ芋の駆逐の話を追いかけていて、なぜそうまで一方的にサトウキビ畑が増え、水もすべてそちらに回され、小規模かつ健全な昔ながらの農業が廃《すた》れたのかを疑問に思った。すべてのはじまりはこの土地所有のシステムにあった。そのために土地は生活の基盤ではなく投資の対象となり、ハワイイ人の生活はひたすら荒れていったのだ。カメハメハ三世は一八四三年、ハワイイが一時的にイギリスの占領下に置かれるという異常な事態が解決した日、教会に行って演説し、その中で「ウア・マウ・ケ・エア・オ・カ・アイナ・イ・カ・ポノ」と述べた。一般には「土地の生命は正義の中に保存される」と英訳される。[40]ハワイイ全体がかくも変わった原因が土地制度にあったことを考えると、王の真意はどういうことだったのか、プランテーションを許す土地所有は正義なのか否《いな》か、考えれば考えるほど奥の深い言葉だ。しかもこの言葉はハワイイのモットーとなり、今にまで伝えられている。[41]

　一八四九年にマウイ島のハナでサトウキビ栽培がはじまった。これが経済的に有利な投資であることが明らかになり、たちまち各地

40　THE LIFE OF THE LAND IS PERPETUATED IN RIGHTEOUSNESS. というのが公式の英訳。

41　この訳は非常に政治的な歪曲《わいきょく》だとハワイイ人は言う。これではまるでカメハメハ三世がハオレによる土地所有の正当性を認めたようなものだ。正しい訳は「ものごとが正しく行われる時にこそ地面の力は生きる」という方に近いらしい。
今のハワイイで最も人気があってぼく自身もっとも好きな歌い手であるイズラエル・カマカウィウォオレ（体重三百キロを超える巨漢で、その故《ゆえ》になかなか日本公演が実現しない）の持ち歌に「ハワイイ78」という大傑作がある。「もしも今、かつてのハワイイの王様と王妃様が蘇《よみがえ》ったら、この現状を見てどう思うだろう？　微笑《ほほえ》むのか、満足する

に広大なサトウキビ農園が作られた。それと同時に大量のアジア系労働者が呼び込まれた。ハワイイ人は絶対的に数が減っていっただけでなく、相対的にも少数派に落ち込んでいった。[42]

この変化を彼らはどう見ていたのだろう。カメハメハ大王の時期には彼らはまだ自分たちの島の主人だった。ハオレは続々とやってきたし、彼らの意図には怪しい面もいろいろあったけれども、ようやく統一なった王国を維持し、繁栄に導くことは充分に可能だと大王は考えていただろう。彼にとってハオレはあくまでも顧問にすぎなかった。その王国がわずか五十年ほどの間にがらがらと崩れ、国民さえもいなくなってしまうという事態を大王は想像できただろうか。山からたっぷりと流れてくる水と太陽で支えられた伝統的なアフプアア制度は崩壊して村は荒れはて、広い平野は大王が見たこともないサトウキビで埋めつくされ、痩《や》せて小柄なアジア系の人々が炎天下で働き、石造りの建物が並ぶ都会の道路を歩いているのはハオレばかり。カヌーレースにさえハオレしか登場しない。もしも大王が亡霊となって帰ってきたとしたら、これは見るに耐えない光景ではないだろうか。[43]

カメハメハ三世に続く王たちもそれぞれに力を尽くした。大王の

のか、あるいは泣きだすか？ 神々を思って泣き、人々を思って泣き、奪われてしまった土地のことを思って泣くだろう……」という歌詞のこの歌の中で、このハワイイ州のモットーがハワイイ語のまま非常に効果的に使われている。この歌は彼のアルバム「FACING FUTURE」の中に二つのヴァージョンが入っている。大きなレコード店で輸入盤のコーナーのハワイイの棚を探すと見つかるだろう(BBCD 5901)。絶対にお勧め。

＊後日の追加――イズラエルは一九九七年六月二十六日に肥満が原因で亡くなった。彼が日本に来ることは遂《つい》になかった。

42 人数による征服戦略は今のチベットにも見ることができる。中国政府は大量の漢民族をチベットに送りこんで、一見合

ような大器はもう王家に生まれなかったが、それぞれ能力の範囲において立憲君主国を維持しようと努力した。数で押して自分たちの意見を政治に反映させようとするアメリカ系ハオレは民主主義の名のもとに白人大衆に選挙権を与えることを画策した。イギリス系のハオレは数が少なかったから、自分たちの立場を強化するために貴族主義的な君主制を推進しようとした。ハワイイ系の人々はこれ以上の弱体化をなんとか避けたいと思っていた。カメハメハ四世はどちらかというとイギリス寄りで、英国国教会の進出を図ったりしたのだが、ことが具体化する前に彼は二十九歳の若さで死んでしまった。彼の兄が後を襲ってカメハメハ五世になった。彼はどちらかと言えば民族主義的な政策を心掛けたが、事実上は何もできないで終わったと言っていい。九年の治世の後、彼も四十三歳で死んだ。後継者の指名がなかったので、次のルナリロは選挙で選ばれた。王家の血を引いてはいたが、彼はカメハメハの系統ではなかった。彼はわずか一年と二十五日の統治の後、結核というこれまた白人がもたらした病気でみまかった。

　再び選挙が行われ、カメハメハ四世の未亡人エマ王妃とデイヴィド・カラカウアの二人の間で王位が争われた。エマ王妃の方がイギ

法的な「民主主義」による多数決の支配を着々と実行している。なにしろ人的資源だけはかぎりなくある国だから。

43　それを歌ったのが「ハワイイ78」である。

リス贔屓《びいき》だったので、アメリカ系の住民はカラカウアを支持し、結果は彼の勝利に終わった。しかし、だからといって彼がアメリカ系のハオレに有利な統治をしたわけではない。ハワイイを本来の姿に戻すために何をすべきか、彼は考えた。「陽気な君主《メリー・モナーク》」[44]と呼ばれた彼は明るい積極的な性格だったのだろう。しかも彼はロマンティストだった。ハワイイ人の力だけでハオレたちの支配下を脱するのが無理だとすれば、他と結束すればいい。その相手として彼が選んだのはなんと日本だった。どちらも太平洋の島国、どちらも白人の勢力に抗してなんとか国の体制を維持しようとしている。協力しあえばどちらにとってもいい結果が出るかもしれない。カメハメハ大王の時には三十万はいたはずのハワイイ人の人口はこの頃四万まで激減していた。急速な増加はとてものぞめない。経済を発展させるには労働力が必要である。ここから移民という考えが出てくる。プランテーションの経営者とはまったく別の理由から、彼は移民の数を増すことを望んだ。

　一八八一年からの世界一周旅行の途中で彼は日本に立ち寄った。[45]ここで彼は明治天皇に会い、外務卿《がいむきょう》井上馨《かおる》と移民策の増強について交渉した。日本人ならばハワイイ人とさほど人種的に離れていない

44 この愛称は今も行われるハワイイ最大のフラ・コンテストの名に残っている。第Ⅵ章参照。

45 この時の話は荒俣宏《あらまたひろし》・樋口《ひぐち》あやこ訳の『カラカウア王のニッポン仰天旅行記』（小学館文庫）がおもしろい。

カラカウア王が日本を訪れた時の記念写真
前列左より東伏見宮嘉彰親王、カラカウア王、大蔵卿佐野常民
後列左より王の侍従長 C. H. ジャド、大蔵書記官得能良介、
ハワイイ王国国務大臣 W. N. アームストロング

日本にお嫁に来たかもしれない
カイウラニ王女
王朝が存続していれば
次期の女王であったかもしれない

というのが、カラカウアが特に日本人を求めた理由だった。しかもこの時、彼は夜ひそかに明治天皇を訪れ、姪《めい》のカイウラニ王女と日本の山階宮定麿《やましなのみやさだまろ》親王を結婚させてはどうかと提案したという。この案はもちろん実現しなかったが、日本からの移民を増やす方は具体化して、今のハワイイにおける日系人の数と地位という形で影響を残している。

その他に彼が残して今ぼくたちが見ることができるものの一つにホノルルのイオラニ宮殿がある。その前に立った印象をガイドブック風に言えば、壮大な規模を誇る豪奢《ごうしゃ》な建物ということになるのだろうが、あまりにも西洋的な様式でハワイイの風土からは完全に浮いている。欧米風の建物のコピーを造って欧米並の文化の象徴とするという、世界各地でこの百年に見られた現象の一つの例。日本でいうならば赤坂離宮だが、社会的政治的な機能の面から最も似たものを求めるならば鹿鳴館《ろくめいかん》かもしれない[46]。一種の洗練はあるし、美しいとも言える。一時代前の平滑でないガラスに映った風景が歪《ゆが》んでいるあたり、なかなか好ましい。ぼくはこの建物の周辺をしばらくうろついて、こういうものを造るに至る屈折した心理を思った。あるいはこれはカラカウアが造ったというよりも、アメリカ系の住民

イオラニ宮殿

46 イオラニ宮殿が造られたのが一八八二年、鹿鳴館の方は一八八三年、時期も同じなのだ。

たちが本国の様式をなぞって造ったのかもしれない。それならばなにごとにも本国並を求める植民地的心情と理解すべきだろう。建築というものがしばしば権力の自己表現になることを忘れてはいけない。[47]

だが、何度くりかえしても同じことだが、ハワイイ人の命運は全体として衰亡へ流れるばかりだった。アメリカ系住民の強硬な姿勢はいよいよ露骨になっていった。一八八七年に制定された憲法では、王の政治的役割はほとんど形式的なものにまで制限され、ハワイイ人の多くとアジア系のほとんどには選挙権もないというひどいことになった。この憲法は武力による威嚇《いかく》のもとに強引に作られたというので「銃剣憲法」[48]というあだ名がついたぐらいで、正にハワイイをアメリカの属領と見なすものである。

カラカウアは文化的な人物で、日本との同盟とか、太平洋諸島連合とか、反ハオレ運動のおもしろいアイディアを出したし、自分でもハワイイ固有文化について本を書いたりもしている。彼に同調してハワイイ人の復権運動を起こした若いハワイイ人たちも少しはいた。しかし、要するに政治というのは力なのだ。彼のやりかたでは

47 日本国内でなら廟《びょう》に似た国会議事堂、要塞《ようさい》のような最高裁判所、それに続々と造られる豪華な県庁などを見るとよくわかる。

48 BAYONET CONSTITUTION

カラカウア王と『宝島』の作者 R.L. スティーヴンソン

とても勝ち目はなかった。アメリカ人のハワイイに対する姿勢を今の時点から見てみれば、所有欲、征服欲、支配欲はあっても理念などはまったくなかったことは歴然としている。彼らが口にするのは自分たちの勝手な欲望にもったいぶって、あたかも歴史の原理を体現しているかのように、語る言葉ばかり。[49]他人の住む土地を奪う場合に人が用いる論理の陳腐さはまこと万国共通である。

一八九一年一月、カラカウアは病気治療のために訪れていたサンフランシスコで客死した。

次に王位についたのはカラカウアの妹のリリウオカラニ、五十三歳の聡明な女性である。ハワイイ王朝に女王はこの人一人だが、カアフマヌの例に見るように摂政《せっしょう》の役割を果たした女性は何人かいたし、女性の立場が低いということもなかった。しかし、彼女が受け取った王国はもう崩壊寸前だった。

彼女は積極策に出た。アメリカ本土側の関税法の改革でハワイイの砂糖が大きな打撃を受けたこともあって、政治情勢は混沌《こんとん》としていた。それに乗じるかのように、即位二年後の一八九三年一月、女王は「銃剣憲法」に代わる新しい憲法の発布を試みた。いささか強

49 アメリカ合州国によるハワイイ王国の併合は、この国建国以来の西への領土拡大の最後の段階とも見ることができる。彼らはこの方針を「明白な運命（マニフェスト・デスティニー）」と呼んだ。このイデオロギーの前に先住民はいないも同然であった。これについてはぼくの『楽しい終末』（文藝《ぶんげい》春秋）の「ゴースト・ダンス」の章が参考になるかもしれない。

引なこの動きは当然ハオレ側の反発を招いた。反女王派で指導的立場にあったアメリカ公使ジョン・スティーヴンスは「アメリカ人の生命財産の安全を確保するため」と称して、たまたまハワイイに来ていたアメリカ海軍の軍艦ボストン号の海兵隊百六十四名の上陸を要請した[50]。いろいろな勢力が入り交じってさまざまな動きがあったが、早い話がこの海兵隊の存在が新憲法制定を阻止し、同時に女王を廃位へと追い込んだのだから、これは武力による政権奪取、すなわちクーデタ以外の何ものでもない。後にアメリカ側では、スティーヴンスは越権行為によって国際犯罪を犯したという意見も出たけれども、結局は王政を倒したハオレ中心の暫定《ざんてい》政権が承認され、ここにハワイイ共和国が誕生した。

一八九五年にはハワイイ派は武力蜂起《ほうき》を試みたが簡単につぶされ、リリウオカラニは連座していたかどうかも明らかでないままに有罪とされて、イオラニ宮殿に近いワシントン・プレイスに軟禁された。一八九八年八月、米西戦争の余波という形でハワイイはアメリカ合州国に併合された。デイヴィド・マロが六十一年前に予言したとおり、小さい魚は大きな魚に食われたのである。

50 この時代の海兵隊というものの性格については、野中郁次郎著『アメリカ海兵隊』（中公新書）が詳しい。いずれにしても海兵隊というのは敵前上陸部隊であり、「アメリカ国民の生命と財産を守る」ために宣戦布告の前に行動することが多い、きわめて政治的な兵力である。

リリウオカラニはその後二十数年の失意の余生をワシントン・プレイスで静かに送った。音楽の才能に恵まれた彼女はいくつも歌を作ったが、その作品の一つは世界中に広まった。実際、『アロハ・オエ』は哀調と郷愁に満ちた名曲である――

甘い記憶が私に帰ってくる
過去の思い出が鮮やかに蘇る
親しい者よ、おまえは私のもの
おまえから真実の愛が去ることはない
アロハ・オエ、アロハ・オエ

このおまえというのは誰なのか。女王自身が誰を、あるいは何を思ってこの甘美な詞を書いたにせよ、ハワイイ人の歴史を知るわれわれにはこの歌は古きよきハワイイへの哀惜と読める。残ったのは思い出ばかり。

カウアイ島でハワイイ固有の植物がいかに外来種の侵入に弱かったかを見た後に、こうしてハワイイ人の歴史を読み返してみると、彼らもまたこの諸島の固有種であったという思いに駆られる。倫理

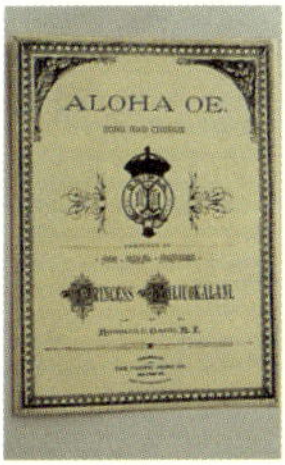

リリウオカラニ女王（右）と『アロハ・オエ』の楽譜

の目をもって見ればアメリカ人のふるまいは土地や水の収奪にしても王国の転覆にしてもまことに許しがたいものだが、自然現象として見れば弱い種が強い種に征服されるのは当然のことだ。この二つの考えかたの間を揺れているのが、われわれの歴史観なのだろう。

そうは言っても、歴史の後味は苦い。マウイ島のすっかりアメリカ式のコンドミニアムの一室に坐《すわ》って昔の王たちの敗北の話を読みつづけていると、この二百年間の動きをただ歴史の必然とは言いたくないという思いに駆られる。後に残ったのは王や首長たち、普通のハワイイ人たち、土地を奪われ、タロ芋を作る水を奪われ、人口の減少に耐え、民族の衰退という辛《つら》い現象を体験した人々の嘆きばかりだった。[51]

[51] 本当ならばこの先でぼくはアメリカに併合されてからのハワイイの歴史、特に移民たちの歴史を論じるべきだったのだが、その機を得ないまま、別の話題に走ってしまった。移民たちの歴史もまた嘆きに満ちている。では、累々《るいるい》たる嘆きの歴史の上に成立している今のハワイイを州民たちが幸福な土地として認めるならば、それで過去の嘆きは正当化されるのか。

Ⅵ　神々の前で踊る

1994年6月、第21回目を迎えた
「キング・カメハメハ・フラ競技会」にて

ハワイイという土地と親しく付き合おうとする者が、フラとの出会いを避けるのはむずかしい。ぼくのように入れ上げて通うのではなく、ただ一回かぎりの観光客として行ったとしても、ワイキキあたりの立派なホテルのディナー・ショウでいわゆる観光フラに遭遇する可能性は少なくない。それを半裸の美男美女が腰を振って踊る「フラ・ダンス」として横目で見ながらステーキとロブスターの夕食を食べて帰る。それはそれでいいだろう。しかしそこで、これは何か違う、音楽もウクレレとスティール・ギターの甘ったるい「ハワイアン」だけではないし、リズムと動きには何か深い意味がありそうだと見てとったとしたら、その人はフラに捕らえられるかもしれない。まして、もう少し真剣にハワイイの固有文化を知ろうとする者は必ずどこかでフラに行き当たる。

ぼくの場合、最初のきっかけはブーン・モリソンの写真集『イメージ・オブ・フラ』[1]だった。本職は建築家であるブーン・モリソンは写真家としても相当な腕の持ち主で、その代表的な仕事がフラの

[1] 第Ⅱ章65ページ参照。

神髄を伝えるこのモノクロの写真集だった。この本の中の踊り手たちはおそろしく真剣な顔をしている。全身を使って何かを表現しようとしている。表情、手の動き、衣装の流動感、そしてもっぱら屋外で演じられているそれらの踊りと背景をなす空や足元の草や光や影との関係は、フラというものが観光ショウの域をはるかに超える奥行きを持っていることを語っていた。彼の作品の一枚ずつには見る者を引き込む力があるし、踊りを撮った写真としてこれが最高のものであることはよくわかったが、しかし、踊りを写真で知ろうとしたところで限界があることも事実だ。なるべく早い機会に実際の公演を見ることにしようとぼくは思った。

その機会は一九九四年の六月にやってきた。第二十一回目を迎えた「キング・カメハメハ・フラ競技会」がホノルルで開かれた晩、二十九組の参加グループの踊りを客席の三列目といういい席から見ることができたのだ。会場は屋内だが、数千人の観客がバスケット・ボールの公式試合を楽しむことができそうなほど広い。

今日のフラはカヒコ[2]と呼ばれる古式の踊りと、アウアナ[3]という新式の踊りに分けられる。カヒコで使われるのは打楽器だけで、それを打ちながら詩を朗唱する一人の声に合わせて数人ないし数十人が

2 文字どおり「古式の」という意味。

3 これが新しいという意味だと話が合うのだが、正確に言うと「フラ・アウアナ」は「漂うフラ」あるいは「非公式のフラ」の意。ちゃんと祭壇の前で儀式として行われる「フラ・クアフ」に対する言葉として使われてきたらしい。そして、「フラ・クアフ」の方は「カヒコ」と呼ばれるようになった。いずれにしても競技会の会場には祭壇はないのだから、古式の踊りでも「フラ・クアフ」とは呼べないわけだ。

踊る。衣装は地味で、シダの葉などで作ったレイを頭や手首足首に巻いている。リズムに緩急はあるが、全体として勇壮な印象を与えるものが多い。これに対してアウアナの方はギターやウクレレをはじめいろいろな楽器を使って、いわゆるハワイアンの歌を伴奏にしながら、派手な衣装の踊り手たちがにこやかに踊る。その他に踊りを伴わず、一人の朗唱者が詩を読み上げるオリという演目もある。

アウアナがそれなりに工夫を凝らして、歌の内容を動きで表現しようとしていることはよくわかったが、本当に引きつけられたのはカヒコの方だった。観客たちの前で、そして一段と高い台の上に居並んだ審査員たちの前で踊ってはいても、彼らは人間に見せるものではなく、もっと偉大な存在を観客として想定して踊っているかのように見えた。見るべきは神々であり、われわれ人間はそれを脇《わき》から見せてもらっているにすぎない。床を踏みならす足に、時に優雅、時に強烈な手の動きに、彼らを統率する朗唱者の声や打楽器の力強い響きに、何よりも彼らの真剣な表情に、人間を超える者への姿勢を読み取ることができる。陶酔を誘うものがある。

もっと俗なレベルで言えば、この競技会の盛況にもぼくは感心したのだ。日程の都合でぼくが見られたのは二日に亘《わた》る催しの一日目だけだったが、それでも二十九組が参加していた。翌日の分も加えると総勢は六十七組にもなる。それぞれが一つのフラ教室の優秀な生徒たちを選んでの出演だから、ここに見る数百人の踊り手たちの背後ではその何倍もが熱心に練習を続けている計算になる。

ハワイイは決して大きな州ではない。人口はせいぜい百万ほど[4]、そこでこれだけの人々が踊っているということは、これがただの伝統芸能の保存などではなく、今のハワイイ人の気持ちを表現する手段として強い力を持っていることを示している。しかもフラの競技会はこればかりではない。全ハワイイで最も権威あるのは毎年四月にハワイイ島のヒロで開かれる「メリー・モナーク・フラ競技会」[5]で、そちらの方がレベルもだいぶ高いと聞いている。その他に子供たちだけが参加する「ケイキ[6]・フラ」の大会もあるし、島ごとにさまざまな催しが行われている。参加者の顔つきにはもちろんハワイイ系の血を引く者も多いが、ハオレもたくさんいるしオリエンタルも少なくない。カヌーの場合と違って、民族にかかわりなくすべてのハワイイ州民がフラに熱を上げていると言っていい。ワイキキのホテルで観光客が見る派手なフラはこの大いなる動きのほんの一部に過ぎない。

4 一九九〇年の調査で百十万八千人。ちなみに沖縄県の同じ年の人口は百二十二万二千人（どちらも千人以下四捨五入）。

5「メリー・モナーク」の由来については220ページを見よ。

6 ケイキは「子供」のこと。

そこでぼくはなるべくいろいろなフラを見て、今のハワイイ人にとってのフラの意味を知ろうとしてみた。まず、観光用でないフラを見る機会をホノルルの友人ウェンデルに探してもらった。彼がみつけておいてくれた最初の機会はウォルドーフという小さな私立学校でちょっとした基金集めのために開かれる、ファミリー・コンサートと名付けられたフラと歌の会だった。アメリカでは学校などが基金を必要とする時、ボランティアの協力を募って催し物をし、入場料をそれに当てることが多い[7]。この会もその種の基金集めなのだろうが、主演はフランク・ヒューウィットと聞いた時には意外な気がした。彼は大物なのだ。ぼくが知っているのはもっぱら現代ハワイアンの歌手としての彼で、手元には数枚のＣＤがある。そういう人が気軽にこのような場に出てくるというのも、ハワイイ社会の狭さ、あるいは人々の付き合いの緊密さの一つの現れなのだろう。実際ウェンデルを見ていると、ここでは誰もが知り合いという気がする[8]。

日曜日の午後、ホノルルの中心から車で十五分ほどのウォルドーフ学校の芝生の校庭には二百人あまりの観客が集まって、ゆったりと坐《すわ》りこみ、ピクニック・ランチを広げたり、友人を見つけて話し

7 この種の催しを fund raiser と言う。日常的によく使う言葉だ。

8 実を言えば、ぼくが住んでいる沖縄もそうで、思わぬところで人脈がつながることは珍しくない。人口が百万ちょっとの社会というのはこんなものなのだろう。

込んだりしていた。気楽な雰囲気だ。別のバンドの演奏をしばらく聞いた後、フランク・ヒューウィット、正式に呼べばフランク・カワイカプオカラニ・ヒューウィットと三人の女性の踊り手が登場した。観客は大喜びで手を叩《たた》く。彼の歌で三人の女性が踊り、それから彼自身がバンドの演奏に合わせて踊る。

表情がいい。それまでの経験からフラでは手や身体《からだ》の動きと同じように表情が大事であることは予想していたが、フランクの顔つきは実に穏やかで、手足の動きもしなやか、無理に力が入ったところはどこにもなくて、しかも自分の内にある何かを雄弁に伝えている。自然との呼応かもしれないと見ていてぼくは思った。彼の身体の動きはたとえば風に揺れる木の小枝や葉のひらめきに似ている。表情は柔らかな木漏れ日に似ている。そういうものをなぞっている。それをリズムがきちんと刻んで、人間の生理にとって心地よい時間の中に収めてゆく。気持ちのいい踊りだった。

彼の踊り、彼の歌に合わせた三人の女性たちの踊り、薄曇りの午後の優しい日射《ひざ》しを浴びてそれを見ているうちに、思わず時間がたった。気がつくと彼らはもうひっこみ、次の出演者が低い舞台に立っている。ぼくは裏へ回って、彼らの控え室として使われている教室へ行き、ちょっとフランクの話を聞いた。

まず、彼がいかにしてフラを踊り、歌をうたうようになったか、それをたずねてみる。自分の場合は一家をあげての芸能の伝統があったのだとフランクは話してくれた。祖母は優れた踊りの教師だったし、体軀《たいく》が大きくて彫像的だったので、それにふさわしい踊りをした。今の彼のスタイルはそれを踏襲したものだという。実際、彼もずいぶん大柄で、踊りもこの体格に合ったものだ。祖母の後でプリンセス・エマ・デフリーズというもう一人の師に出会えたのも幸運だったという。彼女はずいぶん歌も作っていて、一九八一年に亡《な》くなった時にはハワイイ中が悲しんだという。そのエマ・デフリーズの師が有名なケアカ・カナヘレ、フラについていたくさん本を書き、伝統を若い世代に伝えるのに大きな貢献をした人である。彼の話を聞いていると、フラの場合、師匠から弟子へという系譜がずいぶん大事であることがわかる。

では、フラとは何か。フランクの説明によれば、フラとは手の動きや足の動き、それに表情などで詩的感情を表現するものだという。すべての始まりは詩である。詩が朗唱され、その言葉に合わせて振

ファミリー・コンサートと名付けられたフラと歌の会にて

踊るフランク・ヒューウィット

りが決まる。言葉の一つ一つを決まった振りで表現する、いわば一種の手話のような踊りかたもあるが、彼はもう少し自由に考えて動きから動きへの流れの美しさを重視しているとのこと。詩が最初にあるというのは大事だと思う。

詩が表現しているのはもっぱら自然への讃歌《さんか》である。あるいは自然という形で存在する神々への讃歌。ハワイイの土地には、たとえ社会制度がどう変わろうとも、神々が生きている。彼らを楽しませるために人間は踊る。だから、踊りは厳密で、間違いは許されない。かつてタブー制度がきちんとしていた時代には、踊りを間違えた者が死をもって罰されたことさえあったという。ここでは踊りは暇つぶしや遊びではなく、宗教的な意味を帯びた大事な行いだった。

はじめに詩があり、それに節がつき、振りが添えられてフラとなる。フラは詩の延長上にある。では、なぜ詩というものがそこまで重視されたか。それはかつてのハワイイに文字がなかったからだとフランクは説明する。詩による表現を保存するには、誰かが覚えておかなくてはならない。系図の場合を考えればよくわかるだろう。社会的に高い地位を占める貴族《アリイ》階級の人々にとって、その権威の基礎は祖先がいかに偉かったかということで、祖先たちの名前と続柄と事蹟《じせき》は決して忘れてはならないものだった。[9]だから、韻を踏んだ詩の形式にこれをまとめ、朗唱しやすくして、更に踊りまで含めて総合化することで永遠に継承されるようにした。

そこにはもう一つ、言葉信仰ともいうべき心理があった。言葉には力がある。ハワイイ固有文化ではさまざまな精神的な力をマナと呼ぶ。カメハメハ大王のような偉大な人物に由来するマナもあり、正しい儀式によって自然から引き出されるマナもあり、言葉のマナもある。言葉を正しく扱い、それを節とフラで強調することによって、より大きなマナを得る。これが詩にはじまってフラにいたる表現システムの基礎にある原理だ。

彼と別れた後で、いったいわれわれ日本人にとって「フラ・ダンス」とは何だったのか、それを考えてみた。要するに中途半端《はんぱ》な知識だ。フラという音の響きにフラフラ身体をゆすって踊るという擬態語の印象を重ね合わせ、それだけでは心もとないので、ダンスというより広いカテゴリーの言葉を勝手に付けて、なんとなくわかったつもりになる。[10]

それでも言葉はまだいい。フラ・ダンスと呼ばれて流布《るふ》したイメージは何だったのか。「わたしのラバさん、酋長《しゅうちょう》の娘」という戦前

9　今、白人を意味する「ハオレ」という言葉はもともとは異邦人一般を指していたが、その具体的な意味は「背景なき人、自分の来歴を語れない人」、つまり系図なき人のことだったという。

10　造語法としては「マグ・カップ」というのに似ている。マグはマグなのに、それだけでは日本では通用しないと思うと勝手にカップを足す。外国からの例で言えば「マウント・フジ」と呼べば済むところを無知から「マウント・フジサン」と言葉を重ねてしまう。

の無神経な歌の歌詞[11]、南洋の野蛮で下品で性的な踊り、その上に重ねられたハリウッド製のハワイイ、具体的には『ワイキキの結婚』や『ブルー・ハワイ』の、あの訪問者にとってこそ都合のいいパラダイスの像。ハワイイ人の精神生活の糧《かて》をエキゾチックな娯楽として消費する姿勢。それを縮小再生産して大衆に提供する「常磐《じょうばん》ハワイアンセンター」の類《たぐい》。イメージは何段階もの加工を経て、もとものフラとは似ても似つかない商品に形を変える。

　太平洋の真ん中にハワイイという島々があって、そこには人が住んでいて、自然に恵まれ、その自然への畏敬《いけい》の念をフラで表現しながら生きていた。この事実の片鱗《へんりん》なりともフラ・ダンスという言葉が伝えているとすれば、それをもって良しとすべきなのだろうか。

　ぼくとてハオレたちが来る前のハワイイを楽園と呼ぶつもりはない。楽園というのは定義であり、観念であって、人間にとっての現実ではない。他人の土地にその言葉を当てはめるのは、彼らを人間としてではなく別種の抽象的な生き物として、自分たちの頭の中の産物として、見ることだ。この世のどこかに楽園がある、美女たちが腰蓑《こしみの》を振って踊っているという幻想が、辛《つら》い日々を送る人々にとって必要だと仮に認めたとしても、それを当てはめられる側はあま

11 ぼくが覚えているとおりに引用してみよう――
「わたしのラバさん、酋長の娘
　色は黒いが南洋じゃ美人
　赤道直下マーシャル群島
　椰子《やし》の葉陰でふらふら踊る」
南洋に行って、酋長の娘を愛人にするというのは、西欧のオリエント幻想・南洋幻想の日本的な変種なのだろう。

り居心地のいいものではないだろう。そういう彼我の関係が「フラ・ダンス」という言葉に集約的に出ている。

見るべきはわれわれの幻想でなく、踊りそのものだ。

次の日、ぼくはヴィッキー・ホールト・タカミネ[12]に会った。彼女はぼくよりも少し年上、ハワイイ系の血の濃いフラの教師であり、踊り手である。

同じフラの踊り手でもフランク・ヒューウィットの立場が少し芸能の側に寄っているとすれば、ヴィッキーは教育の方に傾いている。彼女は自分のハラウ[13]、すなわちフラ学校を持ち、その他にハワイイ大学でも踊りを教えている。彼女の生徒たちは多くのコンテストでいい成績を収めてきた。今のフラ界の中堅と呼んでいい立場だろう。「私は子供の時からフラを踊りたかった」と彼女は話す。「でも母はまだ子供だからと言って、なかなか許してくれなかった。それに祖母の意見というのもあったの。祖母はハワイイ系の名家の出だったから、フラというものは見て楽しむもので自分で踊るものではないと言い張ったのね。それで、私は一所懸命に祖母を説得したわ。王様といえばもちろんアリイ階級のいちばん上だけど、それでもカ

12タカミネの名は沖縄系の夫の姓に由来する。

13もともとはカヌーを保管したり、フラの練習をしたりするための建物（ロング・ハウス）のことである。

ヴィッキー・ホールト・タカミネ

メハメハ二世リホリホは太鼓の名人だった。カメハメハ五世は踊りが上手で評判の人だった。それに、アリイだって、自分の系図をちゃんと朗唱できなければ、自分がどんなにいい家の出か人に教えることができないでしょ」

子供のあなたにそういう具体的な目的があったわけ？　とぼくはたずねた。

「いえ、そうじゃなくて、ただ祖母を言い負かしたかったのかな。ともかく自分では真剣に習いたいと思っていたのに、祖母の方はワイキキのダンサーが一人増えるだけとしか見ていなかったから。それでも、十四歳の時にマイキ・アイウレイクというとても優れた先生についてフラの勉強をはじめることができた」

おばあさんは、とたずねる。

「私が真剣だとだんだんにわかったんじゃないかしら。ともかく、十三年勉強を続けて、ウニキという卒業の儀式を経て、クム・フラ、つまり正式のフラの教師になることができた。そして自分のハラウを作った。ハラウというのはフラの学校ね。そこまで行ってはじめて祖母は心から安心したと思う」

みんなそんな風に時間をかけて長い修業をして教師の資格を取る

の？

「いえ、そうとはかぎらない。クム・フラの資格というのは別に公式の審査があるわけでもないの。自分で勝手に私はクム・フラだと名乗ったところで、それを禁止することはできない。ただね、フラというのはとてもたくさんのことを含む総合的なものだから、知らなければならないことが山ほどある。手足を動かして踊ればいいって、そんな簡単なものではないのよ」

踊りが踊り以上のものを要求する。これは要するに教養主義というものではないだろうか、と一瞬ぼくは考えた。

「フラは神々に捧《ささ》げるものでしょ。ハワイイ人にとってはもっともトータルな信仰表現。まずハワイイ語の知識は必須《ひっす》。自分の踊りのメレ・フラ、つまり詩の内容が理解できなくては正しくは踊れない。[14]言葉は本当に大事ね。それから、場所と機会によってもっともふさわしいメレ・フラを選ぶこともとても大切なの。あるいはその時々使うべき楽器の選択、身体を飾るレイの選びかた、そういうこと全部を知ってこそのクム・フラであり、それを教えるのがハラウなのよ」

楽器の選択って、具体的には？

14 メレは詩であり、歌であり、歌詞である。フラのための詩がメレ・フラ。フランク・ヒューウィットが言うように、フラはメレという言葉の上に組み立てられる。

「カヒコのフラには打楽器の伴奏が付くわね。先生が打楽器を奏しながら歌詞を歌って、生徒はそれに合わせて踊る。あるいは掛け合いで歌いながら踊る。普通に使う打楽器はヤシの幹で作ったパフという太鼓か、あるいはヒョウタンで作るイプ。そんなことはわかっているとみんな言うけれど、パフは行儀のいい楽器だから、高貴な人が臨席する場とか、特に改まった席での踊りにだけ使う。俗っぽいところではイプの方を使わなければならない。そういう決まりがたくさんあるのに、最近は無視する教師も少なくないみたい。コンテストでも身体の動きばかりを審査の対象にして、服装や楽器やレイの選択が妥当かどうかまで見るとこは少なくなっているし」

詩の選びかたの話だけど、創世神話『クムリポ』で踊ることはできる？

「いえ、私はそれはしない。『クムリポ』は朗唱の方にふさわしい。つまり、メレ・フラには使わず、オリだけ」

一般に朗唱に適したハワイイ語の詩は今はすべて英語でチャントと呼ばれるが、具体的には踊りに伴うものはメレ・フラと呼ばれ、ただ朗唱だけのものはオリと称される。

「メレ・フラの選択についても同じ。私は時々ワイキキで観光客相

パフ

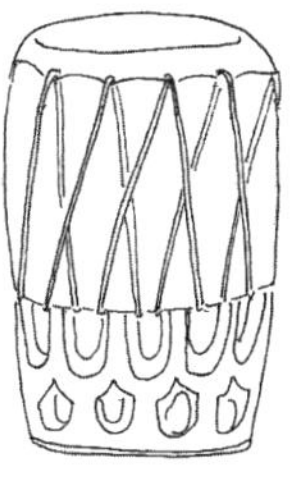

イプ

手にも踊るけれども、そういう場では踊ってはいけない曲がたくさんある」

今、フラを習う子供の数は増え、競技会の回数も多くなっているように聞いているけれども、これからフラはもっともっと盛んになると思う？

「それはもう大丈夫よ。そして、フラがちゃんと後世に伝えられるということはハワイイ文化が正しく継承されるということでもあるわけ。フラにはすべてが入っているから。宣教師が来ていろいろなものを禁止したでしょ。ハワイイ語は使えなくなった[15]し、信仰も弾圧された。生活様式だってすっかり変えられてしまった。言葉について言えば、私たちの母の世代はみんなハワイイ語が話せない。私が一所懸命に習って祖母の前で喋《しゃべ》ってみせたら、『あんたのは本の中の言葉、生きた言葉じゃないよ』って笑われたわ。祖母は子供の時からハワイイ語で育った世代だったから、おかしかったんでしょ。それでも私はフラをやるためにハワイイ語を身につけたし、言葉によって文化全体も身につけたと思っている。若い世代にもそういう人が増えている」

踊りの形だけでなく、フラの精神的な側面も継承されてゆく？

15　この話は第Ⅶ章に詳しい。

「そう、それが大事ね。私たちハワイイ人の精神の底には自然崇拝の気持ちがあるの。ある場所に行って、そこの雰囲気を感じ取って、それが詩になる。そういう詩を踊るわけだから、もとのその場の自然が伝わらなければならない。例えば、マノア[16]の谷のジンジャーの花が雨に濡《ぬ》れる。その時の雨はウアヒネと呼ばれるマノア特有の雨。濡れた花の匂《にお》いはやはりハウカニというマノアだけの風によって運ばれる。そういう情景を歌った詩ならば、その雨、その風、その花の匂いが感じ取れることが大事でしょ」

ちょっと待って、とぼくは口を挟んだ。ある土地に固有の雨や風の呼称があるの？

「そう。すべての土地にそこだけの雨や風がある。ハナレイ[17]の谷の強い雨だけがカウアロクと呼ばれるし、ヒロの風だけがカウアカニ・レフアという名で呼ばれる。ハワイイ島のワイメア[18]の激しい風雨はキプウプウ。そこはカメハメハ大王が戦士たちを訓練した場所で、その感じが伝わるような風雨」

つまり、ハワイイ人というのはずいぶん目の鋭い自然観察者だったわけだ。

「そうなのよ。日本人だってそうだったでしょ。自然の微妙な違い

16 「広大」。ホノルル市内。ワイキキからそのまま北に向かって山にぶつかったあたり。ハワイイ大学のキャンパスがある。

17 「三日月型の湾」。カウアイ島の北部。

18 ハワイイ島の北端に近い内陸部。町がある。第VII章でチャールズが黄色いオヒアを集めたところ（280ページ）。

を楽しむ。昨日の風と今日の風の差に気がつく。早朝、カウアノエ[19]の水平線の向こうからやってきて昇る太陽に照らされる霧だけをプノフウラ[20]と呼ぶ。西洋の文化にはないものだと思う。もちろん、西洋にもそういう違いに敏感な人はいるでしょうがね」

そう、フラには日本人のものの考えかたや制度に似た面が少なくない、とぼくは考えた。クム・フラの資格は師匠から弟子へと伝えられる。自分が誰の弟子であるかは大事なことだが、これは日本の武道や芸事の伝えかた、今のようにお金がらみで堕落する前の家元制度に似ている。踊りだけでなく背景となる文化を大事にするというのも、その時その場に最もふさわしいものを選ぶというのも、茶の湯などと共通するものだ。そういうこと全部の背後に、自然を崇拝するという姿勢がある。少し読んでみるとチャントの朗唱は実は祝詞《のりと》によく似ていることがわかる。より洗練されて、楽器の応援を得て、踊りによって強調された祝詞。系図と自然への畏敬。神々の名とその事蹟を讃《たた》える表現。古代日本としてのハワイイという考えが成立するかもしれない。中国文化、仏教文化が入ってくる前の日本。日本にも草の冠を被《かぶ》って踊った人々がいたのではないだろうか。土地の名が崇《あが》められ、雨や風に特別の名が付けられたのではないだ

19 不詳。あるいは彼女は「カウアヌ」と言ったのかもしれない。それならば「冬、寒い季節」ということになる。
20 プノフウラは文字どおりには「赤い霧」。

ろうか。[21]ヴィッキーがちょっと歌ってくれたチャントの単調で美しい節回しを聴きながら、ぼくはそういうことを考えた。

もう一人、話を聞かなければならないクム・フラがいる。フランクやヴィッキーよりもずっと若くて、踊りの伎倆《ぎりょう》については当代一ではないかと言われるヘアラニ・ユン。彼女はしかし話す前に自分と生徒たちの練習を見てほしいと言った。数日後にちょっとした公演を控えて、今は最後の仕上げをしているところだという。

夜の七時からはじまる練習を見るためにぼくはホノルル港に行った。35番埠頭《ふとう》まで来ればすぐに場所はわかるという。行ってみると、かつてポリネシアまでの航海を何度となく行った有名な遠洋カヌー「ホクレア」が繋留《けいりゅう》してある埠頭だった。もう一隻《せき》、「ハワイイロア」という新しいカヌーも並んでいる。[22]その手前の方に、船員組合の集会所があって、そこがヘアラニとその生徒たちの練習の場だった。彼女は若くて、元気で、よく笑う。韓国人の血が四分の一混じっていて、残りはハワイイ人。だからといってそれがフラの才能を保証してくれるわけではない。まったくハワイイ人の血を引かないフラの名手はいくらでもいる。

21　一般的な名称が特定の土地と結びついて固有名詞のようになる例として、「廣瀬大忌祭《ひろせおいみのまつり》」の祝詞を挙げておこうか。一般には広い瀬が広瀬であるが、ここでは大和の初瀬川と葛城《かつらぎ》川が合流するところにある特定の瀬を指す。たまたまハワイイ語の辞書を見ていて見つけた例も挙げておけば、ハワイイ島のカウ（「乳房」）という場所に吹く風を、その風だけをラパという。

22　この二隻のことは第IX章に詳しく書く。

早速はじまった練習を隅の方で見物させてもらう。ヘアラニが椅《い》子《す》に坐《すわ》ってイプを叩《たた》いて歌い、十人ほどの生徒がそれに合わせて踊る。ずいぶん激しい練習で、彼女たちのTシャツがたちまち汗で濡れてゆくのが見える（この日の生徒はみな女性だった。フラへの参加資格には男女の違いはない。男だけの踊りもあり、女だけのもあり、両者混じってまったく同じ振りで踊るのもあり、男女分かれて掛け合いのように踊るのもある）。

ヘアラニは終始笑みをたたえて彼女たちを励ます。時おり立って短いパッセージを自分で踊ってみせる。その時に生徒と教師の能力の歴然たる差が見えた。ほんのちょっとの手の動き一つがまるで違うのだ。生徒たちだけを見ていると、うまい子もいるしまだ習練の足りない子もいるが、全体としてはこんなものかと思わせる。しかし、先生が踊ると彼女たちの動きはたちまち色あせてしまう。[23] 黄金の踊りと銅の踊りのように輝きが違う。こうやって練習している曲が仕上がって、実際に強い日射《ひざ》しに照らされた芝生の上で踊られるのを見る日が楽しみだとぼくは思った。

話は前後するが、フラの先生ヴィッキー・ホールト・タカミネと

23 ぼくは昔、先代の野村万蔵の狂言に熱をあげて、見られるかぎりの舞台を見てまわったことがある。最後には目白にあった野村家の稽古《けいこ》舞台で行われたおさらい会まで覗《のぞ》いてみた。演じるのは万蔵師の高弟たちで、それなりに相当のレベルということはわかるのだが、それでも後の方になって野村家の誰かが舞台に立つと、その違いは歴然たるものだった。才能が違い、練習の量が違うのだろう。ヘアラニが踊るのを見て、ぼくはこの昔の体験を思い出したものだ。

会って話を聞いた時、彼女はきれいなレイを首にかけていた。いく種類もの生花を編んだり縒《よ》ったりして、ずっしりと重そうだ。とてもいいレイですねと言うと、「友だちにもらったの」という答えが返ってきた。「今日はずっとこれをかけていようと思って」

そう言えば、フラではレイもなかなか大事なものではないか。競技会で踊る人たちはみんな頭にレイを乗せているし、特にカヒコの方の踊り手は首や手首足首にもレイをしている。花のレイもあるが、緑の葉だけのものも多い。踊りが激しいとレイから葉や茎の破片が飛ぶこともある。だから、競技会では次のグループが出てくる前に床を掃除する係までいた。[24] レイと言えばつい観光客が空港で首にかけてもらうような花を連ねた長いものを考えるけれども、レイにはもっといろいろ種類がありそうだ。そこのところをぼくはヴィッキーにたずねてみた。

「レイの話をはじめたら大変。フラと同じように種類も多いし、意味もさまざまだし、いくら話してもきりがないわ。でも、レイのことを知りたいのならデイナに聞くのがいいと思う。なんといっても専門家だから。フラとレイの関係についても詳しいわ。わたしも大事な場で踊る前にはよく彼に作ってもらうの」

24 アメリカ人のユーモアのセンスは好ましい。この掃除をする係が引っ込む時、演技者に対するのと同じぐらいの盛大な拍手が送られる。半分はからかっているのだし、それがわかっているから掃除係の方も照れるのだが、なかなか心温まる光景ではある。

ぼくは早速ビショップ博物館に勤務しているというデイナ・カウアイ・イキ・オローレスに連絡をとり、ヴィッキーの紹介だと言って話を聞かせてくれるよう頼んだ。彼は二つ返事で承知してくれた。

火曜日の午後、ビショップ博物館に行って、デイナに会った。長髪で若い顔をしているが、実際には三十代の半ばだろうか。彼は何も知らない素人《しろうと》に懇切丁寧にレイのことを教えてくれた。

デイナはカウアイ島の生まれ。ハワイイ系の家に生まれ、伝統的な生活の中で育てられ、ハワイイ固有文化をたっぷりと身につけた。そのおかげで今はビショップ博物館でレイをはじめとするハワイイの文物についての専門家として働いている（彼にとってはいいことだが、そういう人物が博物館にいなければならないということは、それだけ民間でその種の知識が失われつつあるということでもあるわけだとぼくは考えた）。

レイはただの飾りではない。店に行って買うものでもない。自然から霊力《マナ》を引き出すために自分の手で作るもの。ぼくがよくわからない顔をしているので、彼は最良の例を挙げて教えてくれた――彼の家では誰もがさまざまな理由からよくレイを作り、人に贈り、自分も身につけた。状況に応じてさまざまなレイがあり、そのための植物の選びかたがあり、作りかたがある。誰か家族の一人が病気になったとしよう。みんなは彼を海へ連れてゆく。そこでまずしかるべき神に特別の祈りを捧げ、チャントを朗唱しながらリム・パハパハ[25]と呼ばれる海草を採る。それでレイを作り、病人の首にかける。そして、病人を海に入れ、全身が水に浸るようにする。一度すっかり水に潜るのだ。すると首にかけたレイは浮かび上がる。その時、病気の源もレイと一緒に病人の身体《からだ》を離れるのだという。海草のレイは家まで持ってかえって、煎《せん》じて病人に飲ませる。これで病気は治る。治療というよりは癒《いや》しと呼ぶべきだろうか。

「ぼくの伯母は、なんとなく元気がないなという時、ぼくたちに山へ行ってオラパ[26]の葉を採ってきてと頼んだものだ」と彼は話した。「その葉を結んでレイを作るんだ。そして、昼間は身につけていて、夜になると寝床に置いてその上で寝る。そうするとオラパのレイにこもったマナが身体に移ってくれる」

なるほどとぼくは感心した。植物の使いかたはいろいろある。薬草のことならばどの文化圏でもある程度は知られている。しかし身につけることで力を発揮するというのは、まさにハワイイ流のマナの考えかただ。

25 リムは海草一般。これはその一種である。リム・パラハラハとも呼ぶ。

26 オラパはラパラパとも呼ばれるハワイイ固有の木で、葉が風にそよいでキラキラ光る様子をラパラパと表現したところから来た名前であるという。

「ティは知ってる？」とデイナがたずねた。ティならば知っている。[27]ハワイイではどこにでもある小さな木で、小さい割に大きな葉がついている。「ティは邪心を払うんだ。たくさんの人の前に出る時、その中にはひょっとしたらきみを妬《ねた》んでいる者がいるかもしれない。そういう気持ちそのものが、本人の意思とは別に、よくない影響を与えることがある。[28]だから人の集まりに出る時はティの葉で作ったレイをしてゆく。ティは精神的なのも肉体的なのも含めて、あらゆる害を払ってくれる。煎じて飲むのもいい。レイはキノ・ラウ[29]だとぼくたちは言う。つまり、神さまの身体。レイを作る元になる植物がキノ・ラウだと言ってもいい。植物全体、自然全体がキノ・ラウだとも言える。神さまの身体を分けてもらって、それからマナを得る」

それで、フラの場合は、とぼくは聞いた。

「フラの場合も同じ。神さまのために踊るのだから、そのための力をキノ・ラウに仰ぐ。それぞれの神さまに合わせてレイを作らなければならない。ペレの妹のヒイアカが姉の恋人を連れに行った話は知っている？」よく知っている。ハワイイの神話の中で最も有名な話だ。[30]「ヒイアカの冒険についてのチャントはいくつもある。フラとして踊られることも少なくない。ヴィッキーもよく踊る。ヒイア

27 とはいうものの、最初この木のことを教えられた時（マウイ島のどこかだった）はとまどった。「これがティ」と言われたのだが、TIという発音はTEAによく似ている。どうしてこれがお茶なのだろうと考えこんだものだ。

28 この考えかたは地中海沿岸から近東あたりで言う「邪視」に似ている。悪意がなくても、羨《うらや》ましいという気持ちが籠《こ》もった視線は、見られた者に害を成すという。それを跳ね返すために、かわいい（つまり羨望の念を呼びおこす）赤ん坊に眼の形のアクセサリーを付けさせる。眼には眼をというわけ。ここではティのレイが同じ役割を果たしている。

29 神という抽象的な存在がまとう具体的な形はすべてキノ・ラウである。

30 第Ⅱ章83ページ参照。

カは若い乙女、緑の女神だ。だから、彼女のためのレイはマイレ[31]という蔓草《つるくさ》で作る。マイレにはいろいろ種類があるけれど、その中のマイレ・ラオリ・イリイというのを選ぶ。いい匂いがするんだ。これを身につけて踊ると、匂いを嗅《か》ぐだけで見ている人は陶然とするよ。匂いまでがキノ・ラウだね」

ここでも自然観察者、自然素材活用者としてのハワイイ人の感覚が発揮されている。

「フラの時は頭と首と手首足首にレイをつける。頭のはレイ・ポオ。考えがよそに散らずに踊りに集中できるようにする。首のはレイ・アイ。これは声がナヘナヘになるよう、つまり美しく優雅になるようにつけるんだ。手足のはレイ・クペエ。もともとクペエは貝の一種で、昔はその貝殻でレイを作ったらしい。今は草やシダや花で作るけれど。貝殻のレイはニイハウ島の特産。あの島は花が少ないから貝殻でレイを作った」

ぼくはもう口を挟むこともせず、ただデイナの話を聞いた。

「できたレイを身につけるのは人前ではしない。こっそり隠れて、そのためのチャントを歌いながら、つけるんだ。今のクム・フラたちの中にはレイのことを何も知らない人が少なくない。人にあげる

31　*Alyxia oliviformis* Gaud.
野生のブドウの一種らしい。

レイは輪に結ばない。開いたまま渡すんだけど、それを自分で結ぶことも知らないクムがいる。森に行って花や葉を摘むのだって、ただ毟《むし》ればいいというものじゃないだろう。森は聖地、木も花も葉も神々の身体なんだから」

人々が知るべきことを知らなくなった時代だから、彼が博物館で勤務することにもなるのだろう。ぼくは部屋の中で彼の話を聞いているうちに、実際に彼がレイを作るところを見たいと思った。この博物館の中でそれが可能だろうか？

「もちろん。ここの庭にはいろいろな種類の植物が植えてある。なるべくハワイイの固有種をそろえるようにしてある。それじゃ外へ行ってみよう」そう言って、彼は立ち上がった。

彼が言うとおり、博物館の広い敷地にはずいぶんいろいろな植物があった。ぼくが見てわかる種類は少ないが、それでもまったくないわけではない。

「これがティでしょ？」とデイナにたずねる。

「そう。こっちのは？」と彼は人の背丈ほどの灌木《かんぼく》を指して聞いた。

「ええと、薬にする木。タロ芋の取材の時にマウイ島のケアナエで教えてもらった。名前は、ノニだ」

「そう。花と実は腎臓《じんぞう》と膀胱《ぼうこう》の病気に効く。熟しかけの実の汁は傷の薬になる。高血圧や糖尿病にも効くという説がある。実際、ハワイイ人はノニは何にでも効くと信じていたみたい」

いろいろな分野の話をいろいろな人から聞いてきて、ハワイイ人が鋭い目を持った自然観察者であったことはよくわかっている。彼らが効くというのだから、ノニは実際によく効くのだろう。

「今日はレイを作るのにこれを使おう」と言って、デイナはまず小さな声で短いチャントを唱え、それから赤とオレンジの混じった蘂《しべ》の長い派手な花をたくさん摘んだ。「これはオハイ・アリイ。豆科[32]なんだけど、他にもオハイはある。オハイ・アリイはちょっと高級なアリイ階級のオハイという意味だ」

彼はそう言いながら、少し先まで歩いてゆく。よく繁《しげ》ったシダの前で足を停めた。

「これと組み合わせよう。これはパラパライ。レイ作りにはよく使うシダだよ」

シダの葉をたくさん集めて、日の当たるところに立って、作業を始めた。長いシダの葉を手に取って三つ編みを作りながらその中にオハイ・アリイの花を挟み込んでゆく。指の動きがものすごく速い。

ティのレイを作るデイナ

32 *Sesbania tomentosa* Hook. and Arnott　豆科。

このシダの茎の固さとしなやかさを指先がよく知っていて、思うとおりの形に仕立ててゆくという感じ。花はみな外側に向けて組み込まれ、長い藻が見事に並ぶ。緑のシダと赤とオレンジ色の花のバランスがいい。たちまちのうちに長さ数十センチの花綱《はなづな》が編み上がった。それを輪にして、端と端を編み合わせる。一緒に来てもらった友人ウェンデルの頭に乗せてみる。実に映えるではないか。

「普通、レイ一つを作るのにどれぐらい時間がかかるもの？」目の前で作ってくれたこのレイは十分余りでできたと考えながらぼくはたずねた。

「これが仕事だからね。ぼくの場合は一時間に四つから五つは作れないと恥ずかしいね」ちょっと照れながらそう言う。「もう一つ、簡単なのを作ろう。一分でできるやつ」

そう言って、彼は今度はティの葉を一枚だけ採った。大きな葉の中央を太い葉脈が走っている。葉の中央のあたりでそれを歯を使って切る。ぴーっと剝《む》くようにして太い方を葉からはずす。葉を二つに裂き、もっと細かい裂け目を葉の外側からつけてゆく。最後に葉の先端同士を結ぶ。あっという間にできてしまった。

「今日のはどっちもハワイイ固有の植物で作った。でもね、ハワイイ人はなんでもレイにしてしまうんだよ。この二世紀の間、たくさん外国人が来て、みんながいろいろな植物を持ってきただろ。中国人がもたらした植物でチャンポク[33]というのがある。彼らはスープにするんだけど、ぼくたちは『ああ、いい匂《にお》いだね』とか言ってレイの材料にしてしまった。今ではパカラナというハワイイ名もある。お茶にするジャスミンでも、ガーデニアでも、蘭《らん》の類《たぐい》でもそう。変わった花を見るとレイにしたくなる。ぼくは日本に行った時、いろいろな花でやってみたよ」

「外来種がたくさん来る前も花のレイはいろいろあったの？」とぼくはたずねた。

「いや、実は昔は花は少なかったらしい。ある花が咲く時期が来るのを待つ。咲いたのを採ってレイを作る。時期というものについてハワイイ人は敏感だった。だから、例えば『パラ・カ・ハラ、モモナ・カ・ハウケウケ』と言うんだ。つまり『パンダナスの花が咲く時はウニは食べごろ』って」

　彼らハワイイ人はよくこのようにハワイイ語の格言を引用する。それだけ知恵が豊かな言葉だということがわかる。しかし、それにしても、この言い回しはまるで日本人が言いそうなことではないか。[34]

33 和名は金香木。

34 まったく同じ原理に立つ言い回しをぼくは先日奄美諸島で聞いた。ここでは「山にユリが咲いたら、海に出てカツオを捕れ」と言うのだ。

デイナが作った
花とシダのレイ

それをつけたわが友ウェンデル

チャールズ・カウプが作った
花のレイ

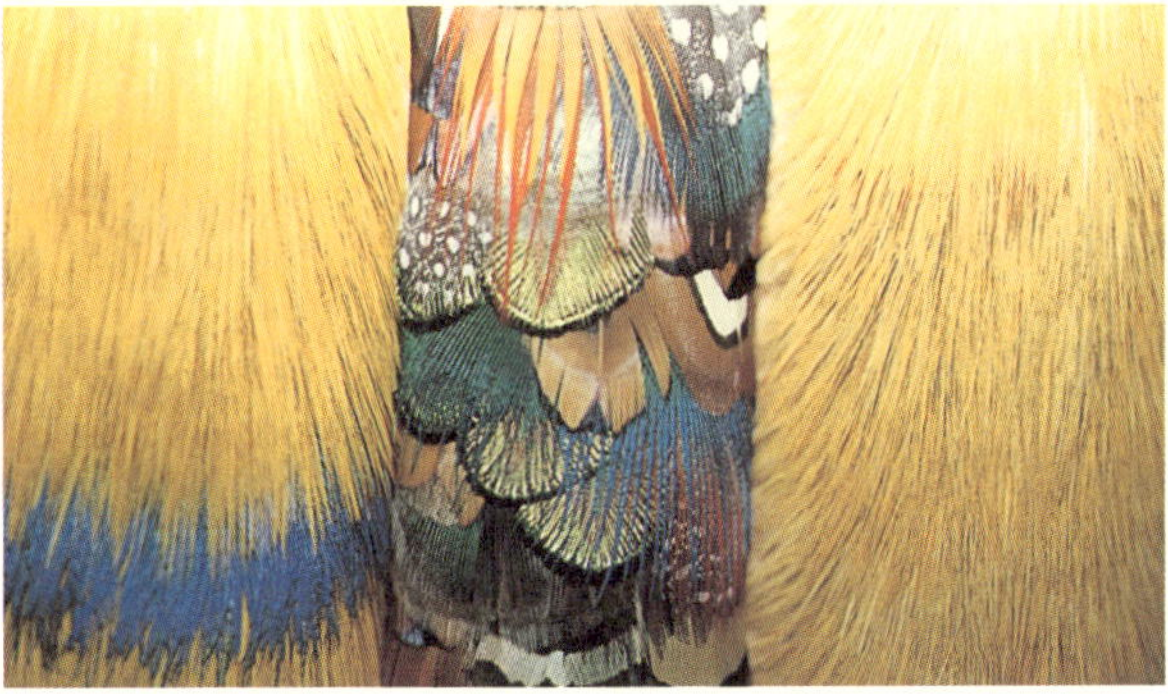

鳥の羽を一本一本集めて縫い上げたレイ

日本の場合はモンスーン地帯にあって四季の区別がとりわけくっきりしているから、季節感を桜や紅葉や筍《たけのこ》や河豚《ふぐ》で表現するのは当然なのだが、日本ほどはっきりした季節感のないハワイイに住む人々がウニの旬をパンダナスの花で決めるには、それだけ鋭敏な感覚が必要だろう。もともとぼくは日本文化に対してとりわけ親近感を覚えるものではないのだが、ハワイイ文化に接しているとさまざまな局面で日本文化との相似に気づかざるを得ない。その理由をどこに求めればいいのか、これは今後の課題だと思う。

そういうことを考えながら、ぼくは彼が作ってくれたティの葉のレイを首にかけて、博物館を後にした。

デイナの話の中にも出てきたことだが、レイの材料は花と葉だけではない。彼も言ったとおり、ニイハウという島は花が少ないので、昔から人々は貝殻でレイを作ってきた。その他には犬の歯のレイもあるし、鯨の歯のレイもある。植物でも種を使えば一時的でなく長持ちのするレイが作れる。鯨の歯を使ったレイの場合、歯で作るのはいわゆるペンダントの部分であって、それを首に下げるための紐《ひも》は人の髪を編んで束ねて作った。そういう中で特に興味を引いたの

犬の歯のレイ

は鳥の羽毛のレイである。

ハワイイで博物館に行くと、よく鳥の羽で作ったものを見る。ビショップ博物館のコレクションの中にはかつて王族が身につけたマントやケープがガラス・ケースの中に飾ってある。その横に、花のレイと同じくらいの大きさの羽毛のレイも飾ってある。ちょっと見たところは分厚い編み物かフェルトのように見える。しかしよく見ると派手な色の熱帯の鳥の羽毛を丹念に植え込んだ細工とわかる。スズメほどの鳥の羽毛の一本ずつの長さはせいぜい一、二センチにすぎない。それをびっしりと隙間《すきま》なく植えてレイやケープやマントを作るとすれば、いったいどれだけの羽毛が必要か、それを一本一本植える手間はどれほどになるか。だいたい、どうやってそんな数の羽毛を集めたのか。それだけの鳥がいたのか。[35]

ホノルルでこの種のレイのショップを開いているメアリ・ルー・ポレットというおばさんがいる。鳥の羽毛の製品を売るだけでなく、作りかたを教えて技術を次代に伝える方にも力を入れているとのことだったので、またも好奇心を発揮して話を聞きに行った。

店の中にはいろいろな種類の品が飾ってあった。売り物もあるけれども、「本当はこれは博物館に収めた方がいいんでしょうけど」

貝殻のレイ

35 ぼくは初めて見た時、法隆寺の「玉虫厨子《ずし》」を思い出した。

と彼女がいう貴重な品も少なくない。どれも見事な細工であり、野生の鳥の羽毛を使ったと仮定すればとんでもない数の鳥を捕まえたことになる。

「今はだいたいガチョウや、アヒル、ニワトリの羽毛を染めて使っているのね。もう野生の鳥は捕まえられないから。でも、昔はもちろんぜんぶ鳥を捕って羽を集めていたのよ。アパパネとか、オオとか、つまりミツスイの仲間が多かったみたい」

いったいどうやって捕まえたの、とぼくは質問した。

「鳥は種類ごとに決まった花から蜜《みつ》を吸うわね。その木の枝にトリモチを塗っておくの。鳥がそこにとまって動けなくなったら、何本か羽毛を抜かせてもらって、枝からはずしてやって、足を拭《ふ》いて、放してやるというわけ」

小鳥を殺さないで放した？　なんとまあ優しいやりかた。

「そうよ。羽毛はまた生えてくるから、しばらくたってまた捕まえた方がお互いにいいでしょ。そうやって長い間かけて羽毛を集めて、それからレイやケープを作るのよ」

それにしても、なぜそうまでして鳥の羽毛という素材で細工をすることになったのだろう。

メアリ・ルーとお母さん

「ハワイイに宝石というものがなかったからだと思うわ」とメアリ・ルーおばさんは答えた。「どこの文化圏でも、高い地位にある人はそれを誇示するためにいろいろ貴重な物を身につけるでしょ。ここではアリイ階級に子供が生まれると、すぐに羽毛のレイやケープの準備をはじめるの。[36] 何十年もかけて羽毛を集めて、子供が成人して親の座を継ぐ時までに立派なマントや被《かぶ》り物やレイを仕上げる。先祖代々のマントを相続することもあったし」

生花や生の葉のレイと違って、これは永久に残る品なのだ。

「そう。親から子へと受け継がれる。大事なものですからね、特別の儀式の時だけしか身につけないのよ。食べたり飲んだりする前にははずすのが作った職人への礼儀とされたの」

そういう話を聞きながら、目の前にある見事な細工を見る。そこに投入された労働の量と伎倆《ぎりょう》にひたすら感心するしかない。その気持ちに追い打ちをかけるように、メアリ・ルーおばさんはこう言った——「いろいろな作りかたがあるけれども、基本は台になる繊維に羽毛を縫い付けてゆく技術なのね。そこで不思議なのは、西洋人が来るまでハワイイには金属製の縫い針はなかったのに、これだけ細かい仕事をいったいどうやっていたのか、それが今もって謎《なぞ》なの

36 日本ではかつて女の子が生まれると桐《きり》の木を植えた。お嫁に行く時に桐の箪笥《たんす》を作るためである。

よ」

まったくハワイイという土地とその人々については驚くことばかりだと思いながら、ぼくはショップを後にした。

ヘアラニ・ユンのグループが踊る催しは日曜日の午後、場所はビショップ博物館の広い芝生の庭だった。この催しは「ケイキ・フラ」という子供のためのフラ競技会の資金集めが目的で、先日のウォルドーフ学校の時よりはずっと規模も大きく、出演者も見物人もずっと多かった。それでも、芝生のあちこちに坐《すわ》り込んで、のんびりと踊りを楽しむという姿勢は変わらない。

次々にいろいろなグループが登場する。大きなグループだと揃《そろ》いの衣装を着たたくさんの踊り手が芝生の上に広がって豪快に踊る。だいたいフラはカヒコにしてもアウアナにしても、テンポが速く、動きが活発で、勢いがある。すぐ目の前で二十人ぐらいが揃って踊ると、それだけで圧倒される。響きが身体《からだ》に伝わるこちらの心も躍動するようだ。

やがてヘアラニのグループの番になった。人数は多くないが、先日、練習を見物した時に見知った顔がいくつもある。あの練習の成果をそのまま見られるのが楽しみ。ヘアラニはイプを膝《ひざ》に乗せて後ろの方に坐っている。フラでは師匠は踊らず、後ろでチャントとリズム楽器を担当することになっている。彼女は大袈裟《おおげさ》な挨拶《あいさつ》もなく、踊りの名を観客に告げて、「オ・マ・カウカウ」と踊り始めの決まり文句を踊り手たちに与え、歌いはじめた。

舞台芸術では、練習と本番がまるで違うことが少なくない。最後の練習でもまだまだと思われていた者が、その直後の本番では実力を発揮しきってすばらしい演技を見せることがある。この時もそれに近かった。こちらが素人《しろうと》だったからそう見えたのかもしれない。船員組合の集会所での練習は細かく区切って反復を繰り返していたし、本番では衣装や明るい会場や観客が彼女らをずいぶん引き立てた。それでも、踊りの質がまるで変わったようだと思ったのは、そう見当違いなことではなかっただろう。実際、手の動き、足のリズム、表情、すべてが生き生きとして美しい。ヘアラニの声もよく通って力強いものだった[37]。

数曲の演目の中の一つ、「マヌ・オオ[38]」というのが、たまたま羽毛のレイを作るためにオオ鳥を捕まえるという内容を歌ったものだった。ちょうど興味を持っている話だったから、後からヘアラニに

37 もっとも、後で本人は「風邪をひいていてひどい状態だったの」と言ったけれど。

38 「マヌ」は鳥一般。「オオ」は *Moho braccatus*. やはりミツスイの仲間である。ほとんど絶滅に瀕《ひん》していて、まだカウアイ島にいるという説もあるが、確認されていない。

ねだって歌詞のコピーをもらった。ここに訳してみる。
彼女は「マヌ・オオ・イ・カ・ウル・ラアウ・エア……」と歌いはじめる。

イプを叩いてチャントを歌うヘアラニ・ユン

森のオオ鳥よ、高く飛び低く飛んで
空中でぴたりと停まる

あの黄色い羽根を見ていると
心の中にほしい気持ちが湧《わ》きあがる

ブレッドフルートの樹液を用意しよう
真っ赤な火の上で煮詰めよう

オヒアの枝に樹液を塗りつける
オオがレフアの花の蜜を吸うところ

オオは飛んできて、枝をつかんだ
焦《あせ》って翼をばたばたさせてももう遅い

黄色い羽根のレイはとても美しい
オオ鳥の羽根を編み込んで美しい

ヘアラニはこの歌詞の五番のところになると、歌いかたを速く激しく変えて、いかにも鳥が枝に捕らえられて暴れている様子を表現した。踊り手たちの動きもそれに呼応して、捕らえられた鳥の焦りをうまく伝える。メロディーは単調で和声もないが、しかしチャントとフラが一緒になると驚くほどの表現力が得られる。昔からハワイイ人が自分たちの思いや島々の自然やその背後に在《いま》す神々への畏《い》敬《けい》の念をこの方法によって表してきたことがよくわかる。青い空と傾いた夕日、そよ風、心からこの催しを楽しんでいる人々、そして歌い手と踊り手たち自身の喜び。それらがすべて伝わってくる。いい踊りだと思った。

翌日、ホノルル市内の日本料理店でヘアラニの話を聞いた（この店を指定したのは彼女の方だ）。不器用な箸《はし》づかいで握り寿司を口に運びながら、彼女はフラについての自分の思いを語ってくれた。

「私は普通とはちょっと違う経路を辿《たど》ってクム・フラになったの」と彼女は言った。

フランク・ヒューウィットの場合は家族ぐるみ芸能に達者だったし、ヴィッキー・ホールト・タカミネは子供の時からフラを真剣にやろうと決めていた。しかしヘアラニは十代の頃ポリネシアン・ダンスを踊っていたという。六歳の時にちょっとだけフラを習ったけれども、その興味は長続きしなかった。しかし、たまたまハワイイ島のヒロに住んでいた時に、ハワイイ最大の「メリー・モナーク・フラ競技会」を見物に行って、そこでダリル・ルペヌイという希代のクム・フラが率いるグループの踊りを見た。それに完全に圧倒された。しばらくためらったあげく、彼のハラウに入門した。

「そこまでは他の人と違わない。ところが、一九八七年に亡《な》くなる前、ダリルは私を後継者に指名した。私も周囲もみんなびっくりしたわ。私はまだ二十代だったし、なぜ自分が選ばれたかわからなかった。クム・フラとして立つほどのことを教えてもらったとも思っていなかった。私より年上のお弟子だってたくさんいたし。授けられたというよりも、いきなり押しつけられたという感じで、本当に悩んだわ」

七年後に話を聞いているぼくは、やはりどこか才能を見抜いていたのだろうと考えたが、当時の本人にはそう思う余裕はなかった。

「ダリル・ルペヌイは本当にすごい人だったの。彼のハラウは一九八五年にはじめてメリー・モナークの女性の部に参加して、その年いきなりカヒコ部門とアウアナ部門、それに総合部門とミス・アロハ・フラという部門の四つで一位をさらってしまった。それほどの人のハラウを私が受け継げるはずがないと思った」

彼女はフラの精神的な側面、ハワイイ人の伝統的な自然信仰の面をあまり強調しない。生徒を連れて山に行ってペレを拝むようなことはしない（他のクム・フラがそうすることに反対するわけではないと言うが）。自分はクリスチャンだから、神は一人だと信じているし、それとフラはなんら矛盾するものではないと言う。しかし、フラは自分にとっては人生そのものだとも言う。

「これはお金のためでもなければ、人に注目されたいからでもない。お金について言えば、私のハラウは授業料なしなのよ。フラは授かるものだと教えられた。私はダリルからフラを授かり、それを生徒たちに授ける。そこにお金が関わる余地はないわけ。だからいつも貧乏なんだけどね」と言って、ハハハと笑う。

ヘアラニのハラウ（フラ教室）の練習

ヘアラニの生徒たちの舞台「キング・カメハメハ・フラ競技会」にて

それでこの七年は？

「よくやったと思う。最初はとんでもない重荷を背負ったと思ったけれど、やはり生徒たちに恵まれたのかな。フラにはただ熱意しかないのよ。ワイキキで踊ってみたい、舞台に出てみたいというだけの子も来るけれども、そんな子は練習がきついとわかるとすぐにやめる。本当に熱心な子だけが残って、練習に耐えて、ぐんぐん上手になってゆく。今はそういうしっかりした子が十人ちょっと。ハラウとしてちょうどいい規模なの」

彼女には実力がある。考えかたは現実的で、伝統のためという抽象的な目的ではなく、フラそのもののために苦労を背負い、その中に喜びを見出《みいだ》している。芸能の伝統というものはこうやって継承されるのが正しいのだろうとぼくは考えた。しかしそこには使命感もあるはずだ。そういう思いを読み取ったかのように、最後にヘアラニはこう言った――「私の任務は、フラのスタイルの一つを永続させることだと思う」

彼女の考えは単純明快だが、踊りの方は複雑で奥行きがある。その徹底した実力主義のきびしい教育があの優れた踊り手たちを育てる。十年後二十年後にも彼女らの踊りを見たいとぼくは思った。[39]

39 実際には一九九五年の四月にハワイイ島のヒロで開催された「メリー・モナーク・フラ競技会」で彼らの踊りをもう一度見ることになった。残念ながら賞は逸したが、やはり力と技術とセンスが一致したすばらしい踊りだった。

Ⅶ　生き返った言葉

なんとなく一つのテーマが尾を引くことがある。前章のフラの話で何人ものクム・フラから話を聞いて、いろいろなフラを見て、フラの背後にあるチャントの重要性を知った。そこからもう一つ派生した興味を追ってレイについてもだいぶ詳しくなった。

それが一段落したところで、タロ芋の取材の時に親しくなったマウイ島のディスク・ジョッキー、チャールズ・カウプ[1]と電話で喋《しゃべ》っていて、「今度はこういう話を聞いて回ったよ」と言うと、「チャントとレイのことならばぼくのところへも来ればよかったのに」と言われた。そうか、チャールズもチャントの朗唱者として有名な人だったと思い出す。

「明後日《あさって》、ハワイイ島へ渡って、自分でレイを作って、チャントをやるんだ。来ないかい？」

ぼくは前から彼にハワイイ語の現状について聞きたいと思っていたので、チャントとレイのついでにそちらについても教えてもらうことにしようと考え、ハワイイ島に行くことにした。

1 144ページ参照。

カイルア＝コナの空港で会ったチャールズは前と同じように気さくで親切だった。体格がまた一段と大きくなったような気がしたのはひさしぶりだからだろうか。ややあと挨拶《あいさつ》してから、その日の予定を聞く。

「まず、山に行ってレイの素材を集める。それから今日の会場はロイヤル・ワイコロア[2]というリゾートだから、そこに行ってレイを作る。夜が本番。まず昼飯を食べよう」

　ぼくたちは空港からそう遠くないサム・チョイの店というレストランで食事をすることにした。土地の人ばかりで観光客はまったく来ない店である。ともかくハワイイの飯は量が多いからと警戒心が先に立つ。それならばサイミン[3]と呼ばれる中華風の麺《めん》でも頼めばいいのに、つい出来心でベントー[4]を注文する。運ばれてきたのは、大きな皿にテリヤキ・ビーフ、魚のフライ、薄切りにして焼いたランチョン・ミート[5]、それに山盛りの飯。やはり多かったと思うけれども、そう言いながらいつもついつい食べてしまうのだ。

「今日は何のためのチャント？」

「ハパ[6]は知っているかい？」

ハパならば知っている。白人と生粋のハワイイ人それぞれ一人ず

2 空港から一九号線を北へ九マイルのところにある。ワイコロアという地名は「アヒルの水」、あるいは風の名という説もある。

3 細麺？

4 ベントーが日本語起源であることは言うまでもない。

5 この豚肉のかまぼこのような奇妙なアメリカ起源の安い食材が普及しているのは日本では沖縄だけであり、ポークと呼ばれて愛されている。

6 Hapa すでに二枚のアルバムがあり、日本公演も成功だった。バリー・フラナガンのギターは「スラック・キー」というハワイイ独特の奏法で、これについて本文では詳しく書くことができなかった。興味がある人には駒沢敏器の『ミシシッピは月まで狂っている』（講談社）が最適。

つで作っている歌のグループで、デビューして間もないが人気はどんどん上昇中。ぼくも大好きだ。ハパというのはハーフという英語が転訛《てんか》したハワイイ語で、半分という意味。白人半分ハワイイ人半分、あるいはそれぞれの文化が半分ずつ。この二人組を世に送り出すについて、チャールズはずいぶん力を貸してきたという話を他の友人から聞いたことがある。

「今夜はロイヤル・ワイコロア・リゾートであの二人のコンサートなんだ。その皮切りにぼくがチャントをやる」

そういうことだったのか。それじゃ、ハパの歌もたっぷり聞けるわけだ。そう考えて内心にこにこしていた時、誰かがチャールズに声を掛けた。

「やあ、今来たのかい?」

気のよさそうな、典型的なハワイイ人の顔つきの若い男。大人数の家族を連れている。どこかで見た顔だと思ったら、正にハパの片割れのケリイだった。ぼくも紹介されて握手する。こういうことがあるから小さな社会はおもしろい。チャールズとケリイは今夜のことについてざっと打合せをする。それが済むと、ケリイは家族と少し離れた席に坐《すわ》った。

チャールズ・カウプ

「バリーとケリイは普段はそう仲がいい方じゃないんだよ」とチャールズが小さな声で言う。「ケリイはあのとおり、呑気《のんき》なハワイイ人の代表だし、バリーの方は極端に神経質で、自分こそギターの天才だと思っている。まったく性格が違う。しかし、二人とも相手がいなければやっていけないことはよく知っている」

ぼくは彼らの歌の奥行きが少し理解できた気がした。

それから山に行った。海岸に沿ってコナに向かう道を左に曲がり、カロコ・ドライブという道で山へ登る。標高一〇〇〇メートルぐらいまで登ったところで車を停めて、徒歩で林に入った。風がひんやりと涼しい疎林《そりん》の中は気持ちがよかった。ずっとホノルルの市街地にいただけに、山に来るとほっとする。女神ペレの好物であるオヘロ[7]の実を見つけて口に運ぶ。なかなか酸《す》っぱい。ハワイイ人が昔から細工物に使ったコアという木がたくさん生えている。コアの木の葉は幼い時と大人になった時でまるっきり形が違う。知らなければ別の木だと思うだろう。

チャールズはもっぱら赤いオヒア・レフアの花を摘んでは持参のビニール袋に入れている。たしか自分用のレイを一つだけ作るはずなのに、ずいぶんたっぷり集める。彼は身体《からだ》が大きい分だけ頭も大

7 84ページ参照。

きいから、レイも大きくなり、花もたくさん必要なのだろうか。

赤いオヒア・レフアを集め終わると、今度は北に向かって車を走らせ、一時間ほどでサドル・ロードに入り、しばらく走って車を停めた。マウナロアとマウナケアの二つの高い山の間の道はちょうど鞍《くら》のような地形を越えてハワイイ島の西と東、コナとヒロを結ぶ道。サドル・ロードという名はその鞍型の地形から来ている[8]。

ここでチャールズが集めたのはアアリイという灌木《かんぼく》の地味な花。この花がここにあることを彼は前から知っていたのだという。これもずいぶん摘んだ。今来た道を元に戻って、ワイメア[9]の町に行く。スーパーでラフィア[10]繊維の紐《ひも》を買う。その駐車場の隅に咲いているたった一本のオヒアの木から今度は黄色い花を摘む。これもこの木がここにあることを知っていて来たのだという。ローカルな知識がものを言うところがいかにもハワイイの文化だと思う。

その後は、ロイヤル・ワイコロアに行って、ホテルの一室で熱心にレイを作るチャールズの姿を見た。彼は玄人《くろうと》ではないからデイナほど巧みな手さばき[11]とは言えないが、丁寧に時間をかけて編み上げたレイはずっしりと重くて見事なものだった。余った花は持ってかえって、乾かしておいて、またレイを作る時に使うのだという。

8　レンタカーの契約というもの、なかなか細かくて、舗装のない道路は走ってはいけないというし、このサドル・ロードも一応は走行禁止になっているが、別に走っても問題はない。途中に給油所がないので、ガソリンだけはちゃんといれておくこと。

9　カウアイ島のワイメア・キャニオン（第Ⅲ章）と同じ名だが、ハワイイ島の方は峡谷ではなくて町である。

10　椰子《やし》の一種。粗い丈夫な繊維がとれる。

11　258ページを見よ。

その夜のコンサートはなかなかよかった。最初にチャールズが出てきて「メレ・ア・パクイ」[12]というチャントを朗唱し、それからハパの二人が歌いはじめる。チャールズは最初少し上がっているようだったが、やがて落ちつき、美声も朗々と美しくチャントを唱えた。頭にのせたレイもよく似合っていた。ハパの二人組はたしかに珍しい組合せで、バリーのギターはまこと超絶技巧と呼ぶにふさわしいものだし、そこに甘い歌を乗せてゆくケリイの力もすばらしい。合わないようでいて実はよく合っている。最後にチャールズはおもしろいことをした。ハパの二人の歌に自分のチャントを乗せて三人で歌ったのだ。もともとメロディーらしいメロディーのないチャントだが、リズムはあるし、それとハパの歌との絡《から》み合いは聞いていて気持ちがよかった。新しいチャントの使いかたである。ハパの次のアルバムにこの試みも入れるといい。

その次の日、ぼくはチャールズにいろいろハワイイ語について聞くつもりでいたのだが、彼は放送があるのですぐにマウイ島に戻るという。一緒に帰ろうよと言われて、どうせ三十分のフライトだしと思って同行することにした。ハワイイ諸島では島から島へは旅とは呼べないほど気楽な移動である。飛行機はほとんどバスだ。

12 メレについては244ページの注を参照。パクイは強い匂《にお》いのこと。

マウイ島のカフルイ空港に降りて、放送局へ直行するチャールズと別れてホテルにチェックインし、昼飯を食べ、それからスタジオへ行った。彼がDJを務めるKPOAはマウイ島の観光地ラハイナの表通りからちょっと入ったレコード屋さんの横の階段をとことこ上った二階にある。[13]スタジオは小さいのが一つだけ。常勤のスタッフが二人、DJは数人が交代で、一日中ハワイイの音楽だけをやっている。今は似たような局がオアフ島にもあるが、ハワイイの曲だけの放送局としてはここが最も古い。チャールズは開設以来の古顔で、こういう局を作ろうという企画の段階から関わっていたらしい。

仕事の最中に話を聞くわけにもいかないとぼくは思っていたのだが、チャールズは、「三分きざみで落ちつかなくてもいいんだったら、仕事の間だってちっともかまわない」と言う。だからぼくが行った時、彼は右手でCDの自動送り出しのキーを操作しながら、目はパソコンの画面に出ている構成表を見て、マイクに向かってお喋りをするという忙しい状態だった。しかしそれが一分続くと後の三分か四分は暇になる。時には数曲メドレーでかけて長い暇を作る。その間にもリスナーから電話はかかってくるし、ファックスも届くし、友人がふらっと入ってくるし、実に小刻みに忙しい。しかしぼ

13　93.5MHz　ラハイナの周辺でないと聞けない。こういう小さな放送局というのはコミュニティーの雰囲気がそのまま出て、とてもいいものだ。映画で言えば、スパイク・リーの『ドゥー・ザ・ライト・シング』の中でこの種の小さな、しかし放送内容から言うとずっと挑発的な局が活躍していた。

くはこの雰囲気が気に入った。

単刀直入な質問だけど、なぜチャントをやるの、とまずぼくはたずねた。

「まず第一に気持ちがいいから。小学校の三年生の時にはじめてチャントというものを聞いて、これをやりたいと思った。高校に入ってから先生に恵まれて、教えてもらったし自分でもずいぶん練習したよ。海辺に行って、波に負けずに長く息が続くように訓練するんだ」

気持ちがいいというのは？

「自分が一回り大きくなって、ハワイイの偉大な過去と結ばれる気がする。その意味では、これはハワイイ文化を永続させるためにぼくにもできることの一つだから。ぼくのチャントの能力はギフトだよ。神からの贈り物[14]。無駄にしてはもったいないだろ」

そこで彼はちょっと話を切って、マイクロフォンの方に向かった。英語で少し話し、その後はハワイイ語でも話す[15]。DJとして両方の言葉を自在に使えるのはすばらしいことだ。

ラジオでハワイイ語を使うようになったのは？

「数年前だったかな。叔母に言われたんだよ――『誰もが自分たち

14 同じようにヘアラニは「フラは授かるもの」だと言った（271ページ）。

15 沖縄の放送でも民謡の時間はだいたいウチナーグチ（沖縄語）でDJをしている。その他にここには方言ニュースという時間もある。しかし、ウチナーグチと民謡だけの放送局はない。小さな規模でならやれると思うのだが。

の言葉を聞く機会を求めているんだから、あんたがラジオで喋らなければ』ってね。これも文化的な責任を負うってことかな」

リスナーの反応は？

「みんな喜んでいる。特に本土から来た白人たちが、ハワイイ州は自分たちの国の一部だけれども、実際にはこんなに違う文化を持つ土地なんだってわかったとか言ってくれる」

反対する声は？

「ぼくの上司はなんとなく落ちつかないらしい。自分が理解できない言葉を聞くのは好きでないと時々言う。だけどリスナーは一種の音楽としてハワイイ語を聞いているんだ。その中から少しでも理解したい、勉強したいと思う人が出てくればそれは嬉《うれ》しいけれど、今のところは言いたいことをハワイイ語で言えるのがぼくは楽しいのさ」

混乱しない、二つの言葉を使って？

「それはないね。われわれはハワイイ人であると同時にアメリカ人でもあるという二重の現実の中に生きている。言うべきことによってちゃんとハワイイ語が出てくる。真実を話したいという時かな。真実、オイアイイオだよ」

その時、若いハオレの男が汗びっしょりになってスタジオに入ってきた。手に何かシダの葉を持っている。レイの材料として採ってきたらしい。しかし、チャールズはそれを見て首を横に振った。種類が違うのだ。若い男はがっかりして、また別のを探しに出ていった。

今、ハワイイ語はどういう状態にあるの、とぼくは一般的な質問をしてみた。日本にはアイヌ語を母語として育った人はもうほとんどいない。復興運動もあるけれどもハワイイ語ほど元気ではないようだ。沖縄語と八重山語はまだしっかりしている[16]が、若い世代で話せる人や理解できる人は減ってきている。ハワイイではどうなのだろう？

「ぼくたちの世代が最も知らないね。戦争中に大統領がハワイイ語を学校で使うことを禁止する告示を出した。ぼくらの親の世代は子供が言葉の使い分けで苦労するよりはと、ハワイイ語を切り捨てる決意をした。その結果、ハワイイ語に接することなく育ったのがぼくたちなのさ。だいたいある文化が他の文化を征服する時には、言葉は禁じられるものだよ[17]。自分たち征服者の言葉と文化だけ知っていればいいと言うものさ」

16　今ここでは沖縄と八重山の言葉はいわゆる方言の範囲には収まらないという説に従っておく。従って日本には少なくとも四つの言語があることになる。

17　戦前の沖縄の学校では沖縄語の使用が禁じられた。子供たちは家と学校で二重の言語生活を強いられた。教室には方言札というものが用意され、うっかり方言を使った生徒はそれを首からぶらさげられ、別の誰かがまたうっかり方言を使う場面をみつけて摘発するまでそのままでいなければならなかった。言語の強制と密告の奨励という二つの面で忌《い》まわしい制度であると思う。

それで、今は？

「もう十五年以上前かな、英語と並んでハワイイ語がこの州の公式言語になった。学校でもハワイイ固有文化について教えているし、前ほどひどいことはない。実際、自分たち自身の言葉を使わないかぎり自分が何者かわからないんだ。言葉ってそういうものだろ」

後で調べてみたところによると、アメリカで二つの言語を公式に認めているのはハワイイ州だけである。[18] 南部の州では事実上スペイン語しか話せないアメリカ人がたくさんいるし、スペイン語を公式言語にしようという運動はあるけれども、実際に認められた例はない。英語だけがこの国の柱というワスプ[19]中心主義は変わっていない。スペイン語の場合は話す人の数があまりに多いので、うっかり認めると影響が大きいという姑息《こそく》な配慮が働いているのかもしれない。一つの言葉でまとまっていることは国としては強いことなのだろう。しかし、言うまでもなく国民のための国家であって、国家のための国民ではない。言葉を奪い、言葉を強制する国が幸福だとは思えないのだ。

さっきの汗かき男がまた別のシダの葉を持って入ってきた。しかし、またもチャールズは首を横に振る。また間違えたのだ。汗かき

18　一九七八年に州憲法で決定。

19　念のために復習しておけば——White, AngloSaxon, Protestant の略である。

男の落胆ぶりは見ていても気の毒だった。ラハイナの町の中にシダは生えていないだろうに、いったい彼はどこまで走っていってこのシダを採ってきたのか。だいたい、なぜそんなに急いでいるのか。

「その頃に比べると今はまだよくなったよ」とチャールズが話題をハワイイ語の現状に戻して言った。「少しずつだけど話せる人口は増えている。学校もあるし、出版物も少しはある。英語と並ぶところまではとてもいかないけれど、消えてしまう恐れも当面はなくなった」

チャールズの話を聞きながら、そういう形ででもハワイイ語が残るのはよいことだと思った。しかし、その一方、ハワイイ人がハワイイ州でハワイイ人として生きるためにはどうしても二重言語生活を強いられることになる。いかになんでも英語なしで社会生活が送れる日は来ないだろう。言葉を二つ覚える負担はどれぐらいのものなのか。だいたい多くの国からの移民が集まって作られたハワイイの社会では、英語は各民族の共通語として機能してきた。日本から移り住んだ人々にしても、一世は日本語だけで肉体労働に従事し、二世は家の中では日本語、外では英語という二重生活を送り、三世になるともう英語だけで育つというパターンを踏んできたのだ。その中で白人なみに英語がうまい者は今度は自分の属する民族から疎《うと》まれて宙に浮いてしまう、というような複雑な分化が言葉をめぐってあったと聞いている。[20] そうやってみんな自分本来の言葉を捨てて英語に同化した結果作られた今のハワイイなのである。

ハワイイ英語は多くの移民の言葉を単語として取り込んだ。日本語からの例を挙げれば、先に書いたベントーがそうだし、よくここの人たちが使う言葉としてはシバイというのがある。見せ掛けとか演技という意味で、「あの政治家が言っているのはシバイに過ぎない」などと否定的に使われる。もちろんハワイイ語からはアロハやマハロをはじめたくさんの言葉が日常の英語に入っている。[21] ハワイイに住むようになった者はこういう言葉を覚えて得意になって使う。だが、それと文法体系から生活感まで一貫して一つの言葉を生かしてゆくのはまるで違うことだ。

翌日、ぼくはオアフ島に戻り、チャールズに教えてもらったハワイイ語教育の幼稚園と小学校を見に行った。小学校はオアフ島に二つ、ハワイイ島とカウアイ島、それにマウイ島にそれぞれ一つ、全部で五つある。[22] プナナ・レオと呼ばれる幼稚園の方も州全体で四つ

20 通訳の立場に立つ者はしばしば二つの文化の間の溝に落ちる。

21 具体的な例は319―320ページに簡単な辞典を作っておいたのでそちらを見てほしい。

22 その他に、ハワイイ語を話す人しか住んでいないニイハウ島にはもちろんハワイイ語だけの小学校がある。

ある。まずはホノルルの幼稚園の方に行ってみることにした。

　場所はビショップ博物館からハイウェイを隔てた住宅街の一角。日本の普通の幼稚園の規模だった。プナナ・レオという名前は直訳すれば「言葉の巣」というような意味になる。書いて読む言葉ではなく声に出して話す言葉。幼い言葉が育ってゆく巣というのは、なかなか詩的で含蓄のある表現だと思った。

　中に入って先生の説明を聞き、子供たちを見る。三歳から五歳までの子供たちがみんなで遊戯をしたり、歌を歌ったり、庭に作った障害物競走のコースを走ったりしている。見ているかぎりどこの幼稚園とも変わらない。違うのは壁に「ここではハワイイ語だけを話しましょう」[23]という標語が掲げられ、子供たちの道具入れの一つ一つにハワイイ語の名前が書かれ、先生が一貫してハワイイ語で子供たちに話しかけることだ。

　子供たちはすぐに言葉を覚えますか、とヴェヒ・ナアウアオ先生に聞いてみた。

「子供はすぐに覚えます。むずかしいのは親の方です」

　親にも教えるんですか？

「ここでいくらハワイイ語を話しても、家に帰ってからの生活が英

「ここではハワイイ語だけを話しましょう」との標語

23 "E ʻōlelo Hawaiʻi wale nō maʻaneʻi."

学校では英語の絵本の文章の上に
ハワイイ語訳を貼って教材にしている

プナナ・レオと呼ばれるハワイイ語教育の幼稚園

語ばかりだと効果があがりません。全身すっかりハワイイ語に浸った生活というのが、ハワイイ語教育プログラム[24]の趣旨です。その意味では、親にも言葉を覚えてもらうのが大事なのです」

具体的には？

「親にも参加してもらう時間をいろいろと作ってあります。幼稚園の行事やなにかを手伝いながら言葉も覚える。そうやって家族単位の教育を実践しているのですが」

ここに子供を入れるには親の方もだいぶ覚悟がいるようだ。そういう意欲に燃えた親は多いのだろうか？

「十年前に七人の子供ではじめましたが、今は年々増えています」

喋《しゃべ》る方はそれで身に付くとして、読み書きの方は？

「英語で書かれた絵本の翻訳をボランティアの人たちに頼んでどんどん作っています。ハワイイ語の本として出版するのは部数の点でむずかしいので、英語版の文のところにハワイイ語の訳を貼《は》りつける形にしました。あらかじめ訳を用意した絵本のリストがありますから、親はそれを本屋さんで買ってきて、幼稚園が提供するハワイイ語の訳をもって帰って、切って貼れば、それでハワイイ語の絵本が一冊できるというわけ」

24 IMMERSION　PROGRAMと呼ばれる。

それはなかなか賢いやりかただと思った。少なくともみんなに熱意があって労力の提供も少なくないことはよくわかった。[25] では、今のハワイイ語教育で一番の問題は？

「先生が足りないことです。私にしても、ここの他の先生にしても、ハワイイ語を母語として育ったわけではありません。みんな大学で習ったのです。あちらの少し年配の先生だけはニイハウ島の出身ですから、子供の時からハワイイ語で育ったんですが。今、ハワイイ語を習いたいという学生はたくさんいますが、教える側が足りない。この時期を乗り切れば、あとはハワイイ語を話す人の数は格段に増えて、教師不足も解消すると思いますけど」

英語との関係は？

「だいたい家の中でずっとハワイイ語で育った子でも、ある歳《とし》になると英語に興味を持つようになるものです。なんといっても周囲は看板も新聞もテレビもすべて英語なんですから。ですから英語の方は自然に覚えるようです。そうなってからハワイイ語を忘れないようにするのが一番むずかしいことでしょうね」

しばらく子供たちが遊ぶのを見てから、今度は小学校の方に行ってみることにした。

[25] 実際、こうしてハワイイに通っていると、アメリカ社会においてボランティア活動が根づいていることがよくわかる。学校は最初から父兄の協力をあてにできるのだ。

ワイアウ小学校はホノルルの西、パール・シティーにある。見た目は普通の小学校だが、その中にハワイイ語だけのクラスが設けてある。このクラスの全生徒は四十人ほど、三年生から六年生までが一緒にいるので、各学年ということになると十人ぐらいだろうか。[26] 日本の普通の教室とはまるで違う。広い部屋のあちこちにコーナーがあって、それぞれのコーナーで数人ずつの子供が先生の話を聞いたり、与えられた問題をみんなで解いたり、あるいは絵を描いたり、あるいは子供たちだけで呑気《のんき》にお喋りをしたりしている。[27] 日本の詰め込み式の教育から見るとなんとものんびりしたものだ。この勝手気儘《きまま》がこのクラスだけのことなのか、あるいはアメリカの小学校ではこれが普通なのか、ぼくにはわからなかった。

しかし、子供たちに熱意がないわけではない。問題の答えを正しいハワイイ語で言えた時は本当に嬉しそうにするし、先生の間違いを指摘した生徒もなかなか得意そうな顔をする。

算数の授業を横からのぞく。これは用語と数字をハワイイ語に置き換えただけだから、少なくとも社会や国語（つまりハワイイ語）よりはやさしいように思えた。長さの単位のメートルは英語では meter、ハワイイ語には t の音がないから、mika となる。外来語

26 ここにも幼稚園があって、それからもう一つ上の日本の中学二年に当たる学年まで、全部合わせると百二十人の生徒がいるそうだ。

27 少し意地の悪いことを書けば、その時の言葉は英語だった。

を入れるのに発音を少し変えるところは日本語と同じだ。[28]

カラニ・アカナ先生の話を聞く。ここでも問題は教師と翻訳者の不足だそうだ。英語との関係についてはそう心配しているようすはない。

少しつっこんだ質問をぶつけてみる。ハワイイ語の文学や歴史ならばこれはハワイイ語で読むのがいいし、そのために言葉を覚えるのも意味があるが、理科や算数のような万国共通の知識を身につけるのにわざわざハワイイ語を使う必要はあるのか？

「子供たちのすべてが高校に進学して、大学に行って、科学や数学の専門家になるわけではない。日常生活で使う算数や理科ならばハワイイ語で覚えても別に支障はないと私たちは考えている。それに、理科の基本は自然観察のはずだが、それならばハワイイ人の方がこの自然についてはずっと詳しかった。彼らが見たように自然を見ることから、新しい科学が生まれるかもしれない」

なるほど、そのとおりだ。どうも現代の文明は知識の普遍性の方を重視して、土地ごとの固有性を無視する傾向がある。万国共通の知識を科学と呼ぶのはいいが、それがその土地ごとの特殊性を覆《おお》ってしまうのでは何のための科学かわからない。普遍と固有は両輪で

28 日本語で「メートル」というのはこの度量衡制度発祥の地に敬意を表してフランス語を入れたのだろうか。広辞苑《こうじえん》にはオランダ語とフランス語が語源として書いてある。

あるはずだ。コアの木がコアと呼ばれ、オヒア・レフアがそう呼ばれるのは大事なことなのだ。ヴィッキー・ホールト・タカミネが言うように、ある場所に降る雨に特別の名がついているとしたら、その名を忘れることはその場所のその特別の降りかたをする雨を観察する能力を失うことになる。科学が自然学である以上、ローカルな科学があるべきなのだ。

　では、共通でなければならないことの方はどうするのか？　たとえば、アメリカではパソコンは日本の数倍は普及している。この教室にも十台以上のキーボードとディスプレイがある。聞いてみるとハワイイ語の表記に必要な符号の類《たぐい》も扱えるという。タイプライターではできないが、コンピューターはメコナ（¯）やオキナ（ʻ）を補ってちゃんと書いてくれる。[29] コンピューター関係で使う用語などはいったいハワイイ語ではどうなるのか。カメハメハ大王の時代になかったものをハワイイ語でどう呼べばいいのか？

「そのために、これがあるのです」と言って、アカナ先生は一冊の本を持ち出した。本とまでは呼べない、薄いノートブックのような冊子。中を開いてみると、薄いけれどもこれはちゃんとした辞書だった。『パパ・フアオレロ』というタイトルはそのまま訳せば「単

29 正しく表記すれば、ハワイイはHawaiʻiである。

語表」という意味[30]。ハワイイ語から英語へと、英語からハワイイ語への二つのパートが一冊にまとめてある。

「もともとハワイイになかったものについては新しい言葉を造らなければならない。英語のまま発音だけハワイイ語にする場合もあるけれど[31]、なるべくなら意味を取ってハワイイ語で表現したい。そうでないと古典ハワイイ文化以外のものはハワイイ語で教えたり、考えたり、書いたりすることができないことになる。それで、専門家からなる新語委員会を作って、そこで毎年何十かの新しいハワイイ語の言葉を用意し、こうやって人々に提供しているわけです」

江戸の末期から明治初期にかけて、日本では西欧の言葉をずいぶん漢語に訳した。科学も、哲学も、亜鉛も、微分も、そうやって造られた言葉だった。同じことが今ハワイイで行われている。ぼくはこの辞書をよく読むことにした。

本当はアルファベットの綴《つづ》りで論じるべきなのだろうが、この日本語の文章の中でそれをやるとずいぶん煩雑《はんざつ》なことになるし、さいわいハワイイ語は母音が多くて響きが日本語に似ている。発音は二、三の点に留意すればカタカナで表記してもそうずれはない。注意すべき点の一つはハワイイ語には子音がh、k、l、m、n、p、w

30 papaは外来語で、元はpaper。

31 さっきのmikaがいい例だ。

の都合七つしかないこと。従ってラ行で表記する音はrではなくlである。[32]母音はアイウエオの五つ。

問題は、先端の科学を含む現代の知的生産活動を、一度は滅びかけたハワイイ語で営むことができるかどうかということだ。二百年前にはなかった多くのものをどう表現すればいいのか。ハワイイと同じ時期から西洋文明を輸入し、なんとかそれを消化し、その応用を通じて繁栄に至ろうと努力してきた我が日本の場合と比較して、この言葉の問題を考えてゆくことにしよう。

もともとハワイイ語にあった言葉がそのまま使えれば問題はない。水星のことを「ウカリアリイ」というのは「首長に続く者」の意で、いつも太陽のすぐ近くにいるこの星の特性を読んだすぐれた命名である。大きなハワイイ語の辞書[33]にはさまざまな雨を表す単語が百三十、風を表す言葉が百六十載っているといえば、この方面ではわざわざ英語を借りる必要がないことがわかるだろう。溶岩を大きく二つに分けるパホエホエとアアという言葉は逆に輸出されてそのまま火山学の標準的な用語になったことは前に書いた[34]。

ハワイイにもともとなかった概念は借りるか作るしかない。ある種の言葉は英語としての発音をハワイイ語化してそのまま使われる。

32 ちょっと面倒なのは音声学でグロッタル・ストップと呼ばれる一種の促音で、仮に「ッ」で表記してみれば、「ハワイイ」は実は「ハワイッイ」である。同じ綴りの言葉がこれがあるとないで別の単語になる。「ッアイ」というのは食べることであるが、「アイ」は性交を意味する。「エア」は生命だが、「ッエア」はタイマイ（甲羅を鼈甲《べっこう》細工に使うあのウミガメ）である。しかし、これもこの議論の中の表記では省略しよう。

33 Pukui and Elbert, "Hawaiian Dictionary"

34 第Ⅱ章参照。

三月《マーチ》は「マラキ」だし、五月は「メイ」（ただし、綴りは May ではなく mei になる）。平均という数学用語を「アウェリケ」というのは average を移しただけ。しかしこの種の外来語そのままを使う例は少ない。できるかぎりハワイイ語を使おうというのがこの運動の趣旨なのだから、これは当然だろうか。したがって例えば計量カップは「キアハ・アナ」となる。キアハはカップで、アナは計るという意味の動詞だから、これは簡単。同じように電気のコンセントは「プカ・ウイラ」、直訳すれば雷の穴という意味。

レーザーという言葉は「誘導放出による光の増幅」[35]という言葉の頭文字だけをつなげて作られた英語の新語である。日本では怠惰にも発音だけを大雑把に移してカタカナ表記にしてしまった。中国では刺激による光という意味で「激光」という単語を作った。ハワイイ語では「ワナア」という。もともとは日の出などの時に雲間から広がって見える光条のこと[36]。更に遡《さかのぼ》ると細い長い棘《とげ》を放射状に伸ばしたウニの一種らしい。四つの造語法がそれぞれ違う原理に基づいているのがおもしろいが、ぼくにはウニの棘の鋭さの印象をどこかに残しているハワイイ方式が最も優雅なものに思われる。

コンピューターはどうするか。日本語ではこれもカタカナのまま

35 Lightwave Amplification by Stimulated Emission of Radiation→LASER

36 絵画史にいう「レンブラント光」に近い。

が普通。時おり中国語から「電脳」という言葉を借用してみたりする。ハワイイ語でもこれは発音をそのまま移して「カメピウラ」となったらしいが、この辞書にはその他に「ロロ・ウイラ」すなわち電気の脳、あるいは「ミキニ・ホオノホノホ・イケナ」すなわち知識を整理する機械、という言葉も載っている。

そのカメピウラのための記憶装置として使われるディスクは「パ」。これはもともとお皿のことだし、音楽用のレコードもこう呼んでいたのだから当然だろう。フロッピー・ディスクあるいはディスケットはしなやかなパの意で「パ・マルレ」。日本語ではなぜか二語からなる言葉の前半の形容詞だけをとって「フロッピィ」という。最近の三・五インチのディスケットは硬いハウジングに入っていて、まったく「フロッピー」ではない。大事なのはそれが「ディスク」であることの方だろうに、なぜ前半だけを名称にしたのか。「フロッピー」でなく、「フロッピィ」と小さなイなど使うところがつくづく品がない。

スポーツは文化装置としてまるまる移入されることが多い。日本語の場合、早い段階で入ったものについてはある程度まで漢字を使って用語を作った。野球では一塁二塁だし、投手も遊撃手も漢字。

ただしストライクやホームランは普通はカタカナのまま。戦時中は、敵性語を使うのはやめようという奇妙な国粋主義から、ストライクなどまで日本語にして「よし」などとやっていたとのこと[37]。戦後になって入ってきたスポーツの場合はもう造語などせずすべてカタカナになってしまった。ホール・イン・ワンを一打穴中とは訳さなかったのだ。

ハワイイではそのあたりも頑張っているらしい。ホームランを「アイ・プニ」と呼ぶのは、完全な一打の意味だろうか。元の言葉が同じでも、バスケットボールのドリブルは「パイパイ」だし、サッカーのドリブルは「ペクペク」。パイというのは掌《てのひら》で叩《たた》くという動詞だし、ペクの方は蹴《け》るという動詞。

こういう言葉が広く使われる日は来るのだろうか。似たようなことが行われた例を他に探せば、イスラエルは建国に際して完全に死語となっていたヘブライ語の復活を国家の方針とした。古代の言葉を現代に使えるように整備し、なかった概念については組織的に造語を行った。あの国の場合は民族意識が異常に強いし、それぞれ別の言葉を母語として育った人々が集まって新国民となったのだから、共通語としてのヘブライ語を使おうという意欲もずいぶん強かった

37 堀田《ほった》善衛《よしえ》の『若き日の詩人たちの肖像』にこの滑稽《こっけい》なエピソードがある。

だろう。しかし、考えてみれば、今の世界では新しい技術にまつわる造語の大半は英語のまま通用しているのではないだろうか。英語圏の学術誌に載らないかぎりその言葉は認知されたとは言えない。あれほど英語嫌いのフランス人がそれでも現代文化のすべてをフランス語で表現することは諦《あきら》めてしまった[38]。日本語の場合は最初からお手上げ。民間はひたすら英語に走り、行政までがこぞってインフラとかライフ・ラインとか怪しい英語を使う始末だ。

その意味では、ハワイイ語のこの実験だって、先行きが明るいとは言い切れないけれども、それでも彼らの果敢な努力には共感を覚える。ハワイイ語が蔵する大量の俚言《りげん》や言い回し、イディオムの類に込められた叡智《えいち》のことを考えると、たしかにこの言葉でしか表現できないものがあの島々にはあることがわかる。それに言葉というのは単語の一つ二つではなく、言い回しをちょっと引用するだけのものでもなく、生活の全体を覆うものでなければならない。中世ヨーロッパの学者にとってのラテン語や江戸期の知識人にとっての漢文では駄目なのだ。

マウイ島のラハイナの近くにあるペトログリフを見に行こうと思

38 最も果敢な抵抗の例としては、こういうことに関しては本国よりも過激になりがちな異国のフランス系住民、すなわちカナダのケベック州のフランス系の人々の活動が挙げられる。なにしろ航空管制が英語なのはけしからんと言ってパイロットがストライキをやったのだ。もちろん負けたけれども。

った。この言葉自体はギリシャ語で、岩に彫られた図といううぐらいの意味である。岩の表面に図を彫ることは世界中のずいぶん広い範囲で行われてきた。文字と呼べるものである場合は少なく、象徴的な意味の込められた図がほとんどだ。単純化された人間の形、動物、太陽、時には舟や農具、そして多くの抽象図形。祈りとか呪術《じゅじゅつ》と呼んでしまっていいものかどうかわからないが、自分たちの存在と世界の関係を単純な図像表現によって好ましいものに変えようという意図を読み取ることはできる。

岩という素材が同じであることと、制作に使う道具の方も似たようなものだったことから、世界中のペトログリフはほぼ同じような造形になる。ハワイイのペトログリフで驚くべきことはその数だ。ポリネシアでは各地でペトログリフを見ることができるが、ハワイイほど多くが残っているところはない。ハワイイ全体では約百三十五か所におよそ二万五千点の図像が残っているという。

ぼくが見に行ったのはラハイナからマアラエアの方へ戻る途中でちょっとだけ山の方へ入ったところ[39]。学術的にはMA－D2－2という記号で呼ばれるペトログリフの遺跡である。海岸に沿った道を折れて、サトウキビ畑の間を走り、正面に見える丘の間へ入って間

39 海岸道路を行って、ぽつんとある雑貨屋の横から山の方へ登る道の先。

もなくのあたり。右手の崖《がけ》にそれらしいものが見えてきた。車を降りて、歩いて近づく。

ペトログリフは流れて固まった溶岩の表面や、大きな石、それに岩の断崖などに作られる。この場合は西向きの断崖《だんがい》の中腹に、彫るのではなく描く感じで、それでもずいぶんはっきりと残っている。比較的近づきやすいところと聞いていたから、あるいは荒らされているかもしれないと危惧《きぐ》していたが、保存状況はよかった。見事なものだ。

岩に登ってすぐ近くまで行ってみる。手で触れられる距離から、もちろん手は出さずに、一つ一つ見てゆく。そこで感じたのは、やはりペトログリフは美しいということだった。岩という素材ゆえに図柄を単純化しなければならないことが、特有の美しい形を生み出す。もちろんこれを作ったハワイイ人の美的な感覚が優れているということもあるだろう。いずれにしても

マウイ島の岩の壁に描かれた、ペトログリフ
大半は美しく簡略化された人物像である

これは美術として鑑賞に耐えるものだ。

　それが午前中だったので、日が正面から当たればもっと美しいだろうと考えて、午後遅くもう一度行ってみた。岩肌に赤みを帯びた光が当たり、図像はいよいよくっきりして、美しかった。ペトログリフは場所の芸術である。その場から動かすことはできない。[40] そういう意味では、場の選定はすでに制作の一部であって、風景を読み取る力のない者にはすぐれたペトログリフは作れない。[41] このMA－D2－2の場所は海岸からの距離も、丘との関係も、そして崖の向きと日の当たりかたも、充分に考えて作られたとわかるものだった。

　研究者によると、ハワイイのペトログリフはポリネシアからこの島々に人間がやってきて間もない時期から、白人の文化が大量に流れ込んだ最近まで、ずいぶん長い時期に亘《わた》って制作されつづけたという。一つ一つについてその年代を決めるのはむずかしいらしい。溶岩の表面ならば少なくともその溶岩が流れた時以降ということはわかるし、中にはアルファベットの文字が入っていてキリスト教文明以降とわかるものもあるが、大半は推定の手掛かりもない。言い換えれば時代を超えているということになる。年号では計れない歴史というものもあるのだ。

40 昔、ペトログリフのある崖のその部分を切り取って家に持ってかえった男がいたという噂《うわさ》を聞いたことがあるけれど。

41 同じことは、ヘイアウすなわち神殿を建てる場所についても言えることだ。

ペトログリフが文字の代わりの役を果したというつもりはないが、長く残る素材の上にある意図をもって図を刻み、そこに意味を込めるという行為は、文字の発祥に近いものかもしれない。漢字でもいわゆる六書《りくしょ》のうち象形に起源を持つ字はペトログリフによく似ている。少なくとも日とか月、舟などの文字の形を岩の上に想像することはむずかしくない。逆に言えば、もしもハワイイに何世紀も前から文字があったなら、人は呪術的な役割を文字の方に託して、ペトログリフを作らなかったのではないだろうか。

チャントの場合に見たように、文字がないことがハワイイ文化の形をある程度まで規定した。文字があればそれが担《にな》うべき文化のある領域を別のものが埋めた。この言いかたは最初から文字の存在を前提にした、文字優位主義的な偏見かもしれない。一つの文化を見る時に、他の文化と比較してないものを数えるのは正しいやりかたではないだろうが、少なくとも文字がないことをそのまま欠陥とか短所と見る偏見に比べると、まだしも害の少ない偏見ではないか。文字を持ったがゆえに、われわれ日本人の記憶力は大きく退化したという考えかたもできるのだ。『古事記』が文字なしで成立しえたかどうか、もう一度考えてみてもいい。

マウイ島のペトログリフを見ているうちに、よく似た図柄を前にどこかで見たことを思い出した。刺青。それも大歌手フランク・ヒューウィットの腕にあった刺青。あれも単純化された図形に象徴的な意味が込められて美しいものだった。

日本の場合、刺青はほとんど美術に属する。もちろん制作にまつわる苦痛に耐えることが「男らしい」という連想からか、いわゆる正業を少しはずれた博徒《ばくと》的屋《てきや》系の特別な業界に属する人々の表象という意味を負っていることは否定できないが、その場合でも絵柄に記号論的な意味を込めるということはなかったようだ。評価にしても、絵としての見事さ、絵の構図と大きさやぼかしの技術が重視されても、図像そのものの意味は軽視される。家紋を彫って裸でも紋付という人もいない。同じように、今のアメリカにおける刺青の位置を考えても、ちょっとかわいい絵柄、粋《いき》な図を軽い気持ちで彫ってもらうことが多く、そこに象徴的呪術的な意味が込められることはないと見ていいだろう。[42] 文字が発達した社会ではそういう役割は文字が負い、絵の方は独立して絵の機能だけを負わされるようだ。

しかし、ぼくが聞いた説明によれば、フランクの刺青はほとんど文字に似た機能を持っている。彼の右腕にあるのは太陽と魚のエイ、

42 アメリカ人と刺青の話でいつも思い出すのは、エド・マクベインの87分署シリーズのうち『ハートの刺青』という話。スティーヴ・キャレラ刑事はこの話の中で口のきけないテディーという女性と知り合い、彼女を悪漢の手から護《まも》り、結婚する。その途中で彼女のかわいい刺青が大きな役割を果たすというわけ。

雷。エイは大洋の神の象徴。手首に近い方の四角の連なりは風と潮、われわれを取り巻く自然の重要な要素。左腕の方には月とカメ。太陽の中の鳥。月の光の中で生殖して増えるカメは豊《ほう》穣《じょう》のしるし。

ざっと聞いた説明だから間違いもあるかもしれないが、ここにあるのが一枚の絵でないことはよくわかった。一つ一つの図柄が問題なのだ。全体の意味はそれをつなげて読み解くことで得られるのであって、言ってみれば図の一つ一つは文字に似て、それぞれに意味を負っている。あるいは、コンピューターのハードウェアにいろいろなソフトウェアを組み込むように、彼の腕にはさまざまな呪術的な機能が図像となって組み込まれている。この場合、

プウホヌア・オ・ホナウナウの神像
口の形はポリネシア彫刻に特有のもの

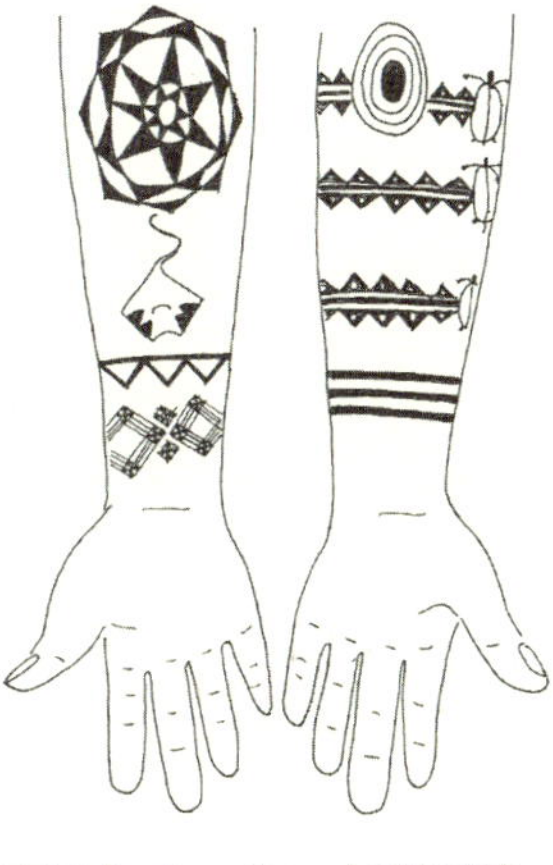

フランク・ヒューウィットの腕の刺青
図柄の一つ一つに意味がある

呪術という言葉をあまり現代に寄った科学的な視点から解釈しない方がいい。要するに精神から自然への働きかけの具体的手順ということなのだ。

もともとポリネシアは刺青が広く行われた地域として有名である。刺青を意味する英語のタトゥーの語源はタヒティ語のタタウだという。特にニュージーランド原住のマオリ人の全身を覆《おお》う刺青の抽象的な美しさは印象的なものだ。このポリネシアの伝統の一つの形をぼくはフランクの腕に見たのだ。

では、彫像となるとどうだろうか。刺青と同じように、視覚に訴える表現が神々の権威を伝える。ポリネシア人は実に力強い神の像を木や石で作った。イースター島のモアイ像が最も広く知られているが、島ごとにさまざまな像が作られ、崇《あが》められ、拝まれてきた。ハワイイで最も大事な四柱の神はポリネシア起源である。四柱とはすなわち、父にして、太陽、水、その他生命を支える自然の恵みの体現者であるカネ、男性的な力の源泉、戦の神であるク、平和と農業、豊穣、暗雲、風と雨と海の音の神ロノ、それに海と海の風の神であるカナロア。その他にももう少し格のさがる神や女神、半神などがぞろぞろと在《いま》す。それぞれが像として表現される。

ぼくは、例えばハワイイ島のコナに近いプウホヌア・オ・ホナウナウ[43]の神域にあるいくつもの像を思い出す。ハワイイの神殿の中には人身御供《ひとみごくう》の恐ろしい教義を実践するところもあったようだが、ここは弱者の神域、避難所、最後の救済の場だった。ハワイイではタブーを犯した者は殺される。人が人を死刑にするのではなく、神の権威がその者の死を命ずる。実行しなければ共同体全体に火山の噴火や大嵐《おおあらし》などの災いがふりかかる。しかし、それでもタブーの違反者には最後の救いとしてプウホヌアすなわち「避難の神殿」に逃げ込むという方法が残されている（プウホヌア・オ・ホナウナウはその中でも最大規模のもの）。もちろん追手の方も必死で捕らえようとするから、逃げきるのは容易ではない。最後のところは数キロの海を泳ぎ渡るだけの体力が要求される。この試練に耐えた者は生き延びられる。その他にもここは身体《からだ》の弱い者、寡婦《かふ》、孤児など、さまざまな意味での弱者に生活の場を提供していた。

　三つの異なる神殿を持つこの神域はまたコナの王族たちの埋葬の場でもあり、それがまたここに一層の権威を与えた。一八一九年にカメハメハ大王が亡《な》くなった直後、彼の妻の一人であるカアアフマ

43 海の方へ少しばかり突き出した小さな岬で、陸との間は石垣で遮断されている。いくつもの建物やヘイアウ（神殿）があって、かつてのハワイイの雰囲気が残ったいい場所である。団体の観光客はまず行かない。

ヌがタブー制度の廃止を宣言したことは前に書いた。[44] これは事実上ハワイイの宗教制度すべての廃止を意味していた。神殿は壊され、神官は追われ、神々の像は燃やされた。今ビショップ博物館などで見ることができる像はそれを逃れた数少ない例である。

プウホヌア・オ・ホナウナウに立っている像も一九六一年にここが国立歴史公園として整備された時に作られたレプリカに過ぎない。当時の職人が昔どおりの道具を使ってオヒア材で作った模造。だが、それでも、これらの神の像の奇怪な造形は、本当に崇拝されていた時にこの像が放っていた権威を充分に想像させるし、8の字を横にしたような口は今にも呪詛《じゅそ》の言葉を吐きそうに見える。

神の像はもちろん文字の代わりではない。しかし、ある抽象的な概念を多くの人々に伝えようとする時、彫像は文字と同じような機能を持つだろう。文字がないとなれば、朗唱と儀式と彫像と神殿がその抽象的な概念を伝える役を担うことになる。コーランという文書があったからイスラム教は偶像の徹底的な排除を実行することができた。聖書という文書の権威に頼るから、プロテスタントの教会の中には十字架があるだけでキリストの像はない。[45] 文字なき宗教においては偶像はずいぶん強い力を持っていただろう。

44　209ページ。

45　カトリックでは聖書は聖職者のものであって信徒のものではなかった。

現代におけるハワイイ語の位置を考える場合、どうしても無視できないのが地名の問題である。ハワイイ諸島の地名の大半がハワイイ語であることが、この言葉の力をずいぶん強いものにしている。守られた湾を意味するホノルルが例えばニューポート[46]と呼ばれていたら、噴き出す水を意味するワイキキがもしもロングビーチ[47]だったら、何よりも最初にキャプテン・クックが命名したとおりこの島々がサンドイッチ諸島と呼ばれていたら、ここがハワイイ人の土地であるという印象ははるかに弱くなっていただろう。

ハオレたちは文化的にハワイイを制覇し、自分たちの宗教や経済制度や文化を押しつけたけれども、地名にだけは手をつけなかった。メイフラワー号からアメリカ独立までの時期の後で、彼らも先住民族の地名を尊重する姿勢を身につけたと言っていいだろう[48]。

アメリカ東海岸の地名の多くはヨーロッパからの直輸入である。ニュー・イングランドであり、ニュー・ヨークであり、ニュー・ジャージーである。ニューなどつけず、イギリスはじめヨーロッパ各地の地名をそのまま持ってくる例はもっと多い。シカゴやマサチューセッツ、マンハッタンのように先住民族が使っていた言葉をその

46 同じ地名はThe Times Atlas of The World によれば世界中に三十二か所ある。

47 ワイキキがホノルルの一部であるように、ロングビーチはロサンゼルスの一部である。

48 そういう方針を誰がどこでいつ採用したのか、調べているのだが、なかなかわからない。だいたいいつからサンドイッチ諸島はハワイイ諸島になったのだろう。

まま踏襲した例もないではないが、数の上から言えば完全に少数派。

これがどれほど傲慢《ごうまん》な行為であるか、われわれは想像してみた方がいい。われわれが住んでいるところへ極端に戦闘的でしかも圧倒的に強い民族が押し寄せ、住みやすい土地を占領してわれわれを居留地に押し込め、われわれが富士山と呼んでいた山をニュー・エヴェレストと名付けたとしよう。この命名と同時に有史以前からわれわれが培《つちか》ってきたあの山との関係が失われる。『竹取物語』以来のあらゆる文学の中でのあの山の意味、すべての風呂《ふろ》屋のペンキ絵の意味、歌、諺《ことわざ》、言い回し、個人的な記憶、そういうものの全体が失われる。地名を変えるというのはそういうことである。

日本人と呼ぶとあまりに包括的で話が混乱するから、もっぱら本州四国九州に生きてきた人々をヤマト人と呼ぶことにする。北海道でヤマト人がやったのは半分ぐらいの地名改変だった。乾いた大きな川を意味する札幌、川口が幾筋にも裂けている川という意味の帯広、釧路《くしろ》（越える道）、登別《のぼりべつ》（水の色の濃い川）、稚内《わっかない》（冷たい水のある沢）、それぞれに先住のアイヌの人々の呼んだ名を一応は踏襲しながら奇妙な漢字を当てる。カタカナのままではいけないというのは知識人と官僚が漢字の権威に頼っていたからだろうか。それでも彼らはもとの地名を無視して新京や北都を作りはしなかった。例外は開拓地に幸福とか大正とか抽象的な名を付けた人々[49]。

ハワイイでも英語名がないではない。誰もが知っている例を挙げれば、真珠湾という日本語にまでなっている不幸なパール・ハーバー[50]。その隣のパール・シティーはもともとの名はマナナだったという。オアフ島の北にはサンセット・ビーチがある。ここは本来は「不意打ち」を意味するパウマルという名だった。捕ってもいい量を超えてイカを捕った女がいきなりサメに脚をかじられたところからこの名がついたという愉快な伝説がある。サンセット・ビーチという名はただ観光客にアピールするばかりで、このような深い意味はない。

微妙な例として、ハワイイ島のヒロに近いレインボウ・フォールズを見ようか。ここは水煙に日光が当たる時間には虹《にじ》が見える。滝の水は虹の中へ落ちてゆく。それ故《ゆえ》にここをハワイイ人はワイ・アヌエヌエすなわち虹の水と呼んでいた。それをそのまま英語に訳したのが現地名。

正直に言えばハワイイ語の地名を覚えるのは楽ではない。少なくともアメリカ本土から来たばかりの人々が「この土地にはちゃんと

49 戦争というものは人を必要以上に攻撃的にするものだ。第二次大戦の間、シンガポールが昭南市という名で呼ばれたのは日本軍が行った文化破壊の一つの例である。朝鮮で創氏改名が強行されたのに地名に手が付けられなかったのは漢字への敬意によるものかもしれない。

50 長い丘を意味するプウ・ロアというハワイイ語の名もあったのに。

アメリカらしい地名がついていない」と文句を言う光景は容易に想像できる。実際の話、まぎらわしいということは否定できない。アイヌ地名には小さな川を意味するナイ（漢字を当てれば内。具体的には朱鞠内《しゅまりない》、真駒内《まこまない》、静内、札内などなど）と大きな川を意味するペッ（同じく別。例は門別、紋別、然別《しかりべつ》、幌別《ほろべつ》、幕別などなど）で終わるものが多いが、同じようにハワイイ語の地名にはワイすなわち水が語頭につくものが多いのだ。ざっと並べてみれば——

ワイアケア　幅広い水
ワイアラエ　沼地の鳥の水
ワイアレアレ　溢《あふ》れる水
ワイアナエ　ボラ（鯔）の水
ワイアナパナパ　きらきら光る水
ワイアウ　渦巻く水
ワイカネ　カネ神の水
ワイカプ　コンク貝の水
ワイキキ　噴き出す水
ワイコロア　アヒルの水
ワイコル　三つの水

ワイレア　女神レアの水
ワイルア　二つの水
ワイルク　殺戮《さつりく》の水
ワイルペ　凧《たこ》揚げ場の水
ワイマナロ　飲める水
ワイマノ　たくさんの水
ワイメア　赤みを帯びた水
ワイナニ　美しい水
ワイオケオラ　生命の水
ワイオリ　喜びの水
ワイパヘエ　滑りやすい水
ワイパフ　破裂する水
ワイピオ　曲がった水
ワイプヒア　吹き飛ばされた水

といった具合。ぼくの耳には美しく響くが、ハワイイ語を知らない者からは当然覚えにくいとか混乱するという意見が出てくるだろう。ここはアメリカではないのかと騒ぎ出す者もいるだろうし、開発業者が勝手な名を付けることもあるだろう。官庁がそれを追認するおそれもないではない。沖縄の地名には実際にそういうことが起こっている。「あがりへんなざき」だったはずの東平安名岬は「ひがしへんなざき」と呼ばれるし、「じっちゃく」であるはずの勢理客は「せりきゃく」になる。牧港は「まちなと」ではなく「まきみなと」と呼ばれる。官僚たちが率先してこういうことをする。これに対抗するだけの見識が住民の側にないと地名は護《まも》れない。郵便配達の便利だけを理由に古い地名が大量に抹殺された東京の例を思い出してみよう。[51]

　ぼくの手元に一枚の粗末なパンフレットがある。マウイ島ハナの先にあるキパフル渓谷[52]のレインジャー事務所でもらったものだ。見出しに当たる部分には大きな文字で「七つの聖なる池？　そんなものは存在しません！　観光客を呼び寄せるために作られた贋《にせ》の地名です」とある。本文の方を読んでみると、要するにこの事務所を訪れる観光客が異口同音に「七つの聖なる池」はどこにあるかと問うらしいのだ。実際、この地名を書き込んだ観光用の地図もないではない。[53]なぜこのようなことになったのか、調査が行われた。ハワイイ系の老人たちに聞くと、彼らはこの名を作った責任者として二人の名を挙げた。政府の指名を受けた歴史研究者がその一人の家まで

51 この流れに果敢に抵抗した東京都新宿区は偉いと思う。実際、今でも新宿区には矢来町、箪笥《たんす》町、細工町、二十騎町などの小さな町名がちゃんと残っている。霞《かすみ》町のような美しい町名をさっさと捨てて南青山や北青山ばかりにしてしまった港区とは大きな違いだ。

52 「荒れた庭園からの獲得」？　いくつもの滝を見るハイキング・コースがある。

53 日本語のガイドブックにもたいてい書いてある。

行って質問をした。あるホテルの従業員であった彼女はもう一人と協力して、いくつかの英語地名を捏造《ねつぞう》し、それがあたかもハワイイ人の伝統に関わるものであるかのごとく広めたと告白した。他のホテルもこれに追従し、贋の地名は一人歩きをはじめたというわけ。

「ここには特別な七つの池はありませんし、ハワイイの王族や神々のみが水浴びをする特別の池もありません。ハワイイ人は池に向かって祈ったりはしなかった！　キパフルの流れは王族だけの聖なる目的のために立入禁止になっていたわけではなく、畑の作物のために、水泳のために、洗濯と水浴びのために何世紀も前から人々に開放されていたのです」

そう、嘘《うそ》で人を釣るのはよくないことだ。

「ハワイイ人はこの島々で英語が話される何百年も前にすべての土地に命名をしていました。『七つの聖なる池』という言葉を使うのは、自分たちの言葉と文化を保持しようとしている先住ハワイイ人を貶《おとし》める行為です。ハワイイ人にとって本当に重要で聖なる土地や物の価値を引き下げる行為とも言えます」

これはなかなか感動的な文章である。実をいうと、ここには一部を訳したけれども、全体としていかにも素人《しろうと》が書いた感じで、重複が多く、決して名文とは言えないのだが、それでもこれだけのものを作って配付する意欲には動かされる。

「このパンフレットは（複数の）個人の寄付によって印刷され、マウイ島東部の自然と文化の資源を保護することに関心のある事業者と市民を通じて配付されました。歴史的調査を行ったのはナショナル・パーク・サービス（国立公園課）、その結果をまとめた文書は公園課のキパフル地域レインジャー事務所のリサーチ・ライブラリーにあります。電話は二四八－七三六七」

こういう努力をする人々がいるかぎり、ハワイイ語の未来はなかなか明るいということができるだろう。

日常の英語の中に入った主なハワイイ語には、こんなものがある
（ハワイイ語のアルファベット順）

アロハ　よく知られた挨拶《あいさつ》語。「こんにちは」も「さよなら」もすべてこれで間に合う。
ハナ　仕事。
ヘイアウ　神殿。
フラ　第Ⅵ章を見よ。
イム　石を焼いて食べ物を蒸し焼きにする料理法。
カフナ　神官、呪《のろ》い師、医師。
カイ　海。
カロ　タロ芋。
カネ　男性。
カパ　樹皮で作った伝統的な布。ポリネシアでいうタパ。
カプ　タブー（209ページを見よ）。
クプナ　おじいさん、祖父母。尊敬かつ敬愛される老人。
ケイキ　子供。
コクア　手助け、協力。
ラ　太陽。
ラナイ　ベランダ。
レイ　花輪（第Ⅵ章を見よ）。
ロミロミ　ハワイイ式のマッサージ。最近は観光客にも人気がある。
ルア　便所。
ルアウ　イム（→）で焼いた豚や、ポイ（→）、その他の伝統的な料理を供するハワイイ式のパーティー。
ルナ　プランテーションなどの現場監督。
マハロ　ありがとう。実に頻繁に使われる言葉。「ここにゴミを捨てないでください。マハロ」とか、「このプールでは自分の責任で泳いでください。マハロ」などと書いてあるのを見て、ぼくはマハロというのはマネージャーの名前かと思ったものだ。
マヒマヒ　シイラ。よくソテーで出てくる。醬油《しょうゆ》味がうまい。
マカイ　（道などの）海側。
マナ　霊力。
マウカ　（道などの）山側。
マウナ　山。
ムウムウ　いわゆるムームー

である。

ナニ　美しい。

オノ　うまい。

パニオロ　カウボーイ。ハワイイは実は牧畜が盛んで、優れたカウボーイをたくさん生んできた。

パウ　おしまい。

ピリキア　難題、不幸（179ページを見よ）。

ポイ　タロ芋のペースト(168ページを見よ)。

ポノ　正義。正しいこと。

ププ　オードブル、おつまみ。

ワヒネ　娘、女。

ウィキ　早く。ホノルル空港のターミナル間を結ぶバスは「ウィキ・ウィキ」という愛称で呼ばれるが、その割に速くない。

Ⅷ　波の島、風の島

マウイ島にいる。

ビーチに立って、目の前に広がる海を見ている。背後の道路と浜の間は狭くて、時おり走りすぎる車の音がすぐ後ろで聞こえる。正面の海は昼すぎの強い日射《ひざ》しを浴びてキラキラ光っている。浜の正面にはカホオラウェ島が見え、左の方には小さなモロキニ島が遠望できる。この時期、この海域にはザトウクジラ[1]が多く集まってくる。今日も目を凝らして見ていると、時おり彼らの吹く潮が見える。いかにもクジラたちがのんびりと遊んでいそうなのどかな海。

沖からは一定の周期で波が押し寄せる。平らな横一筋に海面が盛り上がり、やがて頂点が三角にとがって、岸に近づくにつれてそれがいよいよ高くなり、持ちこたえられなくなったところでこちら側へ崩れはじめる。岸から見ていると、白く崩れる部分が中央から左右に広がって、内側に自分自身を巻き込むようにしながらざわざわと泡立って走り、やがてすべてが純白の泡沫《ほうまつ》の混乱に包まれる。その先では砂浜が両腕を精一杯にひろげて、寄せてくる波を迎え入れ

1 北太平洋のザトウクジラはアラスカ近海とハワイイ、それに日本の近くを回遊しているらしい。沖縄県内だと座間味島の近くで二月から三月にかけて見ることができる。ザトウクジラは尾の裏側の模様（潜る時に真後ろにいるとよく見える）で個体識別ができる。小笠原にいたクジラをハワイイ近海でも確認したというニュースがあった。クジラに頼んで尾の裏側に「愛シテイル！」とか「ALOHA AU IA OE」とか書かせてもらうと、ハワイイに住んでいる恋人向けの、世界で一番大きなラブレターが送れる。

る。見ている者はいなかったにしても、地球に海が生まれて以来何億年も続いてきた光景だ。

砂の上に立ってそれを見ながら、見ているだけでは話にならないと考える。今日はすることがあってここに来たのだ。そう思って、寄せる波のタイミングを見計らい、意を決する。右の脇《わき》の下にボードを抱えたまま海に向かって走り出す。浅い水を足で蹴立《けた》てて走る。しばらく行ったところでボードを水に放り込み、その上に身を投げるようにして乗る。身体《からだ》についた勢いを利用して水の表面を少しでも沖の方へ進んだところで、ボードの上で背をそらせ、両腕で水をかく。ボードはポリウレタン・フォーム製で、非常に軽くて波の上をすいすい進むはずなのだが、その上に乗った身体は重い。腕が重く、首が重く、なかなか水の上を滑走するという具合にならない。

崩れた波が正面から来る。乗り越えようとボードの縁、レールと呼ばれる部分を手で持って上半身を持ち上げる。バランスが崩れて見事にひっくりかえった。カヤックで言うエスキモー・ロールのような具合に水中で一回転して、ようやくまた波の上に戻った。水が塩辛い。

普段の運動不足を痛感してへとへとになりながら、沖へ出る。ここまで来ると波の大半は崩れることなくそのまま岸に向かう。ここでは波はゆるやかに盛り上がってまた下がる水面の動きにすぎない。その上に浮いて日の光を浴びて岸を見ているのは実に気持ちがいい。その状態で時々斜め後ろを見て、いい波を待つ。心の中を空っぽにして、大げさに言えば自分の周囲の世界全体を肯定する調和の中で、ゆっくりと待つ。小さい波をいくつもやりすごし、特別に大きなのが来るのを待って、岸に向かってパドリングをはじめる。精一杯水をかいて勢いをつけ、崩れはじめた波の頂点に乗るようにする。よくわからないが、教えられたとおりにやってみる。

そこへ、いきなり後ろから突き飛ばされるような加速感が来た。身体がボードごと持ち上げられ、すごい速さで走りはじめた。波頭は元の水面からは相当な高さで、そこが連続的に前へ前へと崩れてゆく水の頂上にボードが乗っている。そのまま岸に向かって突進する。これは快感だと思う。自分の力ではなく、波の力に駆動されて走る。

本当はここでボードの上に立って、右に左に操れればいいのだが、なんといってもこれが生まれてはじめてのサーフィンだから、そんなことは望むべくもない。ボードに乗ったままで、波の上に顔が出ているだけでも嬉《うれ》しくてしかたがない。すぐ隣を我が師匠であるサワラ君ことオガサワラ君[2]がボードの上にすっくと立って、彼の基準

2 この人物については後に詳しく話す。

からすれば実に小さい波[3]の上をすいすいと巧みに滑ってゆくのを、飛沫《しぶき》の合間から見る。感心して見るけれども、あんな風に波に乗りたいという気持ちにはまだならない。岸で見ているだけの自分から、こうやって波に乗っている自分になっただけで感動している。これは本当におもしろい遊びだと思う。

　翌日は同じマウイ島の北のビーチに行った。パイア[4]の町のすぐ手前、テニスコートの先の浜に出て、前日のロングボードをこの日はブギーボードに換えて沖に出る。ロングボードは誰も知っているサーフボードの形をしていて、長さもぼくの身長をはるかに上回るが、ブギーボードは長さが一メートルほど、幅はロングボードよりも広い。上に立つことは考えず、腹這《はらば》いになって、あるいはせいぜい片《かた》膝《ひざ》をつく姿勢で乗るものだ[5]。初心者の常で前の日にはパドリングに苦しんだが（普段まるで使わない筋肉を酷使するのだ）、ブギーボードにはその苦労が少ない。足にダイヴィング用のよりはずっと小さなフィンを履いて、これを併用して進む。

　この日は、いい波をゆっくり待つこと、きれいに崩れるポイントを探して、そこに行って待つことが大事だと知った。沖から岸にかけての海底地形で波の盛り上がりかたと崩れかたが決まる。波はい

3　彼が日本にもどってサーフィンの大会に出たことがあった。選手は二人ずつ組になって沖に向かい、これと思う波に乗る。彼がどんどん進むと小さな波が来た。これではしかたがないと思って、やりすごしてもっと沖に進んだ。もう一人の選手はその小さな波に乗って、何か演技をして浜に戻った。サワラ君はなおも進んだが、波らしきものは来ない。「さっきのあれが波だったんだ」と覚《さと》った時はもう遅い。諦《あきら》めて戻ると、もう一人の優勝が決まっていた。

4　「うるさい」

5　日本では同じものをボディーボードと呼んでいる。どうしてこういうことになったのだろう。

ろいろ来るけれども、しばらく見ていると法則がわかる。沖に行って、波に身をまかせて、ゆらゆらと漂いながら、いい波を待つ。沖へ出すぎるとすべての波が崩れることなく通りすぎてしまう。岸に近すぎると小さな波と崩れた波ばかり相手にすることになる。ちょうどいい位置で、右に左に移動しながら、百に一つのいい波を待つ。心をいわばモデラート・カンタービレの状態に保ちながら、サワラ君とお喋《しゃべ》りをしながら、悠然と待つ。

いくつかの波で失敗した。これはと思って乗るのだが、さほどのこともなく平凡に終わる。正に龍頭蛇尾《りゅうとうだび》という言葉のとおり。ここの波は昨日の浜のよりも大きい。海岸に沿った道をもう少し先まで行くと特に大きな波で有名なホオキパ[6]なのだが、パイアは湾になって護《まも》られているせいか、ぼくなどにちょうどいい大きさの波。その中でも大きめのを待つ。岸に生えた木々がずいぶん小さく見えるところをみると、浜からは二百メートルぐらいあるだろうか。そういうところで波に揺られているのは実に気分がいい。プールに泳ぎには行くし、ヨットに乗っていたこともある。素潜りも沖縄ではよくやる。しかし、沖に出てこんなにぼんやりしているのははじめてだ。

どうもこれはスポーツとはまた別の要素を持つ遊びだという気が

6「もてなし、歓待」
ここはむしろウィンド・サーフィンに向いているようだ。あれだけの大きな波を相手にするには風の駆動力が必要になる。つまり、大きな波に乗るにはそれだけ速くボードを駆らなければならない。パドリングでは無理なサイズの波でもセールがあると乗れる。また最近ではモーターボートに曳航《えいこう》してもらって、ロングボードで超特大の波に乗るサーファーもいる。ちょっとやりすぎだと思う。

してくる。まず闘争性がまったくない。もちろんコンテストはあるし、うまい仲間に負けるものかという気持ちもあるだろうが、少なくとも直接の勝敗はない。白人が考案した競技では考えられないことだ、と考える。波と遊ぶというか、波に遊んでもらう。上の方から見ていれば、広い大洋から岸に向かってゆっくりと盛り上がって寄せる大きな波の上に人間がゴミのように浮いているとしか見えないだろう。相手が大きすぎるのだ。波に身を預けるような姿勢が心地よい。サトリが開けるような気がする。

そんなことを考えながら十五分ぐらい待っただろうか。ようやく大きな波が来た。これと思ってバタ足に力を込め、岸に向かって助走をはじめる。下からふわっと持ち上げられ、そこへ例の強烈な加速感が襲ってきて、そのまま岸の方へぐんぐん運ばれる。いい波に乗ったと得意になる一方、身体のバランスを保って正しい位置に身を置いておくのに苦労する。せっかくのいい波なのだから、ひっくりかえるような結末にはなりたくない。身体の周囲全体で波がザバザバと大きな音をたてている。全身を水と泡に包まれ、首と肩だけが水の外に出ている。

急な坂を真っ逆さまに落ちてゆくような感覚。落ちた分だけ波が自動的にこちらを持ち上げるから、水でできたこの坂はいつになっても終わらない。片膝をついて身を起こしてみる。なんとかバランスを維持できる。目の位置が高くなった分だけ爽快感《そうかいかん》が増す。いい気持ちだ。

　気がついた時はもう岸のすぐ近くまで来ていた。これだけ長く乗ると実に満足する。最後のところは足のフィンで水を蹴って岸に上がった。自分の顔が嬉しさにすっかりゆるんでいるのがわかって気恥ずかしい。

　実を言えば自分でやるつもりはなかった。数日前、オアフ島の西、マカハ[7]・ビーチに坐《すわ》って、波と戯《たわむ》れているサーファーたちを半日見ていた。しばらく見ていると、彼らが何をやっているかわかってくる。長い渚《なぎさ》の、波の崩れかたがおとなしいところから水に入り、到来する波を次々にパドリングで越えて、あるいは下をくぐって、沖に出る。そして、のんびりといい波を待つ。これと思う波が来たら岸に向かって力を込めてパドリングし、その勢いで波に乗る。あとはボードの上に自然に立って、延々と長く乗ることを目的にするか、あるいは中腰で重心をずらして左右に巧みにボードを操るか。最後の一ひねりでひょいと波の向こう側に回ってフィニッシュする姿が

7「獰猛《どうもう》」。昔々このあたりに住んでいた山賊たちの性格に由来するという。イズラエル・カマカウィウォオレ（217―218ページの注参照）は両親がニイハウ島の出身で、もともとは兄と仲間二人と四人でグループを作って歌っていた（この兄のスキッピー・カマカウィウォオレは肥満のために亡《な》くなった）。この四人組は「MAKAHA SONS OF NIIHAU」と名乗っていた。「マカハに住むニイハウの息子たち」だと思っていたが、「獰猛なニイハウの息子たち」の意もあるわけだ。

かっこよく見える。ある程度の技術は必要だろうが、技術だけではない。見ていていかにも楽しそうで、そこのところが大事なのだということが想像できる。

その朝、たまたまビーチでレラ・サンという女性サーファーに出会った。一緒にいた友人が紹介してくれたので、波に乗る感覚について話が聞きたいとねだってみた。

「それじゃ後から家に来て。お昼を一緒に食べながら話しましょう」と彼女は気安く言ってくれた。その言葉に甘えて、ビーチから車で三分のところにある家に行ってみた。家の前の庭にきれいなカヌーがあって、壁には古い大きなコア材のボードがたてかけてあって、その他すべて目に入るのは海に関わるものばかりという家だ。

実を言えば、彼女は相当な有名人、この世界で言うところのレジェンド[8]の一人である。ハワイイ・サーファー界のファースト・レディーとしてサーフィン史の本に名前と写真が載っている。女性としてプロ・サーファーになった最初の一人としてみんなが知っている名前[9]。中国系の血をひく彼女はそれ以上にどんなことでも相談にのってくれる心のひろいお姉さんとしてオアフ島のサーファーたちに慕われている。友人の紹介はあったとはいえ、浜で会ったばかりの

8 伝説。

9 ただし、プロ・リーグも学校もないサーフィンの場合、プロというのは広告媒体としてスポンサーがつくという意味でしかない。お金には本当に縁のない業界なのだ。

ぼくに家に来てお昼を一緒に食べようと言ってくれたのも、そういう性格の故《ゆえ》かもしれない。

午後二時半、ぼくは彼女が作ったスパゲッティを貪《むさぼ》りながら、サーファーとしての人生について話を聞いた。なぜ、サーファーになったのかというお決まりの質問に対する答えはなかなか美しかった——

「この海辺で生まれて育ったでしょ。貧しい家に五人の子供だから、ママはいつも私たちに『海に行って遊んできなさい』って言っていた。だから、泳ぎを覚えるのも早かったし、潜るのもすぐ上手になった。それで、今でもよく覚えているけれど、四歳の時にはじめて波に乗ったの。このあたりの子供はみんな道ばたでみつけた板きれを持って海に行って、それでなんとなく波に乗ることを覚えるのよ。それがすごく楽しかった。だから、それ以来ずっと波に乗っているっていうわけ」

マカハはそれこそサーフィンのメッカの一つである。ここに生まれて育った以上、こうなるしかなかったのかもしれない。では、あなたの場合、単純明快にサーフィンしかない人生？

「そうよ。高校を卒業する時、大人になったら何になるかっていう先生の質問に、みんなが消防士とか女優とか言っているのに、私は

レジェンド・サーファーのひとり、レラ・サン

プロ・サーファーって答えていたわ。今でも同じ、もしも私が何か病気になって、あと一年の命ですと宣言されたら、その一年をサーフィンで過ごす。あと一か月と言われても、やっぱりサーフィン」

　そう言って、レラは嬉しそうに笑う。[10]

「この世界って、本当にみんなが友だちなのよ。マカハはいい波で有名なところだから、いろいろな国から上手なサーファーがどんどん来るの。みんなすぐに友だちになる。カリフォルニアの話や、ペルーのことや、オーストラリアの波のことを聞くでしょ。言葉がうまく通じなくても、話題が波ならばわかってしまう。世界の人ってこんなに仲がいいんだって知ったのが九歳の時。ボードを持って飛行機に乗って、降りたところで海に行って、あとは波のこともその晩の宿のことも地元のサーファーに聞けばぜんぶ教えてもらえる。困ることがない。どこへ行ってもそうなの。こんな世界って他にはないと知ったのはずっと後のことよ」

　サーフィンというのは争いの形をとらない珍しいスポーツだという気がするんだけど？

「そうね。二種類のサーファーがいると思う。第一は波に挑戦して、なんとか波をねじ伏せてやろうとする攻撃的なタイプ。もう一つは

[10] 実を言うと、彼女は数年前に癌《がん》になって、ハワイ中のサーファーが心配した。幸い恢《かい》復《ふく》したからよかったが、それを知って聞くと、この言葉はずっしりと重みがある。
＊後日の注――しかし彼女は結局一九九八年一月二日、癌で亡くなった。ハワイ中のサーファーがマカハの海に出て葬儀を行った。サーファーの葬儀については389ページを参照。

波と踊るというか、メイク・ラヴする人たち。波を抱きしめて、心を通わせて、波の動きの中に入ってゆく。どちらもおもしろいけれども、メイク・ラヴなんて言いかたができるスポーツは他にはないかもしれない。自分はソウル・サーファーだと思って、自然との調和の中に喜びを見いだすやりかたの人も少なくないでしょ」

ぼくはその日の午前中に見た、長く波の上に立って悠然と進む肥満体のサーファーの姿を思い出した。

「ああ、それはきっとバッファローよ。そういう名前の人。彼もレジェンドで、もうずいぶんな歳《とし》だけど、ともかく毎日ああやって波に乗るのが嬉しくてしかたがない。私の友だちには七十二歳でまだサーフィンをやっている人もいるわ。一生サーフィンを続けられたら、その人生は成功だったって言える。みんなそう思っている。それぐらいすばらしいものなのよ、サーフィンって」

彼女の言葉の一つ一つの中に、波に乗ることの快楽がキラキラと輝いていた。未経験だったぼくは、その魅力の中へ引っ張りこまれることを警戒しながら、話を少し客観的な方へもっていこうとして、なぜ他ならぬハワイイでこれほどサーフィンが盛んなのかと聞いてみた。

「波がいいから」

どうしていい波が来るの？

「それはデイヴィドに聞いて」と言って、レラはにっこり笑った。この頃になると、ぼくはこれは自分でやってみる他ないだろうという気持ちになっていた。波に一度でも乗ってみなければ、なぜこのスポーツがこれほど人を引きつけるかはわからない。

デイヴィドは彼女のボーイフレンドだ。昼食が終ってもぼくとレラの話は続いていたが、彼は家の裏にあるボード・シェイピングの小屋に行って働いていた。小屋の中はボードの素材のポリウレタン・フォームの粉がもうもうと舞って奥の壁が見えないほどだった。ぼくは彼を小屋からひっぱり出し、波の話を聞くことにした。

「ハワイイ諸島の位置がいい」とまず彼は言った。「大きな波は嵐《あらし》の中から生まれる。北太平洋にはいくつも大波の巣のようなところがある。そこで生まれた波が海面をずっと伝わってゆくうちに、形が整って、きちんとしたいい波になる」

ぼくはその朝、海岸から少し高いところから見た波を思い出した。まだ崩れる前の波の列が目の届くかぎりの海全体に縞《しま》模様を作っている。それが順序ただしく、きちんと間をおいて、ビーチに到来する。決まった場所で決まったように崩れ、左右に広がり、そこで待っているサーファーを岸の方へ運んでくれる。

「嵐の起こる場所とこの島々との距離が完璧《かんぺき》なんだ。同じ波がカリフォルニアまで行くと、今度は距離が遠すぎて形が崩れてしまう。ここはサーフィンには奇蹟《きせき》の場所、神様が用意したとしか思えないような場所なんだよ」

大きな波というのはそんなに遠くまで旅をするものなのかとぼくは感心して聞いていた[11]。上手なサーファーであり、ボードのシェイパーとしても知られたデイヴィドの言葉には説得力があった。

「だから、ぼくたちサーファーはずいぶん熱心な自然観察者にならざるを得ないのさ。シベリアに生まれた小さな低気圧がどう育つか、どんな波を送ってよこすか、毎日楽しみに待つんだよ」

そう言って、彼は太平洋全体の天気図を見せてくれた。契約しておくとサーファーのための気象通報を毎日一回ファックスで送ってくれる。そういうサービスがあって、ハワイイとカリフォルニアではずいぶんたくさんの人々がこれを利用しているとか。実際、普段ぼくたちが日本で見慣れている天気図と比べてもずっと範囲が広い[12]。北はシベリアやアラスカから、西は日本列島、東の方はカリフォルニア、

11 あるいは、すべての波は小さな津波だと考えれば理解しやすいかもしれない。津波ならば太平洋をすっかり横断してチリから日本まででもやってくる。

12 天気図は普段ぼくたちが目にする日本地図の中では最も広範囲を収めたものである。

SurFax... ☎ 1/27/95 5:11 AM 1/1

SurFax...®

FRIDAY JANUARY 27, 1995

SurFax® is now available to anyone with a touchtone phone and a fax machine! Dial 1-900-454-4Fax. $2 .5 per call and updated every morning at 5:30am PDT
Daily Subscriptions 22.95 per month or 169.95 per year

Phone 805 ... 3611 Fax 805 684-5266

Southern California Surf Forecast

Today: More gradual drop and more clearing weather. A weak west ground/windswell combination with shoulder high sets at the big west breaks, most spots more like knee to waist high. Large surf is now ancient history. Super high tide around sunrise roaring out to a minus tide after 1:00pm. *NWS Southern Cal. Forecast:* Today, winds variable less than 10 knots, except westerly near 10 knots in the afternoon, wind waves 1ft, swell west 4ft, patchy morning fog, otherwise variable high clouds. *NWS Central California Forecast:* Today, wind variable 15 knots, wind waves 3ft, swell west 6ft, scattered showers and areas of fog. *Tomorrow:* Surf, weather and tides holding. *Sunday:* Our forecast this day is small as well but we can't ignore the computer forecast showing a 2ft increase in wave heights out of the WSW. That would put our new swell from the large storm currently below Alaska coming in a day earlier then our math suggests. It's worth keeping in mind and let's hope so. *Long Range:* Monday and Tuesday we should see an upturn out of the west due ... current storm between Hawaii and Alaska ... might be standard procedure again with more rain coinciding with the arrival of the surf. These west swells often arrive with the storm they generated as they roughly move at the same pace. This is particularly true if there's no high pressure to fend the storm off to the north. At this time the forecast is for that low to head north into the Gulf of Alaska with rain hitting only extreme Northern California Monday. A small to moderate due south and west swell combo feasible Wednesday.

Storm	Pressure millibars	Swell Direction LA/HON	Distance LA/HON	ETA LA/HON
1(arrow)	****	285°/*****	1934/******	01-30/******
2(arrow)	****	*****/345°	******/1217	******/01-28
3(arrow)	****	275°/305°	3546/1101	02-01/01-28

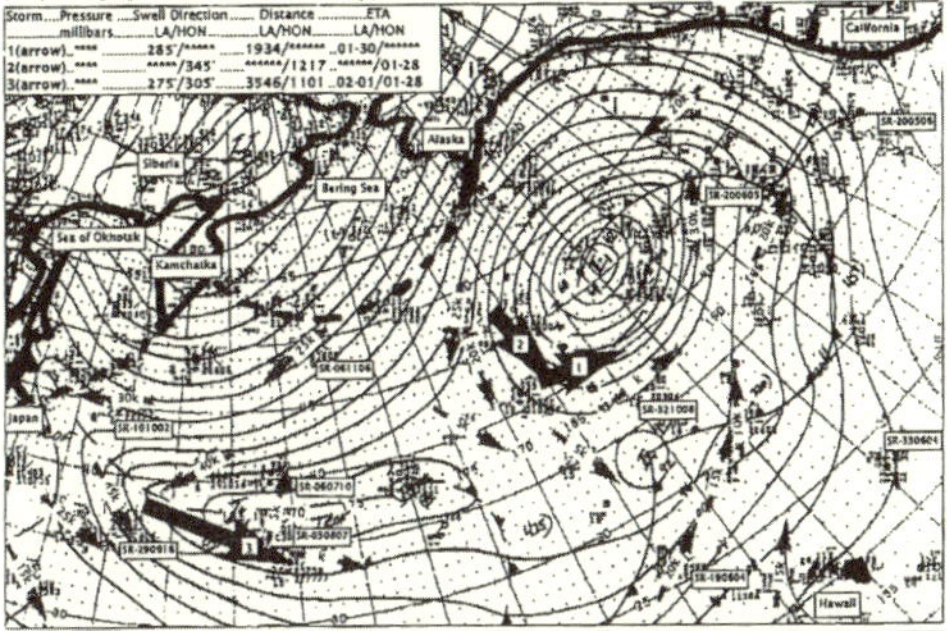

North Pacific

We're getting back in business. We have an impressive 960 millibar low south of Alaska. The one downside is the almost circular shape does not allow for a long fetch. Instead we have 2 small ones. If this thing can hold on for another day or two as it slides eastward, California will start hopping again. It'll also start raining around Monday.

Arrow 1 is sending a medium 285° WNW swell to California for Monday. In that same low, we also have a fetch aimed at Hawaii. That is represented by **Arrow 2**, which is sending a small to moderate 350° NNW swell to the Islands with an ETA for late Saturday/early Sunday.

Off in the western Pacific we have a new west swell developing for the West Coast. Again, anything way over there is a long way off, and unless the winds are 40 knots-plus, the waves will suffer a lot of degradation. From the general region of **Arrow 3**, a 270° small west swell is scheduled for California for late Wednesday/early Thursday, and a moderate to maybe large 305° NW swell is being sent to Hawaii for late Saturday/early Sunday. We say maybe large because the fetch is long but we don't have many wind reports for that section of the Pacific.

Another positive note for most of our readers is the only 2 places high pressure is hanging on is just off the coast of Southern California and in the area near Hawaii. High pressure means clear, calm weather. And all that low pressure above means potential for surf.

West Coast Buoy Data 7:00p PST Ystday

Buoy Info	wind	size	intv/misc
B46004	se14-16	5	13sec
B46036	na	5	12sec
B46005	s12-14	5	11sec
Oregon Ofshr	s6-8	8	9sec
Eel River	ssw10-14	6	7sec
Cp Mendocino	s8	7	8sec/53°
Pt Arena	s4	6	8sec/53°
Bodega Bay	sw10	7	14sec/54°
San Francisco	s16	5	5sec/53°
Farallon Island	not available		
Santa Cruz Harbor	not available		
Marina/Monterey	not available		
Monterey	s12	6	8sec/55°
Diablo Canyon	not available		
Pt Sal	n6	5	9sec/56°
Pt Arguello	not available		
Pt Conception	w8	5	9sec/56°
W.S. Brbra Chnl	wsw12	5	8sec/56°
E.S. Brbra Chnl	w20	4	8sec/57°
Redondo Beach	wsw8	4	7sec/56°
Huntington Bch	not available		
San Clemente	not available		
Scripps Pier	not available		
Mission Bay	not available		
Imperial Beach	not available		

South Pacific

Nothing for the northern hemisphere as almost all the wind/surf is headed west to east towards South America. *NWS Hawaii Forecast:* Today, surf along North and West shores 4-6ft, other beaches unchanged at 3ft or less. An east-west ridge just south of the Big Island is nearly stationary. Small craft advisory for all waters due to strong SW winds. Today thru tomorrow, SW winds 15-20 knots, seas 4-8ft, a few showers.

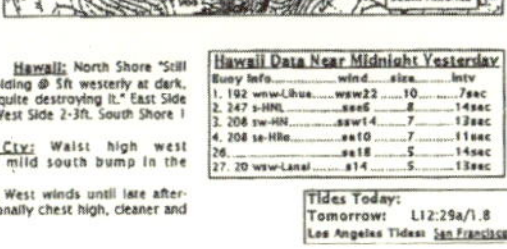

West Coast Buoy Data 1:00a PST Today

Buoy Info	wind	size	intv/misc
B46004	se19-23	6	10sec
B46036	na	7	11sec
B46005	se17-21	7	11sec
Oregon Ofshr	not available		
Eel River	se10	7	9sec/53°
Cp Mendocino	sse14	7	8sec/53°
Pt Arena	not available		
Bodega Bay	ene10	6	8sec/54°
San Francisco	ssw12	6	7sec/53°
Farallon Island	not available		
Santa Cruz Harbor	not available		
Marina/Monterey	not available		
Monterey	s16	6	8sec/55°
Cp San Martin	not available		
Diablo Canyon	not available		
Pt Sal	s4	5	14sec/56°
Pt Arguello	not available		
Pt Conception	w4	5	8sec/56°
W.S. Brbra Chnl	wnw6	5	14sec/56°
E.S. Brbra Chnl	w16	4	9sec/56°
Santa Monica	not available		
Redondo Beach	sw2	4	8sec/56°

Observations

Hawaii: North Shore "Still holding @ 5ft westerly at dark. Kona Winds (SW) not quite destroying it." East Side 1-2 occasionally 3ft. West Side 2-3ft. South Shore 1 occasionally 2ft.
Santa Barbara Cty: Waist high west wind/groundswell, mild south bump in the evening.
So. San Diego Cty: West winds until late afternoon, waist to occasionally chest high, cleaner and smaller.

Hawaii Data Near Midnight Yesterday

Buoy Info	wind	size	intv
1. 192 wnw-Lihue	wsw22	10	7sec
2. 247 s-HNL	see6	8	14sec
3. 208 sw-HN	ssw14	7	13sec
4. 208 se-Hilo	se10	7	11sec
26.	se18	5	14sec
27. 20 wsw-Lanai	s14	5	13sec

Tides Today:		H5:55a/6.2	L1:11p/-0.9	H7:38p/3.9
Tomorrow:	L12:29a/1.8	H6:46a/6.5	L1:54p/-1.2	H8:19p/4.3

Los Angeles Tides: San Francisco -2:22 Santa Barbara -0:22 San Diego -0:10

サーファーのための気象情報ファックス
熟練したサーファーは天気図からいつ波が来るかを読み取る

南はハワイイという海域の気象状況が一目でわかる。サーフィンが盛んな場所については風向きと波の高さ、それに波の間隔が書いてある。これを見ていて、やはりこれは自然を相手の遊びだと思った。

だいたいなぜサーフィンという遊びがはじまったのか。調べてみると、起源はポリネシアらしい。起源というほどのこともなく、自然にはじまったというのが正しいのだろう。実際、カヌーに乗って海に漁に出た帰り、島の近くまで戻ればその先は岸に砕ける波に乗って帰るのがいちばん早い。ふわっと浮いて速やかに波頭を走るのが楽しいことは一度でも体験すればわかる。[13] カヌーではなく板一枚でやってみようという元気な若者はどの島にでもいただろう。場所によっては板など使わず、身体《からだ》だけでも波に乗ることができる。[14]

ハワイイではこれが王侯の遊びになった。庶民もやってもいいのだが、場所とボードの長さに差があったという。もっとも、実は庶民用の短いボードの方が性能がよかったという説もあるのだが。ハワイイでサーフィンが発達した理由は、珊瑚礁《さんごしょう》の未発達[15]と関係があるのではないかとぼくは考える。南太平洋の島々はどこも周囲を環礁によって囲まれている。大洋の大きな波が砕けるのはその外側で、

13 カヌーを使う波乗りは今はワイキキ・ビーチで体験することができる。

14 これをボディー・サーフィン（カハ・ナル）という。

15 これについては第X章の439ページ以下で検証する。

そこへ行くには島との間の広い礁湖を越えなければならない。それに珊瑚礁は砂浜とちがって硬いから、ぶつかると怪我《けが》をする。しかしハワイイ諸島では、海がすぐに深くなっているためだろうか、環礁がなくてビーチからすぐに大洋というところが少なくない。波は直接に岸に押し寄せ、ちょうどいいところで砕ける。海底は砂だから危険も少ない。

キャプテン・クックは現地の人々が波に乗って遊ぶさまを見て、記録に残している――「二、三十人の現地人がそれぞれに端が丸い長い板を持って水に入った。正面から波が来ると巧みに下をくぐって向こう側に出る。ちょうどいい時に潜らないと、崩れる波に捕らえられて激しく押し戻されるから、岩にぶつけられるのを避けるためには相当な伎倆《ぎりよう》がいる……そうやって沖に出た後は、大きな波の頂点に乗って、驚くべき速さで岸に向かって戻ってくるのだ[16]」。

この頃のボード、ハワイイ語で呼べばパパ・ヘエ・ナルはもっぱらコア材かブレッドフルート材で作られた。大きなものにはウィリウィリの材が使われたという。一枚板から作ったボードは、今でも博物館などで見ることができるが、三十キロとか四十キロとか、相当な重さになったはずで、パドリングも大変だったろうと思う。

16『航海記』

やがて宣教師がやってきて、サーフィンを禁止した。反キリスト教的だというのが理由だったが、イエス・キリストが紅海の岸でサーフィンをやったと聖書に書いてない以上、これもしかたのないことだ。いずれにしても彼らは土着のものを何から何まで禁止したのである。

しかし、サーフィンは復活した。こんなにおもしろい遊びがそのまま消えるはずがない。いい波が来て目の前で美しく崩れるのを見ていれば、宣教師がなんと言おうと板をかついで海に出てゆく他ないのだ。そして、二十世紀に入った頃には全体として口うるさい宣教師の影響力は弱まりはじめ、オアフ島のワイキキあたりが新しいサーフィンの中心になった。今は浜にあまりに人が多いのでワイキキはただの観光地と思われがちだが、初心者にとってワイキキの波は理想的なものらしい。ハワイイ人の子供らが遊ぶのを見て、白人たちもこの遊びに参加しはじめた。

はじめてボードの上に立ったのは、ジョージ・フリースという若者だったと伝えられる。彼はハワイイ人とアイルランド人の間に生まれた子で、叔父であるハワイイの某王子から長いボードを貰《もら》って、これでサーフィンをしていた時に、立つことを思い立ったという。

そのボードは長さが十六フィート、つまり五メートル近くあった。後に彼はこれを半分に切って[17]操縦性をずっと良くし、サーフィンを新しい遊びに仕立てた。カリフォルニアにはじめてサーフィンを紹介したのも彼であるという。

ここでどうしてもデューク・カハナモクというスーパー・スターの話をしなければならない。話のはじまりはやはりハワイイの観光化である。一八九八年にアメリカ合州国に併合されたハワイイ諸島に、大きな汽船に乗った観光客がやってくるようになった。船はホノルル港に入港、人々は今のアロハ・タワーのところにあった桟橋から上陸し、ウクレレの音楽とレイとフラの出迎えを受けた後、ワイキキのモアナ・ホテル[18]に送り込まれるのが普通だった。ワイキキには水泳の他にもう二つの水の遊びがあった。一つはカヌー、もう一つがサーフィン。

泳いだり、サーフィンを試みたりする観光客の身の安全のためには、ビーチにはライフ・ガードが必要だった。カヌーを漕《こ》ぐための人手も欲しい。泳ぎやサーフィンのうまい地元の若者にとってこんないい仕事はない。今も有名なワイキキ・ビーチ・ボーイズの伝統を作ったのは彼らだったし、今もライフ・ガードはハワイイで最も

17 今のロングボードがだいたい八フィートから最大で十二フィートである。

18 創立一九〇一年という最も由《ゆい》緒《しょ》あるホテル。ハワイイ旅行がアメリカ人にとっても最も贅沢《ぜいたく》だった時代の遺物。建物は「コロニアル様式」の典型である。今はシェラトン系列に組み込まれ、「シェラトン・モアナ・サーフライダー・ホテル」になってしまった。ちなみにモアナは「大洋」の意。

昔の本にあったサーフィンの銅版画。白人たちがサーフィンの原理をまるで理解していなかったことがわかる

サーフィンの歴史を物語る写真の数々

敬意を集める、若者にとっては憧《あこが》れの職業である。ボーイとはいっても五十歳六十歳までこの仕事を続ける人は少なくない。

当時のライフ・ガードの中に、ワイキキを西へはずれて、今の地理で言えばイリカイ・ニッコー・ワイキキ・ホテルに近いあたりで生まれ育ったデューク・カハナモクという青年がいた。彼は観光客の前でボードを使ってさまざまな軽業を見せた——後ろ向きに乗ったり、ボードの上で逆立ちをしたり、ボードからボードへ移ったり、二人乗りをしたり、犬や観光客の一人をボードに乗せてやったり。

一九一二年、彼は予選を次々に勝ちぬき、オリンピックの水泳のアメリカ代表としてストックホルムに行くことになった。そして、百メートル自由型であっさり優勝してしまった。毎日数時間を水の中で過ごしているのだから速いのはわかっていたが、まさか世界一とは誰も思っていなかった。彼の優勝は本土のアメリカ人にハワイという土地の名を教えるのにずいぶん役に立ったことだろう。一九二四年まで彼は世界一の座を他人に譲らなかった。この時に三十四歳の彼を負かしたのはシカゴ出身のジョニー・ワイズミューラーという若者だった。[19]

デュークは有名人としてアメリカやオーストラリアを回り、行く

ワイキキにあるデューク・カハナモクの像

19　後に彼はターザン役者としてハリウッドで名を上げる。

先々でサーフィンを実演してみせて、そのおもしろさを人々に伝えた。この人がいなければ、サーフィンは今のようには普及しなかっただろうと言われるし、ワイキキの観光化も今見るほどにはなっていなかったかもしれない。彼はハリウッドで映画に出演し、州に昇格する以前のハワイイの民間大使のような役をこなし、名士になり、晩年では少し政治的に利用され、それでも人々に愛されて、一九六八年に七十八歳という歳《とし》で他界した。今、ワイキキには彼の像が立っている[20]。彼はオリンピックで勝つことでまず有名になり、サーフィンという新しいスポーツを紹介することで活動範囲を広げ、明るくて、陽気なふるまいで愛された。ハワイイ人ではあったが、実にアメリカ的な成功の人生を送った。サーフィンの普及とは別に、彼の行動はハワイイをアメリカに近づけ、文化的にその中に組み込む結果を生んだ。

　彼より若い世代はサーフィンをどんどん変えていった。それを可能にしたのは技術革新である。一枚板だったボードはやがて骨組みの上に合板を張った中空型に代わって、重量がぐんと軽くなった。パドリングで行ける範囲がひろがり、波の上での動きが自由になり、以前よりはずっと大きな波に乗って軽業まがいのことができるよう

20 シェラトン・モアナ・サーフライダー・ホテルの横。

になった。この変化の鍵《かぎ》は実は接着剤であるという。水に強い糊《のり》が作られて、合板の耐水性が増したことがサーフィンを変えた。さらにその背後には航空機製造の技術があったという。どちらも軽くて丈夫で耐水性があることが要求される分野だから、一方の進歩はすぐに他方に伝わる。[21] その後、合板は今度は発泡性のプラスチックに置き換えられた。今のボードはポリウレタン・フォームや発泡スチロールで作られ、実際片手で持ってどこまでも歩けるほど軽い。フィンもついて、波の上での機動性は格段によくなった。

　ぼくたちがよく見るサーフィンの写真に、ほとんどトンネル状になった大波の内側を抜けてゆくサーファーの姿というのがある。あそこに入って、また出てくるというのは以前の重いボードでは考えられないことだ。考えてみればあそこはエヴェレストの頂上や南極点と同じように人間が行ったことのない場所だった。チューブの中、あの崩れつづける水のトンネルの中に入るのがどんな気分なのか、心の中にどれほどの興奮、周囲はどれほどの静寂なのか、時間の流れはどれくらい遅く感じられるのか、想像してみてもわからない。

　ハワイイ人がはじめた遊びが世界中に広まった。磨き上げられた最小限の機材。自然を征服するのではなく、闘争型である以上に思索型。

21 と言っても、サーフボードで培《つちか》われた技術が飛行機を変えたということはなかっただろう。

なくメイク・ラヴという比喩《ひゆ》が用いられるような戯《たわむ》れ、場所を選んで波を待つという受け身の姿勢、静と動の極端な対比。六〇年代以降にサーフィンが盛んになったについては、アメリカの正統文化が衰退を見せて、いわゆるカウンター・カルチャーが生まれたことも無縁ではないだろう。どこか東洋的な、人によっては禅とまで呼ぶような、スポーツなのだ。しかしぼくはサーフィンは東洋的なのではなくやはりハワイイ的、あるいは太平洋的なのだと思う。大洋の隅で、心を空っぽにして遊ぶ。これはまちがいなく南の海が生んだ文化である。

島ではいつも風が吹いている。

それは今ぼくが住んでいるのが沖縄本島という島であるからよく知っている。高台にあってしかも三階だということもあるが、バルコニーに出て風を感じないことはない。[22] 時には物干し

サーファーは技巧派となるべく長く波に乗っていようとする
ソウル派に分かれるようだ　こちらは前者

台が吹き倒されるほどの風が吹く。台風が来る前に竿《さお》をしまって物干し台を倒しておくのは沖縄の主婦の常識である。

そして、ハワイイではそれ以上にいつもいつも風を感じる。ホノルルの街路を歩いていても風が頬を撫《な》でるし、海岸にゆけば風は無遠慮な指のように髪をなぶり、着ているTシャツの裾《すそ》をはためかす。[23]先日、ハワイイ島のヒロのビーチでちょっとした儀式を見物していた。午前中は日射《ひざ》しも燦々《さんさん》と暖かく、珍しく風もなくて静かな日だと思っていたのだが、午後になっていきなり風が出た。それはもう誰かが天の方で「風」と書かれたスイッチを入れたといわんばかりの唐突な吹きかたで、椰子《やし》の木はいいように揺さぶられるし、海にはたちまち白波が立ち、会場ではアーリー・アメリカン風の長いドレスにカンカン帽という姿の老いたる淑女たちがそのドレスの裾を抑えるのに苦労していた。風はそのまま吹きつづけ、翌日の朝、目覚めてすぐにぼくが気づいたのはまだ吹いている風の音だった。いや夜中にも眠りの中でぼくは風の音を意識していた。

一九九三年、はじめて行ったハワイイ島の南端サウス・ポイントでおもしろいものを見た。一方からばかり吹く風のために完全に変形して育った木。この現象自体は珍しいものではない。日本でも海

[22] その後引っ越したが、今度の家もいよいよダイレクトに風を感じる。台風の時は瞬間最大風速七〇メートルの風が直撃する。

ハワイイ島の南端、サウス・ポイントの木

岸に植えられた防風林などではよく見かけるし、実際これには風衝樹形という専門語があるほどだ。しかし、このサウス・ポイントの木の場合はそれがあまりに極端だった。風の女神の髪のように幹から枝が一方へ長く長く伸びている。枝の重さに耐える幹と根の強度に感心しながら、ここはよほどの風の場所なのだろうと思った。このすぐ近くに三十基以上の風車[24]を並べて風力発電の実験をしているウィンド・ファームが作られたことを見ても、強い風が安定して吹く場所であることがよくわかる。

そして、夏にはハリケーンが来る。ぼく自身はハワイイのハリケーンを知らないが、友人ジュリー・オカダからその話を聞いた時はこれは本当に台風並みだと思った。日本には台風が来るから日本人はある程度まで強風の怖さを知っているけれども、世界全体で見ればこのような強い風の力を想像もできない人の方がずっと多いだろう。

一九九二年の九月十一日にハリケーン「イニキ」がカウアイ島を襲った時、彼女はたまたま仕事でこの島に来てホテルに泊まっていた。この日は午前中で仕事を終えて四人の仲間とホノルルに帰ることになっていた。ところが、朝ホテルを出ようとした時にハリケー

23 第IX章369ページ以下で詳しく書く「ホクレア」と「ハワイイロア」の出航式である。

24 三菱《みつびし》重工のヒット作で、出力二五〇キロワット。日本国内では沖縄県の宮古島狩俣《かりまた》に同じものが二基ある。遠くから見ていると優雅で美しいが、近くに寄ると「ヒューン、ヒューン」と風を切る音が耳につく。人家の近くに設置する場合にはこの音をどうやって消すかが問題になるという。

ンが接近していると教えられ、仕事はもちろん帰還も不可能になった。かつて「イワ」[25]という大きなハリケーンを体験していた彼女はすぐにコンビニエンス・ストアに走って食料と飲み物を買い込んだ。そうする間にも警察官から「早くホテルに帰りなさい」と促されたという。

十一時にホテルに帰ってみると、上の階の部屋に戻ることは許されず、宿泊客全員が一階のパーティー会場に入れられた。部屋から貴重品と毛布と枕《まくら》を取ってきて、この広い部屋に籠城《ろうじょう》することになった。屋内だからよくはわからなかったが、午後になって風が強くなる気配があったという（ハリケーンの実際の上陸は夕方の五時だった）。それから夜中まで十時間、風に揺さぶられる屋内でただじっとしていた。建物のドアはすべてロープで固定してあった。風の音が終始轟《とどろ》き、何時ごろだったか天井にひびが入り、シャンデリアが揺れはじめた。この部屋も危ないというので別棟に移動させられた。夜中になってようやくハリケーンは去った。

翌日、外を見ると椰子の木はすべて葉をむしられてマッチ棒のようになり、ゴルフ・カートは転がり、その屋根には上のベランダからもぎとられて飛んできた手すりが刺さっている。三棟あるホテル

25　一九八二年十一月二十三日。このハリケーンの瞬間最大風速は秒速五四メートルだった。

の建物の一階はすべて水浸し、上の客室でもガラスが割れて使えない部屋がいくつかあった。街路には吹き飛んだ車が互いに重なり合っている。これが最大瞬間風速一〇四メートルの威力だ。[26]

この話を聞いた後で、ぼくは誰か専門家に風の話を聞こうと思った。はたして誰がいいだろう。考えているうちに、ふっと一人の男の顔が浮かんだ。マウイ島にいる時にはほとんど毎朝、ただし一方的に、見ている顔。彼に会ってみよう。

グレン・ジェイムズはテレビのお天気キャスターである。マウイ島にはハワイイ大学のコミュニティー・カレッジがあって、ここが教育放送もやっている。このチャンネルで毎朝七時四十五分からその日のお天気を伝えているのが彼。その内容がなかなかおかしい。まず話の範囲はマウイ島というごく小さな地域に限られている。それから、サーファーとウィンド・サーファーのための情報がいやに濃い。今日はこういう波だからどのビーチがサーフィンに最適、ウィンドならば風はこうだからこのあたりがお勧め、という具合。[27]この人に会ってみようと決めて、コミュニティー・カレッジのスタジオに行ってみた。会ってみると予想のとおり実に気さくな人物で、マウイ島の気象のことならなんでも聞いて下さいとにこにこしてい

26 この瞬間最大風速の数値は資料によって違うので今一つ信用できない。ちなみに日本の風速の記録で最大のものは一九六一年九月十六日、いわゆる第二室戸台風に際して室戸岬で記録された八四・五メートル以上というもの。「以上」というのは風速計が壊れて計れなくなったという意味である。あるいは「イニキ」の一〇四メートルも正しいのかもしれない。

27 ただし、これがよくはずれることもサーファーたちはいくたびもの苦い経験からよく知っている。

る。

彼の話を要約してみれば、ハワイイ諸島は大洋の真ん中にあるから風が強い。一番近い大陸はアメリカだが、そこまででも四〇〇〇キロ、アジア大陸までは六〇〇〇キロ以上ある（ついでながら沖縄島からアジア大陸までは六〇〇キロほど）。冬ならばシベリアで生まれた低気圧が日本からアリューシャンの方へ移動する時に大きな波を作る。それが延々とハワイイまでやってくる。[28]カウアイ島とオアフ島がまずこれを受け入れる。時には一五メートルを超えるような大きな波が安定して到来する場所というのは世界でもここだけ。夏は南半球の波がやってくる。春から初秋までの間は貿易風が強く吹き、これもまた波を送ってよこす。だからこの島はサーフィンに最適なんだと彼は得意そうに言う。

風についてはもちろん島だから強い。特にこのマウイ島は地形が風を呼ぶ。ここは東にハレアカラがあり、西にウェスト・マウイ・マウンテンズがあって、この二つの山地の間に細い平野が南北に伸びた形をしている。南から風が吹く時はこの二つの山の間で風が絞られ、整えられ、強く安定して北へ吹きぬける。北風の時は同じようにいい風が南へ抜ける。それとは別に貿易風も北東から吹くから、

28 前にデイヴィドに聞いたことだ。

グレン・ジェイムズ

北側の海岸はどの季節でもウィンド・サーフィンの条件が整っている。ホオキパなど波はすごいし風はいい。特に沖からの大きな波がブレイクするところへサイド・ショアの（つまり岸に平行した向きの）風が吹く時など本当にすばらしい。あそこは間違いなく世界一のウィンド・サーフィンのポイントだよ。

この人の話はどうしても気象からサーフィンやウィンド・サーフィンの話にずれてゆくようだ。

「この間、ウィンド・サーフィンのビデオに出演したんだ。まずぼくが出てきて、この番組で『今日はすばらしい風が吹くでしょう』と言う。次の場面は海辺、そよとの風もない。翌日、『昨日ははずれたけれど、今日こそすごい一日になるでしょう』。次の場面はサトウキビ畑、葉一枚そよがない。その翌日、『今日は大丈夫、完璧《かんぺき》なウィンド・サーフィン日和《びより》です』とぼくが言う。次の場面、ビーチで海をみるサーファーの姿。完全無風状態。そこにぼくが通りかかり、みんなに見つかる。こいつが悪いんだというのでぽかぽか殴られるぼく。ははは、おもしろいだろ」

ハワイイで風の話をするのなら、どうしてもウィンド・サーフィンに目を向けなければならない。どうもそういうことらしいとわかった。ハワイイの各地で海の方を見るとあの小さなセールが見えることが少なくない。それがサーフボードにマストを立ててセールを張ったウィンド・サーフィンというスポーツであることも知っている。しかし、それ以上ぼくは何も知らなかった。これは誰か詳しい人に聞いた方がいい。

ぼくにサーフィンの指導をしてくれたサワラ君の専門はウィンド・サーフィンである。この道を究めるべくマウイに渡ってもう十年、風と波の許すかぎり毎日ボードに乗ってきて、それでもまだ未熟と思うことばかりというのだから、これはずいぶん奥の深い世界なのだろう。

ぼくは彼に、ウィンド・サーフィンとはどういうスポーツか、簡単に教えてくれないかと頼んだ。

「それじゃ実際に海へ行ってみましょう」と彼は言ってくれた。「実をいうと今はあまりいい時じゃないんです。本当は今ごろは貿易風が吹きはじめていて、それだとホオキパは完璧な場所なんだけど、今年はそれが遅くてまだ南寄りのコナ・ウィンド[29]が吹いている。ホオキパでは風向が合わないからワイエフ[30]に行きましょう」

29 コナは「風下」である。
30 「水しぶき」。ワイルクの町を北へ抜けたところ。

彼の車は相当に大きなバンで、日本のサイズで言うと二トン・トラックぐらいある。その後ろ一杯にさまざまな装備が積み込んであった。サーフィンならば小さな車で済む。近ければボードを抱えて歩いてでも行けるほどだが、ウィンド・サーフィンは機材が多い。風と波の状態によって使い分けるべくボードとセールが何種類も積んであるし、マストは長さが五メートル近くある。風がない時に遊ぶために普通のサーフィンの板も用意してあるし、その他こまごまとしたものも少なくない。それでどうしても大型の車で動くことになるという。

その日は残念ながら空は曇りだった。風はまあまあ。ビーチには誰もいない。サワラ君は黙々と機材を車から下ろして組み立てはじめた。ボードは八フィート四インチ[31]、見た目はサーフィン用とさほど違わないが、実際には大きな力が加わる分だけ丈夫に作ってある。中央付近にマストを装着する溝があり、その後ろにサンダル式に足をかけるストラップが三つある。風に応じて右あるいは左から横向きに乗るから常時三つのうちの二つを使うことになる。尾部の下側には小さなフィンが二枚。

マストはカーボンファイバー製。それに半透明の丈夫なセールを

サワラ君ことヤスヒト・オガサワラ

31 二・五四メートル。

とりつける。セールを囲むようにブーム（帆桁《ほげた》）が付く。一体になったマストとセールとブームをボードに装着する。なるほどと思ったのはボードとマストをつなぐ部分が自在に曲がるようになっていることだった。ヨットの場合、マストは船体の中央に前から見れば垂直に立ち、横から見ればわずかに後ろに傾いて立つ。いずれにしてもこれはステイと呼ばれるワイアで固定されていて動かない。動くのはセール下端についたブームだけだ。

「これは？」とぼくはそのしなやかに曲がる部分を指さしてたずねた。

「それがユニバーサル・ジョイント。マストが自由に動くところがヨットと違うんです」

なるほどとぼくは思った。

「じゃ行ってきますから」と彼は言って、ボードとマストを持って軽々と持ち上げ、海の方へ歩いた。

「それでどれくらいの重さがあるの？」とぼくはたずねた。彼は立ち止まってしばらく頭の中で計算をする。

「十キロを切るでしょう。ボードが六キロ、それにマストとセールとブームも軽いから」

こんなに大きなものがそこまで軽いということにぼくは驚いた。彼はすたすたと砂を踏んで歩き、水に入っていった。膝《ひざ》ほどの深さのところに立って両手でブームを握り、背後から風を受けて、ひょいとボードに乗ると、そのまま沖に向かって疾走をはじめた。一連の動きが実に優雅で軽い。波は岸に向かって崩れるところで高さ一メートルというところ。十回に一回ぐらい何割か増しの大きな波が来ることはどこの海も同じ。

心のどこかでうらやましいなと思いながら、ずっと目を凝らして見ている。たちまち沖の方へ行ってしまったサワラ君が向きを変えて戻ってきた。横から風を受けて、ヨットで言えばアビームの状態。ただ走っているのではなく、波を越えるたびに微妙に姿勢を変えて、まるで踊るようにして進んでくる。岸近くまで来たところで、大きく崩れる波頭を越える瞬間、ボードが水を離れて宙に浮いた。ウィンド・サーフィンは軽々とジャンプができるのだ。

その後しばらく、彼はいろいろな技術を見せてくれた。崩れる波のリップ（縁）からボトムへ降りて、ターンして再びリップへ戻る。あるいはそれを越えて波の背の側へ抜ける。ちょっと波が小さいのが残念。ジャンプにしてもさまざまな型がある。[32] サーフィンに比べ

32 まとめてエアリアルと呼ばれる。

ると動きが大きく、ダイナミックで躍動感がある。沖に出て走っている姿は蝶《ちょう》によく似ていると思った。風を受けて水面を疾走する片羽の蝶。

　東京周辺だと例えば江ノ島あたりではよくウィンド・サーフィンを見る。晴れた日に沖の方にヨットにしては小さすぎる帆が何枚も並んでいて帆走している。最近は沖縄の海でも見かけることが多い[33]。そして、日本で見ているかぎり、ウィンド・サーフィンというのはつまり最も小さなヨット、船体とマストとセールと操縦者というヨットの最小限の要件を満たすポータブルな舟としか思えない。グライダーをずっと小さくすればハング・グライダーになるが、飛びかたの原理は変わらないのと同じだとぼくは考えていた。しかし、この日このワイエフの海で見たかぎり、これは小さなヨットではなく、風というパワーを得たサーフィンだ。普通のサーフィンでも大きな波に乗って、リップからボトムへ降りてまた駆け上がり、その間を自在に走りまわり、時には水面から離れ、チューブの中を走りぬけることは不可能ではない。そういう動きに風のパワーを加えて動きをそれだけ大きく、速く、能動的かつダイナミックにしたのがウィンド・サーフィンなのか。

33 例えば那覇空港の南の瀬長島周辺。

しばらく走りまわって、風が変わってきたのを機に上がってきたサワラ君に話を聞いた。

最初に覚えたのはウィンドではなく、普通のサーフィンだったという。それが高校二年の時。[34]別に人よりもうまかったわけではない。最初の一年はただ海に慣れるのに精一杯だった。その頃日本でウィンド・サーフィンをやっていたのはほんの少しの先駆者だけで、友だちの兄がその一人だったので誘われて試してみた。おもしろいけれど、やはり小さなヨットだと思ったという。それでも夢中になって、静岡、茨城、千葉と風を追って走りまわった。吹くはずの風が吹かないとがっかりした。

たまたま見た雑誌にハワイイの特集があって、ウィンド・サーファーがジャンプしている写真が載っていた。ボードが高々と宙に浮いている。記事の方にはマウイ島というところが一番いいと書いてあった。マット・シュワイツァーとマ

ワイエフの沖で豪快にジャンプするサワラ君のボード

イク・ウォルツの名を覚えた。

二十歳の時、はじめてマウイ島に来た。飛行機のタラップを降りる途中で、風が吹いているのを感じた。この風だ、いいところだと思った。すぐにレンタカーを借りて、ここが一番と聞いていたホオキパというところに行ってみた。セールを立てて海に入っているのはたった四人。しかしその四人は、ものすごく大きな波の中で、強烈な横風を受けて、とんでもない乗りかたをしている。自分の目で見ているものが信じられなかった。これがウィンド・サーフィンだとしたら、自分が今までやってきたのは何だったのか。とても自分が入っていける海ではない。入ったら間違いなく死んでしまう。だけど、いつか、この海に入れるようになりたい、という気持ちが湧《わ》き上がった。

その時は自分がとてもホオキパには入れる腕でないことがわかったから、もう少し波のおとなしいカナハ[35]というところに通った。風は毎日確実に吹いてくれる。毎日何か新しいことを覚えられる。一か月の滞在が日本の半年以上に思えた。戻っても頭はもうマウイで一杯。次に来た時は二か月、その次は三か月いて、毎日ひたすら風を受けて波に乗っていた。その頃はまだマウイ島でさえウィンド・

34 一九八〇年代の半ばである。

35「砕けたもの」カフルイ空港の裏にあたる。

サーフィンは珍しかったから、「ウィンド・サーファー」というのが彼のあだ名になったという。お金がないのに激しい運動をしているから空腹になる。バーガー・キングならばハンバーガーを一つ九十九セントで一人四つまで売ってくれると聞いて、昼食に四つ買ってみんな食べてしまうような毎日だった。

その後、ゆっくりとウィンド・サーファーの数が増えた。空港の側から行けばホオキパの手前にあるパイアの町にウィンド・サーフィン目当ての人が集まりはじめ、ショップもできた。その中でも野心的な「ハイ・テック」[36]というボード・メーカーが彼のスポンサーとなった。つまり彼はプロのウィンド・サーファーというわけだが、この世界はお客を集めて入場料を取るわけではないし、コンテストに優勝したところで莫大《ばくだい》な賞金が出ることもない。宣伝媒体としての価値もごく低い。そういう意味ではプロになっても経済状況は何も変わらないに近い。

「ハイ・テック」という会社はもともとウィンド・サーファーたちが集って作ったような会社で、働いているのは一人残らず腕のいいウィンド・サーファーである。午前中は新しい形のボードを作り、午後はそれを持って海へ実験に行くというような日々。マウイ島の

36 HI-TECH

海と風を知りつくしている連中が作っているから、このボードは性能が違う。これを買って乗っていると、「今オレは何をやったんだろう？」と思うようなパフォーマンスをボードがやらせてくれるという。

　マウイ島がどんな場合でも絶対に世界一のウィンド・サーフィンの場だというわけではない。もっとすごいコンディションを用意してくれる海は他にもある。しかし、これだけのいい風といい波が一年中安定してあるところは世界中にここしかない。風向きは変わることもあるが、なんといっても島だから、一回りすればサイド・ショアで風を受けるビーチがどこかにある。この業界は新素材や新発明がやたらに多い。風と波が安定していていつでも試作品のテストができることに引かれて、メーカーがみんなマウイ島に集まる。本気でウィンド・サーフィンをやっているかぎり、この島から離れるわけにはいかないと思う。

　こういう話を聞いているうち、ぼくはこの青年の明快な人生設計に一種の感動を覚えた。若い時に一生を賭《か》けられるものを見つけて、それ以降は何の迷いもない。今もって海から上がってくると「やっぱりウィンドっておもしろいですよ」と顔を輝かせる。何千回やってみても、そのたびに条件は違い、パフォーマンスも違う。遊びかもしれないが、自然が相手の遊びは一生を費やすに値するものなのだ。

　では、このすばらしい遊びはどのようにして生まれ、どう育ってきたか？　それを聞く相手として理想的な人々がマウイ島にはぞろぞろいる。サワラ君が最初に雑誌で名を覚えたマット・シュワイツァーとマイク・ウォルツは今や彼の友人だったから、ぼくは紹介してもらって話を聞きに行った。たまたまこの日はマットの三十五歳の誕生日に当たった。

　彼の家はマウイ島の西の端、カハナ[37]にある。プライベート・ビーチのある美しい家で、聞いてみるとここはマットのものではなく、彼の父のホイル・シュワイツァーの持ち物だという。そこへマイクもやってきて、ぼくはこの新しいスポーツの歴史をそのまま歩いてきた二人の話を聞くことになった。マットはどちらかというとおっとりしていて、マイクの方が反応が鋭い。漫才のコンビとして完璧《かんぺき》という印象を与える。二人にぼくが最初に聞いたのは、いくつの時にはじめてウィンド・サーフィンをやったのという質問だった。

マット・シュワイツァー（右）とマイク・ウォルツ

37「切ること」同じ島にカナハとカハナがあるから紛らわしい。

「九歳」とマットが答える。

「同じく」とマイクが言う。

「避けられない運命だった。親父《おやじ》のホイルがウィンド・サーフィンを発明したのがぼくが七歳の時。それが一九六七年。その時はまだ小さかったからやらなかったけれど、九歳になった時に乗らされた」

「ぼくはマットの友だちだったから、一緒にはじめることになった」

　ウィンド・サーフィンを発明したというのはどういう意味？　以前にもボードの上にマストを立ててセールを張った人はいたと聞いたけれど。

「ユニバーサル・ジョイントと両手でつかまれるブーム。この二つだね。これがなければウィンド・サーフィンと呼べるものにはならなかった」とマットが言う。

「その後もどんどん改善が続いたんだよ。三か月ごとにまるで違うアイディアが出てくる。七〇年ごろだったか、乗っている時にたまたま岩か何かにぶつかってダガーボード[38]が壊れた。その時、ダガーがない方がずっと自在にボードを操れることがわかった。ウェイ

38 これはヨットでいうセンターボードかキールのような板で、サーフボードの中央から水の中に突き出している。

ヴ・ライディング[39]はそこではじまったんだ」とマイク。

「一九七二年にはもう最初のウェイヴ・ライディングのコンテストが開かれた」とマットが言う。

「その時の一位がホイルで二位がマット。いや逆だ、一位が息子の方で、二位が親父」

「一九七八年にはボードにストラップがついた。これでエアリアルをやってもボードが足から離れなくなって、動きが一段と自由になった」

「その後もどんどん新しいアイディアや素材や技術が出てくる。今はみんな身体《からだ》にハーネス[40]をつけて、ブームに結んだラインで体重を支えているけれども、あれが発明される前にはウィンド・サーフィンはとことん体力を要求されるスポーツだった。ボードにしても最初のころは二十キロ近くあったけど今は三キロちょっとなんて軽いものもあるだろう」

「ウィンド・サーフィンってのはハワイイのサーフィン精神とカリフォルニアの航空機産業の間に生まれた子なんだよ。発泡プラスチックとか、エポキシ樹脂、グラスファイバーとか、カーボンファイバー、マイラーフィルム、そういう新素材ができるたびにとびつい

39 穏やかな海面をセールに風を受けて走っているかぎり、ウィンド・サーフィンは小さなヨットである。ウェイヴ・ライディングをしてはじめてパワーを得たサーフィンになる。

40 ブームと身体をロープで結ぶ装置。これで体重をブームに預けることが可能になる。

て試して、それで進歩してきた」

「創意工夫もいろいろあった。今みたいなショート・ボードの始まりはマーク・ポールとかいうオーストラリア人なんだ。こいつがいやに短いボードをもってきた。六フィートちょっと。そのかわり幅がすっごく広い。借りて乗ってみたらともかく速いけれど、幅があるからターンができない。しかも車の後ろに積んで帰る途中でこの変形ボードは誰かに盗まれちゃったんだ」

「漁師が浮きだと思って持っていったんだよ。あんなに短いものがサーフボードのはずがない」

「次の日から、島の中をまわってみんなの家の床下にしまってあった古いサーフィン用のボードをもらってきて、切って、整形しなおして、マストを立てて、ストラップをつけて、乗った。サーフィン用のボードは弱いからすぐに壊れる。また切って、立てて、乗る。そうやって今みたいなパフォーマンスのできるショート・ボードができたんだ」

二人の話を聞いているうちに、ようやくこのスポーツの全体像が見えてきた。まずハワイイが生んだサーフィンという遊びがあって、それにカリフォルニアの連中がセールをつけ、その形でハワイイに帰ってきた。みんなが夢中になり、本当に手づくりで各パーツを作りながら工夫を凝らし、新しい素材を試し、パフォーマンスの範囲をどんどん広げていった。サワラ君の話では今ウィンド・サーファーとして上級と呼ばれる資格はマストの高さの倍の波を相手にできることだという。つまり八メートルから一〇メートルの波を乗りこなすわけだ。そのサイズの波が自分の上にのしかかってくるところを想像してみていただきたい。こういう元気なアマチュアリズムはやはりアメリカという国からしか生まれないだろう。

貿易風はまだ吹かないが、ホオキパで逆風をついて大会が開かれると聞いて、行ってみた。サーフィンはおそるおそる試してみたけれども、ウィンド・サーフィンを自分でやる気力は今のところない[41]。その代わり、超一流の誰かが波に乗るところを見よう。

マウイ島でウィンド・サーフィンのレジェンドと呼ばれる人物は三人いる。そのうちの二人、マット・シュワイツァーとマイク・ウォルツには会って話を聞いた。最近はこの二人がコンテストに出ることはめったにないと聞いている。しかし残る一人、ロビー・ナッシュはまだまだ現役。誰が見ても天才という人物である[42]。関係者全

41 ぼくが追い風に乗ってひたすら沖に走っていって帰ってこなかったら、みんな困るだろう。

42 サワラ君はかつてあるコンテストで彼と準決勝で対決することになって、それだけでここまでウィンド・サーフィンをやってきて本当によかったと思ったという。もちろん負けたけれども。

員の予想のとおり、ホオキパの大会でこの人が決勝に残った。相手はカウアイ島から来たポール・ブライアン。

岸から沖へ出て、自分たちの順番が来るのを待ち、岸に向かって帆走してきて、大きな波に背の方から乗る。ここまで来るほどだからポール・ブライアンだって相当な腕のはずだし、リップからボトムへ降りて、ターンして、登ってくる動きは軽快、見ていてなるほどと納得するのだが、しかしロビー・ナッシュはまるで違った。彼は風と波の力で動いているのではなく、まるで自分の力でボードを駆動しているかのように動きがダイナミックなのだ。身体とボードとセールが完全に一体化している。実に積極的で、しかも絶対の自信が見える。

動作が速い。ポールが五つのことをする間にロビーは八つか九つのことを着実にやってのける。ボトム・ターンの曲率が小さく、角度が大きい。ジャンプは確実で、高度があり、着水も安定している。一度、波の崩れが予想よりも早かったのか、彼の姿が完全に白波の中に消えた。セールまで見えなくなった。転倒したかと見ていたみんなが思ったが、次の瞬間、彼はその白波の中からちゃんとセールを立てて出てきた。岸に並んだぼくたちギャラリーの中からため息が洩《も》れた。

　空気と水というまるで密度の違う流体の界面で、両方の力を受けながら、思うままにボードを操る。まるで一秒先の風と波の状態が確実にわかるかのようだ。実際、彼はそれを読んで、いわば風と波の先回りをしているのだろう。だから、舞踊の最も速いステップのような美しい動きができる。

　風と波という最も古い力に、新素材という最も新しいもので立ち向かう。動きを統括するのは人間の神経。しかもこれは全体として遊びであって、乗る楽しみ以外の何の目的もない。これが今のハワイイの最もいい姿なのだろうと、ロビーの華麗なジャンプを目で追いながらぼくは考えた。

Ⅸ　星の羅針盤

朝日を浴びてヒロの港をゆっくりと曳航されるハワイイロア

一九九五年の二月六日、ぼくはハワイイ島のヒロで、ちょっとした儀式を見物した。会場はハワイイ・ナニロア・ホテル[1]の前、海に面した広い芝生。ここにたくさんの人が集まって式は始まった。政治家の挨拶《あいさつ》や聖職者による祝福などの後、心のこもったチャントやフラ、土地の食べ物などの供物《くもつ》の奉呈、などなどが次々に行われた。それらを受ける立場にあるのは、儀式が長くなることを考慮して木々の陰に設けられた位置に坐《すわ》りこんだ数十人の人々。実際、日射《ひざ》しはとても強かった。彼らが今までしてきたこと、そしてこれからしようとしていることを祝してのこの儀式である。

芝生の前には小さな栈橋があって、そこに奇妙な形の船が二隻繋《せきけい》留《りゅう》してあった。どちらも長さが二十メートル近い大きな双胴の、つまり細くて長い二つの船体の間に広い甲板を渡した形のカヌーで、どちらも二本のマストを立てている。ものすごく太い材をくりぬいて作ったとわかる木目の美しい方が「ハワイイロア[2]」、そちらよりも少しだけ小さくて素材という点からは見栄《みば》えがしないのが「ホク

1　105ページの注に書いた「バニヤン・ドライブ」に面している。

2　昔々、ハワイイ諸島を発見したと伝えられる伝説上の人物の名。

レア[3]」。しかし、航海の実績からいうとハワイイロアは新造船で近海の試験航行しかしたことがないのに対して、ホクレアの方はもう数万海里の遠洋航海を体験している[4]。この日の儀式はこの二隻が連れ立ってタヒティ島に向かう出航を祝うものであり、芝生の上に坐って祝福を受けているのは実際に船に乗って赤道の南へ向かう乗組員たちと、これまで船の製作からはじめて準備に力を尽くしてきた人々である。二隻はそれぞれ二本のマストに張った帆に風を受けて南に走り、約一か月の後にタヒティに到着する。そして、ポリネシア側の船何隻かを引き連れて五月には戻ってくる。そういう予定だった。

儀式というのはだいたい退屈なものだが、この日予想外に感動的だったのは、アラスカから招かれた木材会社の理事長という人の挨拶だった。ハワイイロアの船体を作った太い長いスプルース[5]材はこの会社が提供したものだったのである。太い体格で、うっかりするとまったく普通のアメリカのおじさんに見えるこの人は、自分もまたアラスカ・インディアンの血を引いているのだと告げた後、今のアメリカにおける先住民の文化の意義を語り、その再現としてのこの航海への賛同を熱く語り、いつの日かホクレアとハワイイロアで

3 この名の由来については381ページ以下に詳しく説明してある。

4 距離感のために例を引くと、東京―ホノルル間が約六三〇〇キロ、すなわち三四〇〇海里である。一海里は一八五二メートルで、これは緯度の一分（したがって赤道上での経度の一分）に当たる。

5 トウヒ、エゾマツに近い針葉樹。

アラスカへも来てくれるようにと招き、その時自分たちは心から歓迎するだろうと締めくくった。しゃべりかたは決して上手ではなく、むしろ言葉は訥々《とつとつ》とこの人の口から出てくるのだが、しかしすばらしいスピーチだった。彼の言葉を聞きながらぼくは、アメリカ大陸のインディアンもエスキモーも、また太平洋各地のポリネシア人も、そしてぼく自身も、元をたどればはるか昔にアジア大陸から移住したモンゴロイド系の人々の子孫だということを思い出していた。

この儀式の後、すぐに二隻の船が港を出て四千キロメートル彼方《かなた》のタヒティ島に向かい、残るわれわれが精一杯手を振って見送るということになればよかったのだが、帆船の場合、出港はそう容易ではない。形ばかり港を出るというような便法はこの人たちの頭にはない。風や潮などの条件が整って、ごく少数の関係者に見送られて船が出ていったのは翌々日のことだったらしい。

次の日、二隻の船出を見送ることなくぼくは同じハワイイ島の西側へ行って、カワイハエ[6]港の岸壁で最後の整備を受けているもう一隻のカヌーを見た。北の端の方に撮影を終えたケビン・コスナー主演の映画『ウォーター・ワールド』のバロックめいたセットが残る

6「怒りの水」。このあたりは水が少なく、人々がしばしば激烈な水争いをしたところから付いたらしい。第Ⅶ章（277ページ）に出てきたロイヤル・ワイコロア・リゾートから更に五マイルほど北上したところ。

港で、十人あまりの若い人々が陽気におしゃべりをしながら作業をしている。船の大きさはホクレアやハワイイロアとほぼ同じ。名前は「マカリイ[7]」。この船は最後の段階で少し手間取り、二週間ばかり遅れて出発して、タヒティで先行の二隻と合流することになっている。無理をして三隻そろえて出港させることを避けて、それぞれ勝手に行こうというあたりが実にハワイイらしい。

船の大きさを実感してみたいと思って、靴を脱いで二つの船体の間に渡された長方形の甲板に上がる。自分の足で歩いてみる。縦が十七歩、幅が七歩。これと細い船体の中に作られた肩幅ぎりぎりの狭い寝床だけが、出港から一か月あまり乗組員たちの居住空間になる。やはり大変な旅だろうと思う一方、自分も乗ってみたいという気持ちを抑えることができない。みんなそういう思いで参加するのだろう。そして、今ちょうど下の方で船底をサンドペーパーで磨いている若者たちも、この航海にどんな形ででも関わりたいという思いで手を動かしているのだろう。誰も彼もがボランティアで参加して、いわばたくさんでわいわい騒ぎながらこの船を作りあげ、帆走の練習をし、航海術を学び、昔ながらの方法で遠くの島へ行ってみる。これはそういう壮大なゲームなのだ。

7 ハワイイ諸島を発見した伝説の人物ハワイイロアの航海長。またマカリイはプレアデス、すなわち和名すばる星である。ポリネシアの航海者が導きの星として古来使ってきた。

ハワイイ諸島の島民は存在自体が謎《なぞ》だった。太平洋の真ん中にあって大陸から遠く離れた島々に人が住んでいる。ここで独立に人類が誕生したはずはないから、どこかから渡ってきたことになる。しかし、この島々を「発見」したクック船長の時代の西洋人は、彼らにそのような能力があることをいぶかしく思った。実際、この時期のハワイイ人には長距離航海の伝統も技術もなかった。彼らのカヌーは軽快でスピードもあったけれど、島から島の間を渡るだけで、遠洋航海には適していないようだった。この諸島の人々は他の土地とは何の交渉もなく生きていた。

彼らには遠くから自分たちがこの島々へ渡ってきたという神話的な記憶はあったけれど、それは非常に昔のことで、遠い父祖の地との具体的な結びつきはもう消滅してしまった。ハワイイ諸島は自給自足が可能な豊かな土地であって、他の土地との絆《きずな》は必須《ひっす》ではない。それにしても、当時でさえ三十万からの人口がいたのだから、いかに遠い昔とはいえ一家族がたまたま流れ着いて増えたと考えるのは無理がある。過去のある時期には忘れられたその父祖の地との間に頻繁な行き来があったのではないか。一回きりの航海で一つの社会がそっくり移り住むほどの人数や道具や文化が運べるはずがないのだ。だが、これだけの広い海を渡る技術が、この小さなカヌーしか持っていない人々にあったのだろうか。クック船長たちは自分らが乗ってきた大きな重たい船とハワイイ人のカヌーを比べてそう考えた。羅針盤、精密時計と六分儀、耐候性の高い頑丈な船体、そういうものなしの外洋航海は彼らには考えられなかった。

今日の学説では、太平洋諸島に住む人々は東南アジアから来たと言われている[8]。三万年ぐらい前の氷河期、地表の多くの部分は氷に覆《おお》われ、その分だけ海面は低い位置にあった。東南アジアからオーストラリアやニューギニアへは徒歩で渡れたという。この時に第一次の移民が進出した。同じようにシベリアからアラスカへも地峡がつながっていて、南北アメリカ大陸の先住民はここを渡って広い無人の地に入っていった[9]。

この後、氷が融《と》けて海面は九十メートルも上昇し、多くの土地が海によって他から切り離された。しかし地図を見ればわかるとおり、今でもマレー半島からインドネシアを経由してニューギニアの東端までは、途切れることなく島の列が続いている。その先の島々も決して孤立してはいない。約六千年前、第二次の移民たちがやはり東

8 コンティキ号の漂流航海という実験で有名になったトール・ハイエルダールの南米からの移住という魅力的な説は否定された。

9 例えば星野道夫《みちお》の『イニュニック』（新潮社）の第Ⅶ章にこの美しい過去の物語がある――「この干上がったベーリング海の草原を渡り、モンゴロイドはアジアからアラスカにやって来た。最初はアメリカ・インディアンの祖先、紀元前一万八千年の頃である。そしてエスキモーの先祖が渡って来たのは、氷河が溶け、ベーリンジア平原が海中に没し始める紀元前八千年頃だった」。

南アジアから東へ進出した。この人々はある程度の海洋航海の技術と舟を持っており、島から島へと渡るだけの勇気も持ち合わせていた。彼らは四千五百年前にはニューギニアに到達していたし、その一千年後にはソロモン諸島、ニューヘブリデス、それにフィジーのあたりまで展開していた。一千年という歳月を長いと思ってはいけない。これはたったの四、五十世代でしかない。地球の歴史や生物の進化の歴史から見れば、この進出はほとんど爆発的と呼んでいいほど速やかに行われた。

放射性炭素による年代測定によって、紀元前一二〇〇年にはトンガ、サモアなどのポリネシアの西寄りの島々に人が住んでいたことがわかった。彼らは特徴的な土器の種類からラピタ人[10]と呼ばれている。

人間という種がそなえている拡散力はすごいものだと思う。今後のことはともかく、今までの歴史を見るかぎりホモ・サピエンスは種としてなかなかのヒット作だったのだろう。環境への適応性が抜群によくて、行く先々に住み着き、繁栄する。人を未知の地に押し出す最も大きな要因はロマンチックな好奇心や冒険心ではなく、人口の圧力である。ある場所にあまりにたくさんの人間がいると食糧

10「ラピタ人を語らずしてポリネシア人のルーツは語れない……ポリネシア人だけではない。メラネシアやミクロネシアを問わず、およそ南太平洋の島嶼部《とうしょぶ》に生存する人々はすべて、何らかのかたちでラピタ人の係累《けいるい》に当たるのだと言っても、言いすぎではないだろう」（片山一道著『ポリネシア人』同朋舎《どうほうしゃ》出版）。ちなみにこれはこのテーマに関する必読の書である。

の不足などの理由でどうしても争いが増える。圧政の下にある者は自由な天地へ逃れようと考える。あるいはただ強い者に押しまくられ、追い出され、別に住処《すみか》を見つける必要に迫られる。誰も住んでいないところへ移住する。しかし、誰も住んでいないところとは、すなわち人が住みにくいところである。土地が痩《や》せていたり、寒かったり、暑かったり、平地がなかったり、水が足りなかったり、大陸から遠い島だったり、そういう新天地へ人は進出し、辛《つら》い暮らしの中でいろいろ工夫をして、そこに生きる技術を確立する。そうやって、人間は地球上至るところを生息域にしてきた。

違う環境へと進出できたのは、人間が知力という他の生物には見られない能力を持っていたからである。知力は万能ではなく、その欠陥は最近になって表面化してきたけれども、ここではその話はやめておこう[11]。ともかく、知力によって人は舟を作り、ちょっとした海を渡る技術を身につけた。泳ぐと飛ぶ以外の方法で意図的に海を渡る動物は人間だけである。だから人間は、大陸の沿岸にある島だけでなく、他の動物が進出できない大洋島にも出ていって住みついた。狩猟や漁労や採集で充分な食糧が得られなくても、人間には農業という実に効率のいい方法があった。島の狭い土地資源を最大限

11 どうしても気になる人はぼくの『母なる自然のおっぱい』（新潮文庫）や『楽しい終末』（文春文庫）などを読んでください。

に利用することができた。

さて、紀元前後、つまり今から約二千年前にはポリネシア人はマルケサスやタヒティのあたりまで進出していた。そう書くのはたやすいが、実際には多くの争い、敗北の絶望、別の島へ行くという決死の判断、その背後にカヌー作りの厖大《ぼうだい》な労力、食料集め、別離、無数の難破、大洋の真ん中で強い日射しに照らされたカヌーの上で餓死した人々の死体、着いた島で生活が安定するまでの苦労、多くの無駄な死、などなどを経て一つの島がゆっくりと無人島から人の住む土地に変わっていったのだろう。ぼくたちは忘れているけれども、もともと生きるということはそれぐらいの危難に満ちたものだったのだ。

こうして人は太平洋の島々に広がり、紀元一二〇〇年ぐらいには先に書いたポリネシアの三角形のほぼ全域を満たしていた。つまり、ハワイイにも人が来て、住みつき、安定した暮らしを確立していたということだ。

では、実際の話、近代的な航海技術に頼らずに、人はどれぐらいの海を安全に渡ることができるのだろう。日本列島は海に囲まれているから昔から海運によって人とものを運んでいたが、日本人の航海術はついに沿岸を離れることはなかった。彼らの航法は基本的には山当てと呼ばれるもので、陸上の目標をたどって次の港に入る。日本海側には目当ての山が多く、太平洋側にはほとんどない。おまけにこちら側には黒潮が流れていて、うっかりこれに乗ると列島をはるか離れ、太平洋の真ん中へ持っていかれてしまう。日本で史料に記録された難船の多くはこのパターンである。だから日本海の航路を走る北前船が栄えた。[12]

しかし、本当に海の真ん中の小さな島に住む人々はもっと海と親しんでいる。島から島へ望む時に渡れなければ、これらの島々での生活は成り立たない。今われわれは羅針盤[13]や六分儀[14]やデッカやロランやDF[15]やGPS[16]を遠洋航海の必須の道具と考えているが、それなしに海を渡って生きてきた人々がたしかにいたのだ。彼らには彼らの技術があったと考えなければならない。太平洋の各地に優れたカヌーがあり、航海術に長《た》けた男たちがおり、舟は水平線の彼方にあって見えない島々との間を帆を張って行き来していた。例えば、ミクロネシアの南西の方、カロリン諸島に属するサタワル島やプルワット島の人々は、少なくとも一九八〇年代にはまだ、伝統的なカヌーで遠洋航海をしていた。[17] カロリン諸島のカヌーはこの型の舟とし

12 これについては高田宏《ひろし》の『日本海繁盛記《はんじょうき》』（岩波新書）がいい。あるいは司馬遼太郎《りょうたろう》の『菜の花の沖』（文春文庫）も楽しい。古代のポリネシアには高田屋嘉兵衛《かへえ》のような人物がたくさんいたのだろう。

13 地球全体が一個の大きな磁石であることを利用して、方位を計る。

14 全円周を六分の一に切った六〇度の扇形の環《わ》とそれにとりつけた小さな望遠鏡からなる観測具。太陽や星などの天体の角高度を計る。実際には精密時計と組み合わせて、特定の時に特定の天体の高度を計ることで自分のいる位置を算出する。難しいのは六分儀ではなく精密時計の方を作ることだった。

15 どれも電波を用いる航法システム。陸上に電波を出す局を作っておいて、船などはそれからの電波をうけて自分の位

ては洗練の限界を極めたものである。軽く、丈夫で、操船しやすく、速い。プルワット環礁《かんしょう》[18]の男たちは年に何度かやってくる政府の定期船が待ちきれず、喫《す》いつくしたタバコの補充を求めて二百四十キロ離れたトラック島までカヌーで渡った。[19]タバコが欲しい以上に、自分たちが島に閉じ込められているという思いをカヌーによって否定したかったらしい。いずれにせよ、そんな理由から気軽に海へ乗り出せるぐらい、彼らと海は親しい。

一九九五年の二月にハワイイ島から三隻のカヌーが堂々とタヒティ島に向けて出発することになった遠因の一つは、その三十年以上前の一九六一年に一隻の帆船がプルワット環礁を訪れたことにあった。すべてはこの船からはじまったと言ってもいい。イズビヨン号という名のこの船は補機を備えた全長三十九フィートの洋式帆船。[20]動かしていたのはニュージーランド出身のデイヴィド・ルイスという研究者である。彼は太平洋の各地に残っているはずの伝統航法を見つけ出して記録しようという意図のもとにこの船で西太平洋のあちこちを巡り、島々に残る航海者の話を聞き、実際に彼らに操舵《そうだ》を任せて島から島へと渡った。その途中、ある文化人類学者から、プ

置を算出する。もうそろそろ時代遅れになって、ロラン局などは閉鎖されつつある。

16 人工衛星を利用した最も新しい航法システム。GLOBAL POSITIONING SYSTEM デッカやロランが地上に設置した局から電波を出していたのを、専用の二十四個の人工衛星からの電波に置き換え、同時に精度も格段にあがった。精度は誤差一五メートル以内というところまでになっている（軍用の機材では数メートル以内という説もある）。今、日本でいちばん普及しているのは車に搭載する形のいわゆる「カーナビ」である。あれは地図を内蔵したりして複雑かつ高価になっているが、緯度と経度を数字で表示する最も簡単なタイプならばアメリカでは百数十ドルで買える。第X章でタイが使っているのがそのタイプ（424ページ）。

ルワット島の男たちは今もって昔ながらの方法で海を渡っていると聞いて島を訪れ、ヒポアという男に出会った。そして、彼の指導のもとにこの島からサイパンまで往復一一六五海里[21]の航海を近代的な器具を一切使わずに行った。そういうことは可能であるだけでなく、冒険でさえなく、彼らにとってはごく日常的な行為の一つにすぎないことが明らかになった。

　この時に隣のサタワル島[22]の首長の一人であるマーチン・ライウクがたまたまサイパンの病院に入院していなかったら、後の歴史は変わっていたかもしれない。彼はイズビヨン号の入港の話を聞き、ヒポアの伎倆《ぎりょう》をみなが讃《たた》えているのを聞いた。サタワルとプルワットは昔から何かと競争してきた仲である。自分たちだってそれぐらいのことは普段からしているのにとマーチン・ライウクは考え、島に戻るとすぐに別の船に島で最もすぐれた航海者を乗せてサイパンに送り出した。こちらの船は長さ二十四フィートのカヌーで主な動力は帆、補助として櫂《かい》が使われるという伝統的なものだった。それを聞いて、プルワットの連中も同じようにカヌーでグアムを目指した。二つの島の男どもは夢中になってこの航海競争に興じた。見栄《みえ》と競争心はなかなか優れた文化の推進剤である。

17 ぼくはここに念のために「少なくとも一九八〇年代にはまだ」と付したが、地球上のあらゆる水面を席巻しているFRP製のモーターボートとガソリンで動く船外機が届いていないとしたら、今でも彼らは同じことをしているはずだ。

18 トラック環礁の西二八〇キロのところにある。

19 トラック環礁には離島が多いから、トラックの人々はこういう来訪者には慣れている。

20 厳密にはガフ・ケッチ。

21 二一六〇キロ。那覇と札幌の距離（二二四四キロ）に近い。

22 プルワット環礁の東二三〇キロ。サテワヌ、あるいはサトワヌとも呼ばれる。この島に伝わる航法についてはケネス・ブラウワー著『サタワル島へ、星の歌』（めるくまーる）が詳しい。またここは戦前、彫刻家にして文化人類学者でもあった土方久功《ひじかたひさかつ》が昭和そして、本当に大きな試練の機会がやってきた。一九七三年にハワイイで結成された「ポリネシア航海協会」が、実験考古学の一つの例として、古代風の遠洋カヌーを建造して実際にポリネシアとの間を往復してみようと決めたのだ。この計画はハワイイ州のアメリカ建国二百周年記念事業に指定され、長さ六十フィートの双胴のカヌー「ホクレア」が造られた。

ハワイイ諸島がこの種の船を失ってから少なくとも五百年がたっていたから、モデルを現地に求めることはできなかった。船の性能を決めるのは喫水線下の形である。幸いなことにクック船長はポリネシアの二つの遠洋航海用カヌーを計測して、その図面を残していた。トンギアキと名付けられたトンガ諸島の船とパヒというタヒティ島の船。遠く離れた二つの地域の二隻の船は喫水線の下では同じ形をしていた。ホクレアにもこれが採用され、水より上の方はハワイイの小型のカヌーを模して作られた。帆はポリネシア各地に見られる、マストとガフを狭角で配置するカニの鋏型《はさみ》。ただし、この船は機能においてのみ過去の船を再現することを目的に設計されたので、素材は現代のものを使っている[23]。

ホクレアとは星の名、西洋式の星座で言えば牛飼座のα、アルク

十年代に長く滞在した島としても知られている。これについては『土方久功著作集』全八巻（三一書房）を参照のこと。

23 その点を一歩進めて材料までなるべく昔に近いものを使って再現したのがハワイイロアである。そんなに大きな木がもうハワイイには残っていなかったから、アラスカの援助が必要になったのだ。

トゥールスと呼ばれる星である。ハワイイ語でホクは星、レアは喜びとか幸福を意味する。それだけでなく、アルクトゥールスはハワイイの真上を通る星である[24]。七月のはじめならばこの星は夜の七時ごろ、ちょうど天頂にかかって見える。この星が頭の真上を通れば、自分たちはハワイイ諸島と同じ緯度のところにいるとわかる[25]。南からやってきた者はこの星がだんだん高くなるのを見て、自分たちがハワイイに近づいていることを知る。帰路をたどる船にとって、ホクレアは故郷の星なのだ。

最初の試験航海の段階ではいろいろ問題も生じた。カウアイ島とオアフ島の間のカウアイ海峡を東に戻る時、不慣れな乗組員は操船を誤り、右側の船体に浸水を招いてしまった。この時は競漕《きようそう》カヌーの漕《こ》ぎ手でポリネシア航海協会の設立者の一人でもあるトミー・ホームズがサーフボードをパドリングしてカウアイ島までの九海里を渡って救援を求めた。この頃が遠大な計画にとっては最も暗い時期だったという。

当面の目的は二つあった――第一に、ホクレアは帆走でハワイイからタヒティに行くことができるか、第二に、近代的な航海術に頼らずにタヒティを見つけることができるか。第一の点については、

24 つまり、天球の上でのこの星の位置が地球の上でのハワイイの位置とおなじ。具体的に言うと、この星は赤緯一九度一一分にあり、ハワイイ諸島は北緯一九度から二三度の間に散らばる。厳密に計算すれば、ハワイイ島の南の方、サウス・ポイントから一九キロほど北のあたりを東西に走る線の上に立てば、アルクトゥールスは天頂上を通る。

25 同じようにしてタヒティ島では天頂の星としてシリウス、現地名で呼べばアアが選ばれる。

操船の技術は次第に向上したし、この船がなかなかの性能を持っていることが明らかになった。少し強い貿易風を受けると六ノット[26]、最も条件がいい場合には九ノットで走ることができる。ハワイイからタヒティへという航路はほとんど真南に向かう。時期を選べば北半球では北東の貿易風が安定して吹き、赤道無風帯を越えた先では南東の貿易風が吹く。ホクレアは一日に一二〇海里から一三〇海里は走れると予想された。実は古代の船はもう少し速かったと推定されるのだが、これだって悪い数字ではない。風上に切り上がる性能については真横から一五度までは風上側に走ることができる[27]。

航海術については、ハワイイにはその人材がなかった。協会はサタワル島に応援を依頼することにし、マウ・ピアイルグという人物が招聘《しょうへい》された。サタワル島はまだプルワット島との航海競争を続けており、一九七五年には自分の島から沖縄の海洋博の会場までをカヌーで渡るという壮挙をなしとげている[28]。マウ・ピアイルグはサタワル島では航海者としては第三位にあたる人物だった。ただしこれは単なる序列であって、実際には最も優秀と呼んでもよかったかもしれない。

26 つまり時速六海里、約一一キロ。

27 巨大なキールやセンターボードを備えた現代のヨットならば四五度まで。つまり真北の風を受けて北東に走ることができる。

28 この時のカヌー「チェチェメニ」は今は大阪の国立民族学博物館に展示してある。ちなみにチェチェメニとはサタワル語で「よく考えろ」という意味だという。この航海のことも『サタワル島へ、星の歌』に詳しい。

この器材なき航海士を含めて十七名の乗組員を乗せたホクレアは、一九七六年の五月一日午後三時、マウイ島を出発した。東北東の風を右《う》舷《げん》に受けてしばらくは北に向かい、後に進路を東に転じる。ハワイイ島の北側から東側へ大きく迂《う》回《かい》してから南に向かうという航路である。この部分は貿易風に逆らって進むわけだから危険も多く、どうしても用心深くなる。[29]五月の四日から五日にかけてハワイイ島東の沖合を通過すると、その先は島影一つない大洋。

この時の記録を読むと、文化が違えばものの考えかたが根底から変わってくるということがよくわかる。西洋式の航海術ではその時々の自船の位置を緯度と経度を記した海図の上に記録することが何よりも大事とされる。そのための羅針盤であり、六分儀であり、精密時計であり、計算機である。それに反して、マウ・ピアイルグのやりかたはもっと総合的で、反射的で、一言でいえば生きている。何日も曇りが続いて星も太陽も見えなかった後で夜、一瞬だけ北極星が見えたとする。それで彼は自船の位置を推測し、この先のコースを決める。この広い海のどこかにいたことは確かなのだから、曇りの間にどこを通ってきたかはどうでもいい。基本になるのは星と太陽と風とうねりだが、雲や海鳥や海面の色や燐光《りんこう》も大きな助けに

29 この後何回かのホクレアの航海の記録を見ると、ハワイイ諸島周辺がなかなかの難所であることがわかる。

なる。彼は海全体を読んでいるのだ。

長い話を短くすれば、まず北東の貿易風を受けてホクレアは順調に南に向かい、西に流れる北赤道海流を越え、赤道無風帯を越え、東に向かう赤道反流を越え、また南東の貿易風を受けて南赤道海流を越えて進んだ。一か月後の六月一日にははじめての陸地としてマタイヴァ島[30]を目視、三日後には目的地タヒティ島に到着した。昔ながらのセイリング・カヌーと航法は見事に実力を証明したのである。しかも、マウ・ピアイルグは自分が知っている海域をはるかに離れたところで、赤道を越えて北極星が見えなくなるところまで行って、なおかつ目的地に船をぴたりと着けた。彼の航海術がただの経験則の暗記ではなく、別の海へも応用のきく高度なものであることが証明された。

この偉業について問題が残ったとすれば、まず乗組員がマウをあまり信頼せず、彼にとっては不愉快なことが多くて、終ってから彼が二度とハワイイには行かないと言って帰ってしまったことだ。それ以上に航海士がハワイイ人ではなく、ポリネシア人でさえなく、サタワル島というミクロネシアの島民だったことが実に残念だったとハワイイ側は考えた。これもまた虚栄かもしれない。しかしなが

30　タヒティ島の北三百キロのところにある。マタイヴァ島は一列に東西に並んだトゥアモトゥ諸島の西の端にあるから、ここよりも東寄りのコースならば必ずどの島かが見える。この緯度まで下りてきて島にぶつからなかったら、西に流されていると考えなければならない。

ら、実験考古学としては同じ太平洋に伝わる航法が実地に試されて成功したわけで、昔はこうして遠い島から島へ渡っていたことが明らかになったのは大きな成果である。われわれは何かと近代文明の成果を誇るあまり、それ以前のものをつい過小評価しがちだ。

さて、マウ・ピアイルグはサタワルに帰った。航海の途中でマウのやりかたを見ていたとはいえ、まだハワイイ人には彼にならって船を動かすのは無理だった。ホクレアは近代的な装置を使って進路を見つけ、来た道を逆にたどって、故郷に帰った。この帰路の船に乗り組んだ一人にナイノア・トンプソンという二十四歳の若者がいた。半分ハワイイ先住民の血を引く彼は、自分でマウの航海術を身につけようと決意して勉強をはじめた。

彼が最初に学ぶべきは星の羅針盤だった。太陽の昇る位置は季節によって変わるが、恒星はいつも同じ場所から昇る。時期次第では昼間出てしまって役に立たない星もあるけれども、何十かの星の昇る位置を知っていれば、船を進めるべき方位がわかる。マウ・ピアイルグが一九七六年にホクレアをタヒティまで導いた時、ハワイイ島の北東側へ出てしばらくの間、彼は蠍座《さそりざ》のアンタレスという星を目印にした。つまり、この星の昇る方位へ舳先《さき》を向けて進路を東南東へ振ったのだ。やがて基準の星は南十字座に変わった。彼のシステムの中ではこの星座は羅針盤の針のように五つの方位を示す指標だった。水平線から昇る時、四五度に傾く時、直立する時[31]、逆に四五度に傾く時と沈む時。タヒティはハワイイからはほぼ真南にあるから、この星座が教える方位を目指した上で微妙に修正を加えるのが航海術の基本になった。

ナイノア・トンプソンは苦心して星の羅針盤を独学で学んだ。その時にホノルルのビショップ博物館のプラネタリウムが大変に役に立った。丸いドームの中に投影される人工の星ならば、同じ現象を何度でも再現できるし、緯度が変わった時の見えかたの違いもわかる。ホノルルにいたまま赤道の星空もタヒティの空も見ることができる。サタワル島で航海術を学ぶ若者たちにはない利点だ。

この間、ホクレアはじっと港に停泊していたわけではない。タヒティから戻って一年後の一九七七年にちょっとした実験航海が行われた。その結果、南へ向かうにはハワイイ島の東を大回りするのではなく、カホオラウェ島とラナイ島の間にあるケアライカヒキ海峡[32]を通った方が有利だということが明らかになった。ナイノアの航海

31　この時は十字架の縦軸が子午線と重なる。つまりその真下が真南になる。

32　「カヒキ（タヒティ）への道」。ホクレアにとってはぴったりの名である。この時ホクレアはラナイ島のマネレ湾でしばらく風待ちをしているが、ここは第X章の航海でわれわれが一泊したところでもある。

術がなかなか正確であることもこの時に証明された。

そして、翌七八年、彼らだけの手によるタヒティ島への航海が立案され、実行に移された。風が強まって小型舟艇への警報が出されている中で、伴走船もなくホノルル港を出たホクレアは、オアフ島とモロカイ島との間のカイウィ[33]海峡で真夜中に横風を受けて傾き、風下側の船体に浸水して転覆に近い状態になった。乗組員はみな船体につかまって無事だったが、遭難を知らせるための唯一《ゆいいつ》の手段だったラジオ・ビーコンがスイッチを入れる間もなく流された。

夜が明けたが、救援は来ない。上を飛ぶ飛行機があったので発見してもらえたかと思ったが、やはり救援は来なかった。ここで乗組員の一人だったエディー・アイカウがサーフボードをパドリングして岸に向かうと言って、漂流中のホクレアを離れた。彼はサーファーとしてレジェンドの域に達していた男であり、オアフ島ワイメア湾[34]のライフ・ガードとしても有名だった。みんながしり込みするような大きな波に挑戦して、見事に乗りこなし、ちゃんと帰ってくる奴《やつ》としてハワイイ社会全体の敬愛を一身に集めるような存在だった。この時の彼の頭にはみんなを救わなければならないというライフ・ガードの職業倫理があっただろうし、あるいは同じような状況で救

33 「骨」この海峡については第X章（457―458ページ）参照。

34 オアフ島北岸。サンセット・ビーチの少し南寄り。

援を呼ぶことに成功したトミー・ホームズの例[35]も浮かんでいたかもしれない。

その日の夕方、上を飛んだ飛行機がようやくホクレアを発見し、沿岸警備隊の船が救助にやってきた。船体につかまっていた人々は助けられた。しかし、エディー・アイカウはどこの岸にも上陸していなかった。結局、彼は発見されなかった。六週間後、何十隻《せき》ものカヌーがワイメア湾に集合し、エディーの葬儀が行われた。砂浜での儀式が終わるとカヌーはみな海へ出ていって、水面に無数の花を撒《ま》いた。

安全ということについて現代人はずいぶんな努力を払う。昔の方法で海を渡るホクレアの実験でもそういう面がおろそかにされたわけではない。それでも、海は時として人間の命を要求する。自然というのはそこまで厳しいものだと知っておくべきなのだろう。今、オアフ島のサンセット・ビーチにはエディー・アイカウを偲《しの》ぶ記念碑が建っている[36]。

ナイノア・トンプソンの独習は続いていたが、最後の仕上げは一人では無理だった。一九七九年の晩春、彼はマウ・ピアイルグがサタワル島を出てサイパンに滞在しているという報《しら》せを聞いた。彼は

35 382ページ参照。

36 その他、彼はサーファー向けのアパレルを作っているオーストラリアのQUIKSILVERというブランドの宣伝に一役買っている。彼の顔を配したポスターなどをサーファー・ショップで見ることは珍しくない。また、ハワイイで「エディーなら行くぜ」というステッカーを貼《は》った車も見た。大きな波を見てしり込みしているサーファーを勇気づける(あるいは勇気を挫《くじ》く)言葉である。要するに、エディーは永遠のレジェンドになったのだ。

すぐにサイパンに飛び、三年ぶりにマウに会った。もう一度ハワイイに行こうとはマウは言わなかったが、二人は互いに気持ちが通っていることを確認した。四か月後、マウが前言を撤回してハワイイにやってきた。ナイノアの教育の仕上げがはじまった。星だけでなく、雲の読みかた、海面の色の見かた、鳥、さまざまな知識がナイノアに伝えられた。

五月の上旬の数日間、ぼくは海の上のランデブーのことをずっと考えていた。二月の六日にハワイイ島のヒロで出航の儀式に立ち会った二隻のカヌー、つまりホクレアとハワイイロア、それにマカリイが、ポリネシアのカヌー三隻を連れていよいよ帰ってくる。港で待っていれば雄々しい帰還が見られるはずだし、もちろんそうするつもりだが、しかし港に入ってくる時にはカヌーは帆走はしていない。狭い港の中の移動を風に任せるのは危険だから、きっと曳航《えいこう》されてくるだろう。だが、ぼくが見たいのは帆を上げて風を受けて走っている姿だ。

カヌーたちが帰ってくる前後、ぼくは友だちのヨット[37]に乗っている予定になっている。それならば海へ出て待っていればいいという

37 第X章で詳しく書く「エリックス5」である。

のが最も簡単な考えだが、いろいろ調べてみるとこれが容易でない。まずカヌーの予定が不確定で、いつ、どこを走ることになるのかがよくわからない。次に、このヨットは帆走性能がホクレアやハワイイロアなどとほぼ同じぐらいだから、後ろに回ったらどうやっても追いつくことができない。[38] 動く相手を海の上で捕捉《ほそく》するには時々刻々情報が入手できた上で、少なくとも相手の倍ぐらいの速度が出せなくてはならない。

　予定の日の二、三日前になって、やはりヘリコプターを使おうと決めた。帆走しているカヌーが見られるのなら、それぐらいのことはやってもいい。これが最も確実な方法ではあるけれども、それでもまだ不安材料は残る。カヌーが走っている海域を確定した上で離陸できるか？　洋上で本当に見つけられるか？　その時にうまく順風が吹いていて、カヌーは帆を上げているだろうか？

　そういう不安材料をかかえた上で、五月十一日の朝七時、ぼくはホノルルの空港に行って、ヘリに乗る準備をした。問題は離陸のタイミングだ。その時に手元にあった情報では、ハワイイの三隻とポリネシアから来た三隻は数日前、無事にヒロまで到着し、最終的な入港地をオアフ島として、こちらに向かって航行しているはずだっ

38　こういう状況で遅い船がいかに辛《つら》い立場に置かれるか、アメリカズ・カップの中継を見た人はみな知っているだろう。相手の針路を予想するという意味では、日本海海戦を前にした東郷平八郎提督の立場と言ってもいい。

た。十日の晩はホクレアとハワイイロアはモロカイ島の北側、カラウパパ[39]に錨《いかり》を下ろしたはずであり、他の四隻は同じモロカイ島の南のカウナカカイ[40]の港に入ると発表されていた。そして、少なくともホクレアとハワイイロアは帆走でオアフ島に帰ってくることになっていた。しかし、十一日の朝になって何か所かに電話して確かめたところでは、ホクレアとハワイイロアは強風のためにモロカイ島の北に回ることを諦《あきら》め、他のカヌーと一緒にカウナカカイで一泊したという。朝の五時には出港、順調に進んでいればもうオアフ島までの半分ぐらいは来ていることになる[41]。

そろそろ行ってみようかと思った時、ちょうど一機のヘリが降りてきた。乗っていたのは五台のカメラを首からぶらさげた新聞社のカメラウーマン、落胆の表情を浮かべている。聞いてみると、海の上をずっと探しながら飛んだのにカヌーを見つけられなかったという。少しばかり早すぎたらしい。こちらも慎重になって、もう一度情報収集に走る。モロカイ島の南側は島そのものに邪魔されて貿易風が弱い。その影響が思ったよりも大きくてカヌーは遅れているらしい。オアフ島の東、クアロア・ビーチ[42]への到着予定時刻は十二時。ぼくは出発を十時半まで延ばすことにした。

39 第I章33ページ参照。
40 第I章39ページ参照。
41 カウナカカイからオアフ島東端まではおよそ三十五海里。
42 「長い背中」ワイアホレ（第IV章169ページ）の少し北にある。

実際には十時半に離陸したヘリはちょっとした不具合[43]で一度空港に戻ることになり、修理を終えて再び飛び立ったのは十一時ちょうどだった。ホノルル港上空からワイキキの沖を東へ飛び、ダイアモンド・ヘッド[44]を見て、オアフ島東端のココ[45]・ヘッドを過ぎるともう海の上。左前方にモロカイ島がぼんやりと見える。日射《ひざ》しが眩《まぶ》しく、海ははるばると広い。島と島の間の狭い海域のはずなのに、手がつけられないほど広く見える。午前中に東へ飛んでいるのだから、太陽の光は正面から来る。この状態でキラキラと光っている海面に浮いたものを見つけるのは容易ではない。そう思って、しっかりと目を開いて、海の上を探しつづける。ミッドウェイ海戦の日本側偵察機の気分だ。

十五分ほどした時、パイロットの声がヘッドセットから聞こえた——「あれですね」。その声と同時にヘリがゆっくりと向きを変えた。やはりプロは目がいい。なるほど正面ずっと先の方にカヌーらしいものが二つ、ぽつんとあった。海の中で二隻のカヌーは心細いほど小さく見えた。

見つければヘリは速い。ぐんぐん近づいていって、二百メートル

43 油圧系統の警告灯が点《つ》いたのだが、その機体のそのセンサーが過敏なことをパイロット（沖縄系三世のエイキ・ミヤサト氏）はよく知っていたから、またかという顔で着陸した。安全性に問題がないことの再確認は速やかに完了した。

44 ヘッドは岬の意。かつてはラエ・アヒ、つまりアヒ（キハダマグロ）の岬と呼ばれていた。なぜダイアモンド・ヘッドになったかは不明。英語地名の是非については第Ⅶ章311ページを参照。

45 「血」。このあたりの土が赤いことから。また一説には、ここでサメに噛《か》まれた男の血にちなんでとも言う。

ほどの間隔で帆走している二隻のカヌーの上を旋回しはじめる。見覚えのある形、前を行くのがハワイイロアで、後ろについたのがホクレア。帆を上げた姿はやはり美しかった。

海全体を視野に入れて見るとカヌーは小さく見えるが、寄ってみれば全長十八メートルの立派な船だ。このカヌーで、帆に受ける風の力だけで、星と風向きとうねりを指針に、四千キロの彼方《かなた》まで行って帰ってきた。このようにして走ってきた。甲板に人の姿が見える。彼らが乗って、彼らが動かして、この狭い甲板で生活して、長い航海をなし遂げた。最後の停泊地に向けて航行している二隻のカヌーの姿はやはり心動かされる光景だった。ヘリがカヌーの後ろに回ると、二隻の正面にオアフ島の東に連なるコオラウ山地が見えた。

ホクレアとハワイイロアの二隻は二月の八日にヒロを出発した。[46] 二隻はよい風と天候に恵まれて順調に航海し、二十一日という最短記録を作ってタヒティ島に近いライアテア島に到着した。ここでニュージーランドから貨物船に乗って運ばれてきた「テ・アウレレ」、それにクック諸島から自力で走行してきた「テ・アウ・オ・トンガ」と「タキトゥム」の三隻と合流して、タヒティ島に向かった。そして、三月の二十七日にハワイイ島から直接タヒティに入ったマ

46 その時にまだ完成していなかったマカリイは、二月の二十八日になって悠然と出ていった。

カリイも到着、タウティラ港に六隻が集結した。

ポリネシアの多くの島がそれぞれ遠洋航海に耐えるカヌーを持つようになったきっかけは、やはり何回にもわたるホクレアの大航海であり、それに触発された太平洋航海ルネッサンスとも呼ぶべき大きな運動だった。いくつもの島が自分たちでカヌーを造っただけでなく、マウ・ピアイルグやナイノア・トンプソンのような伝統航法の技術を持つ者を養成した。ホノルルに設立されたポリネシア航海協会の意図は全太平洋に広がったのである。一九九二年にはポリネシア人の結束と伝統文化の復興のために、クック諸島のラロトンガ島にポリネシア全体からたくさんのカヌーが集まり、「マイレ・ヌイ」という大きなお祭りが開かれた[47]。航海熱はミクロネシアからポリネシア全体に伝染したわけである。

今回の航海はハワイイ人が何百年も前の故郷に戻って、長い間別れ別れだった同胞を連れてハワイイに帰るというところに意義がある。タヒティ島に集まったカヌーがたどるのは、歴史をもう一度再現する航路なのだ。

ホクレアもハワイイロアもマカリイも無事にタヒティ島に着き、

47　これは四年ごと。オリンピックの年に開かれる。

他の三隻も揃《そろ》ったとなると、この種の航海は存外簡単で安全なのではないか、と事情を知らない者は考える。実際、ホクレアは初期の事故を除けば今まで大きな失敗をしていない。伝統的な航海術は着実に目的地にカヌーを導いてきたし、大海の波と風に船体は耐えてきた。記憶が途絶える前、赤道の南のポリネシアとハワイイ諸島の間に頻繁な行き来があったことは、その技術を当時の人々が持っていたことは、充分に証明された。

　しかし、やはりこれは遊び半分の気持ちでできることではない。今回について言えば、オアフ島に到着するカヌーは実は八隻あるはずだった。タヒティから「アア・カヒキ・ヌイ」と「タヒティ・ヌイ」という二隻が最後に加わって、マルケサス諸島のヌク・ヒヴァ島に寄港した後、ハワイイに向かう予定になっていたのである。しかし、この二隻は実に綺麗《きれい》に造ってあったものの、どうも遠洋航海に耐える船体ではなかったらしい。各地のカヌーが集まってくる前の週、二隻はタヒティ島の近海を航行している時にスコールに会い、帆を破られるやら船外機をもぎとられるやら、相当な被害を受けた。[48]クルーの訓練も不足している。この航海全体のアドヴァイザーの立場にあるナイノア・トンプソンは熟慮の末、「危険だから今回は見

48 船外機という言葉が出たので念のために申し添えておけば、現在の遠洋カヌーは原則としてエンジンを備えていない(ただし、事態によってはエスコート艇に曳航してもらうこともある)。今回の六隻について言えば、クック諸島のタキトゥムだけがボルボのエンジンを内蔵していた。

合わせた方がいい」と忠告した。タヒティ側のクルーは「漕《こ》いでもハワイイに行く」と言ったとも伝えられる。実際に漕いだのか否《いな》か、タヒティ・ヌイはなんとかヌク・ヒヴァ島まで到着したが、その先へ行くことは諦めた。アア・カヒキ・ヌイの方は遂にタヒティ島の港を出なかった。

残る六隻は着実にハワイイ諸島を目指したが、途中でちょっとした事件が起こった。どうも密航者が乗り込んだらしい。クルーの多くが怪しい虫に刺され、痒《かゆ》いのでかくと跡が腫《は》れたり、水疱《すいほう》になったり、場合によっては化膿《かのう》したりして、非常に不愉快だという。痒みは二週間も続いたとか。

どうもこの虫は彼らの最後の寄港地であるマルケサス諸島ヌク・ヒヴァ島のタイオハエで乗り込んだらしい。この町は消防自動車が一台、警察官が四人、病院が一つと歯科医院が一つ、床屋兼美容院が一軒、船が入るのは月に三回、飛行機は週に四便というのんびりしたところだ。のんびりと楽しそうなのはいいけれども、この虫はちょっと困りもの。

ノノと呼ばれるこの虫は蚊などよりもずっと始末が悪い。刺された跡が痛かったり膿《う》んだりするし、おまけに防虫網をくぐって入ってくるほど小さいという。カヌーのクルーは刺されてもしばらく我慢すればすむが、問題はこの虫がカヌーに乗ってハワイイ諸島まで到着した場合である。天敵がいないところでは外来の生物はあっという間に諸島全体にひろがる。[49]そして観光客は来なくなる。ハワイイの経済は大きな痛手を被《こうむ》るだろう。映画俳優のマーロン・ブランドがタヒティ島の近くに小さな島を持っていることはよく知られている。[50]彼がこの島の観光開発を計画したことがあって、この時この虫が問題になった。専門家がいろいろ対策を考えたが、結局のところ退治は不可能とわかって、ブランドはこの計画を諦めた。ハワイイにすれば、かつてブラウン・ツリー・スネイクという小さな蛇をめぐってみんなが危機感を募らせた時以来の大問題である。この蛇は鳥や小動物をどんどん食べてしまうと言われた。ノノを上陸させてはいけない。

殺虫作戦はまず海の上で行われた。ハワイイ諸島に近づいた時、カヌーはひとまず停止した。沿岸警備隊のC－一三〇輸送機が飛んでいって、上から殺虫剤の入った缶を投下し、これを使ってカヌー全体の虫退治が行われた。この洋上停泊の後で風が弱くなったため、全体としては二日のロスになったという。その上、ヒロに接岸する

49 外来の生物の影響については第Ⅲ章に書いた。

50 これについては192ページの「バウンティ号の叛乱《はんらん》」に付けた注を参照のこと。

直前には、港外で船体をシートですっぽり覆《おお》った上でもう一度徹底した燻蒸《くんじょう》が実行された。終わった後の検査ではノノを含めて十四種類の昆虫、何匹かのカタツムリ、それにヤモリなどの死骸《しがい》が発見されたという。海の上でクルーがスプレーをし、掃除をし、カヌー全体をごしごしこすって綺麗にしたはずなのにまだこれだけ残っていたわけだ。

この処置で密航者の問題は片づいたが、惜しいこともあった。ポリネシアをはじめ太平洋の各地の島でブレッドフルート[51]は主食の位置にある大事な食べ物である。かつて南の島々からハワイイ諸島に移住した人々はブレッドフルートの若芽をヤシの実の殻に入れて、湿気を絶やさないように気をつけながら、航海した。行く先々の島ごとにこの若芽を植えた。今回、それを再現する実験が行われたのだが、虫の問題が生じたおかげで、カヌーの上の生物《なまもの》はすべて海に捨てられることになった。移植されたブレッドフルートに実を結ばせるには、また別の機会を待たなければならない。

ぼくがヘリで飛んだ日の午後、ホクレアとハワイイロアは無事にオアフ島のクアロア[52]に到着した。他の四隻《せき》は予定ではココ・クレーターの麓《ふもと》のハワイイ・カイに仮に投錨《とうびょう》することになっていたが、海

51 日本ではよく「パンの実」と呼ばれる。実際に食べてみると、パンよりは味の薄いサツマイモに似ている。南洋に行った宣教師が「汝《なんじ》、パンのみにて生くるにあらず」と説く時に、パンを知らない現地の人々にもわかるようにブレッドフルート（ハワイイ語ではウル）をパンに見立てたのではないかとぼくは推理している。

52 「ハワイイ海」南岸の東端に近いところ。日本語でも同じ発音なのは偶然の一致。

が荒れているので結局モロカイ島のカウナカカイからずっと曳航《えいこう》されて、直接ホノルル港に入った。その晩はホクレアにとって由緒《ゆいしょ》あるクアロアの海浜公園でごく内輪の家族と友人たちだけのお祝いがあるとのことで、ホノルルに入ったカヌーの乗組員はバスでクアロアに運ばれたらしい。ぼくもこのお祝いに行こうかと考えたが、内輪と聞いて遠慮することにした。[53]

翌日、ぼくはカヌーたちが入っているホノルル港35番埠頭《ふとう》に行ってみた。思い出せば、ヘアラニ・ユンのハラウがフラの練習をしていたのがこの埠頭で、その前に繋留《けいりゅう》してあったホクレアとハワイイロアをぼくがはじめて見たのもここだった。[54]ホクレアだけがまだクアロアから回航中で姿がなかったが、他の五隻は揃っていた。早く入ったポリネシアのカヌーの連中は到着後の整理も済み、埠頭の前の空き地に張ったテントの中で昼寝をしていた。遅れてきたハワイイロアの人々はまだ忙しく立ち働いている。何人かと言葉を交わす。

出発前のヒロの儀式で見た顔がいくつもある。その中の誰かに話を聞きたいと思ったが、みんな忙しそうだ。今回のハワイイ側のクルーの中で最も高齢のウォリー・フロイセスがきびきびと動いている。たしか七十五歳ぐらいになるはずだが、とてもそうは見えない。

53 後で聞いたところでは二千人が押しかけたという。ハワイイには遠慮という言葉はなかったのだ。

54 第VI章249ページ参照。

カヌー関係者のほとんどがそうであるように、彼もまた元はサーファーで、ビーチ・ボーイで、みんなに愛されてこの歳《とし》に至った人物。それ以上に木工の腕でも知られていて、ハワイイロアの艤装《ぎそう》用の木製パーツは彼の手で作られた。

彼もハワイイロアのクルーの一人として戻ってきたのだが、なんといってもクプナ（お祖父《じい》さん）として敬愛を集める身だから一般の乗組員とはいささか立場が違う。もっと若い誰かの話が聞きたいものだ。そんなことを考えながらみんなの作業を見たりちょっと手を貸したりしているうちに、テリー・ヒーと言葉を交わすことになった。彼は「ああ、ヒロで会ったね」と言い、「仕事が終わったら話をしてもいいよ」と言ってくれた。では彼の仕事が一段落するのを待つことにしようとぼくは思った。

それで桟橋で待っていたのだが、テリーは気がいいせいか、みんなに次々に用事を頼まれて、なかなか身が空かない。こちらも半端《はんぱ》仕事を手伝いながら三時間ほど待って、ようやく銀行へ行くという彼を車で送りがてら話を聞けることになった。まず、前にも同じコースを二度たどったことがあるという彼に、今回の航海の印象をたずねる。

目的地クアロアに向けて最後の帆走をするハワイイロアを
ヘリコプターから見つけた

「すごく運がよかった。行きは天気にも風にも恵まれて、赤道無風帯でもちゃんと風が吹いてくれた。それに、曇る日が少なかったから、ナヴィゲーターも楽だったと思う。予定コースからのずれもほとんどなかったんじゃないかな。それやこれやで、行きは二十一日という最短記録を作ったんだ」

カヌーの上での生活のことを教えてくれない？

「ええと、ハワイイロアに乗り組んだのは十一人。特別参加のウォリーとナヴィゲーターのブルースを別にして、他の九人が三人ずつで当直にあたって見張りや舵取《かじと》りをする。一回が四時間で、その後の八時間が休み。これを二度繰り返すと一日」

食べる物は？

「ずいぶん魚を釣ったよ。マヒマヒ[55]、アク[56]、アウ[57]、アヒ[58]……、今回は本当にたくさん釣れた。その他持っていった缶詰を食べたし、最初の頃は生の野菜や果物もあった。行きは速かったし魚がよく捕れたから、向こうに着いた時に缶詰なんかがたくさん余っていた」

休みの時間には何をしていた？

「寝る時間以外はみんないろいろなことをしていたね。釣った魚の骨で昔風の釣り針を作るとか、木で彫刻をするとか、日記を書くと

55 シイラ
56 カツオ
57 カジキ
58 キハダ

か。料理番もまわってきたし。ぼくは何もしなかった（と言って、彼は笑った）。カヌーのあちこちをちょっとずつ修理していたかな」

近代的な装備を使わないナヴィゲーターに対する信頼は？　決してゆるがないもの？

「それはもう。ブルースもナイノアも何度もこういう航海をしている。大きな間違いをしたことは一度もない。それにぼくはあの二人[59]とほとんど同じところで育って、子供のころから知っているんだからね」

到着した島々での歓迎の儀式なんかはどうだった？

「ぼくはああいうのって好きでないんだ。儀式はどれも居心地が悪い。だからだいたいカヌーに残って番をしていた。水の上が一番気楽だよ」

こういう航海っていうのは、やっぱりきみにとって挑戦なんだろうか？

「ははは、全然ちがう。ぼくにとっては休暇だよ。いちばん好きなこと。都会とか、人がたくさんいるのとか、車とか、そういうのは本当に嫌いなんだ。ぼくは海の上にいればもうそれだけで満足だから。また機会があったらすぐにも乗りたい。もちろん他のみんなに

59 二人ともオアフ島の東、ハワイイ・カイに近いニウ・ヴァレーの出身である。しかも、ブルースの妻はナイノアの妹。そういう仲なのだ。

もチャンスを分けなければならないけれどね」

航海にとっていちばん大事なのは何だと思う？

「みんなの気持ち。今度の旅がよかったのはクルーの気持ちが本当に一つになっていたからだよ。こういう時っていうのは、誰もが自分から動く気持ちでないと駄目なんだ。先に立って仕事をするっていう姿勢だね。みんなにそれがあると気持ちのいい航海になる」

ぼくは彼を銀行の前で下ろしてから、この言葉について考えた。狭いカヌーの上に十一人がいるのだから、それぞれが義務を果たすことも、仲よくすることも大事だろう。しかしそれは今の日本語でいう協調とか率先とか団体行動とか、そういうこととは少し違う気がする。昔のままの共同体の感覚というか、規律や団結ではなく、もっと親密な、知った顔どうしの無意識の力の出し合いのようなもの。かつての村の一つ一つをまとめていた精神。ハワイイ人としての、心の深いところから出てくる連帯感。


翌日、帰ってきた三隻とやってきたポリネシアの三隻を出迎える儀式がホノルル空港に隣接するケエヒ[60]海浜公園で行われた。朝の八時過ぎから人々が集まって予備的な催しがはじまったが、実際にカ

60「踏んで歩く」

ヌーが会場に入ってきたのは十時を回った頃だった。公園の前の広いラグーンに一隻ずつ他の船に曳《ひ》かれて入場してくる。最初に姿が見える時はまだ隣家の塀の上のアリのように小さい。それがゆっくりと回ってきて、目の前を右から左へ通過し、左手奥の岸に繋留される。これだけで一隻あたり十五分ぐらいかかる。六隻ならばこれだけで一時間半。この悠然たるペースはカヌーという乗物や長い長い航海にふさわしいものだ。見物する方も気が長くなってよろしい。

カヌーが岸に着いたからといって、乗組員はすぐに上陸できるわけではない。砂浜に並んだ彼らは、迎える側の屈強な若い男女と対峙《たいじ》する。双方は交互に大音声で呼ばわり、腕を振り上げ、硬い木を削って作った槍《やり》を擬して、それぞれの力を誇示する。日本ならば戦国時代の武士の名乗りに似ている。時にはそれぞれの代表が一人ずつ前に出て、自分の筋力、動きの素早さ、声

上陸のための儀式

の大きさ、身分素性のよさを誇る。上陸する側は、自分たちは礼儀正しい歓迎に値する優れた者だと言い張り、迎える側はここはつまらぬ者の上陸を許さない立派な土地だと唱える。この擬闘を経てはじめて、遠来の客は客として迎え入れられ、心のこもった歓迎を受ける。クック諸島ではこの力の誇示はハカと呼ばれるが、ハワイイの方にはこれを示す特別な言葉はないようだ。

カヌーで広い海を渡った航海者は最後にはどこかの島に上陸するわけだが、行った先の島がすぐに上陸を許してくれるとはかぎらなかった。まず族長が出ていって到着者の素性と来訪の意図を問い、互いの力の誇示や長々とした交渉が続いた後、ようやく上陸が認められる。時には交渉が決裂して嵐《あらし》の海へカヌーが戻らねばならぬこともあったし、到着した全員が殺されることだってあった。逆に航海者が族長の養子として迎えられ、その島の次の指導者になる場合もあった。ケエヒ海浜公園の砂浜で行われた擬闘はこのような複雑で危険な儀礼を今に伝えるものなのだ。[61]

話を元に戻せば、最初に浜の前を通ったのは子供たちの訓練用に造られた「エアラ」という名の小さなカヌーで、これが先導する形でニュージーランドのテ・アウレレ、それからクック諸島のテ・ア

61 現代では同じことが実に事務的かつ機械的に出入国管理事務所の官吏の手で行われている。そう考えると、見知らぬ国に入った時の、パスポート・コントロールのあの緊張感がよく理解できる。

ウ・オ・トンガとタキトゥム、それからいよいよハワイイから行って戻ったマカリイ、ハワイイロア、そしてホクレアの三隻が次々に入ってきた。すべて入港が終わったのは十一時半。その間ずっと舞台の上やその前の芝生では歓迎のチャントやフラ、関係者の挨拶《あいさつ》、到着した側の報告のスピーチなどが続いていた。

六隻の中で最も人気が高かったのは、やはり最後に到着したホクレアだった。二十年前にこのカヌーが進水し、多くの長い航海をしたことがポリネシア全体で伝統文化を見直す機運を作り、彼らの誇りを蘇《よみがえ》らせた。昔と同じ航海術を復元して、古来彼らがいかに優れた航海者であったかを証明したナイノア・トンプソンは新しい形の文化ヒーローとしてハワイイ系の人々みんなの尊敬を集めている。数十年前のデューク・カハナモクと似たような立場にあると言ってもいい。彼に航海術を教えたサタワル島のマウ・ピアイルグは今回も顧問という資格でナイノアと一緒にホクレアに乗ってポリネシアから帰ってきた。

この日の式典でのマウのスピーチは質朴で実にいいものだった――「アロハ。この場にこんなに集まってくれたみなさんにありがとうと言います。航海の技術がもう一度生まれなおして、私たちは幸福です。この技術を受け継いでくれる若い人々がいるのはとても運のいいことです。これからも子供たちに技術を教えて、この先この技術が二度と死ぬことがないようにしていきたいと願います。ありがとう」

彼は最初のセンテンスを英語で、その先はサタワル語で話した。彼の故郷のサタワル島でさえ、あれだけ伝統航海の盛んだったところでさえ、彼が最後のナヴィゲーターになるおそれはあった。しかし彼はそれをナイノアに伝えることができたし、彼の息子のセサリオも父を継いでナヴィゲーターになったという。伝統航海術の意味を最もよく知っている者だけに、彼にとってこれは本当に幸福な、運のいいことだっただろう。

その次にナイノア自身が演壇に立った。彼は晴れがましい場やスピーチが嫌いだと聞いていたので、これは嬉《うれ》しい驚きだった

――「五年前にはじまったこの長い旅が終わって、苦しい仕事が終わって、本当の話、今ここに立って何を言えばいいのかわからない」と彼はまず言った。「自分たちが信じていたことを実現できたのは嬉しいが、そのためにたくさんの人々の力を結集できたことはもっと嬉しい。みんな本当によくやってくれた。協会や州政府、そ

マウ・ピアイルグ（右）とナイノア・トンプソン

の他の団体、それにクプナ（祖父母）から子供たちまで、みんなありがとう。中でもこれらのカヌーをここに連れてきたそれぞれの船のナヴィゲーターたちは本当によくやってくれた。夢を現実にするために長い辛《つら》い訓練に耐えて技術を自分のものにしてくれた。カヌーだけでなく、陸上の支援の人々、伴走してくれた船のクルー、その他たくさんの人々の力でここまで来られたと思うと、自分自身はどこまで謙虚になってもなりすぎることはない。先祖たちの誇りと自負を受け継ぐことができたのは我々みんなが協力したからだ。その分だけ我々は、ごく謙虚にまた静かに言って、少しばかり強くなったと思うし、それだけ健全な共同体を作れるようになったとも思う」

ここで彼は各カヌーのナヴィゲーターを一人一人呼び出して、会場に集まった人々に紹介し、技術を身につけるに要した苦労を労《ねぎら》った。会場からは心からの拍手が彼らみんなに送られた。

「最後に（とナイノアは続けた）、伝統を蘇らせるのは大事だが、それを教育によって次の世代に伝えるのはもっと大事だ。未来への長い航海を担《にな》う若い人々を育てること、それを可能にする健全な共同体を維持すること、それがこの航海の本当の目的ではないか。このカヌーに乗ってゆく次の世代が育ってくれるのをぼくたちは見守りたいと思う。マハロ」

この後、友人たちに囲まれてお祝いの言葉を受けたり記念写真を撮られたりしているナイノア[62]をぼくは捕まえ、少しだけ質問をしてみた。

二十年前に伝統的な航海術の勉強をはじめた時には、自分の後にこんなにたくさんの後継者が続くことになると思っていましたか？

「いや。二十年前にはこんなことは想像もできなかった。ぼく自身が技術を身につけられるかどうかもわからなかった。六隻のカヌーがここに集結する日が来るなんて、予想できたはずがない。だから、考えてみれば、今ここにこのカヌーがいるというのも、今は想像もできないことが将来起こるきっかけなのかもしれない」

では、この二十年のどの段階であなたは航海技術を身につけられるという自信を得たのですか？

「最初はまるで自信なんかなかった。しかし航海術というのは知識である以上に経験だとはわかっていたから、何度も繰り返しているうちに身につくだろうと予想していた。一九八〇年にヒロを出発した時には、大失敗はしないという自信はあった」

62　正にローカル・ヒーローの姿だ。小さい社会のよさがここにも表れている。

この技術というものは特別な天才だけでなく努力する気があれば誰にでも習えるものだと思いますか？

「もちろん。もちろん向き不向きはあるだろうし、海が好きという第一条件もあるけれども、基本的にはこれは普遍的な技術だと信じている。何年も経験を積むつもりがあれば、そして自分の中に海を持っている者ならば、必ず身につけることができる」

次の世代も育つということですね？

「そう信じている。でもそれは自分のために身につけるのではなくて、ハワイイの共同体のため、みんなが力を合わせて一つのことをする意義を知るためだと思う。航海術を学ぶのはハワイイ人が古来伝えてきた共同体の精神を未来に伝えるためなのだから」

今、ハワイイの若い人々にとってカヌーに乗ること、中でもナヴィゲーターになることは憧《あこが》れの的である。では、どうすればその憧れを実現できるか？　ナイノアたちは教育を重視すると言っているし、実際にエアラのような訓練用のカヌーは何隻も造られている。それ以上に大事なのは、それに乗るためには手続きもなければ月謝もないということだ。組織全体がほとんどお金というものとは無縁にボランタリーに運営されている。カヌーに乗りたいと思った子供はただその場へ行けばいい。いつもいつもカヌーの近くにいて、何かと手を貸して、少しずつ知識を身につけて、精一杯の熱意を示す。そのうちに短い航海に乗せてもらえるようになり、先輩たちがいろいろと教えてくれ、やがては遠洋航海のクルーに選ばれる日が来るかもしれない。

共同体の精神というのはそういうことだ。早い話が、この日の歓迎式典の開催もすべてボランティアの力である。会場の設営係やサウンド・エンジニア[63]にはじまって、広い駐車場で次々に来る車を整理誘導している一見暴走族風のお兄ちゃんまで、誰もがそれを自分の仕事と心得てやっているだけなのだ。ここには書類と予算という現代社会の二つの必要悪がほとんど関与していない。あるのは個人の意志だけ。

ハワイイは一方ではアメリカ合州国の一つの州であるが、他方ではいつになっても間違いなくハワイイという名の土地である。アメリカの一部であることよりもかつてハワイイ人が住んで優れた文化を維持していた場所、大勢の移民の流入にもかかわらず今もその伝統を受け継いで次代に伝えようとしていること、そちらの方が大事なのではないだろうか。カヌーと伝統航法はその象徴だから、ナ

63 たまたま我が友人ウェンデル（第Ⅳ章140ページ）の隣人。

イノアはそれを体現する人物だから、この日の催しにこれだけの人が集まった。強い日射《ひざ》しに眩《まぶ》しく輝く芝生の上に集う人々を見ながら、ぼくはそう思った。

X

エリックス5の航海

この二年間、よくハワイイに通ったものだ。振り返ってみると、最初の意図とはだいぶ違う筋道をたどってここまで来たことに気づく。つまり、はじめはタイトルのとおり「紀行」にするつもりだったのだ。島から島を巡って、その時々に出会った話題について漫然と書く。それでいいと考えていた。

しかし、実際には一回ずつをルポルタージュに仕立てることになった。理由は明白、先住ハワイイ人の固有文化のおもしろさに捕らえられたのだ。彼らの話もテーマの一つとして考えてはいたけれども、ここまで熱中するとは思っていなかった。火山見物にハワイイ島に行った時や、この島々に固有の植物を見るためにカウアイ島に行った時あたりから、先住民たちの文化は奥が深いことがおぼろげながらわかりはじめた。彼らのかつての暮らしかたには、単なる郷愁の魅力を超えた、もっと積極的な意味がありそうだと思った。ハワイイという場所でテーマ主義で書くのなら、人種的なバラエティーに富んだ世界各地からの移民の話（特に日系、なかんずく沖縄人）や、その結果生まれた共生社会の雰囲気、われわれにとって最も親しい観光の話などもあっただろうに、結局手が出せなかった。もちろんぼくはこれでよかったと思っている。

それでも、このあたりで一度は初心に返ろうかと考えた。つまり、「紀行」に戻る。地図を前に改めて見直せば、まだ行ってない島がいくつかある。海に一度も乗り出していないのも気になる。特に目的を定めずに、ゆっくりと島から島を巡るような旅をしようとおもったが、実際にはこれがいちばんむずかしい。今、人の移動はほとんどが飛行機だし、レンタカーが発達しているためかフェリーもあまりない。インターアイランドのクルーズ船[1]はあるけれども、これはあまりに観光的でこちらの意図とは少し違う。もっと小さな船がいいのだが。

そう思っていた時、友人ジュリー・オカダが「父親のヨットでホノルルとマウイの間を往復するんだけど、よかったら乗りませんか。父自身は来なくて、友だちだけの気楽な航海ですから」と声をかけてくれた。時間の余裕はたっぷりあるから、なんなら他の島に行ってみてもいいという。こういうのを渡りに舟と言うのだ。持つべきものはヨットを持った父を持った友。

1 だいたい船で島から島を回るクルーズというのは、世界中どこでも、おもしろくないものだ。船に拘束されている時間が長くて、島の上で行動の自由がない。クルーズそのものを楽しんで、上陸するのはおまけの遊びという気持ちでないと満足できない。若い間はやめておいた方がいい。

ヨットは三十六フィートのクルーザー。数人で乗って遊ぶにはちょうどいい大きさだ。艇体《ハル》はFRP製ながら艤装《ぎそう》にはチークをたっぷり使って台湾で造られた美しい船だという。帆走性能の方も、速くはないけれど扱いやすい名艇とのこと。アメリカズ・カップに出るわけではないのだから速度は必要ないだろう。名は「エリックス5《ファイブ》」。

普段オアフ島のホノルルに置いてあるこのヨットをマウイまで持ってくる航海には他に用事があって乗れなかった。実を言えばこの区間は貿易風をほぼ正面に受けてずっと間切りながら来る[2]ことになるから、あまり楽しくない。これはパスしても悔いはないはずだ。[3]無事ラハイナに入港したという連絡が入るのを待って、いそいそと見にいった。

ラハイナは湾でもなんでもないまっすぐな海岸線の途中に造られた港で、防波堤で囲った港内は非常に狭い。観光用の船だけで一杯で、よそから来た艇は沖のブイに繋留《けいりゅう》することになっている。エリックス5も沖に泊まっていた。無線で呼び出して、埠頭《ふとう》までゾディアック[4]で迎えに来てもらう。夕方、観光船が次々に入港してくる。そのすぐ横でちょっとした波を相手にサーフィンをしている若い連中を見

2 ヨットはまっすぐ風上には走れない。風上の方へ行きたい時は斜め前方から風を受けて進む。針路は当然横にずれるから、しばらく行ったら風を受ける側を変える。こうしてジグザグに進むと全体としては風上に進んだことになる。「間切る」は『日葡《にっぽ》辞書』以来ある古い言葉。

3 後で聞いたところでは、ほとんど無風だったのでずっと機走で来たという。いずれにしても惜しむほどの航海ではなかったようだ。

4 ZODIAC ゴムボートの商品名。普及度が高いから一般名詞化している。

ながら、小さな船外機で沖に向かう。ゾディアックは喫水が浅くて舷側《げんそく》が低い。浮力はたっぷりある。決して波を切ったり分けたりすることなく、波の表面にぴったりと張りついたように走る。上下動が大きい。手を伸ばせばすぐに水。そういうものだったなと思い出す。ゾディアックに乗るのは一年前のカリブ海のクジラ探検以来だ。[5]

沖で待っているエリックス５は夕日を浴びて美しかった。水線長のわりに幅のある設計に見える。速度はあまり出ないだろうが、そのかわり安定と居住性がいいはずだ。艇長《スキッパー》のタイが出迎えてくれる。乗っている時間の大半を過ごすことになるコックピットを横目で見て、甲板を一回りしてから、キャビンに入った。チークの内装は見事なものだ。厨房《ギャレー》の設備も充分。一般的に言って船は建築に似ているけれども、密度と精度がまるで違う。構造の方はどんなに揺すぶられても壊れないようにがっちりと造ってあるし、収納なども考えぬかれている。蝶番《ちようつがい》やラッチなど建具金物にしてもカチッとしていて信頼感がある。海の上は人にとって不利な環境だ。そこで得られた経験と知恵の結晶が船である。いい加減なものは何一つない。それが目で見たり手で触れたりするたびに感じられる。楽しい航海になりそうだと思った。

5 この時の話は『クジラが見る夢』（新潮文庫）に書いた。

翌日、一泊の予定でラナイ島に行った。マウイ島からはいくつもの島が見える。ぼくが滞在していたマアラエアからは海の正面にカホオラウェ島が見え、海岸道路を西にラハイナの方へ走るとやがてラナイ島が見えてくる。更に走ればモロカイ島も見える。今回はこれらの島々を巡るクルーズという予定。

ラハイナの港に立って背後に聳《そび》える山々を振り返ると、頂上と頂上の間の鞍部《あんぶ》から雲がこちら側にあふれて流れ落ちていた。海を渡ってきた貿易風が山の向こうにどんどん雲を作り、それが風下の側に洩《も》れてくる。めずらしい現象だと思ってしばらく見ていたが、風が安定したハワイイでは珍しくないのかもしれない。いわゆるマイクロクライメート（局地気候）の典型で、別の例として虹《にじ》がある。最初ハワイイに来たころは虹を見るたびに喜んでいたが、そのうち慣れてしまった。この島々では虹は毎日立つものだと思った方がいい。[6]

海の側を見ると、ラナイ島は目の前に立ちふさがるようにある。最も近い地点までは十海里[7]。島の向こう側にある今夜の寄港地マネレまででも十八海里[8]。車ならば三十分の距離だが、ヨットだとどれ

6 虹はハワイイ語では「アヌエヌエ」。神話の中では高貴なる人物を飾るものと考えられてきた。例えば、マカリイ（372ページ参照）の妻の美しさを讃《たた》えるチャントの中では「太陽は彼女の背を照らし、虹は彼女の踏み台となる」とある。また虹は別世界への橋でもあり、時には暴力的な死のしるしともなる。

7 十八キロ強。

8 三十三キロ強。

ぐらいかかるか。

夜の間は沖に泊めてあったエリックス5をタイが桟橋まで持ってきてくれたので、荷物の積み込みとわれわれの乗り込みは楽だった。沖に泊めた船まで舷側の低いゾディアックで荷を濡《ぬ》らさないように往復するのはなかなか気疲れするものだ。今回のクルーは艇長のタイと、オーナー格のジュリー、平水夫がぼくとウェンデル、それに賓客ソルボンヌ提督。後半にはだいぶメンバーの交替があるはずだ。

錨《いかり》を上げて、とりあえず機走で港の外へ出てみる。風がない。背後のマウイ島の山々が貿易風を遮っていることもあるのだろうが、とても帆走は無理だ。一ノットでもかせごうとメインスル[9]を上げたけれど、事実上は機走。コックピットの計器には六ノット前後の速度が表示されている。海は穏やかで、ちょうどヨットに乗っていると実感できて嬉《うれ》しくなる程度の揺れ。日射《ひざ》しはなかなか強い。

マウイ島とラナイ島の間の海はアウアウ[10]海峡と呼ばれる。その真ん中あたりまで行ったところで、急に風が吹きはじめた。風の脈に入ったらしい。タイは忙しく立ち働いて、メインスルのブームを出し、シート[11]を伸ばして風を入れ、ジブ[12]を展開し、エンジンを切って帆走に入った。風の分だけ艇は傾斜《ヒール》して、波を受ける感じもぐっと

9　マスト後方の大きな帆。
10　「水浴ないしびしょぬれ」。風が強く波が荒く、カヌーに乗った者がびしょぬれになるところから。
11　帆を操作するロープ。動索。
12　マスト前方の小さな帆。

変わり、なによりもエンジン音がなくなった。風と波の音だけを聞いて進んでゆくと、いかにも帆船に乗っているという気がしていいものだ。速度はやはり六ノット。このまま風が安定して吹けば、マネレまでは三時間という計算になる。

タイは平水夫二人が手を出す隙《ひま》もなく一人で機走から帆走への転換をやってしまった。昔ぼくが乗っていたころのヨットのジブはステイ[13]に沿ってジブ・ハリヤードで引き上げてからシートを引いて風を入れていたが、今のジブは硬質のステイに巻き付けてある。シートを引くだけでくるくると出てくる。タイは人工衛星を利用して自分の位置と針路を決めるGPS[14]を持っていた。携帯電話ぐらいの小さな装置の窓に現在地の緯度と経度が直接に表示される。目的地を最初に入力しておくと、そこまでの距離と方位もわかる。世の中、進歩しているのだと感心して見たものだ。

目的地ラナイ島についてまず言われるのは、この島のほとんどがドールという私企業の持ち物だということである。そして、ドールはここでパイナップルを作っている。そう聞くと、オアフ島のノースショアへの途中に広がるあのパイナップル畑が島全体を覆《おお》っているのかと人は考える。サトウキビとちがってパイナップルはせいぜ

13 マストを支えるロープ。静索。

14 379ページの注参照。

GPS

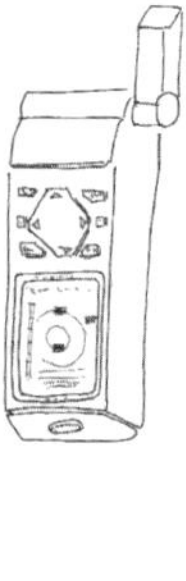

い三十センチぐらいと丈が低い。畑の脇《わき》に立てばどこまででも見通せる。それもあって、丘の上から海岸線までずっとパイナップル畑の島という風景を想像してしまうのだ。

　しかし、エリックス5から近づく島を見上げると、地形はずいぶん険しい。島の東側を時計方向に回りながら南下する。こちら側には山が多くて、比較的平坦なのは西の側と聞いてはいたけれども、海から見るかぎり人が住んでいる形跡はまったくない。小さな島に人口二千人でも、海からすぐに切り立った山の上に人の住み跡がないのは無理はない。

　それはそれとして、今から一千年以上の昔にはじめてポリネシアからハワイイ諸島に到着した人々が見たのもこういう島の姿であったかと考えた。人の住む気配はなく、険しい地形を樹木が鬱蒼《うっそう》と覆っている。彼らは長い舟旅の後にようやく島々を見いだし、住める土地かどうか、とりあえず上陸して水と食べ物を得られるかどうか、排他的な住民はいないか、そういうことを考えながら島を巡ったのだろう。そして、上陸できる地形を見つけて、用心深く近づき、島内を探検し、小屋と畑を作り、少しずつこの土地を手なずけていった。小さな船で海から接近すると、それをこれから自分でやるような気持ちになる。

また風が落ちてしまった。タイはジブを巻き込み、メインスルのブームを中央に固定してシートも引き込んで再び機走に戻った。正面に島から少し離れて奇妙な形の岩が見える。プウペヘ岩[15]というその岩の手前に小さなマネレの港がある。

マネレの港に入ったのは二時ちょうどだった。三時間かかったから、やはり平均六ノットで走ってきたことになる。時速一一キロと少し。これが本来の島々の間の移動の速度だったのではないか。それをもとにした距離感だったのではないか。それでもカヌーを漕《こ》いでにせよ、風を得て帆を張ってにせよ、数時間で来られるところは近い。ラナイ島が何かとマウイ島の一部のように考えられてきたのも無理はない。

港内に入って、タイは艇首《バウ》から岸へ二本もやいを取り、艇尾の側にはアンカーを入れた[16]。ヨットに乗っていると絶対に手抜きのできない作業が山ほどある。学生の頃ぼくはそれをこなしながら、人生というのは雑務の連続であると覚《さと》ったものだ。もっともぼく自身がまだ若くて年長のクルーたちにこき使われる身分だったということもあるけれども。タイが着実に仕事をこなしてゆくのを見ながら、

15 「ペヘの丘」。ペヘはフクロウを捕る罠《わな》。この岩の上に鳥猟師のための祠《ほこら》があるとのことから付いた名というのだが、そんなものは見えなかった。

16 正確に言うと、岸に近づきながらアンカー（錨）を入れ、ロープを繰り出しつつ岸に接近する。ゾディアックを降ろして岸壁のボラードに繫留索を結び、艇に戻ってアンカー・ロープをたぐりこみ、張ったところで固定。これで艇はどんなに風が吹いても動かなくなる。

昔のことを思い出した。

艇のことはタイに任せることにして、甲板から周囲の地形を見る。このあたりまで来ても山が多い。たまたま山と山の間の谷が海岸まで伸びていたから港が造れたというところ。いきなり上から飛行機で降り立つのと違って、海から船で着くといかにも新しい土地に足を踏み入れるという気がする。言い伝えによると、もともとこの島は悪霊《あくりょう》たちが住んでいて、とても人間の来られるところではなかったのだそうだ。

その昔、マウイ島の西部を支配していたカカアラネオ王の息子カウルラアウは手のつけられないいたずら者だった。父なる王はたいていのことは我慢したが、植えたばかりのブレッドフルートの木を引き抜いたのは許せることではなかった。これはいたずらの範囲を超えた共同体への犯罪行為である[17]。王は息子が悪霊たちにとり殺されることを承知の上でラナイ島に追放した。

息子は島の北側、つまり父がいるラハイナの側で夜《よ》毎《ごと》焚《た》き火をした。王はそれを見て、まだ息子は生きていると安心したが、それも長いことではないだろうと思っていた。しかし、焚き火はいつになっても消えない。配下の者をやって調べさせると、なんと息子はラ

17『古事記』のスサノオの罪を思い出そう。「姉君が手ずから作っている田の中に踏み入って、畦をめちゃめちゃにしたり、田に水をそそぎ入れる溝を埋めたり……」（福永武彦訳）。これがスサノオの「天つ罪」、すなわち農業という共同体の基礎となる生産活動を妨げる罪である。

ナイ島にはびこる悪霊をすべて退治してしまったのだという。それ以来この島には人が住むようになった。

　カウルラアウ王子は武力ではなく知力によって、むしろ奸計《かんけい》によって、悪霊をやっつけた。その手口はこんな具合だ——一、水泳大会を開いて、自分はゴールで待っている。一人ずつ到着する悪霊の頭を水の中に抑え込んで[18]溺死《できし》させる。二、宴《うたげ》を開いて悪霊たちを酔わせ、目にべとべとの樹液を塗った上で家の外から火をつける。三、彼には守護神がついていて、これが毎夜彼が眠る場所について嘘《うそ》の情報を悪霊たちに与えたという説もある。彼らは王子を探して走りまわり、疲労困憊《こんぱい》して死んでしまった。

　この知的な英雄のおかげでドール社はこの島でパイナップルを栽培できたし、ぼくたちも上陸できるわけだ。

　この島では万事がのんびりしていた。レンタカーを一応は予約しておいたはずなのに、実際にそのジープが手に入ったのは夕方になってからだった。ヨットに残るというタイを除く四名がこれに乗り込んで島内探検に出発した。港からしばらくはぐんぐん上りの道。ここでは多少とも平坦な土地は標高五百メートル近い高地にある。そこまで行ってはじめてパイナップル畑を見ることができた。いや、

18　268ページのチャントの歌詞を参照のこと。

実際にはパイナップル畑の痕跡《こんせき》と言っていい。実はドール社はこの島でのパイナップルの栽培をもうやめたらしいのだ。

島全体がこの果物の畑に覆いつくされているという単純な幻想は、ちょっと車で走ればたちまち打ち砕かれる。調べてみると、パイナップル畑は実際にはこの島の面積の十二パーセントを占めているにすぎない。それでも州政府所有のほんの少しの土地を除いて他のすべてをドール社が持っているというのは、要するに前の地主が一括取引にしか応じなかっただけの話なのではないか。あるいは私有地として勝手放題をするには島全体を買っておいた方がいいと判断したか。こことか、広大なサトウキビ畑とか、一つの牧場としては世界一の広さだというハワイイ島のパーカー・ランチ[19]とか、どうもハワイイにはいかにも資本主義的な土地所有形態が多い。

ドール社は成功した会社である。松ぼっくりに形が似ているところから松の林檎《パイン・アップル》と呼ばれることになったこの奇妙な果物[20]をシロップ漬けの缶詰にして売る。これは二十世紀のアメリカを象徴する商品になった。ジェイムズ・D・ドールは一九二二年に三百六十平方キロあるラナイ島の事実上すべてを百十万ドル、すなわち一エーカー[21]十二ドルという安値で買った。売主はハワイイ先住民ではなく、ボ

19 創立者のジョン・パーマー・パーカーはもともとは船乗りで、一八〇九年にハワイイ島にやってきた。彼はカメハメハ大王にかわいがられ、王の縁者であるキピカネという女性と結婚した。以前に王に献上された馬が野生化していたのを捕らえたところから、彼の牧場がはじまる。一八四八年のマヘレ法（216ページ参照）による土地分配で彼と妻は数百エーカーの土地を手に入れた。これが今の二十二万五千エーカー（九百十平方キロ）の大牧場の始まりであった。今、牧場は例のごとく経営難に苦しんでいるが、観光名所としては栄えている。博物館などがあるので、行ってみるのもいいかもしれない。

20 実は草の実。

21 一エーカーは四〇四六・九平方メートル。つまり約四反強。

ールドウィンという元宣教師の一族だった。彼らはキリスト教徒を増やす一方で土地を買いあさった。今、マウイ島にある多くの企業がこの一族の資本と土地から生まれたものである。それを言うなら、パイナップルのジェイムズ・D・ドール自身も、一八九三年にアメリカ側が武力によってハワイイ王朝を倒した後で捏造《ねつぞう》された「ハワイイ共和国」の初代大統領サンフォード・B・ドールも宣教師の息子だった。

彼に対して銀行が喜んで融資したことからもわかるように、これは有利な投資だった。営業がうまかったのか、時期がちょうどアメリカ中産階級の勃興期《ぼっこうき》だったからか、ドール社はおおいに栄えた。パイナップルなど見たことも聞いたこともなかったアメリカ中西部の人々がデザートとしてこれをいつも食べるようになった。日本の食卓の上でさえ、戦後の一時期、あの缶詰は特別においしい食べ物として燦然《さんぜん》と輝いていた。あの緑と黄色のレッテルの缶を知らない人は少ないだろう。

しかし、時は移り世は変わり、今ではもっぱらフィリピンなどからの移民の労働力に頼って作ってきたラナイ島のパイナップルもコストの点で引き合わなくなったらしい。あるいはパイナップルそのものが飽きられたのかもしれない。今、ラナイ島の畑は牧場などに転用されようとしている。ぼくたちはこれから植えられる牧草の苗ブロックはたくさん見たけれども、きちんと世話をしてもらっているパイナップル畑は遂《つい》に見なかった。

町に入る。ラナイ・シティーと呼ばれているが実は村だというのがもっぱらの評判。行ってみると、正にこれは村だ。縦横に交差する広い道の左右に家がぱらりと並び、食料から日用雑貨まで何でも売るジェネラル・ストアが二、三軒、警察署も小さいし学校も小さい。ガソリン・スタンドは二軒あったのに一軒はつぶれてしまったそうで、残った方がレンタカー屋も兼ねている。一日百九ドルというレンタカーの代金は(日本製の小型車ではなくジープということを考えても)アメリカではとんでもなく高い。われわれはヨットに泊まるからいいが、ホテル代もずいぶん高い。競争がないからこういうことになるのだろう。

そんなことを考えているうちに町を走り抜けてしまった。その先にザ・ロッジ・アット・コエレと呼ばれる高級ホテルがある。[22]町の先で舗装道路は終わり、ダートロードが牧場の中を通り、放棄され

[22] 今、ラナイにあるホテルはこれと、マネレ湾の上にあるのと市内のと三軒だけ。

たパイナップル畑や荒れ地を突っ切ってまだまだ先へ延びている。ジープでよかったと思うほどの悪路を西へ十キロばかり走って、山の上の不思議な場所に出た。からからに乾いた沙漠《さばく》のようなところで、きめの粗い赤っぽい土の広がりがところどころ細い長い葉の矮《わい》小《しょう》な松の茂みに区切られている。土の上には同じ色の岩が点々と転がっているが、岩のあるものはただ転がっているのではなく、地面から生えているように見える。地面に接する側は上の方の丸い部分よりも細く、言ってみればマッシュルームのような形。その表面が同心面状に剝離《はくり》している。火山性の岩がこういう形に風化したのだろうか。赤っぽい土と書いたが、実際には赤から茶を経て黄色に近いものまで、ここの鉱物の色合いはさまざまな変化を見せて美しい。ちょうど夕方の斜めの光に照らされていたから、いよいよ美しく見えたのかもしれない。

少し歩いてゆくと、急な崖《がけ》の上に出た。目の前には深い谷を経てずっと遠くに海が見える。島の中央に広がる標高五百メートル前後の溶岩台地の突端に立ったことになる。吹きさらしなので、風がものすごく強い。雨がまったく降らない土地と見えるのはなぜか。北東の貿易風がもたらす雨はまずマウイ島で遮られ、次にこの島自身の北側の山地に雨を降らせて、すっかり乾燥した冷風となってこの高地を吹きぬけるのだろう。

われわれは最初ここがガイドブックで「神々の庭」[23]と呼ばれている場所かと思い誤っていた。この地を踏んだことに満足しながら、しかしどうもその名の場所とは違うらしいと考えて、帰路の途中で禁猟区を抜ける別の道を走ってみた。その先にガイドブックの記述どおりの「神々の庭」があった。先ほどのところに比べるとずっと狭く、その分だけあの奇妙な丸い岩の数が多い。それが道に沿ったあたりではケルンのように積み上げてある。自然にそんな風になるはずはないし、ハワイイ人にとってここが聖地であったという記述もガイドブックにはない。ここを訪れる人がみなおもしろがって積んだのではないか。日本人ならば賽《さい》の河原を思い出す。しかし、先ほど間違えて行った場所の方がずっと雄大で美しかったと思う。

その夜はヨットの中で一泊して、翌日、カウノルに行った。マネレの港から少し西の方に寄ったところにある昔の村落の遺跡である。前に書いたとおり山が海に迫っている地形なので海岸沿いには道はなく、標高四百メートルほどの高原に一度登らないと行き着けない。

23 これも第Ⅶ章（316―317ページ）に書いた「七つの聖なる池」に似た怪しい地名の類《たぐい》かもしれない。

この道でも迷った。舗装道路をどんどん走ってゆくと、ホテル付属のゴルフ場を抜けて元のところに戻ってしまう。モロカイ島のハラワ渓谷のトレッキングを思い出した[24]。

ゆっくりと同じ道をたどりなおして、舗装道路から分岐して右に延びている目立たないダートロードをようやく見つけた。道の左右は元パイナップル畑で、今は野生化したパイナップルが勝手に伸びている。そこに小さな実がついている[25]。

カウノル村に降りる道を見つけるのにも苦労した。標識が何もない。ただし、これは、まだ研究の途中にあるこの遺跡に無神経な観光客がたくさん押しかけては困るという学者たちの意図の表れであるらしい。相当な決意をもって探さないかぎり、ここを見つけることはできないようになっている。

われわれには決意があったから、ちゃんと見つけた。海に向かって開けた谷に沿って、石を積んで土台にした家の跡がいくつも並んでいる。今、ラナイ・シティーは畑に近い場所ということで高原にあるけれども、かつては山の上の方は使い道のない土地だった。ハワイイ人はみな川が海に接するあたりの谷に住んでいた。ここもそのままのアフプアア地形だが、今までぼくが見てきた典型的なハワ

24　第Ⅰ章参照。

25　後で調べてみると、パイナップルは大きな実が摘まれた後で、商業的には価値のない小さな実をつけるとあった。それを土に鋤《す》き込んで次の苗を植える。してみるとあれは放棄された畑ではなく、次の苗を植えるまで放置された畑であったのかもしれない。あそこでまたパイナップルが作られるのだろうか。どうもそれはないことのように思われるのだが、確実なところはわからない。

イイの村落に比べると、この場所はずいぶん乾いている。そのおかげで遺跡として保存状態がいいということもあるだろう。その代わり、ここではタロ芋栽培はできなかった。もっぱら海に頼って暮らした村である。

調べてみると、ここの年間総雨量はわずか二五〇ミリ。少ないはずだ。念のために他の場所と比べれば、人が住んでいて雨が特に多いところとして知られるハワイイ島のヒロは四〇〇〇ミリ。ラナイ・シティーが八〇〇ミリほど。やはりラナイ島は乾いている。[26]

大きな石の転がった悪路を海にむかって延々と降りる。右手は涸《か》れた川。やがてその川に沿って、遺跡が現れる。上から見おろしても、昔の村落の形と規模がわかる。標高にして百メートルぐらいのところで車を停め、遺跡の間を歩いて下る。日射《ひざ》しが強く、足元は岩だらけで、風景全体が乾いている。われわれの他には誰もいない。ラナイ島を訪れる観光客はまだまだ少なく、その中でここまで来る者はほとんどいないように思われる。いいことだ。

家の跡がある。実際に残っているのは黒い石を積んだ土台の部分だけで、植物性の材料で造られていた家そのものは何も残っていない。それでも、家々の配置、その間をつないでいた小道、ここで営

26 ハワイイ各地の雨量については第Ⅲ章の100ページ以下に詳しい。

まれた生活のありさまはわかる。川は干上がっているが、実はここにはパアオという名の井戸があった。数百年に亘《わた》って人々の暮らしを支えてきた井戸だが、一八九五年にヘイゼルデンという白人がこの井戸に風車式のポンプを据えようと考えて石組みに手をつけたところ、水は黒く濁って使えなくなったという。余計なことをする奴《やつ》だ。

川床を隔てて、向こう岸の高いところにハルル神殿《ヘイアウ》[27]の跡が見える。ここもまたハワイイ島のプウホヌア・オ・ホナウナウなどと同じく救済の神殿として知られていたらしい。つまり追い立てられた者がここまで逃れて、神の調停によって許されるということがあったらしい。カウノルはまたカメハメハ大王の避暑地としても知られている。ハワイイにも夏はあって、真夏の本当に暑い日々、ラハイナの特別に暑い太陽を避けて大王はここへ来たという。そう言えば、ラハイナという地名の語源は「過酷なる太陽」だ。よほど日射しが強かったのだろう。

木陰を見つけて坐《すわ》り込んだ。かつてのこの村の生活を想像してみる。家はみな小さなものだが、戸外生活が基本のここの人々にとってはこれで充分だったはずだ。水は他の土地ほど多くはないけれども、パアオの井戸は必要な量を供給してくれたのだろう。この種の

27 第Ⅶ章309ページ参照。

涸れた川は山に降った雨でいきなり増水することがあるから、人々はいつも目を配っていた。海の側にも誰かが目を向けていた。海から来る者がすべて友好的とはかぎらない、というのはつまり前の日の午前中エリックス5の甲板から近づくラナイ島を見た時の感想の裏返し。人と人が出会う場には緊張がある。クック諸島のハカ[28]はそれを儀式化することで無用の流血を避ける工夫なのだ。

もっぱら漁業で栄えたというから魚はたくさん捕れたわけだが、他の村落を相手に魚を芋などと交換する制度はあったのだろうか。タロ芋を作るにはたっぷりの水がいる。このあたりでそういう土地はマウイ島の北側にしかない。いつか取材に行ったケアナエやカハクロアがいい芋を産するので有名だが、あのあたりと交易はあったのか。魚をたくさん積んだカヌーを漕《こ》いで、マウイ島の向こう側まで男たちは行ったのか。

安定したよい暮らしだったはずだ。そう想像するのは今の時代のわれわれの勝手という考えかたもあるけれども、その時々の小さな災厄、他の村との紛争、カメハメハ大王のような大きな勢力の傘下《さんか》への編入などでは村の暮らしの基本は変わらなかった。ハワイイ諸島以外の土地との交流がないのだから、これは安定した閉鎖系の政

28 第IX章408ページの注を参照。

治であり経済である。それでも彼らは（という時ぼくはもうカウノルだけでなく、ハオレが来る前のハワイイ諸島に無数にあったこのような海岸の村落のすべて、それを統合する権力と宗教制度の全体を考えているのだが）、ここから精妙な神話体系を作りだし、すばらしいフラを生み出し、チャントを唱え、レイを作り、日々を飾った。

　ここでいわゆる「高貴なる蛮人《ノーブル・サヴェジ》」[29]の幻想に再び入り込むつもりはないけれども、この閉鎖された安定社会の価値はその後の展開との比較を誘うものだ。欧米系の文化の色が地球全体を染めるようになったことは果して福音なのか。元に戻ることはできないが、このまま突き進むのも不安な気がする。そういう時にハワイイや日本で言えば江戸時代のような完備した閉鎖系の文化を見直すことに意義が生じはしないか。

　論じだせばきりのない問題であるが、カウノルの谷間に坐って、強い日射しを浴びながら海からの風に吹かれていると、ここの人々にとってはいい生活がここにあったのだと納得される。いいものを手中に納めていても、新しいものが出てくればそちらに手を出すのが人間なのか。いや、手を出したのではなく前のものを奪われた上で次のものを押しつけられたのだ。それが歴史だと言い切ってしま

29 西欧は堕落してしまったが、南洋には野生にして高貴なる人々が住んでいるという、ジャン・ジャック・ルソー以来の幻想。これに釣られてメルヴィルの『タイピー』や『オムー』、モームの『月と六ペンス』、ピエール・ロティの『ロティの結婚』等々多くの文学が生まれた。モームの物語のモデルだったゴーギャンは身をもってこの幻想を生きた。現代の視点からこの思想を知るにはエドワード・サイードの『オリエンタリズム』（平凡社）が必読文献。

っていいのだろうか。この疑問の先には、これからわれわれはどこに行くのかというもっと大きな疑問が待っている。

この二年間、ハワイイ諸島をうろうろしながら、ずっと気になっていたことがある。ここの海の中はどうなっているのだろう。熱帯の浅い海であれば珊瑚《さんご》の生育の条件が整っているだろうし、そういう海に潜ればきれいな珊瑚礁《しょう》が見られる。一見したところ、ハワイイの海はこの条件を満たしているように思われるのに、実際にはその方面ではここの海はあまり有名ではない。オーストラリアのグレート・バリア・リーフ、紅海、モルディブ、パラオ、それに沖縄周辺[30]、などの海中の風景は写真などでもよく見るけれども、その中にハワイイが混じっていることはない。

ハワイイでも観光客向けの広告ばかりの無料配布誌にはそれらしい写真が載っていて、「あなたも海中の楽園に行ってみよう」という類《たぐい》の古い陳腐な誘い文句が添えてある。ダイヴ・ショップも島ごとにある。しかし、ひょっとして発達した珊瑚礁はハワイイにはないのではないか。ハワイイ先住民はサーフィンを発明したが、ダイヴィングについては何も言っていない。海の中に関する神話伝説の

30 ぼく自身が自分の目で見て知っているかぎり、パラオと沖縄の海の珊瑚礁はまことに美しい。

類も少ない。ぼくは浦島太郎が行った龍宮《りゅうぐう》のイメージの背後にはどうも琉球《りゅうきゅう》諸島の海中風景があるのではないかと考えているし[31]、海《うみ》彦山彦《ひこやまひこ》の話にもそういう色合いを感じる。『魏志倭人伝《ぎしわじんでん》』の記述[32]にも南海系の海人、つまり海に潜る人々の証言を聞き取ることができる。しかし、ハワイイには海の中の話がない。英雄マウイは海からハワイイの島々を釣り上げたというが、潜る話はないのだ。

だから、今のハワイイでダイヴィング・スポットとされているところに行ってみて、一度は自分の目で見てみたいと思っていた。エリックス5の予定が一日あいた時、モロキニ島[33]に行ってみようとみんなに提案したについては、そういう下心があった。

モロキニは実際には島と呼べるほどのところではない。マウイ島とカホオラウェ島のほぼ真ん中にあって、三日月型というか半ば丸まったイモムシ型というか、そういう形をしている。長さ数百メートル、幅の方は百メートルもない。火山の火口丘の半分が溺《おぼ》れた形。海からは切り立った崖になっていて、上陸を志す者はロック・クライミングを覚悟しなければならない。その代わり、三日月に抱かれた湾の中は波もあまりなく、潜れば美しい珊瑚が見られると観光パンフレットには書いてある。

31 琉球海域にしか産しないゴウホラなどの貝の殻の細工物は、二千年前からのものが本土各地はもとより北海道の遺跡からも出土している。運んだ者がいれば、その口から産地のありさまも伝えられるだろう。

32 「好んで魚鰒を捕え、水深浅となく、皆沈没してこれを取る」あるいは、「今倭の水人、好んで沈没して魚蛤を捕え、文身しまた以《もっ》て大魚・水禽《すいきん》を厭う」

二か所に記述があるというのは、大陸からの使者にとってよほど印象が強かったからだろう。

33 「多くの結び目」

伝説によればこの島はまたもペレの嫉妬《しっと》に関係がある（ペレについては第Ⅱ章82ページ以下を参照）。彼女が勝手に惚《ほ》れ込んだ若き酋長《しゅうちょう》ロヒアウには実は妻がいた。プウオイナイナという名のこの妻はマ艇長のタイの進言に従って、エリックス５は朝の六時にマアラエアを出港した（タイはもっと早くラハイナを出て、ここまで来て待っていてくれたわけ）。早く出た理由は簡単、モロキニ島の岸近くには繋留《けいりゅう》用のブイが十個しかないのだ。足の速い観光船がその十個を占領してしまう前に到着しないと、岸からずっと離れたところに錨《いかり》を下ろすことになり、岸まで泳ぐ距離が増える。岸の近くで錨を下ろしてはいけないというルールがあるのは、要するに海底の珊瑚を傷《いた》めるからだろう。そう聞いた時にぼくはその後の展開を推理すべきだった。

エリックス５は早く港を出たけれども、風はない。一ノットでも稼ごうと一応はメインスルを張って、実質的には機走でモロキニを目指す。出た時にはたしかに一番だったのに、次々に観光船に抜かされた。口惜《くや》しいけれども、なんといっても馬力が違うのだからしかたがない[34]。こういう時は速く走る船がつくづく下品に見える。なんとか十番以内に入ればと思って心ばかり急《せ》いたが、もう少しというところでまた抜かされ、到着の順位は十一番、僅《わず》かなところでタイの計算は狂った。切り立った崖から百メートル以上離れたところに錨を下ろす。水深五十フィート。この深さならば珊瑚は生育でき

ウイ島マアラエア出身のトカゲ族の娘だった。嫉妬に狂ったペレはこの妻を二つに引き裂いた。尻尾《しっぽ》の方はマケナ（「豊穣《ほうじょう》」、モロキニ島の対岸）になり、頭の方はモロキニ島になった。

34　海戦というのはこの原理によって勝敗が決まる。一対一で戦う場合、相手よりも速く、しかも相手よりも遠くまで届く大砲を積んだ艦は、常に相手の射程の外に身を置いて一方的に射つことができる。それを信じて戦艦大和と武蔵《むさし》は造られたが、戦艦同士の対決を一度もできないまま、これらの巨艦は飛行機によって沈められた。

ない。海底に珊瑚がないからこそ、錨で繋留することも許される。

　岸に近いところには観光船から水に入った人たちがごみのように浮いている。シュノーケルとマスクの他にライフ・ジャケットまで着けているところを見ると、海の中を見るのははじめてという連中なのだろう。その間をかきわけるようにして岸に近づく。三日月型の湾の中へうねりが押し寄せるので、波が高くて泳ぎにくい。岸の近くまで行って潜ってみる。うーん、珊瑚がないとは言えないけれども、貧弱。水面の上がすぐに切り立った崖になっているぐらいだから、海底も速やかに深くなっていて、珊瑚の生育にちょうどいい深さの区域が狭い。浅くて広い海ならばこの水温でこの日照を受けてるのだから珊瑚はいくらでも育つはずだ。それが貧弱なのは速やかに深くなるこの海底地形のせいではないか。

　押し寄せる波に抗《あらが》ってエリックス5に戻る途中で、これがハワイイ諸島全体で珊瑚礁が少ない理由だと思いあたった。この島々は地質学的に見ればどれも巨大な火山の山頂である。かろうじて海の上に顔を出しているというところ。山だから水面下でも同じ傾斜で速やかに深くなっている。珊瑚が育つ深さの部分が他の島々に比べればずっと少ない。岸から百メートル離れれば水深は五十フィート、つまり十五メートルにもなってしまうのだ。

だいたいハワイイには発達した環礁がない。太平洋の島の多くでは、島そのものから数キロ離れたところに防波堤のように珊瑚礁が発達している。これが環礁で、内側は礁湖と呼ばれる浅い海になっている。そして、珊瑚が最もよく育つのはこの礁湖の中なのだ。造礁珊瑚は水深数メートルまでの陽光溢《あふ》れる酸素の多い海で育つ。それがハワイイにはない。[35]

モロキニ島の珊瑚はどうもわざわざ行ってみるほどのものではなかった。だが、環礁が島をとりまいていないからこそ、太平洋の大きな波が直接に島にぶつかってきて崩れて、サーフィンができる。ダイヴィングかサーフィンか、両方を取ることはできない。ここで海に潜って珊瑚礁とそこに遊ぶ魚の群れを見ようというのが間違いで、ハワイイでは波に乗る方に専念すればいいのだ。

モロキニ島の帰りに少しだけ遠回りをしてカホオラウェ島の沿岸を走った。この島はラナイ島よりもさらに小さい。東西に十五キロ、南北には十キロほどだろうか。ここもマウイ島の風下側にあるためか、雨の少ない、乾いた島と見える。人の住む気配はなく、全体に

35 環礁の成因について、もう一度チャールズ・ダーウィンの『ビーグル号航海記』（岩波文庫）第二〇章を読みなおしてみよう。

がらんとした印象。実際の話、今は誰も住んでいない。興味半分に上陸してみたいと思ったが、それもできない。ある意味ではハワイイ諸島の中でももっとも不運な島と呼ぶことができる。

もともと人は少なかった。島として小さすぎたし、雨が降らないのだからタロ芋を作るにも適さない。それでも、土地というのは条件が悪いにせよ、到達可能でなんとか生存可能ならば住む者が出てくる。実際、人はいかに条件の悪いところにも住むもので、ハワイイ諸島の中ではともかく、世界のさまざまな場所と比べてみれば、気候がよくて天敵のいないカホオラウェは天国だと言える。何かの都合でマウイ島に住めなくなった人々がしかたなく移り住んだということもあったはずだ。悪霊《あくりょう》たちばかりのラナイ島にカウルラアウ王子が行って住めるようにした話はそういう現実を踏まえての伝説と解釈できる。

伝説と言えば、カホオラウェにはなぜか悪の雰囲気がつきまとっている。この島を生んだのはハワイイ神話の創世主ワケアとパパの二人だが、難産のために母なるパパはほとんど死にかけた。その後はこの島は黒魔術で知られるカナロアという半神と同一視されてきた。彼は天なる神カネから追放された身であり、すべて毒あるものの主であり、死者の国を支配する者であった。しかし、悪というのはもともとは宇宙のシステムの一部であって、単に排除すべきものではなかった。悪は正しく制御されなければならない。だから、カホオラウェにはカナロアの神殿《ヘイアウ》がいくつもあったというし、今もその跡は残っているらしい。

今世紀に入ってここで牧畜が試みられた。これはなかなか成功したようだが、一九三九年、世界の雲行きが怪しくなった時、カホオラウェ牧場の経営者はなぜか急に愛国心に目覚めて、島の南の海岸を射爆場の用地としてアメリカ海軍に提供した。税金やら軍の調達というものは、少しでも出せばもっと寄越せと言ってくるものだ。真珠湾を機に海軍はこの島全部を収用し、戦後も返還せず、以後五十年間この小さな島にひたずら砲弾と爆弾の雨を降らせた。

これに対して、ハワイイ先住民の間からは、あそこはあれで神聖な土地なのだから返してほしいという声があがった。彼らは「アロハ・アイナ」すなわち「土地への愛」という言葉をスローガンに粘り強く運動を進めた。ハワイイにはもともと土地を私有するという思想がない。その代わりにあったのが、土地を愛するという考えかたである。郷土愛の具体的な形と言ってもいい。

一九七〇年代には違法を承知でこの島に上陸して、しばらくの間暮らし、自分たちの権利を主張するという戦闘的な方針がとられたことがあった。最初に上陸が敢行されたのは一九七六年の一月三日、ニネ・カマアイナという女性が一人で行って、砲撃による破壊の様子をつぶさに見た。この時はすぐに撤退したらしいが、九日後の一月十二日男女合わせて四人が再び上陸、この時は海軍のヘリコプターから隠れるようにして五日間滞在した。三回目は同じ年の二月十三日、この時はたった一日だったけれども、上陸した人数は六十五名、神々に供物《くもつ》を捧《ささ》げる儀式をするのが目的だった。

一九七七年の一月の末から三月のはじめにかけて、三十五日間という長い滞在が挙行された。彼らがいる間も海軍は砲撃演習を続け、滞在者の何人かは撤退を決めた。各人が判断すればいいことだから、いかなる意味の強制もなかったようだ。その一方では政治家たちと政府や軍との交渉も続いた。軍はヒステリックに砲撃を続け、梢《こずえ》のすぐ上を飛ぶ砲弾の衝撃波に周囲の木々は揺れうごき、参加者の一人リチャード・ソーヤーは「この時はじめて、怖いと思った」と日記に書いている。それでも対岸に見えるハレアカラは美しいし、海には終日クジラの姿が見えた。最後まで残った二人は逮捕され、それぞれ六か月の禁固と五百ドルの罰金を科せられた。これは当時の法律が不法侵入に科しうる罰として最大限のものであるという。

　その後市民側は一貫して法廷闘争を展開し、一九九四年の五月、裁判所は返還を認めた。海軍にはこの島に残る不発弾の類《たぐい》をすべて撤去する義務が課せられた。ただし、これが期限を切っての話ではないので、実際にカホオラウェ島に人が住むようになるのがいつのことか、ぼくのような好奇心の強い者がちょっとでも足を踏み入れられるのがいつのことか、それは明らかでない[36]。

　海から見ればたしかにカホオラウェ島の風景は荒れている。しかし、人の手を離れて久しい土地は、人の視点から見るかぎり、荒れて見えるものだ。人が戻れば、ここはここでなかなかの楽園に戻るのかもしれない。自然のままで人にとって楽園という場所はないはずで、地理的条件と人の努力がうまくかみあったところに楽園が生まれる。かつてのハワイイの楽園は水とタロ芋と海が養う共同体のことだった。カホオラウェがそうなる日が来ないとは誰にも言えないだろう。

　この後、ぼくはちょっとオアフ島に用事があってひとまずエリッ

36
185ページの注に書いたとおり、海軍は今後十年がかりで三億ドルの費用をかけて不発弾を撤去する予定である。念のため申し添えておけば、カホオラウェ島の射爆場は返還されたが、ぼくの住む沖縄にはまだ伊江《いえ》島、渡名喜島の隣の出砂島、久米島とその北の鳥島、沖大東島、尖閣《せんかく》諸島の赤尾嶼《しょ》と黄尾嶼、などにアメリカ軍の射爆場が残っている。先日、渡名喜島から沖の出砂島での訓練を見たけれども、うるさくて、危なくて、実に不快なものだ。

クス5を降りた。三日後に戻ってみると、クルーに出入りがあって顔ぶれが変わっていた。艇長のタイは変わらないが、ティナという彼の娘が加わっている。七歳のかわいくてなかなか賢い子だ。ウェンデルが降りて、代わりにサワラ君が乗り込み、その他にあっぱれ君とキューちゃんという夫婦が加わった。ジュリーとソルボンヌ提督はそのまま乗りつづけ、ぼくを入れて都合大人七人と子供が一人という態勢。

今まではラハイナを基点に周辺の島々へ往復したけれども、これからは本格的にインターアイランド・クルーズになる。ラハイナを出たら北に向かい、モロカイ島の東端を回って北側に出る。そのまま北岸に沿って西に走ってモロカイ島を半周し、南へまわりこんでハレ・オ・ロノ[37]という無人の港で一泊。翌日はここを出発して、そのままひたすら西に走ってオアフ島に戻るというコースである。ただしサワラ君だけはハレ・オ・ロノから別の方法でオアフ島に行く予定になっていたのだが、この冒険のことはその時になったら詳しく話すことにしよう。

例によってラハイナを早く出て、マウイ島で一番の観光地であるカアナパリ[38]やカパルア[39]の沖を北に向かう。この日は朝から風に恵ま

37「ロノの家」

38「カアナの断崖《だんがい》」 カアナは不明。

39「二つの境界」 チャールズ・カウプの話によれば、カパルアの某ホテル(特に名を秘す)には幽霊が出る。ビーチにホテルを建てる計画が発表された時、ハワイイ系の人々は反対した。その場所が古来共同墓地として使われてきたところで、彼らにとっては聖地だったからである。しかしホテル側は工事を強行した。その結果かどうかはわからないが、事故が続発した。ホテル側は計画を変更、敷地をビーチから数百メートル山寄りに移すことにした。だからここはハワイイ諸島では珍しくビーチに接しないリゾート・ホテルになったのだが、それでもまだ幽霊が出る。客室のドアを夜中にノックする音がして、おそるお

れたが、この区間では右《う》舷《げん》前寄りの、いわゆるクローズ・ホールド[40]の風を受けることになって、速度への寄与はあまり大きくない。モロカイ島の北に出るまではエンジンを併用することにした。三十六フィートのヨットは乗っているとずいぶん大きく感じられる。乗り物として見れば大型のバスぐらいあることになるわけで、やはり大きい。風の力もはっきり感じられる。波が来れば傾く。水の上に浮いているのだから、水面が傾けばヨットも傾くのはこれまた当然。そういう意味で、ヨットというのは自然の力が直接に感じ取れるものだと改めて考える。材料工学の発達で艇体《ハル》やセールの素材はずっと丈夫で使いやすくなったけれども、原理としては一千年前とちっとも変わらない。島と島の間の距離も変わらない。昔ここの海を渡った人々と同じことをしているのだという実感はなかなかいいものだ。

それにしてもマウイ島とモロカイ島を隔てるパイロロ海峡[41]の波はものすごかった。この区間はタイが舵輪《だりん》を握っていたのだから、そうそう舳《へ》先《さき》がよろけたりはしなかったけれども、それでも右に左に揺すられる。だいたいここはハワイイ諸島周辺の海の中でも難所として知られるところだ。しばらく前にここで行われたヨット・レー

そる開いてみても誰もいないとか。興味がある人は泊まってみるといい。

40 斜め前からの風。

41 たぶん「左に寄せる」

スで日本の艇が夜、モロカイ島沖合の岩礁ぎりぎりにコースを設定して、岩に寄りすぎ、ぶつけて遭難したという話をタイから聞いた。

そういう危険の感覚、そういう自然の力への畏敬《いけい》の感覚をわれわれはずいぶん失ってしまったと思う。都会に住んでいる人々は人間同士の約束ごとがそのまま自然にまで適用されるかのごとき錯覚を抱いて平然と生きている。天気予報がその日の空を決めると信じているかのようだ。しかし、この海を走ってぼくが感じたのは、自分たちがいかに無力であるかと覚《さと》ることの快感、自然の力がいかに大きくて、予測不能で、こちらを無視しているかを実感することの快感だった。波に翻弄《ほんろう》されるヨットの上にいるというのは、自分たちの力の限界を知るというのは、ちょうど鏡を見るのと同じような快感なのだ。ナルシシズムや自嘲《じちょう》の幻想に陥るための鏡ではなく、事実を事実として見るための鏡。自分たちの大きさを知るための鏡としての海と風。荒れる海は気持ちよかった。

もっともクルーたちの反応はさまざまで、ティナはしょっちゅう吐いていたし（子供は吐いてもけろっとしている）、キューちゃんとソルボンヌ提督は下のキャビンで横になっていたらしい。後で聞いてみると、横になったところで船は大揺れに揺れるのだから眠る

舵輪を握るティナ

どころではなかったという。何かにつかまっていないと床に落ちて転げ回ることになる。ずいぶん高い位置にあるはずの舷窓から空が見えなくなり、ガラスの外は波としぶきばかりになったとか。坐《すわ》っているよりも寝ている方が疲れたのではないか。ぼくはコックピットに坐って波をかぶっていた。この状況で一番楽なのは実は立って舵輪を握ることなのだが、それはタイにしかできない。

モロカイ島の東端を回って、ハラワ湾が見えるようになったところでだいぶ波が穏やかになった。サワラ君が舵《かじ》をタイから受け取る。エンジンを切って、アビーム[42]の最も快適な風を受けて帆走する。これだけの船がよく風の力だけでこんなに速く走るものだと思うが、この強い風をこれだけ大きな帆で捕らえるのだから、走るのは当然とも思える。風の力、波の力、実に直接的に感じられるのがすなわち帆走の快感。

ハラワ湾を沖の方から眺めながらぼくは、陸の側からこの海を見たのがほぼ二年前だった[43]と考えた。ハワイイというそれまでまったく知らなかった土地を取材の対象に選んで、ともかく島から島を見てまわろうと志して来たのが二年前の六月だった。あの時はホノルルを回避して直接ハワイイ島に入り、マウイ島に飛び、それからモ

42　真横の風。

43　第I章43ページ参照。

ロカイ島に来たのだった。ハラワでトレッキングを試みて、迷って、目的の滝まで行けなかった。二年で何を学んだか、何を学べなかったか、当初の目標のどれだけを実現できたか。思えば計画というのはいつも仮のものであって、事実を構築してゆくのはなりゆきの方である。『ハワイイ紀行』もその時々の状況にずいぶん左右されて変わった。移民たちの話は書けなかったが、ハワイイ先住民の文化についてはずいぶん勉強した。それでよかったのだろうという気がする。彼らがやっていることは昔の文化の復活だから一見レトロスペクティヴなことに見えるけれども、あるいはそちらの方にこそ希望はあるのかもしれない。過去には戻れないにしても、覚えておくことはできるし、それだけの価値のあるものだとも言える。

ハラワを過ぎて、モロカイ島の北岸に沿って西に走る。この島は東西に長いからずいぶん走りでがある。島の北側は切り立った断崖で、陸の側から近づく手段はない。海から見るだけの場所なのだ。しばらく行ったところで、断崖の上から長く細く白く落ちるカヒワの滝が見えた。ハワイイ州で最も落差の大きい滝だが、海からしか見られない[44]。ヨットの上からこの滝を見るというのは、つまり贅沢《ぜいたく》

44 沖縄でいえば西表島西部の落水の滝やピナイサーラの滝のよう。

なことをしているのだと思うとなかなかいい気持ちだ。

釣果《ちょうか》が上がったのはこのあたりだった。エリックス5は走っている間ずっと擬似餌《ぎじえ》をつけた釣り針を艇尾から流していた。六ノットから十ノットという速度は釣りには都合がいい。帆走だとエンジン音がしないので、それも魚の警戒心を緩めるかもしれない。実際には船から擬似餌を流すという方法ではなかなか魚は釣れないものだが[45]、この時は釣れた。艇のずっと後ろの方で波が騒ぎ、何かが水を切って船を追ってくる。いや、正確にはいやいやながら引かれてくるのだろう。タイが興奮して糸をたぐりこむ。水しぶきが段々近づく。最後に緑と青に輝く美しい魚が舷側を越えて引き上げられた。マヒマヒ[46]だ。平たくて、大きくて、キラキラ光っている。暴れるのを押さえておいて、タイが頭をコンと叩《たた》く。見ているうちに身体《からだ》の色が変わってゆく。単純明快ないさぎよい死。大きなビニール袋に入れて、前甲板に転がす。夕食は豪華になりそうだ。

しばらく行ったところで、カラウパパ半島が見えてきた。これも二年前に陸の側から見たところだ。かつてはハワイイ諸島全体からハンセン病の感染者が集められたゲットー。ダミアン神父という人が献身的に患者たちの世話をしたことでも広く知られている[47]。今は

45 十数年前、ミクロネシアのポナペ島からコスラエ島まで足の遅い連絡船で渡ったことがあったが、二泊三日の航海の間、ずっと流しておいた擬似餌の釣り針には一度も魚がかからなかった。

46 シイラ。

47 第I章33ページ参照。

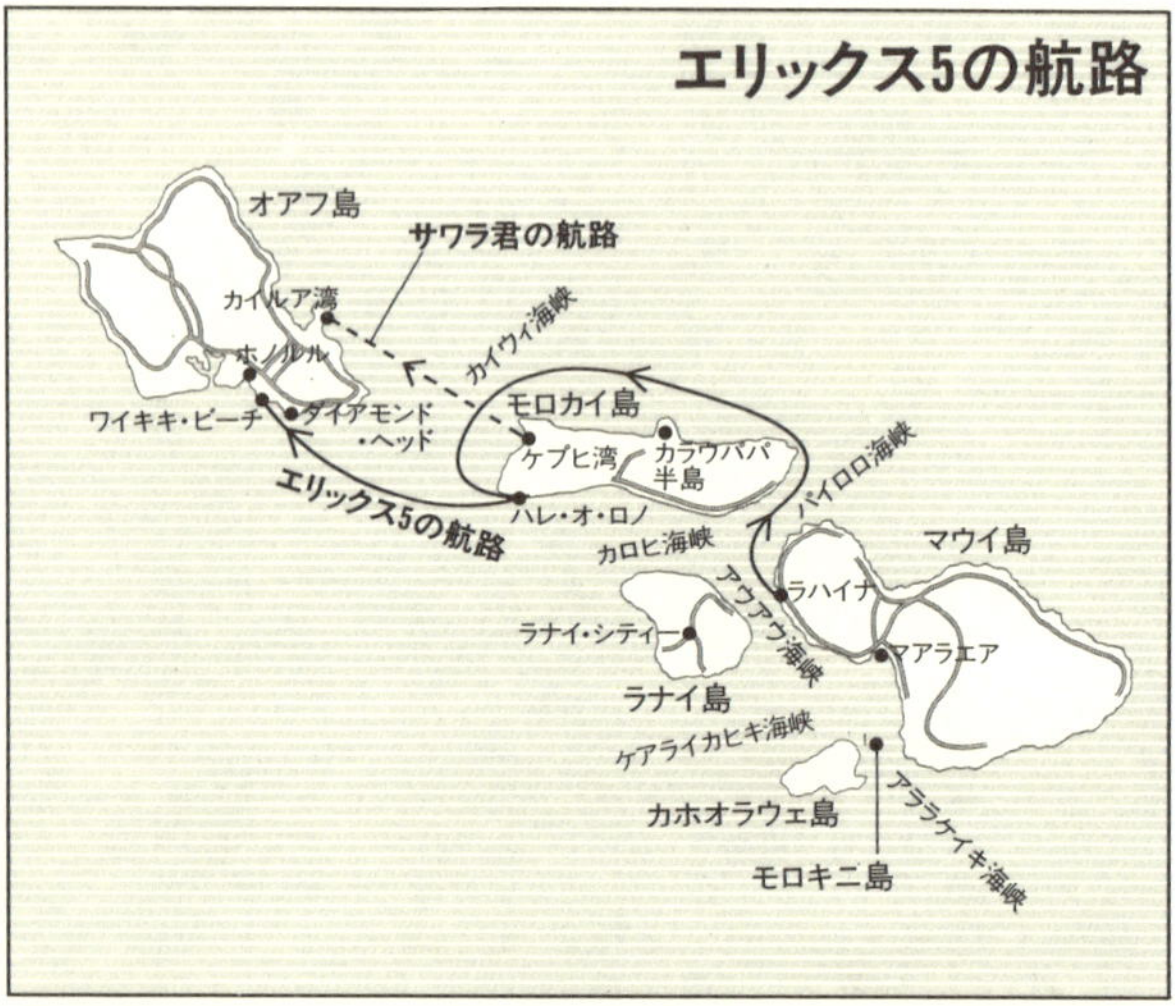

釣ったばかりのマヒマヒ　コックピットを占領するほどの大きさだ

もう患者たちもおらず、いずれ観光開発が行われるという噂《うわさ》もあったが、海の側から見たところでは建物はほとんどない。前の時は五百メートルの崖《がけ》の上から見下ろした。険しい山の並ぶモロカイ島の北の岸からこの平坦な半島だけが突出している。陸の側からここに降りるにはロバを雇って乗るか、戻り道の登りの辛《つら》さを承知の上で歩くか。海側からの上陸はむずかしそうだ。いつかこの岬の地面を踏む日もあるかもしれないと思いながら、沖を通過した。

島の西側を回って、南岸を少しだけ東に戻ったところにハレ・オ・ロノの港がある。元は何か農産物の積出し港だったのだろうが、今はほとんど使われていない。陸上には人の影はなく建物一つない。ちょうど夕日と共にこの港に入った。長い一日だった。ぼくたちが陸に上がって散歩をしている横で、サワラ君はヨットに積んできたボードとセールを下ろして、港の中でウィンド・サーフィンをはじめた。実は彼は翌日、ここからオアフ島までの海峡横断という壮挙に挑むつもりなのだ。そのために普段のとは違う機材を持ってきているので、そのテストをここでやってしまおうというわけ。港内をしばらく走った後、彼は狭い水路を巧みに抜けてたちまち外洋に出ていってしまった。

小一時間後、彼が戻ったのと同時に夕食になる。タイは昼間釣ったマヒマヒを大量のバターとケイパーを使ってグリルに仕立て上げた。魚が新鮮だし、彼の腕前もなかなかなので、これはうまかった。その他にサシミ、ポキ[48]、トマト・サラダ、ミートソースのスパゲッティ、充分以上の量と味だ。空にはちょうど満月が上がってきた。

夕食の後、上陸して地面の上を歩きながら、港に入った時の安心感のことを思い出した。帆走中不安だったというのではない。ただ、どんな船に乗っていても海にいる間は仮の状態、宙に浮いた状態である。泳いで沖へ出た時も、飛行機に乗っている時も同じだろうか。人は本来揺るがない地面を足で踏みしめて立っているべきもので、その状態がいわば基本である。海にいる間はそれが中断されて、本来の姿に戻るのを待っている時間なのだ。沖から泳いで戻る体力、きちんと港にたどりついて船を入れる操船術はある。その自信はある。しかし、それでも仮の状態。

それに、船から見ていると陸地で接岸できる場所はまことに少ない[49]。モロカイ島ならば北側にはそういう場所はまったくない。だいたい船が走っている状態では、陸というのはまずもって座礁《ざしょう》の危険に満ちた脅威である。船だけでなく、個人にとっても陸はそのまま

48 170ページ注38参照。

49 日本の海岸線はほとんど人工の護岸でかためられているから、こういうことがわからなくなった。

救いではない。落水して、泳いで陸まで行けたとしても、そこが上陸できる地形である確率はずいぶん低い。昔々のポリネシア人がカヌーで広い海を渡ってここに到着した時、彼らがまずしたのは離れたところから地形を観察しながら島を一周することだっただろう。

昼間の航海の間、どうもぼくは無意識のうちにそういうことを考えていたらしい。もちろん恐怖感ほど強くはないが、入港するまでは気を緩めることはできないという軽い緊張感は続いていた。陸の動物にとって陸の上にいるのはありがたいことなのだと改めて思いながら、月光に照らされた土を踏んで歩いた。

翌日の朝、ぼくたちはサワラ君と彼のボードを残して出港した。ウィンド・サーフィンでオアフ島を目指す彼とエリックス5が併走できればいちばんいいのだが、速度が違いすぎる。波の上をすいすいと走る彼の動きを足の遅いエリックス5が縛ることになる。彼の方は併走用に足の速いフィッシング・ボートをやとって、モロカイ島の西のパポハク・ビーチ[50]から出発、オアフ島東岸のカイルア湾[51]を目指すという。彼が大波を越えて進むところを見たいと思ったが、どうも無理なようだ。健闘を祈って、ひとまず別れる。

モロカイ島とオアフ島の間の海はカイウィ海峡と呼ばれる。最も

[50] 第I章38ページ参照。
[51]「二つの海（あるいは海流）」

狭いところで約二十二海里、つまり四十キロほど。エリックス5がハレ・オ・ロノの港を出たのが午前十時だった。

沖に出てみると、風は北東、風速二十五ノットという格好の条件。今日はずっと帆走で行けそうだ。セールを上げてみると九ノットは出る。瞬間で十ノットを超えるのだから、エリックス5としては能力のかぎり走っているわけだ。しかし、波が大きい。ここはぼくが舵輪を預った。右《う》舷《げん》側から来る波に乗るたびに艇首《バウ》がぐっと風上側に押し上げられ、舵の力でこれに抗して針路を維持するのは容易でない。腕の力、肩の力、踏ん張った足までそれを伝える腰の力。全身の筋肉をつかって風と波をねじ伏せる。そういう筋力の快感の試練が実にいい間隔をおいてやってくる。これはおもしろいと思った。

途中で波の質がいきなり変わることが何度かあった。海峡といってもところによって海がちがう。この日はさほど強く潮流を感じなかったが、それでもここにはいろいろな水が流れ込んで、それぞれ別の区域を形成している。こういうことを一つ一つ学んでゆくのはずいぶん楽しいことだ。自然に対しては「なぜ？」という質問は意味をなさない。もちろん科学はそれぞれの疑問に対して一応の答えを用意しているが、それは疑問全体をシステム化することであって、

エリックス5号の全容

究極の解答はない。地球になぜ月は一つなのかという問いに答えはない。ＡはＡであると言えばそれで終わり。なぜＡなのかと問うても、なぜならばそれはＡだからという反復的な答えしか返ってこないだろう。それはそうである以外にはありえない。妥協の余地がなく、決して揺るがない。そう知ることの安心感というものがある。

オアフ島がだんだん大きくなり、東端に近いココ・ヘッドを越えると、島そのものに遮られて風がだいぶ弱くなった。やがてダイアモンド・ヘッド。ここは沖の方に岩が一つあるので、陸からぐっと離れるコースを取って迂回《うかい》する。その先はすぐにワイキキの海岸とホテル群になり、やがてホノルルが見えてくる。タイが脇《わき》から細かく指示してくれるとおりに、陸標やブイを見分けて針路を決め、アラワイ・ヨット・ハーバー[52]に向かった。セールを下ろして機走に移り、最後のところは微速前進でしずしずと港に入る。狭い港内での接岸はとても素人《しろうと》にできることではないのでタイに任せる。もやいを取って万事終了。

こちらがクラブハウスのシャワーを浴び終わったころ、サワラ君から無事にオアフに到着したとの連絡が入った。いろいろ手間取って出発が遅れたらしい。数人のグループで渡った例はあったという

52 アラワイは「真水の水路」。アラモアナ・ショッピング・センターのすぐ近くと言えば日本人にはわかるだろう。

が、カイウィ海峡をウィンド・サーフィンで一人で横断したのは彼が初めてらしい。到着したカイルアのビーチでは英雄到着というので大騒ぎになったと後で聞いた。

かくて長い旅が終わった。この仕事をはじめるまでぼくはハワイ諸島の土を踏んだことがなかった。何も知らないままに企画を立てた。観光ハワイイ以外にも見るべきものはたくさんあるだろうという予想は当たった。ありすぎて、全容に至るはるか手前でひとまず幕を引くということになった。限られた時間での取材対象を自然とハワイイ先住民の文化に絞ったのはよかったと思っている。移民たちの話、多くの民族と文化が仲よく共生している社会の話についてはまた別の形で考える機会があるだろう。

土地があって、そこに人が来て住む。これが人間の歴史の基本型である。ハワイイではそれが明確で見やすい形で実現している。いつどこから来た人々か、何を持ってきたか、人口三十万ほどの小さな社会にどれほどの文化的活力があったか、そういうことをこの島々に学ぶことができる。戦争は何度かあったけれども、全体としては幸福な共同体が維持された。天災も少なくなかったが、滅亡に至るほどの危機に見舞われたことはなかった。持続的で、自律的ないい社会が数百年に亘《わた》ってここにあった。

人間はこの地球の上で生きてゆくことができ、限定された範囲で栄えることができる。この人間の存在の基本原理をハワイイは証明してきた。今の時代になぜそれがうまくゆかないのか、それはまた別の問題であるが、それについて考えるためにもハワイイ諸島とその人々を見ることには意義がある。楽園は可能だ、とハワイイはわれわれに教えているのだ。

XI　鳥たちの島

飛行機が島に着いたのは夜の十時半だった。もちろん真っ暗だ。ハワイイのカウアイ島を離陸したのが午後四時。一時間の時差を差し引いて、正味五時間半のフライト。飛行場のがらんとした大きな建物を抜けて、外で待っていたバスに乗って、走り出す。

バスの窓の外は広い芝生か野原のようだった。そこがなんだか騒がしい。暗いのだが、バスが走るにつれて、車内の光が周囲を照らす。ガラス窓に額を押し付けるようにして見ると、あたり一面に鳥がいる。目の届くかぎり芝生の上に大きな白い鳥がたくさんいて、啼《な》いたり、うろついたり、坐《すわ》り込んだりしている。中には二羽で向き合ってなんだか踊りのようなことをやっているのもいる。アホウドリだ[1]。

この島にアホウドリがいることは知っていた。彼らに会うためにぼくはここまでやって来たのだ。しかし、こんなところに、こんな風に、これほどいるとは思っていなかった。バスの光が届く範囲は限られている。その先は闇《やみ》。しかし、その闇の奥の方にもアホウド

[1] 正式和名はコアホウドリ。学名は *Diomedea immutabilis.*

りはたくさんいる。全体ではとんでもない数になるだろう。

　ぼくはこの島に彼らのコロニーがあるにしても、ずっと隅の方、普段は人が行かないあたりに群棲《ぐんせい》しているのだろうと思っていた。根拠がないわけではない。それまでにぼくが見た最も大きな海鳥のコロニーは南鳥島のアジサシたちだった[2]。彼らは人がいるところを嫌って（といっても、気象庁と自衛隊とアメリカ沿岸警備隊、全部合わせてもせいぜい三、四十人だったのだが）、建物などがある一角から最も遠い砂浜に巣を構え、ぼくが近づくと大騒ぎをして追い払いにかかった。それでついここも、つまりアホウドリたちも同じようなものだろうと考えていたのだが、ぜんぜん違った。

　バスはほんの三分ほど走って、宿舎の前に停まった。ぼくたちはそれぞれ自分の荷物を持ってバスを降り、部屋に運び込んだ。夜も遅いし、もう寝るだけだ。しかし、ぼくはどうにも興奮を押さえきれない気持ちで、部屋の明かりを消してからもう一度外へ出てアホウドリたちを見た。遠くに見える隣の宿舎までの間の広い芝生が全部アホウドリで埋め尽くされている。まるであの映画『ウッドストック』の一場面のよう。あたりの空気は彼らのざわめきで満たされている。

2 この時の話はぼくの『南鳥島特別航路』（新潮文庫）にある。

どの方角に目を向けてもアホウドリ……。秋に島に飛来し繁殖活動を始め、12月には産卵。8月には1羽残らず旅立ってしまう。

ここにも踊っているカップルがいた。二羽で向き合って、翼を広げ、首を精一杯高く伸ばして、鳴き交わす。相手の姿以外は何も目に入っていないという感じ。何度かその背伸び鳴きを繰り返した後で、くちばしを翼の下に突っ込んで静まる。また翼を広げて、最初からやりなおし。

夜の十一時を過ぎているというのに、とんでもない連中だ。

この島の名はミッドウェイ。ハワイイ諸島はほぼ東から西に並んでいるが、いちばん西のカウアイ島とニイハウ島の先にも実は島の列は続いている。どれも小さな無人島だから普段は数のうちに入れないだけだ。ネッカー島、フレンチ・フリゲート礁《しょう》、ガードナー岩礁、マロ環礁、レイサン島、リシアンスキー島、パール・アンド・ハーミズ環礁、そして最後にミッドウェイ諸島[3]。ここまではカウアイ島から二一〇〇キロある。プロペラ機だから逆風だったら五時間以上かかるのも無理はない。

これらの島々は無人ではあるが、ハワイイの自然にとってはとても大事だ。無人だからこそ大事だと言ってもいい。広い太平洋の真ん中にある地面は、そこに行きつけるものにとっては外敵のいない

3 実はミッドウェイの西にもう一つだけクレ環礁というのがある。その先の海底に、64ページに書いた天皇海山列が延々と続いている。

聖域となる。つまり、海鳥たち、アザラシ、ウミガメ、などなど。

ミッドウェイにこんなにたくさんアホウドリがいるのも同じ理由からだ。実をいえばミッドウェイは無人島ではない。ずっとアメリカ海軍が基地として使ってきて、一時期は四千人の将兵がいた。冷戦の緩和に伴って基地は閉鎖され、鳥たちのサンクチュアリになった。もともと鳥は多かったが、海軍時代はなにかと邪魔もの扱いされていたようだ。今は鳥の方が主役で、人間は彼らを保護観察するアメリカ野生動物保護局[4]の研究者たちと、滑走路を維持するのが仕事のミッドウェイ・フェニックス社の人たち、それにぼくのような短期滞在の旅行者がいるだけだ。

この組合せは興味深い。鳥の聖域に徹すれば話は簡単だったのだが、ここの滑走路は太平洋を飛ぶ飛行機の緊急避難用に欠かせない。そこで、島は野生動物保護局とフェニックス社の共同管理というアメリカの保護区としてはめずらしい形態をとることになった。滑走路を維持するかわりにフェニックス社[5]は野生動物保護局が許可する条件のもとに観光事業を営むことを許された。鳥の観察やダイヴィング、外洋の釣りなどを目的にこの島を訪れるお客は質実剛健ながら温かいもてなしを受けることができる。観光客の数はどの時点で

4 実態をとって訳せばこういう名前になるが、一般には「フィッシュ・アンド・ワイルドライフ」として知られる。

5 もともとアメリカ海軍と縁の深い会社で、軍の物資の輸送などが主な仕事らしい。社長はパラシュートの改良で一財産作った人だとか。

も百人を超えてはならないことになっている。今回ぼくと一緒に来たのは十人にも満たない。

島の朝は早い。七時に朝食の後、まずこの島の自然とそれを見る心構えについてのレクチャーがある。野生動物保護局のレインジャーの一人、ジェイムズ君がなかなか上手に手際《てぎわ》よく講義をしてくれる。一通り頭に入れて、すぐにフィールドに出た。

この平らな島では、建物がないところ、道路や滑走路として舗装してないところはすべてアホウドリの巣になっている。数十万羽の鳥が住みついて、巣を作って、卵を産んで、孵《かえ》して、雛《ひな》を育てている。地面に掘った浅い巣の中には、ネコぐらいの大きさのふわふわの雛がきょとんとした表情で坐っている。親は近くにいる場合もあるし、餌《えさ》を捕りにいっているのか姿が見えないこともある。

ぼくが近づくと、親はパシパシとくちばしを鳴らして威嚇《いかく》するが、つっかかってくるほどのことはしない。営巣地《えいそうち》に近づこうとするだけで、低空飛行でこちらの頭めがけて体当たりしてくる（ように思われる）南鳥島のアジサシとはだいぶ違う[6]。全体におっとりしている。雛だけが巣にいる場合は、顔を上げてこちらを見る。ちょっと身構える。こちらが動くと首をまわして視線で追う。好奇心と怖さ

生後間もないコアホウドリの雛。

6 これはコアホウドリの話で、ミッドウェイにも少しだけいるクロアシアホウドリの方はもう少し気が強くて攻撃的らしい。

アホウドリの求愛ダンス。上から、①まず真っ正面を向き合い②翼の下にくちばしをやり③真上を向き歓喜の声を上げ、相手に顔を向けながらくちばしをカタカタカタカタと鳴らす…。これの繰り返し。

が半分ずつという感じで、かわいい。

配偶者探しのダンスをしているのはまだ若い連中だ。彼らはこの島で一月後半から二月前半頃に生まれ、育ち、飛ぶ練習をして、八月には巣立つ。それからの数年はずっと海の上で過ごして（休む時も海に浮いたまま）、思春期に達すると島に帰ってくる。巣作りをしている大人たちの間で遠慮がちに暮らしながら、生涯の相手を探す。本当に確信がもてる相手に出会うまで、この求愛期間は二、三年続く。彼らは三、四十年は生きるし、一度決めた相手を変えることはない。長い生涯の伴侶《はんりょ》を探すのだから、真剣なのだ[7]。

それにしても、とぼくは思う、番《つがい》でいるのは島にいる間だけであって、海に出ている八月から十月までの間は雄と雌はばらばらに行動している。十月に島で再会した時、彼らは間違いなく前の伴侶を見つける。ぼくたちには区別がつかないが、彼ら一羽ずつに個性があるのだ。いくら見ていても、ぼくにはアホウドリAとアホウドリBの違いはわからない。抱きしめて匂《にお》いを嗅《か》いだところでわからないだろう。さて、ここで愛は偉大であるとぼくが言ってしまっていいかどうか。

この島の公式の交通機関は徒歩と電動のゴルフカートである。そ

7 コアホウドリの学名の *immutabilis* というのは「変わらない」という意味だが、これはひょっとして配偶者を代えないというこの島の見上げた性格に由来するものだろうか？

れを借りて島を一周することにした。この島にいる鳥はアホウドリだけではない。次から次へと島に出会う。地面の石を次々にひっくり返して虫を探すので、英語で石返し《ターンストーン》と呼ばれるキョウジョシギ、ムナグロというチドリの類、道端に誰かが置いた箱を巣に雛を育てているネッタイチョウ。

海の方に行ってみる。いちばん会いたい相手はハワイイアン・モンク・シールだった。日本語に直訳すれば「ハワイイの修道僧のアザラシ」。孤独を愛する、人嫌いのアザラシ[8]。

波打ち際から数十メートル幅の砂浜が広がって、それに平行して道が走っている。音も匂いもたてないゴルフカートでゆっくりそこを進む。同行してくれた野生動物保護局のハイディが、車を止めるよう合図する。そっと降りて、海の方へ歩く。波打ち際から少し上がったあたりに何かが寝ている。身体《からだ》中の力を抜いて、すっかりくつろいでいる。アザラシだ。

こういう場合のルールは、①百フィート以内には近づかないこと、②アザラシと海の間に、つまり相手の退路を絶つような位置に入らないこと、③こちらを気にしている兆候が見えたらすぐに離れること。百フィートを測るには、腕を伸ばしてアザラシと自分の親指を

電動カート

8 学名は *Monachus schauinslandi*。ミッドウェイとその近くの五つの環礁にのみ生息し、全個体数は五百頭ないし一千頭という希少な種。

重ねて見る。アザラシの体長と親指の長さが同じに見えたら百フィートだからそこでストップ。

その場に坐りこんで、ずいぶん長い間、アザラシを見ていた。アザラシはたぶん気づいていない。彼の立場に立ってみる。海の中で魚を捕って、仲間と遊んで、動き回って、疲れたから休もうと思う。近くに砂浜がある。水から上がるとまったく不器用だから、速くは動けない（全身を縄でぐるぐる巻きにされた自分を想像してみるといい。もがいて進むことしかできないのだ）。静かな浜のちょうどいいところまで上がって、波の音を聞きながら、うつらうつらしている。ヒトなどに邪魔されたくはないだろう。

ずっと、何万年もそうだったのだ。この百年ほど、つまり彼らの物差しでせいぜい三、四世代分ほど前から、ヒトが来るようになった。うるさくなった。そう考えれば、闖入者《ちんにゅうしゃ》であるぼくたちが大きな顔をしてはいけないのは明らかだ。寝ているアザラシをしばらく見ていてから、そっとゴルフカートに戻って、先へ進んだ（実をいうと、この日はアザラシの大当たりで、なんと全部で七頭の昼寝しているアザラシを見た。一頭もいないことも珍しくないのに、とハイディは言う）。

レインジャーの一人、ハイディ。

絶滅の危機に瀕しているハワイイアン・モンク・シールも、好んでこの島のビーチで日光浴をする。今までにミッドウェイ島で45頭が確認されている。(撮影は望遠レンズを使用)

道と砂浜を隔てる林の中を歩く。こういうところにはアホウドリの巣はない。木があったのでは彼らは走って離陸することができない。この木はオーストラリア松、鉄の木とも呼ばれ、正式和名はシマナンヨウスギであるらしい。これが困り者なのだ。最初にこの島に住み着いた電信会社の連中が木陰を作ろうと持ち込んだ。受け継いだアメリカ海軍が数を増やした。はやく大きくなるという以外なんのとりえもないと嫌われている。針葉樹なので、落ちた葉が土壌を酸性化する。下草が生えない。鳥がぶつかる。根が浅いので風で倒れやすい。実に始末の悪い木である。

ここは緯度でいうと、北緯二八度とちょっと、日本でいえば奄美《あまみ》大島ないし小笠原諸島のあたりだ。ぼくたちの印象から言えば意外に北なのだが、日射《ひざ》しはとても強い。日陰が欲しいという気持ちはわかる。しかしこのオーストラリア松はまずかった。最悪の選択だった。だいたい人間がすることはこんなものだと思った方がいい。

林を抜けるとまたアホウドリの巣が増える。双眼鏡を手に、坐りこんで、じっくり彼らを観察する。見ていると、離陸する時は翼を広げて風上に向かって数メートル走る[9]。オオミズナギドリのように崖《がけ》の途中から身を投げる必要はないらしい。大型の鳥にとってこの

9 風上に向かって離陸するのは飛行機と同じ。というより飛行機が先輩である鳥を真似《まね》たのだろう。風が強いほど離陸は楽になる。

離陸の上手下手はなかなか重要で、グンカンドリが他の海鳥を空中で襲って獲物を吐き出させた上で奪い取るのは、この鳥が水面からの離陸（離水）ができず自分で魚を捕れないからだという[10]。

アホウドリの着陸は何度見てもおもしろい。すーっと高度を下げてきて、翼を立ててブレーキをかけ（大型旅客機のエア・スポイラーと同じ）、最後にばたばたと翼をあおって速度を殺した上で足を出す。二、三歩たたらを踏んで止まる。減速が充分でないとつんのめる。

しかし、やはり鳥は飛んでいる姿がいい。コアホウドリの細く長い滑空型の翼は広げると幅二メートルにもなる。空中では近くに比較する対象がないからそれほど大きくは見えないが、しかし優雅なものだ。大きな鳥が飛ぶのを見るのは自分が飛んでいるような気分になれるからいい。鳥の目から見た地上の光景が目に浮かぶ。

しかも、鳥は音をたてずに飛ぶ。空気と一体化したようで、それと比べれば人間が作った飛行機など実に騒々しく、無骨で、下品なものだ。アホウドリは風を上手に利用する。海面近くと上空との風速の差を利用して、何百キロもの距離をほとんど羽ばたくことなく（つまり体力を温存したまま）飛ぶことができる。いわば太平洋の

10 他の鳥が獲った餌を横取りするからグンカンドリ（英語ではfrigate bird）などという殺伐な名前がついた。実際この鳥は足が弱く、指の間に水掻《か》きもなく、羽毛は防水性がないために、海面に降りることができない。大人になると、マグロなどに追われているトビウオやイカをその鼻先からすくいあげるという妙技で餌を獲るのだが、若くて未熟なうちはこれもできない。そこで人の餌を強奪することになるらしい。

広い海域全体が彼らの領土であり、繁殖のためには敵がいない絶海の島々がある。つまり彼らはこの環境に完璧《かんぺき》に適応していた。

　砂浜に坐って見ているだけで、環境へのこの彼らの収まり具合、すっぽりとした気持ちのよさのようなものが感じられる。だからあんなに美しいのだと考えると、なんともいい気分になる。しかし、しばらくするうちに、ここにいる自分はその環境に対する攪乱《かくらん》因子だと気づいて、居心地が悪くなる。立って行こうか。

　翌日は隣のイースタン島に行った。ミッドウェイは直径十キロほどの環礁で、その南の方にサンド島とイースタン島という二つの主な島がある。陸地面積は二つ合わせて五平方キロだから、どちらも小さな島である。小さい方のイースタン島は完全に無人。野生動物保護局のレインジャーと一緒でなければ上陸も許されない。歩くルートも決められている。自分が本来いるべきでない場所にいる。ここでは自分は異物である。そう承知して行儀よくふるまわなければいけない。

　この島で見た中で最も印象的だったのはアカオネッタイチョウ[11]。その名のとおり、細くてとても長い赤い尾を持つ、実に美しい鳥だ。

イースタン島では、滑走路が緊急用に残されている。

11 Phaethon rubricauda. ギリシャ神話でパエトーンは太陽神ヘリオスの落胤《らくいん》の少年。太陽を運ぶ戦車を御したいと願ったが悍馬《かんば》をさばききれず、軌道をはずれて地上を焼きそうになったので、ゼウスによって雷霆《らいてい》で撃ち落とされた。

くちばしが薄い青で足が赤いカツオドリも美しい。木の上の巣についている姿が優雅。めったに見られない鳥だと思うと、実物が目の前にいるだけで嬉《うれ》しくなる。

日本ではアホウドリは伊豆七島の南の鳥島にいる。ネッタイチョウにしても、八重山の仲ノ神島という無人島に行ってずっと待っていれば見られないでもないらしい。しかし、一、二時間の散歩でこんなにたくさんの鳥が見られるというのはやはり驚異的なことだ。

木の上にグンカンドリがいる。この鳥は雄がディスプレイとして真っ赤なのど袋を誇示することで知られている。十メートルほど先にいるそいつがぼくの目の前で本当に赤いのど袋を見せびらかしている。アホウドリなどと違って近くにゆくと怯《おび》えて飛び立ってしまうというから、遠くの方から用心深く双眼鏡で見る。なんだかスターを追いかけるファンのようで気恥ずかしいけれど、実物を見ているという感動はいいものだ。

こちらの島にもアホウドリは多い。しばらく見て歩くと、彼らとて幸福に雛を育てているものばかりではないことがわかる。放棄された巣や、孵らなかった卵、幼くして死んだ雛も行く先々で見かけ

アカアシカツオドリ

グンカンドリ

るのだ。若すぎる親たちはまだ育児が下手で、ちゃんと卵を孵して雛を育てられないことがある。孵って間もない時には雨と風で体温を奪われて死ぬ雛も多い。夏は逆に暑さのため脱水症で死ぬ。

しかしそれはすべて自然がやっていることで、人間とは関係ない。それだけはわれわれの罪には数えられない。こんな風に考えるのはなぜだろう。ぼくは決して戦闘的な自然保護主義者ではないつもりだ。グリーンピースとは一線を画している。しかし、旅をしていると、この星の上でヒトという種がいかにわがまま勝手をしてきたか、それを思い知らされて居心地の悪い思いをすることが少なくない。だから、先ほどこの島に上陸した時のように、あなたは本当はここにいてはいけないのですよと言われると、却《かえ》って安心する。ここだけは汚れていないと思う。

自分が属するヒトという種を裏切っているような気持ち。最後の審判の場で、自然全体を統《す》べる公正な神に向かって、ぼくは他の動物をいじめませんでしたと空《むな》しい抗弁をしているような、奇妙に倒錯した気持ちになる。そう、ここは大丈夫、ここはまだ鳥たちのサンクチュアリでやっていける。ぼくたちは覗《のぞ》き見をする立場でいられる。

サンド島に戻って、砂浜に出て、仰向けに寝た。ここの砂はぼくが住んでいる沖縄と比べても格段に白い。そして、沖縄と違って貝殻がほとんど混じっていない。海の中は珊瑚《さんご》ばかりで貝はいないのだろうか（この時期にはダイヴィングはできないから、潜って確かめることはできなかった）。その代わりと言っていいかどうか、ドングリぐらいの小さなカツオノエボシらしきクラゲが落ちている。ぷよぷよと小さな風船のよう。このサイズだと毒はないのかな。

青い空にたくさんアホウドリが飛んでいる。一羽に目をとめて追ってみると、実にでたらめな動きをしている。目的があるようには思えないのだ。彼らにとって飛ぶというのは状態であって行動ではないかのようだ。中には飛びながら足でおなかを掻いているのもいる。痒《かゆ》いのはわかるが、不精というか、なんともおかしい。

ここでも鳥たちがこちらを無視してくれるのが嬉しかった。悠々と一羽だけで飛ぶアホウドリが、ギャーギャー騒ぎながら二羽四羽と群れて飛ぶアジサシを無視するように、ぼくは無視されている。喜ばしいことだ。

この島には不思議な雰囲気がある。それがなんだろうと滞在中ずっと考えていて、帰るころになってわかった。人工的な風景のわりに人が少ないのだ。そのために、まるでなにか大きな災害が起こって人口が激減し、生き残った人たちだけが住んでいるような印象を与える。急いで付け加えると、この不思議な雰囲気は決して不吉でも不気味でもない。むしろおだやかな、心地よいものである。災害は起こったけれどもそれははるか昔のことで、今はその災害以前の繁栄の記憶だけがうっすらと漂っているような感じ。

この島はアメリカ野生動物保護局が管理しているぐらいだから自然は豊富だし、それに惹《ひ》かれてぼくたちも来たのだが、だからといってこの島は自然が圧倒的な力をもって支配しているジャングルではない。島のどこに行っても建造物が見えないところはない。小さな島の面積の相当部分を滑走路と誘導路が占め、多くの建物が散在し、その間の空き地はすべて芝生になっていてそこに鳥たちがいる。わずかな林も人の手で植えられたものだから、本当に自然のままなのは人間の立ち入りが禁じられたハワイイアン・モンク・シールの砂浜ぐらいのものだ。

建物が多い割に人が少ない理由は簡単、みんな撤収してしまったのである。かつてここがアメリカ海軍の基地だったことは前に書いたが、そのころはだいたい二千から三千、最も多い時には四千の将兵がここに駐留していた。島は隅の方に押しやられ、人間が島中にあふれていた。やがて彼らは去り、空っぽの建物ばかりが残された。三分の二は取り壊したというが、まだ残っているものも多い。使っている建物はもちろん管理されているけれども、形を留めながら放棄されたものもある。そういった建物の入り口のところには「倒壊の危険があるのでむやみに入らないように」という注意書きが掲げてある。それを無視して入ってみると（入るなと言われれば、入るに決まっている）、かつて人がなにかやっていた形跡がいろいろと残っている。床に落ちたちょっとした道具とか、半開きの扉とか、ぶら下がった電球とか。

　島の電気や水道などの施設は今いる人数には過剰なほどで、言ってみれば使いたい放題。フェニックス社のオフィスがある飛行場の二階建ての建物にしても、一〇〇メートルを超える長い廊下の左右に使われていない部屋がずらりと並んでいる。きれいに掃除してあっても、どこか廃墟《はいきょ》のように見える。まるで日本の山の中の、廃校になった木造校舎のよう。ぼくはこの感じが好きだ。

いつのころからか、人がいなくなってしまった場所に惹かれるようになった。かつては栄えていたのに、誰もいなくなった場所。みんなが行ってしまって、あとにはほんの少しの管理要員だけが残っている。彼らはみんなが戻ってくる日に備えてすべてを万全の状態に保っているが、しかし、いくら待っても去った人々が戻ってくる気配はない。そういう場所に魅力を感じる。がらんとして、淋《さび》しくて、静かな、無人の都市。ミッドウェイもそういうところだった。鳥たちに明渡されたけれども、建物は残っている。そして、鳥は建物などまったく気にしていない。

食堂は海軍風にギャレーと呼ばれる。天井の高い平屋の大きな建物で、食事時にはさすがにテーブルの大半がふさがる瞬間もあるが、それもつかの間、全体としてはやはりがらんとしている。料理はうまい。セルフ・サービスで質実剛健、余計な飾りはないけれども、選択の幅も広くて、どの一品も満足のゆく味だった。

これにはぼくの好みもある。アジア料理が多かったのだ。たとえばカレー。昼食と夕食用に用意された十種類ばかりの料理の中に必ずカレーが入っている。最初はチキン・カレー。香りにつられて食べてみると、本気でスパイスを摺《す》って混ぜて、手抜きのない味を作

ギャレーと呼ばれる食堂。

っている。アメリカ文化圏では珍しいことだと思った。次の回はちゃんとしたダル・カレー（豆）、そしてトゥナ、最後がビーフ。このビーフの時はこれでもかというぐらい辛かった。

ここまで凝るにはわけがある。食堂の隅に貼《は》ってある世界地図に、現在この島で働いている百数十人全員の出身地がピンで示してある。アメリカ本土はもちろん多いけれども、その次に多かったのがスリランカと、タイと、フィリピンからの出稼ぎ組。調理場を仕切っているのもそれら南アジア人。彼らは自分たちの仲間のために料理しているわけで、手を抜けば文句がでるから真剣に本格的に作る。ぼくにとっては幸運なことだった。

アメリカ料理も揃《そろ》っていることは言うまでもない。朝はぼくも目玉焼き、ハッシュブラウン、ベーコン、トースト、それにジュースとコーヒーと、すっかりアメリカ式にしていた。アメリカではこういうものを食べていれば間違いないという見本のようなメニュー。

ギャレーという呼びかたのほかにも、海軍の雰囲気はまだいたるところに残っている。たとえば、ぼくたちが泊まった宿舎はチャーリー、隣はブラヴォーと呼ばれている。軍隊では昔から無線電話などでABCの文字を伝える時、聞き違いが起こらないようにアルフア、ブラヴォー、チャーリー……と言葉に置き換えて唱える。ぼくの宿はC棟だからチャーリー。道の名も以前のままで、ニミッツ・アヴェニューやハルゼー・ドライブ[12]がある。

宿舎は広くて立派だった。一室が広大で、ベッドのある一角とソファーのある側がシャワー・ルームで仕切られて、事実上スイートになっている。そしてここも客が少なくてがらんとしていた。管理している男性に洗濯室の場所を聞いたところ、彼はまるで将軍に仕える従卒のように丁寧かつ親切に場所と機器の使いかたを教えてくれた。悪い気持ちはしない。

12 ニミッツもハルゼーも第二次大戦当時のアメリカの軍人。

チャーリーと呼ばれる宿舎の一棟。かつては独身士官の宿舎だった。

もう少し鳥のことを話そうか。

アホウドリがなぜ人を恐れないか。考えてみると彼らは陸上で敵に会ったことがない。そういうことは考えもせずに進化してきたのだ。この本の第Ⅲ章でぼくは、大洋島の生物は天敵がいないために防御の装置を捨ててしまっていることが多い、と書いた。バラのくせに棘《とげ》がない。そこへ人間がヤギやブタやシカを連れこむと、こういう固有種はたちまち絶滅する。アホウドリも同じことで、空を飛んでいる姿は実に優雅で偉大だが、地上ではよちよち歩きの不器用な奴《やつ》だ。棒を一本持った人間ならば一日に何百羽でも獲《と》れる（たぶんそこからアホウドリという侮蔑《ぶべつ》的な名前がついたのだろうが、こんな名はこの偉大かつ優雅な鳥に対してフェアでない）[13]。

そして明治時代に鳥島で起こったのはまさにそういう事態だった。玉置半右衛門という八丈島の男が仲間を連れて上陸、そこで繁殖していた数百万羽のアホウドリを片っ端から獲った。目的は羽毛で、これを布団《ふとん》用などにアメリカに売って彼は巨万の富を得た。鳥島のアホウドリはほとんど絶滅し、今、鳥類学者の長谷川博さんの努力でなんとか回復の道を辿《たど》っているのは有名な話。

ミッドウェイのコアホウドリの餌の四分の三はイカで、巣で待つ仔《こ》にはイカ・オイルをやると、レインジャーのジェイムズは説明してくれた。このイカ・オイルというのがわからなくて、帰ってから調べることになった。鳥がイカや魚を食べると、餌は前胃と呼ばれる縦に長い筒型の器官に入って消化され、液状になる。最初は水分と油脂分が混じっているが（どちらにも栄養分は溶けこんでいる）、水と油だからやがて上下に分離する。水分は下から腸の方へ抜け、その栄養は鳥自身によって利用されるが、油脂分の方はそのまま蓄えられ、巣に戻った時に雛《ひな》に与えられる。これがイカ・オイルの正

13 アホウドリは英語ではalbatrossだが、もう一つgooneyという呼びかたもあって、これは正にアホウという意味。

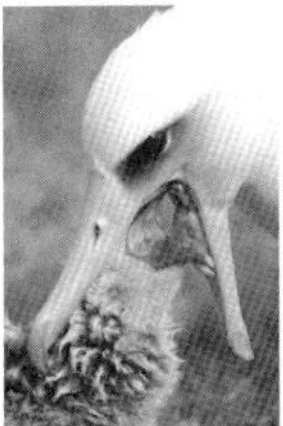
コアホウドリが雛に餌を与えている。親鳥は海で餌を捕り、巣に舞い戻る。

体だった。

島を歩いていると、孵《かえ》らなくて放棄された卵を見かける。若い不慣れな親たちは繁殖失敗率が高いと前に書いた。せっかく孵っても雨に体温を奪われて死ぬ雛もいるし、夏には暑さのために脱水症で死ぬものもいる。さらに、巣立ちの時を迎えて巣を飛び立っても、最初の休憩で水面に降りた途端に下からサメに食われるものが少なくない。ここと同じようにアホウドリの営巣地となっているフレンチ・フリゲート礁《しょう》には巣立ちの時期にイタチザメが集まってきて、水面に降りる若いアホウドリを待っている。約一割がここで食われてしまう。なかなか多難な人生なのだ。

ミッドウェイでは、人間と共にやってきたネズミも鳥たちにとって脅威だった。しかし、幸いなことにこちらは野生動物保護局の知恵と工夫でほぼ殲滅《せんめつ》することができた。散歩していると、道端に小さなプラスチックの箱が置いてある。これがネズミ獲り。中に毒餌が入っていて（ココナッツ風味だそうだ）、食べたネズミは死ぬ。箱は細く長くて餌は奥の方に入っているので、鳥には食べられない。これを聞いてぼくは、イソップのツルとキツネが互いに招待しあうあの話を思い出して笑った。キツネは平たい皿に料理を盛り、ツルは一輪挿しのような細くて深い器に料理を入れたというあの話だ。
人間と共にこの島に来た動物としては他にヤモリがいる。しかしヤモリは昆虫食だし、昆虫も大半が外来種なので、ヤモリがこの島の固有の生態系を乱す恐れはない。だからヤモリは駆除しなくてもいい。昔ぼくは南鳥島でヤモリを見て、好きだから写真を撮ったが、その時は絶海の孤島にヤモリがいることを不思議に思わなかった。考えてみれば、あれも人間と共にあの島に渡ったのだろう。

去年（一九九七年）の暮れ、この島の浜でおもしろいものを見つけたという話をフェニックス社の日本人スタッフであるT君から聞いた（彼は誠実かつ行動的な、いまどき珍しい好青年である）。実物を持っているというので見せてもらう。少しだけ傷《いた》んだプラスチック製の容器の中に手紙が入っている。破らないように用心深く広げてみると、紙はところどころ破れたり貼りついたりしているが、読めなくはない。読めるかぎり解読してみると、ざっとこんな内容
――

ミッドウェイに流れ着いた、プラスチック製の容器。

おねがい

わたしは、ふぞく小学校の3年生です。
わたしは、このなつ、しなの川のながれを
しらべてみることにしました。
しなの川のけんざかいの◎じるしからと
うおの川の◎じるしからこのてがみを
ながしました。このてがみを
ひろって　　　　はおてがみ
をくださ　　　　みには、
いつ、どこ　　　何分にひ
ろったか、かいてください。
それにお名前とじゅうしょ
も、でんわばん号もかいて
ください。おてがみを
くれた人には、とても
すてきなプレゼントを
さしあげます。

(なまえ)××××
(じゅうしょ)新潟市坂井
(〒)95
(でんわ)02　　　94
(うみでひろってくれた人も
　おてがみくださいね。)
1980年7月27日
　　××××

　原文は横書き、空白部分は失われていた。右下の部分に地図が書いてあって、◎じるしは「しなの川」の「つなん」の西、新潟県と長野県の県境あたりと、「うおの川」の「だいげんたキャニオン」のところに記してある(××××の部分に書かれていた実名はここでは伏せて、以下Sさんと呼ぶことにしよう)。

　うーん、これはすごいとぼくたちはうなった。十七年五か月の歳月と直線で四四〇〇キロの距離を超えて、人が出した手紙が人に届くとは感動的ではないか。日本に戻ってから追跡調査をしてみよう。で、以下はその調査の結果である。これは一九八〇年に新潟の小

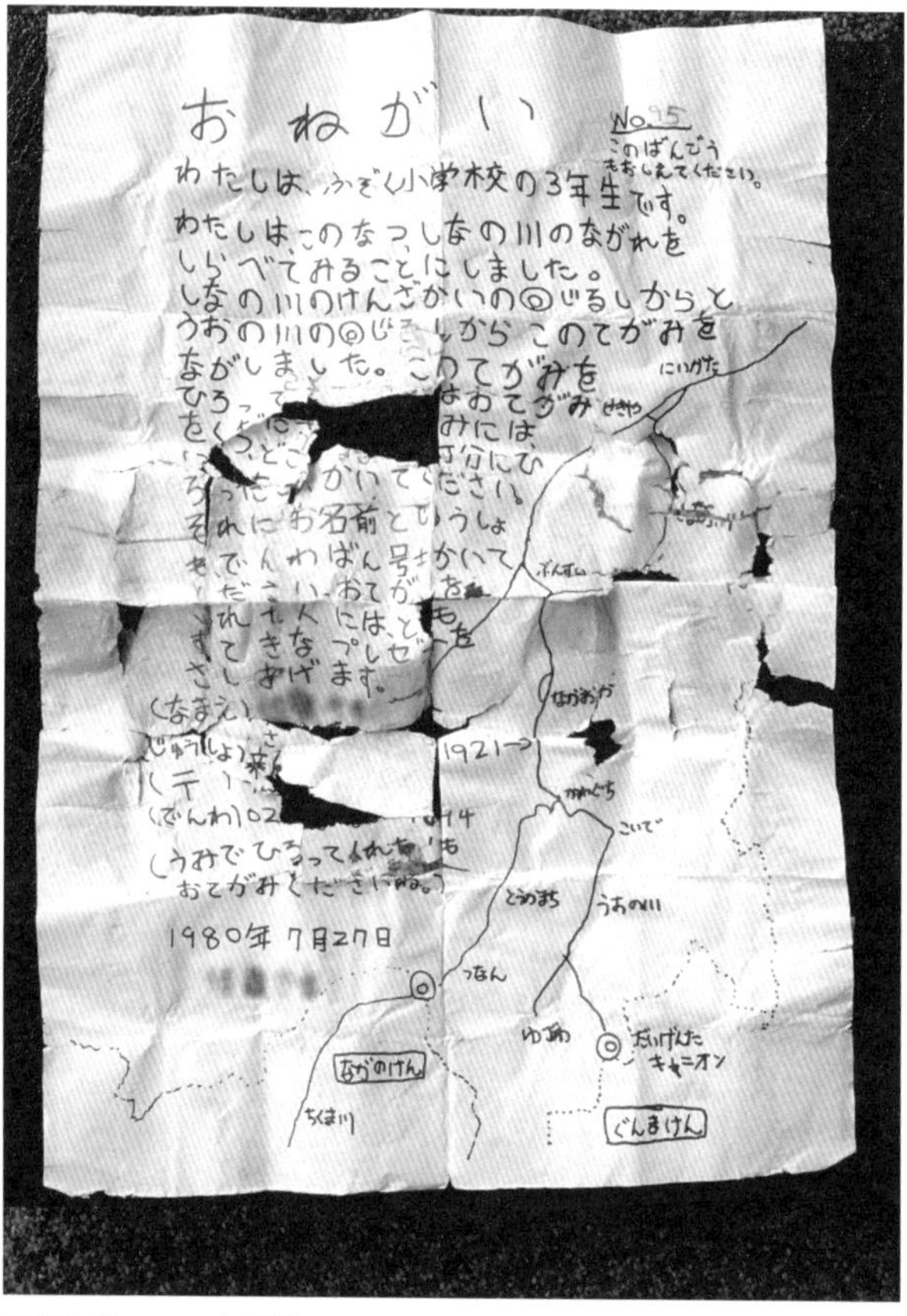
おねがい
No.95
このばんごう
もおしえてください。
わたしは、ふぞく小学校の3年生です。
わたしはこのなつしなの川のながれを
しらべてみることにしました。
しなの川のけんざかいの◎じるしからと
うおの川の◎じ　しから このてがみを
ながしました。このてがみを
ひろって　　　　　はおてがみ
をくだ　　　　　みには、
いつ、どこ　　　　何分にひ
ろったかかいてください。
それにお名前とじゅうしょ
とでんわばん号をかいて
ください。おてが　を
くれた人には、と　も
すてきなプレゼ　を
さしあげます。
(なまえ)
(じゅうしょ)
(〒
(でんわ)02　　　　14
(うみでひろってくれた人も
おてがみくださいね。)
1980年7月27日

容器に入っていた手紙。

学三年生だったSさんが夏休みの自由研究の課題として流した百個の手紙（専門家は海流瓶と呼ぶらしい）のうちの一つだった。ミッドウェイで拾われたのはそのうちの九五番。

実はこの年の調査はSさんにとって不本意な結果に終わった。回答は一つしか来なくて、一週間もしないうちに新潟県大川津分水路から来たその回答によれば、容器にはすでに水が滲《し》みていたという。海上保安庁の話ではこの種の海流瓶は新潟県や石川県、沖縄県などの子供たちがよく流すが、平均的な回収率は二、三パーセント。百に一つだったSさんは不運だった。彼女はたぶん容器の選択が悪かったのだろうと思い、この年はこの研究の成果を発表するのは控えて、急遽《きゅうきょ》ほかのテーマで宿題を済ませた（この時の百個のうちのもう一つが十七年後にミッドウェイに流れ着いたというわけ。容器に入った手紙にすれば長い長い夏休みだったことになる）。

これには後日談がある。不撓《ふとう》不屈のSさんは翌々年、つまり一九八二年の五年生の夏休みにもう一度おなじことを試みた。今度はプラスチックの容器ではなく、ゴム・パッキンのついた小さなアルミの弁当箱（バーゲンで一個五円！）を百個用意して、新川から流した。この時は反応がすごい。秋田県下から十通。北海道の登別、利《り》尻《しり》島、それに年が明けてからなんとソ連領サハリンの、ドカシェンコ・ウラジーミル・アナトリェビッチさんという人から回答が来た——「Sさん、今日は！　あなたの第四十七号の手紙を九月二十九日に、サハリンのシェブニノ村[14]から約四キロ南のところで見つけました。私はシェブニノ村に住んでいて、炭鉱で働いています。新年おめでとうございます」。ロシア語だったので市役所に持っていって訳してもらったというが、サハリンからの連絡が遅れたのも、たぶん日本語を読むのに手間取ったからだろう。ちなみにこの年は二十六通の回答があって、回収率は二六パーセントである。この小学生的大事件は新聞にも載った。

では成績の悪かった年の問題の容器はどういう経路でミッドウェイに届いたのだろうか。海上保安庁水路部と第九管区海上保安本部に海流のことを聞いてみた。信濃川から日本海に出た手紙はまず対《つし》馬《ま》暖流に乗って北上、その先は七割の確率で津軽海峡を通って太平洋側に出ただろうという。そこをまっすぐ北へ進んで（利尻島で見つかった例）、宗谷海峡経由でオホーツク海へ出るコースもあるし、そこも直行すればサハリンの西海岸に至るが（これがシェブニノ村へ行った経路）、ここでは最も確率の高いコースを考えてみよう。

14 サハリンの南端に近く、間宮海峡に面している。一九八三年に大韓航空機が墜落したのはこの村の沖合あたりだった。

津軽海峡から太平洋に抜けた手紙は親潮に乗って三陸沖を南下、黒潮にぶつかる（北海道の登別でみつかった一九八二年の手紙は津軽海峡を出たところで噴火湾の沖を北上したのか。宗谷海峡を通ってオホーツク海に出た上で、国後《くなしり》のあたりから太平洋に出て南下したというのも考えられなくはない）。

フィリピン近海から日本に来る大きな海流が黒潮で、その先、東に向かう流れは黒潮続流と呼ばれる。これに乗ってひたすら東に進んだ手紙はやがて北アメリカ大陸の手前でカリフォルニア海流に乗りかえる。北半球の海流は基本的には時計回りに回っているから、ここからは北アメリカ大陸に沿って南下、やがて北赤道海流に入って赤道のすぐ北を西へ西へと戻る。そして再び黒潮で日本近海へ。

ここでものすごく大雑把な計算をしてみよう。まず、この一周を二万五千キロとする。海流の速度を平均一ノットと仮定すると、一周に要する時間は五百六十二日、もう少し遅かったとして約二年、およそこれぐらいのスケールの話だ。十七年の間、手紙を入れたプラスチックの容器が律儀《りちぎ》に太平洋を回っていたとすれば、七、八周はしたことになる。

しかし、言うまでもなく、ミッドウェイはこの経路から外れている。手紙はどこかで周回コースを降りて、あとはゆっくりとローカルな流れに身を任せ、少しずつこの島に近づいたのだろう。時間はたっぷり与えられていたにせよ、広大な太平洋の真ん中で小さな島にうまくぶつかり、岩場ではなく砂浜に着いて打ち上げられ、しかも人の目に触れる。ずいぶん運のいいことだし、プラスチック製の容器もよくもったものだと思う。僅《わず》かに水は入っていたが、手紙はちゃんと読めたのだから、製造元はこの耐久性を誇っていい[15]。

ぼくたちから連絡を受けたSさんがびっくりしたのはいうまでもない。ちなみに一九八〇年にSさんが用意した「すてきなプレゼント」は「サクラ貝と両親が作った手作りの箱」だったそうである。

宿舎から少し歩くと、島の北側の浜に出る。ここにビーチ・パヴィリヨン・バーというしゃれた建物があって、海を見ながら酒を飲むことができる。鳥とアザラシと漂着した手紙で一日を過ごした後、ここで夕日を眺めてマルガリータをするというのはなかなか楽しいことで、たとえ男ばかり四人でも悪い気持ちはしない。

この島にいたアメリカ海軍が撤収した理由は冷戦が終わってここを基地にしておく必要がなくなったからだ。だからここは鳥の島になり、ぼくたちが来て、こうして海を見ながら酒を飲むこともでき

15 プラスチックというものの耐久性が問題になっている話は後で書く。

る。海軍時代には飛行機の離発着の邪魔になるというのでずいぶんたくさんの鳥が殺されたらしいから、アホウドリにとっても平和はいいものだ。そう考えている目の前でゆっくり夕闇《ゆうやみ》が迫ってくる。そろそろ夕食の時間だ。

思えば何十年も島に惹《ひ》かれてきた。理由はあってないようなものだったが、島では土地という自然の場を与えられた人間たちの動きが見やすいということが大きかったように思う。舞台のサイズが限られているのが大事。

ミッドウェイでは島の歴史のすべてが見える。ここには古代史も中世史も近代史もない。ミクロネシアの島々にははるか昔から人が住んでいたし、ハワイイ諸島に本格的な人間の社会が成立したのは十二世紀のこととされている。しかしミッドウェイには今世紀の初頭まで人がいなかった。

これは島の中を歩いてみるとよくわかる。小さすぎるのだ。ハワイイから二〇〇〇キロ以上離れた絶海の孤島という条件はもちろん人の移住を阻《はば》むけれども、決定的ではない。ハワイイに渡ったのはポリネシア人だが、ポリネシアとハワイイの間は四〇〇〇キロ離れている。途中に島はない。ハワイイとミッドウェイの間には点々と島がある。しかし、その島々に人は住まなかった。漂着ぐらいはあっただろうが、このサイズの島では定住して社会を築くことはできない。海の幸は豊富にあっても（ぼくたちは時期が悪くて何も釣れなかったが、この周辺の海ではカジキやサワラなどの大物を釣ることができて、これはこの島の魅力の一つだ）、あまりにフラットなので陸の上ではタロ芋も作れない。

だから、一八五九年にこの島がガンビア号のニック・ブルックス船長なるアメリカ人によって「発見」された時、ここには住民はいなかった。住民がいても一方的に「発見」してしまうのが欧米流だが、ここは本当に無人だった。ブルックス船長はこの島の存在を秘密にして船会社に太平洋航路の補給基地として売ろうと試みたようだが、一八六七年にアメリカはこの島の領有を宣言した。

その後、一八九〇年代に日本人がこのあたりの島でアホウドリの羽毛や卵を採るのが問題になる。そこで一九〇三年になってセオドア・ローズベルト大統領はこの島をアメリカ海軍の管轄《かんかつ》下に置くという指示を出した。

サンド島の北のビーチに立って、日本の方を見る。東京は西北西四千数百キロのかなたにある。しかしアメリカ本土はもっと遠い。この無人島をもっと早く日本領にはできなかったのかと考えるが、まずは無理だっただろう。ずっと近くにある小笠原諸島だってあやうくアメリカに取られかけ、あわてて領有を再宣言したのが一八七五年のことだから、ミッドウェイほど遠くまで目が届くはずがない。鎖国のせいで日本は太平洋に出遅れたのだ。この島までアホウドリの羽毛を採りに行った者がいたというのは、鳥島で同じ方法で巨万の富を得た玉置半右衛門に続こうとしたのか。

ミッドウェイという名の由来はアメリカとアジアの中間にあるということだが、経度の基点[16]であるロンドンから見ると西経一七七度のこの島はほとんど反対側にある、つまり世界一周の中間点であるという意味もあったらしい。この先、この島はいろいろなものの中継点として使われる。つまり面積や資源ではなく、位置が価値なのだ。

領土の経営というのは投資である。元がとれない土地を持っていてもしかたがない。しかし、今は持出しでもいずれ何かの役に立つかもしれない。そのあたりの読みがむずかしいところ。T・ローズベルト大統領はこの孤島は役に立つと判断して海軍に管理させ、比

16 経度〇度の線はロンドンの東のグリニッチにあった王立天文台を通っていた。この話はぼくの『明るい旅情』(新潮社)所載の「イギリスを出た人々」に詳しい。

較的すぐに元を取った。この島が電信の中継基地として使われることになったのだ。

電気を使う通信の主流はデジタル—アナログ—デジタルと変わってきている。モールス符号による電信があり、アナログの電話に替わった後でまたコンピュータによるデジタルに戻った。その初期の電信は、今のeメールから見ればおそろしく原始的だが、それでもずいぶん遠くまで届いて実用性が高く、普及も早かった(エジソンは発明家として名をあげる前、優秀な電信技師だった)。ドーヴァー海峡に海底ケーブルが通じたのが一八五一年、その十五年後にはもう大西洋横断海底ケーブルが完成している。しかし、当時は世界の裏側だった太平洋の方に同じような計画が興《おこ》るのは今世紀になってからだ。アメリカの太平洋電信会社という会社がミッドウェイに中継局を作った。

このころの技術ではアメリカとアジアを一気には結べない。途中で信号が弱って消えてしまうのだ。かと言って、電気式の増幅器の信頼性はまだ実用の段階に達していなかった。人間が増幅するしかない。つまり、微弱な信号を聞きとって、全文をメモして、またツーツートントンと打つのだ。そのために長い経路の途中に人が暮らせる場所がいる。ミッドウェイは最適だった。

この回線が完成して初めて、電信による世界一周が可能になった。T・ローズベルトは首都ワシントンで自分に向かって電信を打ち、それが世界を回って帰ってくるのを受け取るというイベントを主催した。二十世紀は通信の時代であり、ミッドウェイはその役割を担《にな》って近代世界に登場した。この島には電信技師など三十人が常駐したという。そんなわけで今も電信会社の建物が残っている（管理されていないから「入ってはいけません」状態だが）。

太平洋電信会社はサンド島を人が住めるところにするために相当な努力をした。表土を運び込み、木を植えて陰を作り、雌牛や馬や鶏を持ち込んだ。その成果を彼らは誇った。

視点を変えてこの島の生態系の側から見れば、これはまことに迷惑な話で、実際この時に植えられた鉄の木ことオーストラリア松、和名シマナンヨウスギが今も困り者であることは前に書いた。しかし、要するに、これは人間が自然に対してまこと攻撃的だった時代の話なのだ。ぼくたちとしては、あまり過去を咎《とが》めることなく、はびこってしまった鉄の木の類を少しずつ排除してゆくしかないではないか。

野生動物保護局のジェイムズ君の話では、今はナウパカ[17]というハワイイに多い灌木《かんぼく》を増やす努力をしているという。生物を移植するには、なるべく近くのなるべく似た環境のところから選んで持ってくるのがいい。ナウパカがいいのは、気候風土に合っていることと、樹高せいぜい三メートルまでと高くならず、ネッタイチョウやアジサシが枝に営巣《えいそう》できることである。実際ぼくたちはイースタン島でナウパカの枝にいるネッタイチョウを見た。いい姿だった。

ぼくたちの宿舎を出て、南に行くとギャレーやクラブ、雑貨店、野生動物保護局などがパラパラとあって、そこを西に行けば突き当たりが飛行場のターミナルになる。逆に東の方に行くと、礁湖《しょうこ》に向かって開かれた内港に出る。おもしろいのは、岸壁の一部が斜路になってそのまま水中まで伸びたランプになっていることだ。ここは飛行艇の揚陸場で、コンクリートで固めた広いエプロンがあり、その奥に今も大きな格納庫がある（飛行機の整備に使われているわけではないが、建物としては現役）。

電信の中継地になってから約三十年の後、ここは今度は太平洋を渡る民間航空機の中継基地になった。航空会社の名はパン・アメリ

17 学名は *Scaevola sericea*。日本で言えばトベラがこれに近い。

カン。通称パンナム。懐《なつ》かしい名前である。スタンリー・キューブリック監督の傑作『2001年宇宙の旅』の中で主人公を月に運ぶ宇宙船にはパンナムのマークが着いていた。それほど存在感のある会社だったのに、経営に失敗して今は消えてしまった。[18]

それはともかく、一九二〇年代の発足当時パン・アメリカンはフロリダ州のあたりのローカルな会社だった。それがマイアミからキューバのハバナへ飛行艇を飛ばして成功した。この間は当時の遅い飛行機でも三時間で結べる。船ならば十八時間かかるから、金持ちのお客がいれば民間航空は成立する。お客はいた。カリブ海周辺をアメリカの資本家は植民地のように扱って、サトウキビやバナナなどのプランテーションでおおいに儲《もう》けた（戦後になってカストロが革命を起こさなければならなかった理由はこの会社の徹底的な収奪にある）。その、ユナイテッド・フルーツなどの独占資本の主たちがパンナムの飛行機を利用した。

飛行艇がいいのは滑走路がいらないことだ。あのころの飛行機は非力だったから、乗客をたくさん乗せて飛ぶような大型機は、延々と加速しないと飛びあがれない。陸上では長い長い滑走路がいる。それが水面となれば、いわば無限の長さが使える。高い波に弱いの

18 その後また復活したという噂を聞いた気もするのだが。

が欠点で天候に左右されやすい分だけ就航率が下がるけれども。[19]当時は飛べるだけでもお客は喜んだ。

カリブ海でできるなら、太平洋横断空路はどうか。この場合も乗客はもっぱら独占資本の関係者、目的地はフィリピンである。米西戦争に勝ってここをスペインから取り上げたアメリカは、ここにもモノカルチャーの農園を作った。後の話になるが、マッカーサー元《げん》帥《すい》はフィリピンに個人的に相当な資産を持っていて、だからあの島々を日本軍から奪還することにあんなに熱心だったのだという。

ともかくそういうわけで、パンナムは太平洋横断を計画した。もちろん一気には飛べない。サンフランシスコからハワイイまで飛んで、次がミッドウェイ、その後はウェーキ島に降りて、グアムに寄って、ようやくマニラ。総計一万七千五百キロの空の旅である。

この空路には三種の飛行機が使われた。もっとも大型のボーイング314を使った[20]一九三九年の便の時刻表を見てみよう。水曜日の午後四時にサンフランシスコを飛び立って、木曜日の朝八時半にホノルルに着く。ここで一泊して金曜日の朝八時に出発、その日の午後四時にミッドウェイ到着。八時間ということはつまり平均時速二八五キロに過ぎないが、今回ぼくたちが乗ったガルフストリームG

19　だから小笠原諸島への便に飛行艇を使うのは無理で、貴重な自然をこわしてまで空港を造らなければという議論にもなるのだが。

20　全長三二・三メートル、翼長四六・三メートル、高翼四発の、当時の旅客機としては最大級の飛行艇である。

1だってこの間を五時間半かけて飛んだ。六十年まえとしては立派な数字だ。ここでも一泊の上、翌朝七時半にミッドウェイを出て、午後三時にウェーキ島到着。同じように一日かけてグアムに行き、最終目的地マニラに着くのは火曜日の午後三時十五分。実にあしかけ七日実質六日の旅である。

今のサンフランシスコ―マニラ便はユナイテッド航空が成田経由で十七時間半で飛んでいるけれども、それと比べてはいけない。当時の船よりもずっと速かったということが大事なのだ。ちなみに当時の運賃はサンフランシスコ―マニラ間で片道七百三十九ドルだった。[21]

ミッドウェイが中継点の一つに選ばれた理由はもちろんその位置だが、太平洋電信会社のおかげですでに人が住んでいたこともあっただろう。飛行艇は礁湖の中に設置された離着水水域に降り、乗客は桟橋から上陸して島のホテルに一泊した。礁湖の中は外洋よりもずっと波が穏やかだから、それも飛行艇の基地としては有利な条件だった。[22]

先程ぼくは、港から飛行艇を引き上げる斜路と広いエプロンと格納庫のことを書いた。しかしそれは、あそこに立って港を見ている

海軍が管理していた頃、作られたのだろう、ミッドウェイを中心に海里で表示された航空路地図。

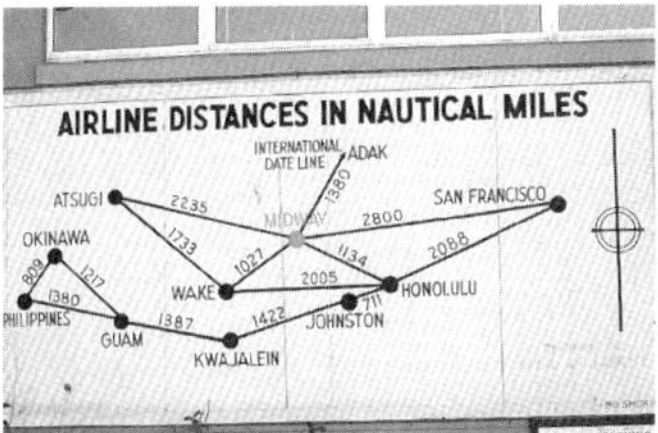

21 ハンフリー・ボガート主演の『チャイナ・クリッパー』という映画がこのフライトを舞台にしているらしいが、残念ながらまだ見ていない。

うちにこの島と飛行艇の関係を考え、そのままパンナムに思いが行ったのであって、実際にあれを使ったのはパンナムではなく、アメリカ海軍である。アメリカ本土から来た乗客たちは桟橋から上陸してホテルに入ったし、飛行艇はそのまま繋留《けいりゅう》されて一夜を明かしたのだろう。

というわけで、ミッドウェイの歴史の次のページは否応《いやおう》なく戦争の話になる。日本人にはこの島の名前そのものが忌《い》まわしい。負けた話は誰でも好きではないが、ミッドウェイ海戦はいくさの流れが逆転するきっかけとして大きな意味を持っていただけに、いよいよ忌まわしい。

しかしあれは、三年と八か月と一週間続いたあの戦争のごく最初の方、開戦からわずか半年後のことだったのだ。野球で言えば、一回の表に(奇襲で)三点をたたき出して一見有利な試合展開に見えたが、二回の裏に逆転満塁ホームランで四点失い、あとはひたすら負ける一方。最終回を待たずにコールド・ゲームになったということではなかったか。最初から勝ち目はなかったというのは結果論かもしれないが、要はそういうことだ。だいたいぼくがここでもとも

22 また小笠原に話を戻せば、あの島々には礁湖がない。飛行艇を就航させても外洋に着水するしかない。

とアメリカのスポーツである野球を比喩《ひゆ》に持出すところが、すでに敗戦後の日本を象徴している。

しかし、先を急がず、話をミッドウェイに戻そう。地形よりも位置によって利用されてきた島は戦争ともなれば当然その戦略的価値によって敵味方双方から注目される。日本側からではなく、この島の側から、この戦争を見なおしてみよう。ここはミッドウェイの名を広く知らしめた大海戦の半年前、真珠湾攻撃の時から戦争に巻き込まれた。日米開戦間近という雰囲気はその前からあったから、例えばミッドウェイの海兵隊はその年の四月にすでに日本兵を捕らえた時の手引きを作って兵に配布している。「武器をわたせ」とか「降参せよ」などの日本語が対訳と共にローマ字で書いてあるのだが、アメリカ兵にTOMAREが「止まれ」と読めたかどうか。「トメア！」と言われて戸惑う日本兵の姿が浮かぶ。実際にはこの手引きが使われる状況はなかったはずだ。

真珠湾を攻撃したその日、一九四一年十二月八日（アメリカ時間では七日）の夜、大日本帝国海軍の駆逐艦「潮」と「曙」がミッドウェイを砲撃している。双方とも大した被害は与えなかったが、この時が島が戦争を実感した初めである。

その半年後、日本側はこの島の占領を企てる。この文章の中でぼくは何度かこの島の位置が大事だと書いてきた。戦争ともなれば島はまこと不沈空母である。拠点としての価値は限りなく大きい。アメリカ側は「ミッドウェイの価値はパールハーバーに次ぐ」と言っていた。かくて連合艦隊はミッドウェイを目指した。空母対空母の戦いばかりが重視されるミッドウェイ海戦であり、またそれが戦局を決定したのだからそれは当然なのだが、きっかけは島であり、ここも戦場になったことは忘れるべきではない。

一九四二年の六月四日午前五時二十分（日の出の二十分前）に日本艦隊を最初に発見したのはミッドウェイの基地を発進したカタリナ飛行艇だった。内港を前にして立ったぼくの目の前に広がるあの斜路と背後のエプロン、格納庫はもっぱらこの索敵用のカタリナのための設備だった。その約二時間後には日本の飛行機が飛来して、ミッドウェイを攻撃した。その時の機関砲弾の跡が今も格納庫の鉄骨に残っている。この建物は炎上したが骨組だけが残り、今も使われているのだ。

格納庫は目の前にそびえている。中に入り、実際にその場に立って、鉄骨をぶち抜いた弾の跡を指で撫《な》でてみると、不思議な気がする。五十年以上前のその瞬間が凍りついたように指先に触れる。その弾が飛来した火線を逆に辿《たど》れば日本軍の飛行機があり、その乗組員がいた。だいたい、日本人であるぼくがこの島に来て、アメリカ人が英語で説明する「ヒストリカル・ツアー」に参加するというのは実に奇妙な気持ちがするものだ。彼らは、敵味方ともによく戦ったとけろっとしているけれども。

ミッドウェイ海戦の展開とその帰結についてはいくらでも本があるからここでは詳しく触れない。アメリカ海軍と日本海軍は対決し、日本側は決定的に負けた。空母四隻《せき》（「赤城」、「加賀」、「蒼龍《そうりゅう》」、「飛龍」）、巡洋艦一隻（「三隈《みくま》」）を失い、巡洋艦「最上《もがみ》」も大きな被害を受けた。これに対してアメリカ側の損害は空母の損失は「ヨークタウン」一隻と駆逐艦「ハマン」のみ。それにミッドウェイの施設に対する攻撃で格納庫などが炎上した。

海戦の帰趨《きすう》については言うこともないが、いわゆる雷爆換装の神話には触れておきたい。旧帝国海軍の最大の欠陥は無責任ということだった。ミッドウェイでも、これだけの大敗北だったのにだれも責任をとっていない。曖昧《あいまい》なままにごまかしてしまう。そのために考案されたのが、空母の上で敵機動部隊との戦いに備えて艦載機が

建物に残る弾痕。

魚雷を装備していたところ、ミッドウェイ攻撃隊から第二次攻撃の要ありという連絡が入り、陸上施設攻撃のために魚雷を爆弾に交換、そこへ敵機動部隊発見の報が入って再度魚雷に替えている最中の「運命の五分間」に敵機が襲来したのが敗因という説である。要するに非常に運が悪かったというものだ。

この説は「戦闘詳報」を綿密に読んで書かれた澤地久枝さんの『滄海《うみ》よ眠れ』によって完全に打破されたが、ぼくが気になったのは今回ミッドウェイの「ギフトショップ」で売っていた海戦関係の本の中にあった日本側の書物が、この「運命の五分間」説の根源である一九五一年刊行の淵田美津雄・奥宮正武の『ミッドウェー』の英訳だけだったということだ。アメリカ人が「運命の五分間」説を信じることを心配しているのではない。日本人がまだあの謬説《びょうせつ》を信じていると思われるのがいやなのだ[23]。

平和な時に話を戻そう。プロペラの飛行艇の時代が終わってジェット機の時代になってからは、ミッドウェイに定期便の大型旅客機が降りてくることはなくなった。しかしここの滑走路はいつでも使えるように整備してある。それがここで観光事業を営むことを許されたフェニックス社の義務の一つなのだ。ここの滑走路は緊急時の

空港のすぐ裏手の広場に立つミッドウェイ海戦の記念碑。

23 ちなみに、これは後日談になるが、ぼくたちが行った後で澤地久枝さんはこの島を訪れ、前記フェニックス社のT君と共に島の砂浜に「滄海よ眠れ」と刻んだ小さな慰霊碑を建てた。

代替着陸地としての役割を今も持っている。双発のボーイング777などが日本からハワイイ間を飛べるのは、万一の時に備えてミッドウェイやウェーキ島、ジョンストン島などの滑走路が待機しているからである。今もってミッドウェイはその位置が大事なのだ。

それでも、絶海の孤島であるはずのミッドウェイはさまざまな絆《きずな》で文明世界に結び付けられている。ぼくは島の西側のビーチに沿った林の中を（困り者の「鉄の木」の林だ）歩きながら、ところどころに散るアホウドリの死骸《しがい》を見た。鳥が死ぬのは自然の摂理であって、しかたがない。海で死ぬものもいるし、陸に戻ってから死ぬものもいる。しかし、その死骸の、生きていた頃ならば胃があったあたりにプラスチックの破片がまとまってあるのはどういうことか。さまざまな色のプラスチックのかけら。特に目立つ大きなのが百円ライターの残骸。

この何百万年かの間、海の表面にあるものはみな鳥にとって食べられるものだった。何かが浮いていれば、鳥はそれを嘴《くちばし》で掬《すく》い上げて、呑《の》み込んで、消化してきた。その習慣が今、鳥を殺す。腹はふくれても栄養にはならない、消化できない、偽《にせ》の食べ物。

カウアイ島からミッドウェイまで五時間半で飛ぶフェニックス航空のガルフストリーム。

膨大な数のプラスチック片が海に浮いている。北海道沿岸の調査では一平方キロメートルに最大一千万個の破片や粒子が浮いていたという。その現象を鳥の死骸の中に歴然とみることができる。そういう時代なのだと改めて思った。前に書いたとおり、新潟のSさんの流した手紙はプラスチックの容器に収められて十七年五か月間海を漂った果てに、ミッドウェイに流れ着いた。その背後にはどんな手紙も入っていない無意味な、有害な、プラスチックが無数にあって、海を漂っているという事実がある。

ミッドウェイは楽しいところだった。自分が今小さな島にいるというあの独特の解放感は（閉塞感《へいそくかん》のはずなのに、なぜか解放感なのだ）なにものにも代えがたい。海鳥のコロニーは驚くほどの規模だし、アホウドリの振るまいをただ坐《すわ》って一時間も二時間も見ているだけで心が心地よくゆるむ。遠くから息をひそめてモンク・シールを見ている喜びも忘れられない。太平洋は広く、たくさんの島があるけれど、本来の姿のままの自然と必要充分にしてそれ以上ではない宿泊施設が同時にあるというこんな島は他にはない。

今回は時期が合わなかったので海の中は見られなかったが、珊瑚《さんご》礁《しょう》の魚たちも美しいと前にもここを訪れたことがある高砂淳二はビーチ・パヴィリヨン・バーでビールを飲みながらしきりに言っていた。

なんといっても、この島の時間の流れかたがいい。静かで、きれいで、誰もいない砂浜、鳥たちの間での自分の異物感、もともとの地球の姿を実感するためにも、人はここに一度は行ってみた方がいい。これが、島を離れる飛行機の中でのぼくの結論だった。[24]

24 この島に行ってみたいと思われる方はミッドウェイ・アイランド・ジャパン・オフィス
電話
03―5721―5864
ファックス
03―5721―5861
eメール
midway@po. jah. ne. jp
へ連絡を。

XII

マウナケア山頂の大きな眼

マウナケア山頂の〝天文台銀座〟。

ひさしぶりのヒロは珍しく晴れていた。

空港は市街のすぐ隣にある。着陸する飛行機は町並みをかすめるように飛んでそのまま滑走路に降りる。懐《なつ》かしい建物が目の下に次々に見えた。

閑散としたターミナルの中を歩きながら、そう、この空っぽの感じがいいのだと改めて思った。ホノルルとはまるで違うし、近頃ずいぶんにぎやかになってしまったマウイとも違う。ここはまだ変わっていないと考えて安心する。

普通ならばターミナルの前にあるレンタカーのオフィスに行ってすぐに車に乗るところだが、今回はちょっと違った。

アメリカは契約社会だから、約束ごとにはうるさい。レンタカーで走っていい道といけない道は最初からはっきり分かれている。普通のセダンで未舗装のダートロードに入ったりしてはいけない。それは禁止されている、と借りる時にしつこく言われる。納得しましたとサインさせられる。実際には誰も見ていないのだから行きたければいけるのだが、万一の事故の時には保険が利《き》かない。とんでもない金額を自分で負担することになる。

そして、今回ぼくが行くところはこの普通のレンタカーが乗り入れを禁止しているところ、正確に言えばマウナケアの山頂にあった。ここに日本がはじめて海外に作った科学研究施設である天文台があり、その中心にある「すばる」という巨大な望遠鏡を見るのが目的なのだ。

この山の頂上にはいくつもの天文台のドームが並んでいる。後で述べるような理由から、ここは大きな望遠鏡を使って天体を観測するのに絶好の場所、世界中で最も恵まれた条件の地なのである。そこに去年（一九九九年）の暮れ、日本の「すばる」も仲間入りし、最新であるだけでなく相当に優れた性能を発揮している。そう思っていた矢先、所長の海部《かいふ》宣男《のりお》さんから見に来ませんかという誘いがあった。渡りに船とはこのことだ。

実を言えば、このマウナケア山頂の望遠鏡群というのは一九九三年に『ハワイイ紀行』の企画を最初に考えた時から行ってみたい場所だった。その当時からここは国際的な天文台銀座として知られていた。しかし、ただ車で登っていってもドームを外から見るだけで、ここで実際にどういう観測が行われているかまではわからない。かと言って、中に入れてもらうようなコネクションはありそうにない。ひとまず諦《あきら》めていたところに今度の招待が来た。こんな嬉《うれ》しい話はないと思った。

マウナケアの山頂に至る道を走れる四輪駆動の車を貸しているレンタカー会社はハーパーというローカルの一社しかなくて、ここは空港にオフィスを持っていない。予約したお客はターミナルから電話して迎えに来てもらう。

その迎えを待つ間、ぽかんと晴れた青空を見ていた。いい風が抜ける。何か連絡ミスがあったのか迎えの車はなかなか来ない。そうしている間に、だんだん心が緩んでくるのがわかる。ここまで来たらのんびりするしかないじゃないか。ここは日本ではないし、さっきまでいたマウイでもない。万事がおっとりとしたヒロなのだ。

大きな日本製の車を借りて、まずはバニヤン・ドライブを目指す。バニヤン、中国では榕樹《ようじゅ》、沖縄ではガジュマル、これが実に不思議な木なのだ。

幹が一本でない木というのが他にあるだろうか。つまり、この木の場合、枝から気根という細い蔓《つる》のようなものが垂れ下がって、そのまま地面に入って根を張る。空気中の部分は太くなり、やがてそれも幹になる。歳月がたつうちに一本の木は広い範囲を占領し、何十本もの幹が林立して、それだけで小さなジャングルのようになってしまう。しかし上の方ではつながっているから、やはり一株の木なのだ。[1]

　ヒロのはずれにあるバニヤン・ドライブにはこのおかしな木がずらりと並んでいる。せいぜい数十年前に植えられたのが、どれも恐ろしく大きく育った。ざっと見て高さ二十メートルは超えている。

　それでなくともヒロではすべての植物が旺盛《おうせい》に繁茂しているという印象が強い。年間を通じて気温が高く、湿度も高くて雨が多く、しかも照る日の太陽は強烈に照りつけるのだから、植物にとっては理想の地である。沖縄にもガジュマルの木は少なくないし、中には名護《なご》のヒンプン・ガジュマルのように名前までついた名樹があるが、しかしこんなに大きなのは見たことがない。

　この道に沿って大きなホテルが二軒、小さいのが二軒ある。大きなのが二軒だけというのがここが観光地でない証拠（小さなホテルはダウンタウンにもいくつもある）。大きいのの一方はよく知って

雨量が多く、湿度の高いヒロ。

1 近縁種のインドボダイジュともなると、同じ太さの細い幹を二十本くらい束ねたようなのが一本の幹になっている。まことにもって奇妙な木だ。

活火山であるキラウエア山の近くの密林。

いる。一九九五年にメリー・モナーク・フラ競技会を見に来る三か月前[2]、ぼくは伝統的な大型カヌー「ホクレア」がヒロからポリネシアに向かって出帆するのをハワイイ・ナニロア・ホテルから見送った[3]。出発の儀式がこのホテルの庭で行われたのだ。今回はもう一軒の方、ヒロ・ハワイイアン・ホテルにチェック・インした。部屋に入った時、淡いカビの匂《にお》いがした。ああ、湿ったヒロに来たと思った。五分もするとカビの匂いは意識されなくなるのだが。

その夜、海部さんのお宅に呼ばれて、夕食をご馳走《ちそう》になる。本を書くというのは奇妙な仕事で、時として一度も会ったことがないのに非常に親しいような仲になる人ができる。お互いの書いた物を読んでいるうちに、これは気持ちの通じる人だと思う。海部さんはぼくにとってそういう人であったし、幸いなことにこれは片思いではなかったようだ。

天文学者と作家の間に共通するものは知的好奇心である。問題はその幅が広いか狭いかというところだ。

二十世紀の半ば、C・P・スノウというイギリスの作家が、現代では文科系と理科系の間の距離があまりに大きくなってしまったと

2 このフラ競技会のことはVI章、273ページの注にちょっと書いた。
3 IX章、369ページ。

警告したことがあった[4]（彼自身は物理学者でもあった）。熱力学の第二法則は現代科学の最も基礎にあるものなのに、これを理解している文学者はほとんどいないと嘆いた。熱力学の第二法則とはエントロピーの定義である。

同じことは逆の側からも言えて、物理学者で大江健三郎を論じる人はほとんどいない。万葉集だって知らない。文化全体で分業が進んでしまって、全体を見ている人がいなくなってしまった。

そういう時代に海部宣男さんは両方に知的好奇心をもっているという珍しい学者である。専門の天文学の方でどれくらい偉いかは、日本が誇る「すばる」を収めたハワイイ観測所の所長を勤めていることから推測できる（まったく素人《しろうと》の論法で、我ながらなさけない）。

文学の方は『宇宙をうたう』[5]という著書に窺《うかが》うことができる。古代から宮澤賢治までの日本の詩歌に登場する天体を縦横に論じて、こんなにおもしろい本はない。開巻一番、いきなり琉球《りゅうきゅう》の古謡集「おもろさうし」が出てくる。天体を賛美したもっとも美しい歌を紹介して、深みのある美しい解釈を添える。沖縄に住む文学屋のぼくでもこんなに綿密におもろを読んだことはなかった[6]。

4 一九五九年に行った「二つの文化と科学革命」という講座の中で。

5 中公新書の1480。

6 だいたい地元の者でも自分の住んでいるところに関わる歌しか読まないという傾向がある。ぼくならば1311番

あまみきよが
宣立《のだ》て初《はじ》めのぐすく
知念杜《ちえねんもり》ぐすく

あたりだ。

ちなみに海部さんが取り上げたのは

天《てに》に鳴響《とよ》む大主《おおぬし》
明けもどろの花の
咲いわたり
あれよ　みれよ
きよらやよ
地天鳴響む大主
明けもどろの花の

という夜明けを歌った壮麗な作。

詩を読む力が、天体との交際（つまり天文学者の本業）と巧みに絡《から》み合って、一冊の名著になっている。さる天文学者に言わせると、地球には相当な数の人間がいるけれども、そのうち約五十億人はもっぱら地上のつまらぬことにかまけ、わずか一万人が正しく天を見ているという。その一万人の中にこんなに文学に長《た》けた方がいらしたというのが奇跡のようだ。

ヒロの海部家は海と市街を見下ろす丘の中腹にあって、果樹で囲まれている。そこで一晩、夫人の手になる見事な料理と質量ともに優れたワインを傍らにゆっくりと話しながら、ぼくはオアシスにたどり着いた沙漠《さばく》の旅人の気持ちになった。

ぼくも文科と理科の間に身を置いてきた。若いころにしばらく理科系の学部に身をおいたことを奇貨として、少しは理系の話題がわかる文筆屋としてやってきた。その間も両方がわかる人に出会うことは稀《まれ》だった。たいていの文学者にとって自然とは想像力を限定するものでしかない。自然によって想像力を刺戟《しげき》されるにはある程度の知識と関心がなければならないが、多くの作家はその努力を惜しむ。だから、海部さんのような人と文学と科学の間を縦横無尽に行

海部宣男さんは文学の素養もある魅力的な紳士だった。

き来する話で一夜を明かすというのはぼくにすれば至福のことだった。

ホテルの部屋に戻ってから、ぼくは思い立ってバルコニーに出てみた。空を見るが、薄い雲がかかっていて星は見えない。それにそろそろ満月だから、いずれにしても星空を楽しむのにいい時ではなかった。

いちばん最初にこの島に来たのは一九九三年の六月だった。その時にヒロに何泊かした後で、キラウエアのクレーターのところにあるヴォルケーノ・ハウスというホテルに泊まった。そして、夜、車を出してしばらく走り、クレーターの縁で車から降りて仰向けに寝た。周囲には人家も何もないから、真っ暗。月もない晩で、にぎやかな星空が視野一杯に広がった。電気による照明が普及する前、人はなんと贅沢《ぜいたく》な夜を持っていたのか。

今回ここに来る途中で、あの晩の星を何度となく思い出した。星空はたくさんの知恵が詰まっているのに読めない本のページのようだ。たぶん望遠鏡とはそれを読む装置なのだろう。

翌日、いよいよ山に登る。しかしその前に寄っておくべき場所があった。ヒロの市街の少し上にハワイイ大学ヒロ校のキャンパスがあって、その中に「すばる」の山麓《さんろく》施設がある。[7] 望遠鏡は山頂に設置するが、だからといって支援施設まですべて山の上に上げることはない。標高四〇〇〇メートルを超える山の上は人が滞在するには都合の悪いことがいろいろある。

まず空気が薄い。海面の六割しか酸素がないのだから、人の活動は制限される。意識的に深く呼吸しなければならないし、それでも頭が痛くなったりする。ひどい時にはいわゆる高山病状態になって治療には下山するかボンベの酸素を吸うしかない。

次に寒い。気温は一般的に一〇〇メートル上がるごとに〇・六度下がる。四〇〇〇メートルのところでは下よりも二四度低いわけで、熱帯にあるハワイイでもこの原理は変わらない。常夏《とこなつ》のヒロが二四度の時でも上は零度前後。実際雪が降るのだ。しかも後でくわしく書くけれども、望遠鏡を収めたドームの中は暖房ができない。

それに、町から遠いというのはそれだけで何かと不便だ。通勤するのだって、途中で休憩して高度に身体《からだ》を慣らす時間を含めると片道三時間は見なくてはならない。

それやこれやで、山の上まで持っていかなくても済むものは下に

7 すばる観測所本部というのが正式の名称らしい。

置くことにした。例えば、事務管理関係、あるいは観測結果を整理するコンピュータ・システム。あるいは付随的な研究施設やサポート施設。

では、そもそもなぜ山の上に望遠鏡を置くのか？ 地上からだって星は見える。しかし、それは本来見えるはずの星のほんの一部分に過ぎないのだ。実際の話、われわれが住んでいるのは深い空気の海の底である。空気は光を透すけれども、しかし空気は塵《ちり》を含んでいるし、温度差で屈折率が揺らいで像がぼける。プールの底から空を見ているようなもの。それに、雲がかかったらもう星は見えない。

結局、高いところの方が有利だということになる。だから大きな望遠鏡はこぞって高い山に登ってきた。長い間世界一の口径を誇ったアメリカのヘール望遠鏡は標高一七〇〇メートルのパロマ山の上にあるし、最近では大型の光学望遠鏡の建設はもっぱらチリのアンデス山脈の上とこのハワイイのマウナケアに集中している。高いところという方針を徹底すれば、空気の海の外へ出て人工衛星に搭載してしまうという宇宙望遠鏡ハッブルのやりかたになる。あるいは将来は月面に置くという方法も提案されている。

高い山ならばどこでもいいわけではない。極端な話、ヒマラヤの

大型光学赤外線望遠鏡「すばる」の外観。熱と空気の特性を考慮し、従来の半球型ではなく円筒形にした他、いくつもの最新技術が取り入れられた新世代の望遠鏡である。

山々は標高八〇〇〇メートルを超えるほど高いけれども、この山脈はインド洋とアジア大陸の間に立ちふさがっているから、モンスーンの影響をまともに受けておそろしく天候が悪い。登山が可能なのだって春と秋のごく短い期間に限られる。[8]

高くて、気候が安定していて、しかもできることなら文明圏から遠くないところ。こういう条件で探すと、マウナケアはほとんど理想的ということになる。ここは太平洋の真ん中にあって、モンスーンの強い風は吹かない。貿易風の影響でできる雲が下界を覆《おお》っても四二〇〇メートルの山頂までは届かない。従って、平均すると年に三百二十五日は快晴。しかも国際空港があるヒロの市街から車で三時間という便利なところだから、敷地のかぎり天文台が並んでも不思議ではないのだ。

ここを天体観測に絶好の地として選び出したのは実は天文学者ではなかったという話を海部さんにうかがった。ヒロの日系社会の草分けであるミツオ・アキヤマ氏という方がその可能性に気づいて、世界中の天文学者に手紙を出して誘致したのだという。これに応じたのがG・P・カイパー[9]で、それがきっかけでここに最初の観測施設が造られた（日本にも声を掛けたが返事はなかったという）。船

8 その頃だって油断はできない。一九九六年の五月に日本の女性登山家難波康子さんを含む十二名の死者を出したエベレストの大遭難事故は本来ならばまだ天候が安定しているはずの時期のことだった。

9 オランダ生まれで、アメリカに帰化した。業績はいろいろあるが、月面のクレーターは噴火の跡ではなく隕石の落下の跡だという説は後に実証された。太陽系内の事象についての研究も多く、NASAの惑星探査計画にも参与した。新しい技術の導入に積極的だった一方、眼視観測にも優れていた。

の時代には遠隔の地だったハワイイが、空路の発達で便利になったことも大きく影響しているだろう。その結果、ここにはアメリカはじめ各国の大型望遠鏡が並ぶことになった。

それでも、日本がここに観測施設を造るというのはかつては制度的に考えられないことだった。早い話が、在外公館などを別にすれば、日本の国有財産を外国の領土の上に置くというのが本来ありえないことなのだ[10]。この話が持ち上がった時、必死で先例を探してみたところ、たった一例みつかったのがフィリピンにある戦没者慰霊塔だったそうだ。

それでも、日本の官僚も昔のようにひたすら先例踏襲主義ではないらしい。学者と行政関係者と理解ある議員などの努力が実って、総予算四百億の観測施設がハワイイにできた[11]。これはすごいことだとぼくは思った。日本もなかなかやるじゃないか。

さて、山麓施設の話だ。建物に入ってまず見せていただいたのが、ポスター大の天体写真。こういうものはずいぶん見てきたが、在来のものとは格段に精度が違う。こんなに見えるものかと感動した。天球のほんの一角を撮っても、その狭い領域の中に無数に星がある。

10 南極の基地はどこの国の領土でもない。

11 この間の事情については建設の立て役者であった小平桂一さんの著書『宇宙の果てまで』(文藝春秋)に詳しい。

いちばん遠いのは百億光年を超える彼方《かなた》。こんなに美しいものかと息を呑《の》んだ。

ポスター大と言っても、ここで得られたデータをそのまま大型のプリンターで印刷したもので、いわばぼくたちがデジタル・カメラで撮って、パソコンに入れて、プリンターにかけたのと違わない。

実際の話、最新の望遠鏡で肉眼で星を見ることはない。今世紀に入って天体観測の主役は肉眼から写真に変わり、それがまたここ何年かの間に電子的な手法に取って代わられた。現代の天文学者は接眼レンズに目を押しあてる代わりに、コンピュータのディスプレイを見ている。巨大な集光装置の結像面にあるのは今は目でもフィルムでもなく、CCDすなわち電荷結合素子と呼ばれるデバイスである。これが光をデジタルの信号に変換する。だから原理的にはビデオ・カメラやデジタル・カメラと同じ。

早くいえば、「すばる」というのはとんでもなく大きな望遠レンズのついたデジタル・カメラということになる。レンズや反射鏡などの集光装置があり、CCDがあり、得られたデータを処理して記録するコンピュータがある。原理的にはまったく同じ。

ただし、それぞれの部分がちょっと格が違う。まだしもぼくたちの機材に近いのがＣＣＤだろうか。これが八百万画素のものを十枚ならべて計八千万画素。つまり今の普及型の約四十倍の性能。しかもこれをヘリウムで零下二百数十度まで冷却して使う[12]。

　集光装置はどうか。普通のデジタル・カメラのレンズは口径一〇ミリ程度だが、これではあんまりだからアマチュアに手の届く値段でもっとも大きな望遠レンズとして口径八〇ミリを考えよう。これに対して「すばる」の反射鏡は口径八二〇〇ミリ。すなわち百倍ちょっとということになるが、集光能力は面積に比例するから、性能の差は一万倍以上。

　データ処理用のコンピュータの能力を比べるのは素人にはむずかしい。メガフロップス単位の計算速度の違いはわかりにくいから、ここで使われているのは世界最速のスーパー・コンピュータだとだけ言っておこう。

　ただし、記憶装置は比較ができる。ぼくはデジタル・カメラで撮った画像をパソコンに入れて処理し、保存している。従って記憶装置として使っているのは二〇ギガバイトのハードディスク。あとはせいぜいＣＤ－Ｒでバックアップを取るくらい。それに対して、「すばる」の記憶装置は現状で一七四テラバイト、すなわち、一七

12 八〇〇万画素は二〇〇〇×四〇〇〇。それ自体ならば普通のデジタル・カメラの数倍という感じだが、光を電流に換える量子効率がまるで違う。どんな微細な光でも捉えるために冷却するのだ。ちなみにこれは一枚で「高級車が何台も買えるほど高価」であるそうだ。

万四〇〇〇ギガバイト。やがてはペタバイト（一〇〇万ギガバイト）単位まで拡張して世界中の天文情報をみんな収めてしまおうというほど大きい。

それでも望遠鏡はわかりやすいとぼくは思った。先ほど書いたように、「とんでもなく大きな望遠レンズのついたデジタル・カメラ」という比喩《ひゆ》が使える。これが同じ先端科学でも加速器となると素人には原理さえ理解しにくい。

素粒子同士をぶつけて反応を見るのは二十世紀になってようやく始まったことだが、星を見る方は人間は古代から、あるいはヒトという種を作り、直立して視線を天に向けた時から、してきたことである（たぶん犬は天を見ないだろう。だいたい彼らは近視であるようだし）。その意味で天文学というのはとても古くてしかも新しく、その分だけロマンティックな学問である。海部さんの著書『宇宙をうたう』が成立したのもそのためだ。素粒子をうたった詩人はたぶんまだいない。

というところまで予習をしてから、いよいよぼくたちはマウナケアに登った。

海部さんの運転する車でヒロの町を抜け、マウナケアとマウナロアという二つの高峰の間を通ってカイルア＝コナに行くサドル・ロードを途中までたどる。しばらくは木々の緑があるが、その先は水が足りないのか乾いたブッシュになる。

それでもこの山の中腹はずいぶん上の方まで牧場として活用されている。ハワイイが牧畜の地だというのは案外知られていない。このビッグ・アイランドには世界一広い個人牧場として有名なパーカー・ランチがあるし、マウイ島のマカワウもともとはカウボーイの町だった。ハワイイ語でカウボーイはパニオロという。

やがてサドル・ロードを右折して、山頂を目指す。風景はがらんとして、広々としている。山として見れば、マウナケアの特徴はともかく傾斜が緩やかなことだ。高さで富士山をしのぐだけでなく、体積を比べると何百倍もある。海の底からの大きさを考えたら、これが世界一大きな山というのもうなずける。だから、山の道のわりには曲折は少ない。

途中、二六〇〇メートルほどのところに、ハレポハク中間施設がある。山頂に並ぶ各国の観測所の職員や学者たちが共同で使用するための一種のロッジ。頂上は空気が薄い。普通に暮らすのは辛《つら》い。

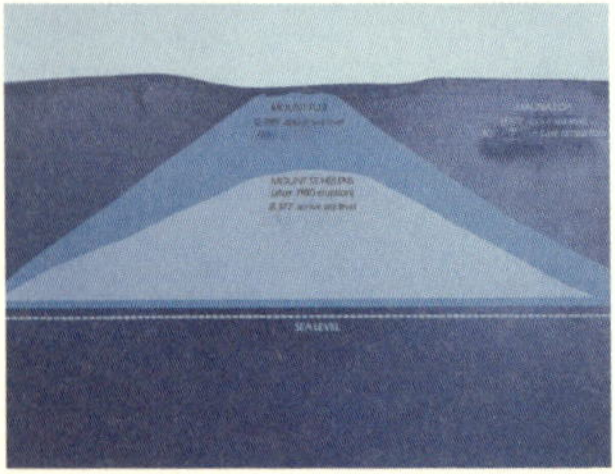

富士山がすっぽりおさまってしまう。

しかしこの高さならばさほどの支障は出ない。また、下界から一気に頂上に行ってしまうと障害に悩まされるが、このくらいの高さで三十分でも身体を慣らしておくとずっと楽になる。

というわけでぼくたちはここで早めの食事をして、そのついでに高度馴化《じゅんか》も済ませることにした。この食堂がなかなかよかった。料理は実質的でうまいし、眺めがいい。目の前にマウナロアのなだらかな稜線《りようせん》が見える。ベランダに出て山を見ながら海部さんと話していると、なかなか下界の塵を洗われた気がするものだ。

それ以上にぼくはここの雰囲気が気に入った。ここで顔を合わせるのは山頂にある十一の観測所のメンバーであり、同僚であると同時に競争相手でもある。そしてこの場合、同僚意識の方が強いようだ。食堂で出会った人たちのちょっとした立ち話、ニューズの交換の場を傍観者として見たかぎりではそういう印象。競い合うけれども、宇宙を見るという目的は一緒なのだ。

新設の望遠鏡で初めて天体を見ることを「ファースト・ライト」という[13]。「すばる」は最初から成績がよかった。とんでもない計算違いでボケボケの画像しか送ってこなかった宇宙望遠鏡ハッブル[14]とは大違いで、初めから設計どおり、あるいはそれ以上の解像度を示

13 実際には技術的な確認のためのエンジニアリング・ファースト・ライトと、そのしばらく後に行われるメディア向けの発表の二段階がある。この望遠鏡で撮った画像が最初に公開されたのは一九九九年一月二十九日。

14 三年半の後、すなわち一九九三年の十二月にスペース・シャトルが行って修理した。その費用が六億九〇〇〇万ドル。

した。その報《しら》せが伝わった時のこの食堂の雰囲気を想像してみる。負けたという思いもあるだろうけれど、まずは祝福。お祝い気分が盛り上がる。

ここにいる人たちは全員が宇宙の謎《なぞ》に夢中になっている。それを解く手段が増えることはすべて喜ばしい。自分の業績に関わるか否《いな》かはまた別の問題で、どの望遠鏡によれ得られた知識は共有される。それに望遠鏡は共同使用が原則である。どこの国の研究者でもテーマを決めて申し込めば（審査の上）観測時間を割り当ててもらえる。

新しい望遠鏡ができても、古い望遠鏡の仕事がなくなるわけではない。「すばる」は口径八・二メートルだが、天文学全体を見れば、口径二〇センチの小さな望遠鏡しか持っていないアマチュアでも努力と幸運で彗星《すいせい》発見の栄誉を独占することができる。それなりの役割はある。一位でなければ意味がないというほどの競争社会ではないのだ。しかし新しい高性能の望遠鏡はそれまで見ようがなかったものを見せてくれる。だれもがわくわくしたことだろう。

ここで話している時、海部さんが大事なことを言った。天文学者というのは、新しい道具を作って、それで新しい天体を見るのが仕事だ、というのだ。新しい望遠鏡を作って、それで新しい天体を観測する。得られた知識と情報から新しい世界像が生まれる。つまり、天文学ももちろん科学ではあるけれど工学の側面もまた重要ということ。

山麓《さんろく》施設で頂いた「すばる」のパンフレットにこういう文章があった――「ふりかえってみるならば、人類はいつの時代にも可能なかぎりの最高の技術を集め、見えるかぎりの宇宙を観《み》ようと、その時代の驚異ともなった新しい装置を作り出してきたのです。石器時代の天文台といわれるストーンヘンジ、マヤの比類ない暦の技術、古代中国の巨大で精密な圭表（ノーモン）[15]などは、まさに各時代の技術の頂点であったにちがいありません。天動説をくつがえす高精度のデータを生み出したティコの壁面四分儀や、銀河系の概念をもたらしたハーシェルの反射望遠鏡など、遠く深い宇宙の理解を目指す人類の歩みは、途絶えることがありませんでした」。

その歩みの最新の一歩が「すばる」というわけだ。しかし、天文学者が望遠鏡を作るというのはどういうことだろうか。

実際に望遠鏡を作るのはメーカーである。「すばる」で言えば、望遠鏡の主体は三菱電機、最も重要な主鏡は残念ながら日本製ではなくアメリカのコーニング社[16]、特注の研磨機はドイツのシース社、

15 年間を通じて太陽が落とす影の方位と長さを精密に計るための観測器。晷儀《きぎ》とも言う。

16 パイレックスという耐熱ガラスはこの会社の製品で、パロマ山のヘール二〇〇インチ望遠鏡もこの素材で作られた。昔、そのまま火にかけられるガラスの鍋《なべ》を見た時にはびっくりしたものだ。

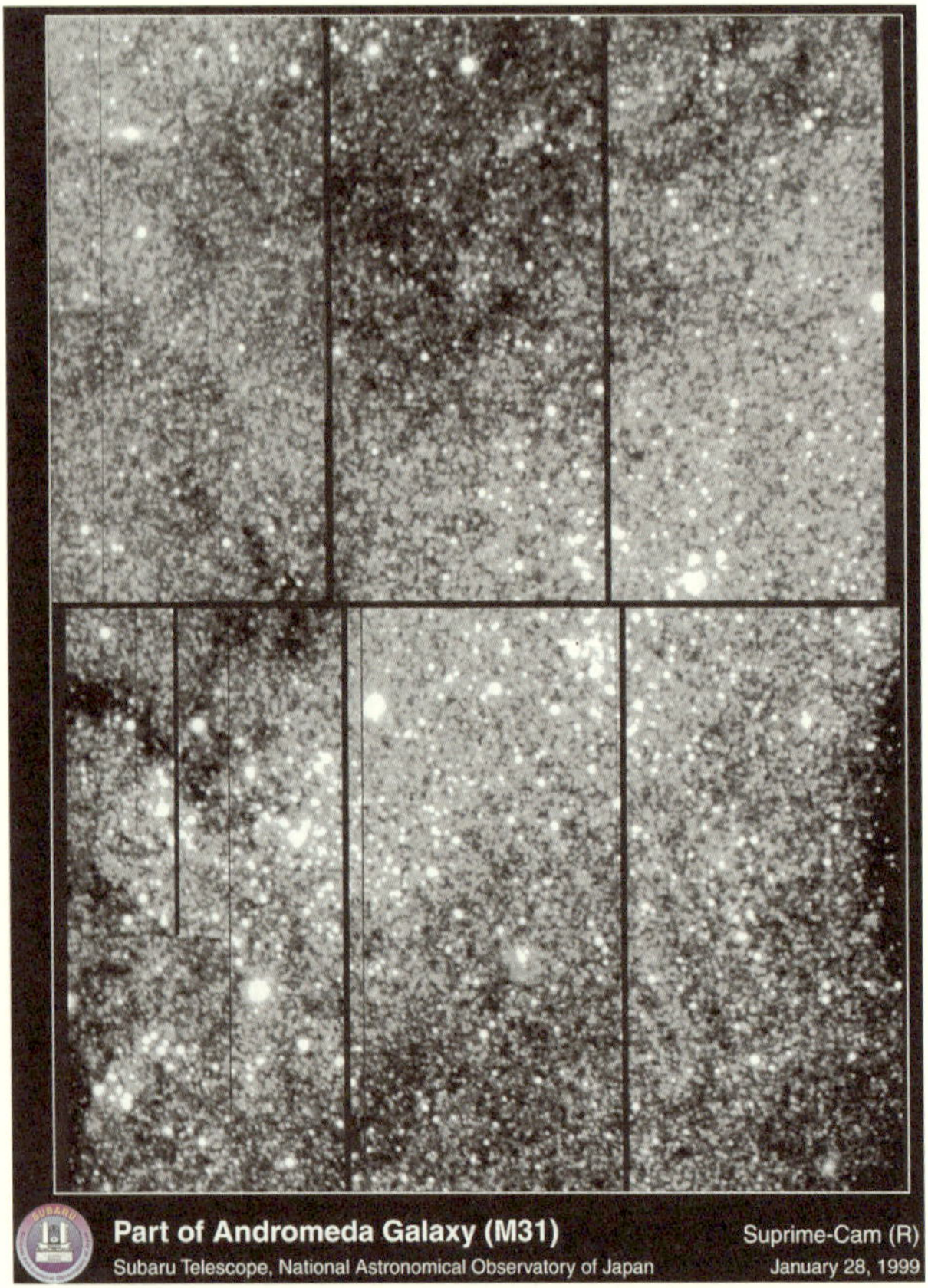

ファースト・ライトは'99年の1月28日。その時とらえたアンドロメダ星雲の一部。空の一角だけでこれだけの星がある。：国立天文台提供

望遠鏡に取り付ける観測装置（たくさんある）は多くの日本のメーカー、望遠鏡機械構造は川鉄マシーナリーや日立造船、等々、いくつものメーカーが関わっている。

しかし、天文学者はカタログを見て望遠鏡を注文するわけではない。小型のものならばともかく、「すばる」のような一点注文の最新鋭機、価格が四百億というような機械を作るには最初から施主である天文学者が深く関わらざるを得ない。どういうものが欲しいのか、どうやればそれは可能なのか、今の技術でどこまでできるか。具体的に設計に携わり、細部を具体的にメーカー側と議論し、しばしばアイディアを出し、メーカー側を引っ張っていかなければならない。学者はビッグ・サイエンスのプロデューサーの立場に身を置くことになる。

どこの製造会社でも、これほど高度な要求に対応できる技術者は多くはいない。三菱電機の場合は、長野県野辺山に造られた電波天文台以来の技術の蓄積があった。そして海部さん自身が野辺山の電波天文台を造る計画の主要スタッフの一人だった。その時の連携関係がマウナケアで再現されたと海部さんは話した。

「それでは海部さんは、電波天文学から可視光と赤外線の天文学にシフトなさったんですか？」

「まあ、そういうことですね」

これは相当な勇気だとぼくは思った。小説家が小説をすべて捨てて劇作家になるとか、バイオリニストが楽器をチェロに換えるとか、そういう変身ではないだろうか。たくさんの人が関わるプロジェクトだからすばるのファースト・ライト以降の好成績は全員の判断と努力の成果である。しかしその中心にいた人物がもともとは光ではなく電波の人だったというのは驚くべきことだ。

というのも、今のように科学が速やかに変わってゆく時代には、自分の専門分野の現況をつかんでおくだけでも大変。どうしても学者は分野を限定して狭いところに籠《こ》もりやすい。ぼくが海部さんの変身に感心したのはそのためだ。


身体《からだ》は薄い空気に慣れただろうかと危ぶみながら、ロッジを出て山頂に向かう。しばらくは舗装のないダート・ロードだった。周囲には緑はもうまったくなく、沙漠《さばく》のようになっている。最後のところでまた舗装道路が現れた。

「ここも前は未舗装だったんですが、車が巻き上げる埃《ほこり》で望遠鏡の鏡が汚れる。それで各観測所が連名で州政府に頼んで、ここだけは舗装してもらったんです」

「鏡の汚れはどうするんですか？」

「洗います。本体から鏡をはずして、水と塩酸とアルコールで洗って、窒素ガスで乾燥させる」

　じゃぶじゃぶ洗う？　まるで大掃除だ。望遠鏡がぐっと具体的なものに思われてきた。

　この鏡というのがなんといっても「すばる」の話題の中心である。直径八・二メートル。鏡が大きいほど受光面積が広くなって遠い暗い天体を短い観測時間で捉《とら》えることができるが、技術的に一定サイズ以上のものは無理。八・二メートルというのが一枚の鏡としては今の限界なのだ。しかもこの鏡、直径が八メートルを超えるのに厚さは二〇センチしかない。言ってみればピザの台のような形である。

　望遠鏡は天空の見たい一角に向けられなければならない。枠に固定されていても、あちこち向ければ、ピザを持って傾けるのと同じで、鏡は歪《ゆが》む。像がぼやける。それを避けるために、昔は鏡をピザではなくタルトのように厚くがっしり作った。一九四八年以来長らく世界一の望遠鏡として君臨していたアメリカ、パロマ山のヘール

ファースト・ライトのオリオン星雲。地球から1500光年離れている
オリオン星雲の中心部を近赤外線で観測した。：国立天文台提供

望遠鏡の鏡は厚いがっしり方式で作られたが、このやり方では直径五メートルが限度だった[17]。

「すばる」の鏡は薄い。向きを変えれば歪む。星の像がぼやける。それを防ぐために、鏡は歪みをうち消す方向に変形させるようになっている。つまり、裏側から二百六十一本の伸び縮みする支持機構で支え、歪みの量を検出して、それが帳消しになるよう鏡を押したり引いたりする。この力は一万分の一、つまり五〇キロの力で押して誤差が五グラム以内という精度でコントロールされる。

ちなみに、鏡面は一定の曲面に磨き上げられているが、この研磨の理論値との誤差は一四ナノメートル。わかりやすくするために鏡の直径を一万倍して八〇キロメートルとしてみるとこの誤差は七分の一ミリになる。東京駅を中心にして西は八王子、東は佐倉という大きな円に対して紙一枚の誤差。これほど精密なものを枠に固定し、夜空のあちこちに向け、なおかつこの精度を維持する。歪みが生じたら積極的に補正する。現代の望遠鏡というのはそういうものであるらしい。

車は山頂に近づき、大小いくつものドームが見えてきた。正に天

17　ヘール二〇〇インチの主鏡は重さが二〇〇トンあった。「すばる」の主鏡はわずか二二・八トンである。

文台銀座だ。山頂の、ヒロの町とは反対側に二つのまったく同じドームが並んでいる。アメリカのケック財団（実体はスタンダード・オイル）の寄付で作られたケック望遠鏡である。[18] そしてその横に球形ではなく円筒形の特異な形の建物があって、これが「すばる」だ。

全容が見えるところまで行った時、ぼくは車を停めてもらって、外に出てこの円筒形のドーム（言葉が矛盾するが、ここでは一応そう呼んでおこう）をしみじみ見た。機能だけを追求して磨き上げられた建物は美しい。

気温は零度前後で寒かったし、地面には午前中に降ったという雪がうっすらと積もっている。おまけに空気が薄い。一昨年にヒマラヤの上に三週間いた時のことを思い出して、深く意識的に呼吸する。人は普段は息をすることを忘れている。地表ではそれでもかまわないが、この高度になるとすぐに悪い影響が出る。ヒマラヤではぼくは左手の目立つところに breathe! とボールペンで書いておいて、それが目に入るたびに深呼吸をしたものだった。

しばらくドームを見てから、また車に戻って管理棟に向かった。この中は温かい。休憩室の隅に非常用の酸素吸入装置が置いてある。いろいろ聞きたいことはあるが、それ以上に早く望遠鏡を見たい。

18 日本ではこの種の事業はもっぱら国家予算で賄《まかな》われるし、そのために巨大科学のプロジェクトを実現する苦労は前掲の小平桂一著『宇宙の果てまで』に詳しいが、アメリカでは民間の財団が支援することが多い。マウント・ウィルソンの一〇〇インチはカーネギー財団の資金によって作られたし、たびたび登場するパロマ山の二〇〇インチはロックフェラー財団がお金を出した。

海部さんにせがんで、管理棟からエレベーターで上り、安全帽をかぶってドームの中に入った。

中はまた寒い。実を言うと、今ここは外よりも寒いのだ。望遠鏡は温度管理がむずかしい。さきほど鏡の精度のことを書いたが、たいていのものは温度が上がれば膨張する。鏡の素材であるガラスも例外ではない。最も熱膨張率の低いのを選んであるが、それでもゼロではない。外気温の上がる昼間は大きくなり、冷える夜は縮む。その分だけ歪みが生じる。

これを防ぐために、「すばる」ではその夜の外気温を想定して昼間からドーム内をその温度まで空調で下げておく。だから寒い。

温度管理はもっと徹底している。ドーム内に部分的に温度差があると空気の対流を生じて鏡に達する光が乱される。いわば微妙なかげろうが立つようなもの。これを封じなくてはならない。

ドームを球形ではなく円筒形にしたのも、これが外気の流れの影響が少なく、内部で発生した熱を速やかに排出するのに最も適した形であることが水槽と風洞の実験で確認できたからだ。

観測中は内部には熱源を置かない。どうしてもドーム内に置かなければならない観測装置組込のコンピュータの発する熱は水冷式にして外に運び出す。人間は一人あたり一〇〇ワットを超える発熱体だから、観測中はドームには立ち入れない。

　ドーム内のいくつものレベルを上下しながら望遠鏡の全体を見た。「すばる」は焦点比が二・〇だから、直径八メートルの主鏡から主焦点までは約一六メートルある。全体としてはずんぐりむっくり。筒ではなく「セルリエ・トラス」と呼ばれる格子《こうし》状の枠で軽量化を図っているけれども、それでも可動部分は五五〇トン、ドーム部分まで含めた全可動部分は一六〇〇トンある。ぼくたちの生活感覚で言えば建設現場の大型クレーンと見た印象はあまり違わない。違うのはクレーンの動きが数センチの誤差を許されているのに対して、こちらの誤差は最終的にはナノメートル単位だというところ。そのために回転にもベアリングは使わず加圧した油膜で支持する構造になっているし、駆動もギアの使用を避けて非接触のリニアモーターを使っている。空の見たい領域に望遠鏡を向ける際の誤差は百分の数秒（この秒は角度。一度の三六〇〇分の一）に抑え込まれる。精密巨大工学という言葉がよくわかる[19]。

　望遠鏡はわかりやすい。空から光が入ってきて、鏡で反射して、上の一点に集まる。そこが主焦点。しかしここには重い観測装置は

19 簡単な計算をしてみよう。三角関数のサイン一度の数値は〇・〇一七四六。つまり一度というのは一〇〇メートル先にある一七・四六メートルのものを見る角度である。その六〇分の一が一分、そのまた六〇分の一が一秒。従って角度の一秒は一〇〇〇メートル先の四・八ミリのものを見る角度になる。「すばる」の方位角の制御の誤差はそれよりなお一桁小さい。ちなみに「すばる」が公開している天体写真のうちで、特に狭い範囲を撮ったものは三五秒×四五秒というサイズだから、一〇〇〇メートル先にあるA5判の本（雑誌でいえば文芸誌・総合誌）の表紙を見るに近い。

セットできない。そのために主焦点のすぐ手前で再び光を反射して、主鏡の中心にあけた穴から裏へ導いてそこで結像させる。これがカセグレン焦点。その他に水平な回転軸から横に星像を抜き出すナスミス焦点があって、ここが最も重い観測装置を設置できる。

ドームの中を上へ下へとうろうろしているうちにこの光の動きはよく理解できた。素人《しろうと》に理解がむずかしいのは観測装置だ。今の望遠鏡では天文学者は接眼鏡を自らは覗《のぞ》かないと前に書いた。天文学の発達のある時点で肉眼は写真に代わられ、それが最近では電子デバイスに代わった。その種類がいくつもある。主鏡が集めた貴重なデータを徹底して利用するためにさまざまな工夫が凝らされる。

前に書いた八千万画素の主焦点ＣＣＤカメラは実は観測装置の一つにすぎない。その他にも観測対象や波長や分光のしかたによって、さまざまな観測装置がある。近赤外線分光撮像装置、波面補償光学装置、コロナグラフ撮像装置、冷却中間赤外線分光撮像装置、微光天体分光撮像装置、高分散分光器、ＯＨ夜光除去分光器、などなど。

主鏡は一度作られたらもう手の加えようがないけれど、この観測装置は技術の進歩に応じてどんどん改良されるし、新しいものが作られる。そして、ファースト・ライトから一年というこの時期にようやく各観測装置を飼い慣らして所期の性能を発揮できるようになったばかり。言ってみれば主鏡は劇場であり、観測装置はこれを共同使用する数組の劇団である。

「今の段階ではまだまだ望遠鏡とは言えません」とまで海部さんは言う。つまりこの先も性能の改善はますます進むということだ。

波面補償光学装置を例にとれば、これは大気のゆらぎによる像のぶれを打ち消す装置である。手ぶれ防止のビデオ・カメラは手の動きによるぶれを光軸を逆に動かすことで補償するが、同じような原理で（と言っていいかどうか）大気のゆらぎを帳消しにする。これが本格的に機能するようになれば、解像度〇・〇六秒角と、ハッブル宇宙望遠鏡をしのぐ性能になる。[20]

ハッブルは宇宙にあるから大気の影響をまったく受けない。そのためにわざわざ人工衛星に搭載したのだ。それを超える性能を大気の海の底にある「すばる」が実現できるのは、一つには主鏡の口径がハッブルの二・四メートルに対して「すばる」は八・二メートルと大きいためだ。それにハッブルにはそれ自体で重さが六トンもある高分散分光器のような大型観測装置は積めない。[21]

ぼくは無意味な見栄《みえ》で「すばる」とハッブルを比べているわけで

20 これは先の比喩でいえば、一〇〇〇メートル先にある雑誌の表紙に印刷された二本の線の幅が〇・二八ミリでもそれを二本の線として識別できるということだ。

21 ハッブル自体の重さが一一・六トンしかないのだから、この観測機器を軌道に上げて接続するにはとんでもない費用がかかるだろう。

はない。日本のビッグ・サイエンスはこのところ暗いニューズばかりだ。二つの国立機関で開発されていた宇宙ロケットはどちらも打ち上げに失敗したし、東海村はとんでもない臨界事故を起こした。アメリカのNASAにしても、火星に送ったマーズ・ポーラーランダー（極地方に着陸させる観測装置）は行方不明になったまま。そういう中で、「すばる」の成功はどちらから見ても申し分のない偉業だった。主鏡こそアメリカ製だが、その他の部分では徹底して日本的な技術を活用した「すばる」の成功は特筆に価する。[22]

ぼくはずっと「すばる」の工学的な面ばかり書いてきたが、それは今の段階で「すばる」を現場で見た印象がどうしても工学に傾くからだ。マウナケアの山頂で見たのは「すばる」の本体であって星ではない。それは写真で見るしかないし、その意義は成果を書いた論文や啓蒙書をいずれ読むしかない。

それでも、なぜ大きな望遠鏡が必要かという理由はよくわかる。光の速度が有限であったおかげで、宇宙はおもしろいことになった。遠いところに昔の姿が残っている。一四〇億光年の彼方《かなた》には一四〇億年前の宇宙の姿がある。もう一〇億光年先が見えたら、そこはビッグバンそのものがあるはず。遠い天体はそれだけ暗い。大きな鏡

[22] 日本的というのは、たとえば観測装置の交換にロボット技術が応用されているあたり。このおかげで貴重な観測時間を無駄にしないですむ。

メタリックブルーをした「すばる」本体。鏡は直径8.2メートルで世界最大、厚さ20センチ。可動部の重さ500トン、長さ22.2メートル。

巨大精密工学。望遠鏡は大きいだけでなく、高度な精密さも求められている。写真は主鏡運搬台車。

で解像度の高い像が得られないと見えない。

あるいは他の世界にも生物がいるかどうかという問題。生物がいるとすれば惑星の上のはずだから、まずは条件にあった惑星を探さなければならない。しかし明るい恒星の近くにあって自分では光っていない惑星を望遠鏡で見るのは容易ではない。コロナグラフ撮像装置を使って近くの恒星の光を抑えた上でかすかな惑星の光を捉える。そのためにも大きな主鏡が必要。ともかく何を見るにも大きな鏡がなくては話にならないという感じなのだ。

残念ながらぼくが見学に行ったその晩は上空に薄い雲がかかっていて、ぼくがいる間に観測は始まらなかった。それでもぼくは望遠鏡の偉容を見たことに感動して、また海部さんの運転する車で山を下りた。なんとなく自分が興奮しているのがわかっておかしかった。

インターネットで見たのも、また山麓《さんろく》施設でポスターサイズにプリントされたのを見ても、「すばる」の撮った天体の写真は美しかった。空に星があるのは知っている。ぼくは、アフリカの奥地や日本の山の上やヒマラヤやハワイイの誰もいないビーチで、にぎやかとしか言いようのない豪華な星空を見てきた。しかしその一角にこんなに色鮮やかでふしぎな形をした天体があることは肉眼では絶対にわからない。せいぜい二、三ミリの口径しかないぼくの瞳《ひとみ》と八・二メートルのすばるでは勝負にならない。

自分たちが知らない世界、自分たちには手が届かない星の世界があることを人間は承知しておくべきだ。なんでも思い通りになると慢心して山をけずり海を埋め立てる姿勢に対して、それは星の前では何の意味もないことだと知るべきだ。ぼくは日本からハワイへの飛行機の所要時間が半分になるよりは望遠鏡で見える限界がもう一〇億光年伸びる方が意義が大きいと考える。自分たちが卑小であることを知るための偉大な技術というものがある。

「すばる」という名称はいい。ハワイイ語では同じ星団をマカリイと呼ぶ。ホクレアと一緒にポリネシアに行ったあの大型カヌーの名がマカリイだった。「すばる」の語源は「統《す》べる」であるという。自らを統率するもの。多くの星を率いてビッグバンの彼方への航海に乗り出す巨大な望遠鏡。

『ハワイイ紀行』の一部でありながら、この章の話はあまりハワイイと関係がなかっただろうか。ぼくはそうは思わない。ハワイイを特別のところとして、そのさまざまな面をぼくは書いてきたけれど、しかし今のハワイイは外から切り離された孤島ではない。この世界の一部としてあるから、その山頂から見える星に意味がある。

ビッグ・アイランドに行く観光客は、昼間はビーチで遊んでもいいから、夜になったら寒くて空気の薄いマウナケアの山頂で星を見ている天文学者のことを思うべきだ。彼らがつかむ天体の姿が明日の自分たちの世界観を作るということに思いを寄せるべきだ。宇宙があって、われわれの銀河系があって、太陽があって、その惑星の一つである地球の上に自分たちがいるという、ものごとの順序をあらためて思い返すべきなのだ。

「すばる」の感動はそんなことまでぼくに考えさせた。

あとがき

小説を書く時、その内容はぜんぶ頭の中から出てくる。体験と知識と記憶が素材のすべて。評論の場合は、脇《わき》に本を広げておくことが許される。本ではなく、映画やＣＤやビデオや演奏会や展覧会でもいい。ともかく、他人の考えをまとめたメディアを相手に思索の格闘技をして、その成果を評論にまとめる。

しかし、この『ハワイイ紀行』ではぼくとしてほとんどはじめて、人に話を聞くことを主体に一冊の本を作った。これはどちらかといえばジャーナリズムの手法である。本文にも書いたけれども、最初は普通の旅行記でいいと思っていた。しかし、ハワイイ諸島という狭い範囲に限定されたポリネシア系先住民の濃密な文化にぼくはあっという間に引き込まれ、いろいろテーマを決めては人に会って話を聞くことに夢中になった。島は限定された空間だから、人は全体を見ることができる。あるいはそう錯覚することが許される。過去と現在をつかんだ上で、おぼろな未来まで透かし見ることができる。

もちろん、ハワイイ諸島の自然の魅力もずいぶん強くぼくを引き寄せた。今でも目を閉じてマウイ島のあの風を想像することが少なくない。波に乗った喜びは生理のレベルで記憶している。ハレアカラの頂上からの景色や、イズラエルの歌、ポイの味だって忘れてはいない。

それでも、そういうものの背後に、昔からハワイイ諸島に暮らしてきた人々の健全なものの考えかたが見える時、ハワイイの魅力は倍にも三倍にもなる。観光ハワイの裏にずっと奥行きの深い本当のハワイイがあることを多くの人に知って欲しいと思う。

人と会って話を聞くにはさまざまな段取りが必要で、したがってこの本はたくさんの友人たちの手を借りて作られた。友人を増やしながら前へ前へと進んで最後のページに到着した気がする。名前を挙げればきりがないけれども、ここに別格の謝意を別格の三人、ジュリーとウェンデルとトモコに、表しておきたい。みんな、ありがとう。

一九九六年七月　那覇

文庫版のあとがき

今にして思えば『ハワイイ紀行』は、取材と執筆が楽しくて、本になってからもなかなか評判がいいという、嬉《うれ》しい仕事だった。ハワイイを通俗的なリゾートと見て敬遠していた人たちを連れ出すきっかけになったという噂《うわさ》も聞いた。本当にそんな役に立ったとすれば、それもまた嬉しい。

単行本を出してからの四年の間に、ミッドウェイとマウナケアという二つの旅を実現することができた。その分だけまたページ数が増したけれども、なんといっても今度は文庫だから、ハワイイまで持ってゆく読者にとってもさほど重いことはないだろう。

単行本を作る時に脚注を付けようと思い立ち、けっこうこれに熱中した。どうでもいいようなことでも、注として加えてゆくといかにも意味のあることのように見えてきて、やめられない。いっぱしの学者になったような気分は悪いものではなかった。今回足したミッドウェイとマウナケアの章にもまた懲《こ》りずに注を付けたが、それにしても注というのはきりがないものだという反省から筆を抑えなかったわけではない。

たとえば、四十二ページの注にある「アメリカ国民は……この真珠湾を唯一《ゆいいつ》の例外として、空襲さえ知らない」という記述が、厳密には正確でないことに書いてから気付いた。アッツ、キスカ、ダッチハーバーというアリューシャンの島々もまたアメリカ領土であってしかも戦闘の場となっている。これも書くと、まるで脚注の脚注のようなことになる。しかも、この事例は、沖縄は第二次大戦中唯一地上戦のあった日本の領土という、しばしば言われる別の誤伝を想起させる（硫黄島もあった）。これまで書けば、脚注の脚注の脚注ではないか。

スティーヴン・キングの『IT（イット）』という傑作の中で、ある登場人物が「脚注を見つけたら、それが繁殖しないうちに踏みつぶして殺してしまいなさい」という忠告を受ける場面がある。たしかに脚注は増殖する。このペダンティックな雑草をずいぶん育ててしまったと後悔してももう遅い。もともとハワイイに関する雑学というこの本の土壌に種子が潜んでいたのだと思っていただきたい。

それやこれやで、写真あり図あり表あり脚注あり、文庫本にしてはおもいっきり賑《にぎ》やかな紙面になった。この先は音と動画も入れてCD-ROMにするしかないという、書物の限界を極めた本。これが旅先で本当に役に立てばいいのだが。

では、みなさん、よい旅を。

二〇〇〇年七月　ヴァンクーヴァー

池澤夏樹

この作品は平成八年八月新潮社より刊行された単行本に、「シンラ」連載「ミッドウェイ紀行」「ハワイイ紀行〔最終編〕」を加え、再構成した。

ハワイイ紀《き》行《こう》【完全版】

新潮文庫　い－41－7

平成十二年八月一日発行
平成二十三年一月十五日九刷

著者　池《いけ》澤《ざわ》夏《なつ》樹《き》

発行者　佐藤隆信

発行所　株式会社新潮社

郵便番号　一六二―八七一一
東京都新宿区矢来町七一
電話　編集部(〇三)三二六六―五四四〇
　　　読者係(〇三)三二六六―五一一一
http://www.shinchosha.co.jp

価格はカバーに表示してあります。

乱丁・落丁本は、ご面倒ですが小社読者係宛ご送付ください。送料小社負担にてお取替えいたします。

印刷・大日本印刷株式会社　製本・株式会社大進堂

ISBN978-4-10-131817-2 C0195